코마키·나가쿠테小牧長久手 **전투**(1584) **병풍도 앞부분.**
오다 노부오·도쿠가와 이에야스 연합군과
도요토미 히데요시 군의 전투 장면.

德川家康

도쿠가와 이에야스

2부 승자와 패자

19 떨어진 태양

야마오카 소하치 대하소설
이길진 옮김

德川家康

2부
승자와 패자

19
떨어진 태양

도쿠가와 이에야스

솔

『도쿠가와 이에야스』를 바로 읽기 위해

1. 본문 중 °표시가 된 용어는 용어 사전에서 풀이하였다.
2. 본문 중 *표시가 된 용어는 용어 사전 외에 부록 및 지도 등에서 설명하였다(다른 권 포함).
3. 인명과 지명은 원음 표기를 원칙으로 하며, 된소리를 피하고 거센소리로 표기하였다. 단 도쿠가와와 도요토미만은 원음과 차이가 있지만 일반인에게 익숙한 이름이기에 외래어 표기법에 따랐다. 장음은 생략하였다.
4. 인명, 지명 및 고유명사는 처음 나올 때 원어를 병기함을 원칙으로 하였으며, 강과 산, 고개, 골짜기 등과 같은 지명 역시 현지 음대로 강=카와(가와), 산=야마(잔, 산), 고개=사카(자카), 골짜기=타니(다니) 등으로 표기하였다.
5. 성과 이름 중간에 나오는 것은 대부분 관직명과 서열을 나타내는 것인데, 그 당시의 관습에 따라 이름과 혼용하여 쓰이는 경우도 있다. 각 관청 및 관직에 대해서는 부록에서 설명하였다.
    ex) 히라테 나카츠카사노타유 마사히데 → 히라테 마사히데(이름) + 나카츠카사노타유 (나카츠카사의 장관), 아마노 아키노카미 카게츠라 → 아마노 카게츠라(이름) + 아키노카미(아키 지방의 장관)
6. 시간과 도량형은 아즈치 · 모모야마 시대에 쓰던 것을 그대로 따랐으며, 역시 부록에서 설명하였다.

차례

《 오사카 부근 주요 지도 》

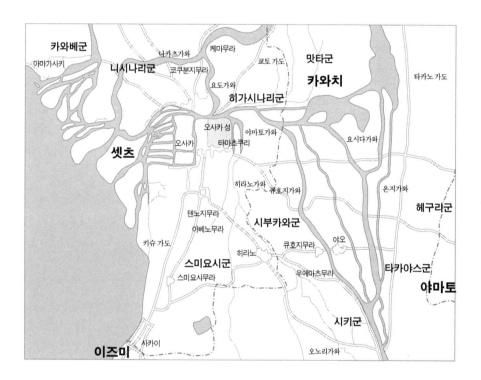

카와베군
아마가사키
니시나리군
나카츠가와   케마무라
코쿠분지무라   쿄토 가도
케마무라
요도가와
히가시나리군
맛타군
카와치
타카노 가도
셋츠
오사카 성
오사카
타마츠쿠리
야마토가와
요시다가와
헤구리군
히라노가와
큐호지가와
온지가와
텐노지무라
시부카와군
아베노무라
키슈 가도
큐호지무라   야오
타카야스군
히라노
스미요시군
우에마츠무라
야마토
스미요시무라
시키군
사카이
이즈미
오노리가와

------- ······· 지역 경계선

▬▬▬ ······· 강

──── ······· 강의 지류

──── ······· 주요도로

파국破局

1

히데츠구秀次˚를 동반한 히데요시秀吉˚가 요시노吉野에서 코야산高
野山으로 가서, 히데츠구에게는 외할머니인 오만도코로大政所의 위패
를 모신 세이간 사靑巖寺에 들어간 것은 3월 3일이었다.

요시노에서 타이코太閤˚와 칸파쿠關白˚가 함께 지낸 들놀이는 결코
만족할 만한 것이 아니었다.

행렬의 아름다움, 연회의 호화로움에 비해 어딘지 모르게 마음에 걸
리는 싸늘함이 뒤따랐다. 무엇보다도 요시노에서는 날씨가 좋지 않아,
축축이 꽃잎을 적시는 봄비에 야외의 행락行樂이 방해되어 이틀 동안
이나 숙소에서 차와 노能˚로 시간을 보내게 된 것이 양쪽 모두에게 숨
막히는 일이었다. 히데요시는 끊임없이 '칸파쿠', '칸파쿠' 하면서 격
의 없이 대했으나, 히데츠구 쪽에서는 언제나 무언가를 대비하는 듯한
자세를 감추지 못했다.

"그렇게까지 두려운 것일까?"

"아무렴, 어려서부터 계속 꾸중만 한 무서운 외숙부니까."

"칸파쿠 쪽에서 품속에 뛰어들어 마음껏 응석을 부린다면 타이코는 성격상 기꺼이 끌어안아주실 것 같은데."

"글쎄, 반드시 그렇다고는 할 수 없을 거야. 지금은 오히로이お拾 님이 계시니까."

일말의 불안을 남긴 채 코야산에 이른 히데요시는 절에 막대한 시주를 하겠다고 약속했다. 단지 세이간 사만이 아니라 코야산을 위해 대웅전을 비롯한 25채의 건물을 지어주겠다고 하여 승려들을 깜짝 놀라게 했다.

"타이코와 칸파쿠가 함께 오만도코로 공양을 드리러 온 기념이야. 칸파쿠, 이 정도로도 부족하다는 생각이 드는구나."

입으로는 이런 말을 하면서도 히데요시는 일찌감치 산에서 내려와 효고兵庫를 거쳐 오사카大坂로 돌아왔다.

그 무렵부터 히데요시는 눈에 띌 정도로 식욕이 떨어지고 때때로 찌르는 듯한 두통을 호소하기 시작했다.

후시미伏見의 축성, 명明나라 및 조선朝鮮과의 교섭, 게다가 요시노와 코야에서 다시 공사를 시작해야 했다. 그뿐만 아니라, 히데츠구냐 히로이냐 하는 겉으로 나타낼 수 없는 고민이 겹쳐…… 이런 것들이 결국 건강한 히데요시의 육제를 좀먹기 시작했다는 증거였다.

쿄토京都에 돌아온 히데요시는 4월 2일 다시 세야쿠인施藥院에서 히데츠구와 대면했다. 4월 11일에는 히데츠구에게 학을 선물하고, 28일에는 히데츠구와 히로이를 오사카 성에서 대면시켰다.

그 뒤 히데요시는 피로를 이기지 못하고 4월 29일 아리마有馬로 온천 요양을 떠났다.

타이코와 칸파쿠의 대면이 거듭되면 될수록 세상에서는 도리어 두 사람 사이가 이미 그대로는 수습되지 않을 것이라는 소문이 파다하게 퍼져나갔다. 참 이상한 일이었다.

"모처럼 전하가 칸파쿠와 가까워지려고 그토록 노력하시는데, 어떤 자가 이런 소문을 퍼뜨리는 것일까?"

키타노만도코로北の政所는 언짢은 듯 이렇게 말하면서 이맛살을 찌푸렸다고 한다.

그동안 챠챠茶茶를 위해 지었던 요도 성淀城이 헐렸다. 히로이를 낳은 요도 마님*, 지금의 니시노마루西の丸는 이미 요도 성에 돌아올 필요가 없게 되었다. 앞으로는 히로이와 함께 새로 짓는 후시미 성으로 옮겨 타이코와 같이 살 것이기 때문이며, 머지않아 칸파쿠가 사는 쥬라쿠聚樂 저택도 이 두 사람을 위해 헐리게 될 것이다…… 이런 소문이 떠돌기 시작한 7월 말이었다.

이에야스家康*는 쥬라쿠 저택에 있는 도쿠가와德川 가문의 숙소에서 아들 히데타다秀忠*와 챠야 시로지로茶屋四郎次郎, 그리고 사카이堺 님이라 불리는 코노미木の實* 등 세 사람과 함께 여름철 차를 마시고 있었다.

2

챠야 시로지로는 이에야스가 없는 동안에도 쿄토에 머무르는 히데타다에게 계속 여러 가지 정보를 제공하고, 각 가문, 여러 계층의 사람들과 연락을 취하는 역할을 맡았다.

그 챠야 시로지로가 오늘은 카즈사上總의 코이소小磯에서 만년을 보내던 혼다 사쿠자에몬本多作左衛門의 죽음을 알려왔다. 사쿠자에몬은 시모우사下總의 유키結城 성주인 이에야스의 차남이자 히데요시의 양자 츄나곤中納言 히데야스秀康 밑에서 녹봉 3,000석을 받고 있었다.

세상에서는 이 노인의 완고한 고집이 이에야스의 눈 밖에 나서 끝내다이묘大名°가 되지 못했다는 소문이 나돌았다.

그러나 사실은 전혀 그렇지 않았다

"다이묘가 되기 위해 섬겼다."

사쿠자에몬은 이런 말을 듣는 것이 무엇보다도 싫었다.

"나는 출세나 녹봉을 위해 일하지는 않았어."

누구 앞에서나 오만하게 이런 말을 하고는 했다.

"나는 이에야스에게 반했어. 사나이는 말이지, 반한 사나이를 위해 이해관계를 떠나 일해야 하는 거야."

그리고 그 무렵까지도 타이코 이야기가 나오면 기를 쓰고 악담을 퍼부었다. 이에야스까지 히데요시를 받드는 세상에서 히데요시를 계속 비난하고 있으니, 하타모토旗本° 이상의 다이묘로는 출세할 수 없었다.

"이시카와 카즈마사石川數正 녀석은 신슈信州 마츠모토松本에서 일개 성을 가진 다이묘로 전락하고 말았어. 진정한 사나이란 샛별보다도 귀하다니까."

이렇게 사쿠자에몬이 술회한 말의 의미를 자신은 잘 알 수 있다고 챠야 시로지로는 말했다.

"마음속으로는 계속 이시카와 님과 겨루기를 하셨던 것 같습니다."

이에야스는 크게 고개를 끄덕였다. 그리고 그에 대해서는 더 이상 말하지 말라고 챠야에게 눈짓을 보냈다.

히데타다에게는 카즈마사와 이에야스 사이의 묵계도, 사쿠자에몬과 카즈마사가 벌이는 마음의 경쟁도 알리고 싶지 않은 모양이었다. 새로운 세대에게 새삼스럽게 알릴 필요가 없는, 그것은 한 시대의 지각地殼 뒤에 숨겨진 가련한 인간의 고집이었다.

"그렇구나, 사쿠자에몬도 죽었구나……"

"예. 앞으로 그런 노인은 좀처럼 찾아볼 수 없을 것입니다."

"그래. 정말 고집스러운 노인이었어."

"그렇습니다. 하고 싶은 말은 다 하고 세상을 떠났습니다. 세속적 인간들의 집념을 한껏 조롱하며 살아온 일생입니다."

이에야스는 차를 마시면서 가볍게 눈을 감고 사쿠자에몬의 명복을 빌었다. 반한 사나이……라고, 자신을 두고 그가 말한 신뢰에 과연 부응할 수 있는가……?

'사쿠자에몬, 그대의 고집은 지금도 계속 나를 채찍질하고 있네.'

사쿠자에몬은 이에야스가 자신을 히데야스 밑에 있게 한 이후, 히데요시가 꺼릴 것을 피하기 위해서인지 거의 히데야스를 만나지 않은 모양이었다. 어렸을 때 자신이 호되게 단련시킨 오기마루於義丸…… 하지만 그 오기마루가 히데야스로 성장하고 보니 역시 그가 '반할 사나이'는 아니었는지도 모른다.

'쓸쓸한 노후였을 거야……'

이런 생각과 함께 이에야스는 눈시울이 뜨거워지고 저도 모르게 한숨이 나왔다……

3

아무리 고집스럽게 자신을 주장해온 자에게도, 아무리 추하게 발버둥치던 무리에게도 신불神佛은 똑같이 죽음을 내린다…… 따라서 살아 있는 동안만을 인생이라 생각한다면 출세 이외에는 아무것도 바랄 것이 없으리라. 그러나 살아 있으면서 남의 생사를 음미해보면 그 맛은 무한하다.

"……제가 아는 한 다도茶道에서는 리큐利休 거사, 무사武士는 혼다 사쿠자에몬…… 이 정도가 가장 훌륭한 삶을 살았다고 생각합니다만……"

챠야가 찻잔을 놓고 술회했다.

"그래, 모두 나름대로 고집스러웠으니까."

이에야스도 먼 곳을 바라보는 표정이 되었다.

"그 고집의 밑바닥에는 인간의 삶이 덧없다는 깊은 통찰이 깔려 있는 것 같습니다."

"시로지로."

"예."

"자네도 이제는 죽음을 생각하면서 살 나이가 된 모양이군."

"예. 미숙하나마 눈을 감을 때 후회하는 일이 없도록 하기 위해 노력하고 있습니다."

"그런데, 요즘 칸파쿠는 어떻게 지내고 있을까?"

"바로 그 말씀을 드리려던 참입니다."

챠야는 새삼스럽게 히데타다를 바라보았다.

"츄죠中將°님도 칸파쿠를 너무 가까이하시지 않는 편이 좋을 것 같습니다마는……"

코노미는 이러한 대화에 거의 마음을 움직이지 않고 조용히 앉아 각자의 앞에 놓인 찻잔을 거두고 있었다.

"여전히 술에 빠져 있나?"

"예. 점점 더 술버릇이 심해지는 모양입니다. 하기는 무리가 아닙니다. 측근 중에서도 원로와 총신寵臣들이 번갈아가며 칸파쿠를 위협하는 형편이니까요."

"으음, 그렇겠군."

"한쪽에서는 그런 일을 하면 타이코 전하의 심기를 건드린다고 따지고 들고, 다른 한쪽에서는 은밀히 모반을 권하는 것 같습니다."

"으음."

"더구나 원로 중에 칸파쿠를 이용하여 출세할 기회……를 바라는 자가 있는가 하면, 총신 중에는 지부治部 님에게 밀고하는 자도 있습니다. 이 정도니 여간 걸출한 분이 아니고는 우왕좌왕하는 것도 당연한 일입니다."

이에야스는 크게 고개를 끄덕이고 히데타다에게 말했다.

"츄죠, 잘 들어두어라. 가문을 잘 다스리지 못하면 주인이라 하는 것은 분규의 원인이 될 뿐이다."

"예. 깊이 마음에 새기겠습니다."

"지난번에도……"

챠야는 두 사람의 말을 이어받았다.

"카만자釜ノ座에 사는 기술자의 아내가 성안에 불려간 채 돌아오지 않았습니다. 임신 칠팔 개월이 된 여자였다고 합니다."

"임부를…… 어째서 그랬을까?"

"글쎄, 배를 가르고 태아를 꺼내 주흥으로 삼았다는 소문입니다."

"으음."

"히로이도 이런 모양으로 태 안에 들어 있었겠지. 그때 이렇게 했더라면 속이 시원했을 텐데라면서……"

챠야는 더 이상 말하지 못하고 그만 입을 다물었다.

4

"뭣이, 히로이도 태 안에 있을 때…… 그런 말을 했다고?"

"그것이……"

이에야스의 반문에 챠야는 어두운 표정으로 손을 내저었다.

"아무리 취중이라 해도 그런 말을 하셨을 리 없습니다. 그런데도 자못 사실인 양 소문이 되어 세상에 떠돌고 있다…… 여기에는 필시 어떤 이유가 있다는 것을 츄죠 님은 생각하시기 바랍니다."

이에야스는 크게 고개를 끄덕이고 다시 히데타다를 바라보았다.

히데타다는 두 손을 가지런히 무릎 위에 올려놓고 바른 자세로 앉아 있었다.

"어떠냐 츄죠, 챠야가 한 말의 의미를 알 수 있겠느냐?"

"예, 잘 알 수 있습니다."

"그럼 참고로 묻겠는데, 무엇을 알게 되었는지 말해보아라."

"예."

히데타다는 얌전히 대답하고 갸름한 눈을 크게 떴다.

"사실 이상의 소문이 세상에 크게 퍼진다는 것은 칸파쿠를 모함하려고 여러모로 획책하는 자가 있기 때문……이라고 생각됩니다."

"허어, 그렇다면 누구일까?"

"하지만, 그 이름을 말하는 것은 삼가야 한다고 생각합니다."

이에야스는 챠야와 마주보며 가만히 고개를 끄덕였다. 성실한 히데타다의 성격이 이 한마디에 분명하게 새겨져 있었다. 아마도 히데타다는 타이코나 미츠나리三成*, 챠챠 등의 이름을 거론하는 것은 경솔한 일이라고 스스로 타이른 모양이었다.

"으음, 일지만 입 밖에 낼 수 없다는 말이냐?"

"예. 아직 상상의 범위를 벗어나지 못하기 때문입니다."

"그래, 잘한 일이다. 그러나 그자의 이름은 말하지 않지만, 이러한 풍조 속에서 츄죠 자신은 어떻게 처신할 것인지…… 그 마음가짐만은 가지고 있어야 한다. 다시 묻겠는데, 츄죠가 보기에 타이코 전하와 칸파쿠의 화합이 가능하다고 생각하느냐?"

"이미 파국이 다가오지 않았나 생각합니다."

히데타다의 정연한 대답에 이에야스의 눈이 휘둥그레졌다. 성실하기는 했다. 그러나 히데타다가 이처럼 분명하게 자기 주관을 가지고 있으리라고는 한번도 생각해보지 않았다.

"허어, 그렇다고 보는 근거는?"

"칸파쿠로부터 돈을 융통했던 다이묘들이 서둘러 돈을 마련하여 갚는 모양……인데, 그 사람들 눈에도 파국이 멀지 않았다고 비친 증거라고 생각합니다."

"으음."

이에야스는 다시 챠야를 바라보았다. 왜 그런지 챠야 시로지로는 놀라움 이상으로 당황하는 빛을 띠었다.

이에야스는 그 이유를 잘 알고 있었다.

히데요시와 히데츠구 양자는 이미 융화하기 어렵다고 이에야스도 내다보았다. 문제는 챠챠나 미츠나리의 획책 여하에 있는 것이 아니었다. 아리마로 온천 요양을 떠날 무렵부터 히데요시의 마음에 큰 변화가 일어났다는 것을 이에야스는 짐작하고 있었다.

코노미가 미츠나리로부터 알아낸 것과는 달리, 요시노와 코야로 유람을 다닐 무렵의 히데요시는 아직 히데츠구를 버리지 않고 있었다. 그러나 돌아와서 병을 얻었을 때부터 히데요시의 마음은 히로이에게로 기울었다.

이에야스는 이미 그 후의 일에 대비하기 위해 챠야의 건의를 받아들이려던 참이었다……

5

그 무렵 챠야 시로지로는 군비軍費 문제로 어려움을 겪어 칸파쿠로부터 돈을 융통해 쓰고 있는 호소카와細川, 다테伊達, 카토加藤 등의 가문에 대해 보고했다. 그리고 이들 가문에 챠야를 통해 돈을 돌려주어

돕는 것이 어떻겠느냐고 이에야스에게 극비리에 건의하고 있었다. 이에야스는 아직 확실한 답을 하지 않았다.

타이코와 칸파쿠의 파국이 결정적일 때, 개인적 대차관계라 해도 칸파쿠로부터 돈을 융통받았다고 하면 타이코의 의심을 받을 우려가 있다…… 아니, 의심받을 것이 두려워 더 깊이 개입하면 천하의 화근이 되기에 충분하다고 챠야는 진언하였다.

이러한 사실을 아무것도 모르는 고지식한 젊은이……로 생각했던 히데타다가 벌써 깨닫고 있었다. 챠야가 당황한 것은 이 때문이었다.

"그럼, 츄죠는 이미 여러 장수들이 서서히 칸파쿠를 등지기 시작했다는 말이로구나."

"예. 그 때문에 칸파쿠가 더더욱 이 히데타다에게 친근감을 보이고 있다는 것이 또 하나의 증거입니다."

"으음. 그러면 친근감을 보이는 칸파쿠에 대한 대비책은?"

"인정상 안 된 일이지만 칸파쿠로부터 서서히 멀어지는 편이 현명하다고 생각합니다."

"츄죠, 너는 뜻밖에도 몰인정한 사람, 냉정한 사람이로구나."

"예…… 작은 인정보다는 천하의 일이 더 중요하다……고 생각하기 때문에."

"만일 칸파쿠가 파국임을 털어 놓고 너에게 도움을 청한다면 어떻게 하겠느냐?"

"그때는 단호히 거절하겠습니다."

"그러나 털어놓은 이상 칸파쿠도 너를 무사히 돌려보내지는 않을 게야. 장지문 밖에 군사를 숨겨놓고 강요한다, 싫다고 하면 단숨에…… 이런 태도로 나왔을 때는 어떻게 하겠느냐?"

코노미는 모두에게 등을 돌리고 앉아 차 도구를 정리하면서 혼자 생긋 웃었다. 이 물음은 그녀에게도 흥미진진한 질문이었다.

"아버님, 그때는 일단 이 히데타다가 불신不信을 범하겠습니다."

"아니, 불신을 범하다니……?"

"히데타다는 승낙하겠다, 그러나 히데타다만을 끌어넣었다고 해서 일이 성사되는 것은 아니다, 그러므로 아버님과 상의하여 아버님도 도우시도록 하겠다면서 돌아오겠습니다."

"허어, 돌아와서는 어떻게 하겠느냐? ……물론 나는 네 말에 동의하지 않겠지만."

"그때는 이 히데타다를 죽이시고 사태의 긴박성을 타이코 전하와 상의하시기 바랍니다."

"너를 죽이고……?"

"예. 그래야만 아버님은 공연한 의심을 받으시지 않습니다. 이 히데타다가 칸파쿠의 손에 그대로 죽게 되면 틀림없이 아버님도 의심을 받게 될 것입니다."

히데타다가 여기까지 대답했을 때였다.

"말씀 드리겠습니다."

코노미가 세 사람 쪽으로 돌아앉았다.

"츄죠 님의 각오는 훌륭하다고 생각합니다마는, 그 일에 대해 한마디 드리고 싶은 것이 있습니다."

"무엇인가? 말해보아라."

"칸파쿠 쪽에서는 일단 거사하기로 결정하면 우선 츄죠 님을 차나 바둑에 초대하여 인질로 잡고, 아버님인 다이나곤大納言°님을 자기편으로 끌어들인다……는 계획을 마련해놓고 있을 것입니다."

"으음, 과연."

"그리고 이 계획에는 타이코 전하의 측근도 가담하고 있으니 방심하시면 안 됩니다."

챠야가 깜짝 놀라 코노미를 똑바로 바라보았다.

6

칸파쿠 쪽에서 히데타다를 끌어들이려 한다는 것은 알 수 있었다. 그
러나 이 계획에 타이코의 측근이 가담하다니, 챠야 시로지로는 도저히
납득이 되지 않는 말이었다.

"타이코의 측근이 어째서 그런 계획에……?"

챠야가 소리를 죽이고 몸을 앞으로 내밀었다. 코노미는 이를 가볍게
제지하면서 말을 계속했다.

"측근들에게는 칸파쿠 다음으로 주의할 인물은 다이나곤 님……이
라는 생각이 뿌리 깊게 자리잡고 있어요. 따라서 칸파쿠와 같이 다이나
곤 님을 몰아낼 수 있다면 그야말로 일석이조一石二鳥입니다."

"코노미."

이에야스는 약간 나무라는 투로 말했다.

"그대는 무슨 증거로 그런 대담한 말을 하는가?"

"예. 저는 때때로 지부 님도 만납니다."

히데타다의 눈썹이 꿈틀 움직였다. 챠야도 눈이 휘둥그레졌다. 그러
나 이에야스는 별로 놀라는 기색이 아니었다.

"그럼, 지부가 그대에게 무슨 말이라도 했다는 말인가?"

"아니, 그런 것은 아닙니다마는, 저는 남달리 후각이 예민합니다."

"놀라운 소리를 하는 여자로군. 그래, 칸파쿠가 츄죠를 인질로 잡으
면 타이코 측근들은 나를 어떻게 하겠다는 것일까?"

"아마 후시미 성에 유폐시키려 할 것입니다."

"으음…… 그래서?"

"칸파쿠로부터 황금을 빌린 다이묘들과 다이나곤 님과의 관계를 조
사할 것입니다. 그리고는 다이나곤 님 부자 모두 칸파쿠의 모반과 관계
가 있다고 슬쩍 내비치기만 하면, 아시다시피 쿄토에는 온갖 헛소문이

다 퍼지게 됩니다."

이에야스는 쓴웃음을 지었다.

"그러니까 그대는 내 손으로 어려운 다이묘들에게 돈을 빌려주어서는 안 된다는 말이로군."

"예. 돈은 나야 스케자에몬納屋助左衛門°의 손에서 건너가는 것만으로도 충분합니다. 스케자에몬의 배는 이미 사카이에 들어왔습니다. 아니, 그보다도 츄죠 님이 인질이 되시면 안 됩니다."

이에야스는 가만히 히데타다를 바라보았다.

이번에는 히데타다도 좋은 생각이 떠오르지 않는지 잠자코 있었다.

"여러 다이묘들과 동석하는 자리라면 몰라도 츄죠 님을 혼자 초청하는 경우에는 절대로 응하지 마십시오."

"그러나 응하지 않는다면 의심을 받을 텐데."

"대책이 있습니다."

"허어, 어떻게 하라는 말인가? 말해보아라."

"만일에 칸파쿠가 츄죠 님을 초대하거든 유감스럽게 되었다고 말씀하십시오."

"유감스럽게 되었다고…… 하라니, 꾀병이라도 앓으라는 말인가?"

"아닙니다. 선약이 있으므로 다녀와서 찾아뵙겠다…… 이렇게 대답하십시오."

"그대는 선약……이란 말로 칸파쿠의 초대를 거절할 수 있으리라 생각하는가?"

"예. 칸파쿠가 두말하지 못할 사람이 꼭 한 분 계십니다."

"그게 누구지?"

"타이코 님입니다. 실은 오늘 타이코 님한테 다회茶會에 초대받아 지금 나가려던 참이었다. 다녀와서 찾아뵐 것이니 잘 전해주시기를…… 이렇게 말씀하시고 그길로 후시미에 가셔서 다이나곤 님과 합류하십시오. 이것만이 칸파쿠와 타이코의 측근이 쳐놓은 함정을 피할 수 있는 유일한 길……이라고 저는 생각합니다."

히데타다는 눈을 깜박이는 것조차 잊고 품위 있게 움직이는 코노미의 입술을 바라보고 있었다.

7

이에야스는 복잡한 표정으로 미소를 떠올린 채 챠야를 돌아보았다. 코노미의 말은 여러 가지 의미를 포함하고 있었다.

히데요시와 히데츠구의 파국은 이미 누가 어떻게 주선해도 소용없을 정도. 처음에는 히데요시 쪽에서나 히데츠구 쪽에서도, 그리고 중간에 선 미츠나리에게도 각각 수습해보려는 뜻이 있었다. 그러나 지금은 그 모두가 이상한 방향으로 기울어 있었다.

히데요시는 점점 더 히로이를 편애하고, 히데츠구도 이를 깨닫고 자포자기의 태도를 버리지 않았다. 이러한 상태에 히데츠구의 측근과 미츠나리의 야심이 더해져 이제는 어떻게도 할 수 없었다.

이러한 사정을 챠야 이상으로 정확히 꿰뚫는 코노미의 날카로운 눈은 무서울 정도였다.

"그러니까, 코노미는 츄죠 혼자서는 칸파쿠에게 접근하지 말아야 한다는 말이로군."

이에야스는 넌지시 히데타다에게 주의를 촉구하면서 코노미 쪽을 보았다.

"그대가 말했듯이 지부는 과연 나까지도 그렇게 못마땅하게 여기는 것일까?"

코노미는 대답 대신 무릎걸음으로 한 걸음 앞으로 다가앉았다.

"지부 님은 보기 드문 충신입니다."

"허어……"

"타이코 전하의 마음속을 구석구석까지 읽고 노후를 편안하게 해드리려고 심혈을 기울이고 있습니다."

"으음."

"명나라 실상을 말씀 드리지 않는 것도 아마 그 때문인 듯합니다."

"코노미, 빈정거리면 안 돼. 츄죠가 혼란스럽겠어."

"아니, 빈정거리는 것이 아닙니다. 타이코 전하를 만족시키기 위해서는 어떤 일도 마다하지 않는 것이 지부 님의 지금 심정…… 저는 이렇게 느꼈습니다."

"그렇다면, 전하가 나를 멀리하시려는 것처럼 들리는데……"

코노미는 이에 대해 직접적인 대답은 하지 않았다.

"그 증거로 얼마 안 있어 츄죠 님에게 혼담이 들어올 것입니다."

"허어, 그 일에 지부가 개입했다는 말인가?"

"예. 전하는 그렇게 말씀하시지 않겠지만……"

"처음 듣는 말이로군. 츄죠도 궁금하겠지. 그래, 상대는 누구 딸인가? 그 말은 듣지 못했나?"

"들었습니다. 아사이 나가마사淺井長政 님의 딸을 전하의 양녀로 삼아 보내실 것입니다."

"뭐, 아사이 나가마사의 딸? 아사이의 딸이라면 요도淀 부인의 동생들…… 그들은 모두 출가해서 자식을 낳았을 텐데."

코노미는 심각한 얼굴로 고개를 끄덕였다.

"막내딸은 최근에 세번째 남편과 사별했습니다."

"뭣이, 막내딸……이라면 타츠히메達姬인가 하는 그 여자 아닌가?"

"그렇습니다. 처음에는 사지 카즈나리佐治一成 님, 이어 노부나가信長 공의 아드님이신 히데카츠秀勝 님, 히데카츠 님이 병사한 뒤 쿠죠 사후 미치후사九條左府道房 공에게 출가하셨던 분입니다."

코노미가 자세하게 하는 말에 이에야스도 그만 당황하고 말았다. 히데타다보다 훨씬 나이가 위일 뿐만 아니라, 아버지가 다른 자식도 몇이나 낳았다. 그런 여자를 이 성실한 히데타다의 정실로…… 이런 생각과 함께 결코 잊을 수 없는 아사히히메朝日姫와 자신의 그 부자연스러운 혼인을 떠올리지 않을 수 없었다.

"그게, 그게 사실이겠지, 코노미?"

코노미는 입술을 일그러뜨리고 고개를 끄덕였다.

8

"어찌 농담으로 이런 말씀을 드릴 수 있겠습니까? 이 혼담은 조만간 타이코 전하가 직접 말씀하실 것입니다."

코노미의 명쾌한 대답에 이에야스는 저도 모르게 정원으로 시선을 보냈다.

'그렇구나. ……두 번 세 번이나 출가했다가 미망인이 된 요도 부인의 동생을……'

"아시겠지만, 이것은 언제나 타이코 전하가 궁지에 몰렸을 때 사용하는 수법입니다."

"알겠어. 그 이야기는 이제 그만두자."

이에야스는 자신에 대한 뜻밖의 혼담으로 당황하고 있을 히데타다의 마음을 생각하고 서둘러 코노미의 말문을 막았다. 굳이 코노미의 설명을 듣지 않아도, 이에야스는 히데요시의 고민과 초조감을 잘 알고 있었다.

앞서 아사히히메를 도쿠가와 가문으로 출가시켰을 때 히데요시가 처했던 곤경은 누구보다도 이에야스가 잘 안다.

온갖 책략이 벽에 부딪친 히데요시는 마흔 살이 넘은 아사히히메를 사지 휴가노카미佐治日向守와 강제로 이혼하게 하고 이에야스의 정실로 밀어붙였다. 이번에도 그러한 수법을 생각하는 모양이었다.

아사히히메와의 혼인으로 이에야스는 억지로 히데요시의 매제가 되었다. 이번에는 이에야스의 아들 히데타다에게 히로이의 생모 요도 부인의 동생을 짝지어 히데타다와 히로이를 숙질叔姪이란 올가미로 묶어 놓으려 한다.

비꼬아 말한다면, 이에야스에 이어 그의 아들 히데타다도 이 혼인으로 아버지와 나란히 히데요시의 동생뻘이 되어야 한다.

'그래, 이런 생각까지 할 정도라면 히데요시의 마음은 이미 결정되었다고 보아야 할 것이야……'

이런 궁여지책을 쓸 정도라면, 히데요시는 히데츠구를 처치한 후에 일어날 혼란을 크게 두려워한다고 판단할 수밖에 없다. 히데츠구의 측근들 역시 여러 가지로 대책을 강구하고 있을 테지만, 히데요시 자신도 미츠나리나 나가모리長盛를 상대로 사후처리에 골머리를 앓는 게 분명했다.

"코노미, 그대는 잠시 물러가 있고 혼다 사도노카미本多佐渡守와 도이 토시카츠土井利勝를 불러오도록."

코노미는 지시를 받고 흘끗 챠야를 바라보았다. 자기를 멀리한 뒤 드디어 중대한 밀담에 들어가려 하는 데 불만을 품는 기색이 희미하게나마 드러났다.

챠야는 공손히 두 손을 짚은 채 코노미 쪽은 보지 않았다. 그는 코노미가 자기 이상으로 모든 면에 걸쳐 철저하게 정보를 탐지하고 있다는 사실에 경탄하였다.

"알겠습니다. 두 분을 모셔오겠습니다."

혼다 사도노카미는 이에야스의 쿄토 체재가 길어져 에도江戶의 일을 보고하기 위해 상경해 있었다. 도이 토시카츠는 히데타다의 사부로 현재는 그의 지혜주머니이자 오른팔이기도 한 중신이었다.

코노미가 나간 뒤 곧 도이 토시카츠가 혼다 사도노카미와 함께 들어왔다.

모두 조용히 자리에 앉았다. 그러나 이에야스는 잠시 동안 아무 말도 않고 무언가를 생각하였다.

"토시카츠……"

이에야스가 히데타다의 사부에게 말을 건 것은 4반각半刻(30분)이나 지나서였다.

"나는 일단 에도로 돌아갈 생각일세."

"아니…… 무슨 말씀이십니까? 후시미 성 공사를 비롯하여 명나라와의 교섭, 칸파쿠와의 갈등 등 해결하실 일이 많을 땐데……"

"일이 많아서 잠시 소용돌이에서 벗어나 있고 싶어. 소용돌이 속에 휘말려 있으면 주위가 보이지 않아. 주위가 보이지 않으면 배를 저을 수 없게 돼."

9

도이 토시카츠는 당황해하며 무릎걸음으로 한 걸음 다가앉았다.

이에야스가 에도로 돌아가면 히데타다의 사부인 그는 쿄토에서 도쿠가와 가문에 대한 모든 책임을 져야 한다.

"그러시면, 에도에 계시면서 지시를 내리시겠습니까?"

"토시카츠…… 아니, 히데타다도 잘 듣도록 해라. 나는 앞으로 되도록이면 지시를 내리지 않을 생각이야. 이미 지시를 내린 일에 대해서는 지시대로, 그렇지 않은 일에 대해서는 그대들이 책임지고 결정하는 습관을 길러야 해."

"예, 그러나……"

"잠깐. 가문의 일을 차질 없이 수행해 나가려면 정확한 정보에 의거하지 않으면 안 돼. 그러니 우선 명나라와의 교섭에 대한 일부터 설명하겠네."

"예. 말씀하십시오."

토시카츠보다 먼저 히데타다가 대답했다. 그는 아직 젊었다. 젊은 만큼 책임의 무게를 토시카츠보다 더 많이 바랐다.

"명나라와의 교섭이 부진한 원인은, 첫째 코니시 유키나가小西行長 부자의 무식함에 있어."

"코니시의 무식……?"

"그래. 유키나가는 조선에서 종종 명나라 사신 심유경沈惟敬과 만나는 동안 그의 무식을 상대에게 간파당하고 말았어. 유키나가는 명나라의 책봉사册封使에 대해 잘 알지 못했던 것 같아."

뜻하지 않은 말에 혼다 사도노카미도 숨을 죽이고 이에야스를 바라보고 있었다.

"책봉사를, 명나라 황제가 퇴위하고 그 자리를 타이코에게 물려주는 사자라고 생각했던 모양이야. 유키나가가 무식하다는 것을 눈치 챈 심유경은 기만하려고 했어. 유키나가가 이 정도라면 타이코는 좀더 무식할 것이고, 따라서 충분히 속일 수 있다고 믿었던 것 같아. 물론 유키나가도 나중에는 알았지. ……나는 심유경과 유키나가의 농간이라 생각하고 있고, 현지에서는 카토 카즈에노카미加藤主計頭가 맨 먼저 그런 사실을 간파했어. ……이 전쟁은 처음부터 무리였어. 오래 끌면 끌수록 출혈만 많아질 뿐. 어떻게든지 명나라 황제와 타이코의 위신을 살린 채 국면을 얼버무리자…… 이러한 코니시 유키나가의 생각에 이시다

지부石田治部를 비롯한 다섯 부교奉行°들이 동의했어. 아니, 타이코조
차도 지금은 내심 크게 후회하는 형편이야…… 내가 이런 말을 하는 것
은, 츄죠도 더욱 학문에 힘을 쏟으라는 뜻에서야. 코니시의 무식, 타이
코의 무식이 큰 화근이 되었어. 머지않아 카토는 조선에서 소환될 것이
야. 카토가 있으면 농간을 부리는 데 방해가 될 테니까. 가장 충실했던
자가 가장 크게 타이코의 꾸중을 듣게 되겠지. 지금 코니시 죠안小西如
安이 명나라 수도에 가 있어. 죠안 역시 유키나가와 한통속, 진실을 속
이고 돌아올 테지…… 이것이 명나라와 교섭 경위야, 알겠느냐?"

"예…… 예."

"자칫하면 이 교섭은 성립되지 않아…… 코니시나 심유경의 기만이
탄로났을 때는. 그리고 기만하려 한 쪽과, 일본군 위신을 생각하고 충
실하게 싸운 카토 같은 무장들 사이의 반목이 격심해질 거야. 여기에
칸파쿠의 문제가 얽히게 된다."

이에야스는 갑자기 도이 토시카츠를 손짓해 불렀다.

"잘 듣게, 토시카츠. 칸파쿠는 틀림없이 황실에 헌금할 것이야. 그
때…… 그때가 양자간에 불이 붙을 때라는 것을 기억해두게."

도이 토시카츠는 숨을 죽이고 머리를 조아렸다.

10

챠야 시로지로는 눈부신 듯 눈을 깜박거렸다.

이에야스에게 정보를 제공하는 사람은 자기와 코노미뿐인 줄 알았
다. 그런데 그것은 일부에 지나지 않았다. 이에야스는 항상 타이코 곁
에서 기밀사항에 대한 상담에 참여하고 있었다. 따라서 최고의 정보와
판단이란 점에서는 그들과는 비교도 되지 않았다.

"그러면 칸파쿠는 마지막으로 황실에 헌금을 하게 될까요?"

"바로 그것이 인간의 약점인 게야. 타이코와 싸우지 않으면 안 된다…… 이렇게 생각하고 황실의 비위를 맞추려는 것이지. 타이코는…… 아니, 그 측근은 이것이 칸파쿠가 모반으로 내딛는 시점이라고 단단히 벼르며 기다리고 있어. 헌금이 있었다는 말이 들리면 그때는 더 이상 츄죠가 칸파쿠와 접근해서는 안 될 때야."

이에야스는 조용히 설명했다. 그리고는 생각났다는 듯이 흰 부채로 무릎을 치며 목소리에 힘을 주었다.

"알겠나, 이건 너나 내가 타이코 편이라거나 칸파쿠 편이라는 말이 아니다. 우리 부자 역시 황실의 신하, 일본 내 소요를 확대시키지 않기 위해 그 어느 쪽에도 가담하지 않는다는 결심이야. 그러므로 이 아비는 일단 수도를 피해 에도로 돌아가겠다. 알 수 있겠지?"

"예. 알겠습니다."

"아까 코노미는 타이코의 초대라 둘러대고 쥬라쿠 저택을 빠져나와 후시미에서 나와 합류하는 것이 좋겠다고 했어. 그러나 나는 후시미에 있지 않겠다. 너는 후시미로 피신한 뒤 토시카츠와 잘 상의해서 타이코의 지시를 받도록 해라."

"잘 알겠습니다."

"토시카츠는 말일세."

"예."

"칸파쿠 쪽에서만 유혹이 있을 것이라 생각하면 안 되네."

"무슨 말씀인지요……?"

"타이코 쪽에서도 그와 비슷한 일이 있을 것이라는 말이야."

"타이코 전하로부터도……?"

"그래. 도쿠가와 가문은 코마키小牧 전투 이후 언제나 천하대세를 결정짓는 하나의 목표가 되고 있어. 그러므로 일이 생기면 반드시 쌍방으로부터 유혹이 있을 거야. 그때의 판단은 항상 어느 것이 천하를 위한 길인가에 따라 결정해야 하네."

"예."

"타이코 쪽에서는 말일세, 아사히의 유언도 있고 하니 반드시 츄죠의 혼담을 들고 나올 것이라 생각하게."

"저어, 츄죠 님의 혼담을?"

"츄죠는 조금 전에야 비로소 그 말을 들었어. 상대가 연상이어서 그런지 몹시 불쾌한 낯이더군."

"그렇다면 그 상대는?"

"정해져 있는 혼담은…… 요도 부인의 동생으로 아명이 타츠히메였던 오에요阿江與일세."

"그럼, 저어, 얼마 전에 남편을 잃은…… 그 쿠죠 사후의 미망인 말씀입니까……?"

"토시카츠!"

"예."

"자네마저 그런 표정을 짓나? 토시카츠, 내 분명히 자네에게 말하겠는데, 타이코로부터 츄죠 혼담 말이 나오면 기꺼이 받아들이도록 하게. 불행한 여자 한 사람을 우리 집안에서 행복하게 만들어줄 생각으로 말일세."

히데타다의 얼굴이 순식간에 창백해졌다. 히데타다가 마음속의 불만을 이처럼 분명히 드러낸 일은 처음이었다.

"아버님, 그 일에 대해서는 이 히데타다가 좀더 생각해볼 수 있게 해주십시오."

목소리도 두 손도 떨리고 있었다.

11

이에야스는 흘끗 아들을 바라보고 언성을 높였다.

"받아들일 수 없다는 말이냐, 츄죠?"

"아니…… 좀더 생각할 수 있는 시간을……"

"안 돼!"

"예……?"

"안 된다고 했어. 모르겠느냐, 츄죠?"

"예. 상대는…… 세 번이나 남편을 바꾼 여자입니다. 게다가 아이들 도 많고……"

"그게 어쨌다는 말이냐?"

이에야스는 덮어씌우듯이 말을 중단시켰다.

"우리 부자의 염원을 잊었느냐? 천하의 균형은 우리 가문의 움직임 에 달려 있다……고 조금 전에 내가 한 말을 새겨듣지 못했느냐?"

"……"

"그런 마음가짐으로는 이에야스의 뒤를 잇지 못해. 대장이란 항상 보통사람보다도 더 자신을 비운 인내 속에서 살아야 하는 거야. 남편을 몇 번이나 바꾼 여자…… 연상의 여자…… 그런 여자를 타이코가 권한 다…… 이 경우 타이코의 억지가 없는 것은 아니지만."

"예. ……세상의 이목도 있으니까……"

"그렇지 않아, 츄죠. 세상에는 눈도 있고 귀도 있어. 타이코의 무리 한 청을 용케 받아들였다, 이러한 자세는 모두 천하의 평화를 회원하는 마음의 발로…… 이렇게 되면 너는 인내의 싸움에서 타이코를 이기는 것이라 생각하지 않느냐?"

"……"

"인내란 어느 쪽이 더 깊이 천하를 생각하느냐 하는 싸움이기도 한 게야. 타이코는 우리 부자가 칸파쿠 쪽에 가담하지 못하도록 이 일을 계획한 거야. 네가 천하의 평화를 위해 이를 받아들인다면 너의 출발에 이보다 더 자랑스러운 일이 또 있겠느냐. 그렇지 않은가, 토시카츠?"

도이 토시카츠는 당황하며 다시 머리를 조아렸다.

"깊으신 생각, 황송할 따름입니다."

"하하하…… 황송할 것은 없어. 이것은 연민이야. 신불의 뜻에 부응하는 인간다운 행위의 하나일세. 타이코는 자기 소실의 동생을 여기저기로 시집보냈어. 모두 억지임을 느끼게 하는 정략으로…… 그런 불행한 여자를 우리 집안에 받아들여 위로해주는 거야…… 반드시 상대는 여기에 보답할 것이야. 이 이치는 움직일 수 없는 인정과 인정의 맺어짐인 게야."

갑자기 챠야 시로지로가 가만히 눈두덩을 손끝으로 눌렀다.

챠야는 쿠죠 집안에 드나드는 쿄토의 동업자 카리가네야 소하쿠雁金屋宗柏한테 예전의 타츠히메, 지금의 오에요가 겪는 불행을 전해듣고 남몰래 눈물을 흘린 적이 있었다.

오에요는 자신의 불행을 한없이 슬퍼했다.

"시집갈 때마다 남편이 죽는다…… 나는 어떤 운명의 별 아래서 태어난 것일까."

그래서 이렇게 한탄하면서 여승이 되겠다고 했으나 타이코가 받아들이지 않았다고 한다.

"타이코는 나를 또다시 어딘가로 시집보낼 생각……"

이런 말을 했다는 이야기를 소하쿠한테 들었다. 그 혼처가 히데타다인 것을 이제야 알게 되었다.

지금 이에야스가 한 말을 오에요가 들었다면 얼마나 감격하여 눈물을 흘릴까…… 이런 생각을 하고 챠야 시로지로는 저도 모르게 눈시울을 붉혔다.

"어떠냐, 알겠느냐, 츄죠?"

이에야스는 다시 덮어씌우는 듯한 무거운 어조로 말하고 나서 히데타다를 바라보았다……

12

히데타다는 잠시 동안 대답하지 않았다.

결코 무리가 아니었다. 여자 문제에서도 히데타다는 아주 고지식하고 깨끗했다. 겁이 많다고 할 정도로 조용히 욕망을 억제하며 근신하고 있었다. 그 이면에는 양어머니였던 아사히히메가 마지막으로 한 말이 머리에 박혀 있었기 때문이다.

"히데타다의 배필은 내가 택해주겠어. 일본에서 가장 현명하고 정숙한 규수를."

그 아사히히메는 히데타다가 쿄토 식으로 옷을 갈아입었을 때 황홀한 듯 그를 바라보았다. 어느 귀공자에게도 뒤지지 않는 모습이라고 찬탄하면서.

히데타다는 그 양어머니의 말을 통해 자기 아내가 될 여자를 여러모로 상상하고 있었다.

'일본에서 가장 현명하고 정숙한 규수……'

그런데 이 꿈이 지금 아사히히메의 오빠인 타이코에 의해 크게 손상되려 한다.

남자를 알았던 여자…… 단지 이것만으로도 순진한 히데타다는 불결하다는 생각을 할 수밖에 없었다. 그런데 더더구나 상대는 넷씩이나 아이를 낳고 세 사람이나 남자를 바꾼 여자였다. 히데타다는 이성理性으로는 아버지의 말을 충분히 납득할 수 있었으나, 감정으로는 크게 못마땅했다.

"토시카츠."

이에야스는 묵묵히 앉아 있는 히데타다를 잠시 바라보다가 이윽고 도이 토시카츠에게 말을 걸었다.

"츄죠는 여자에 대해 너무 몰라."

"예……?"

"순진한 것이 반드시 좋다고 할 수는 없어. 여자를 다루는 법도 좀 가르쳐주도록 하게."

"예."

"자네마저도 그렇게 잔뜩 굳어 있으니 츄죠도 더욱 소심해지고 있어. 여자를 잘 다루는 것도 가문을 화합케 하는 중요한 비결일세. 잘 알겠지만, 츄죠는 내 말에 거역할 사람이 아니야. 내가 없는 동안 타이코로부터 말이 나오면 자네가 고맙게 받아들이도록 하게."

"예."

"츄죠, 이것으로 결정됐어. 코노미를 남기고 갈 테니 여자의 마음이 어떤 것인지 좀 배워놓도록 하여라."

이에야스는 챠야에게로 말을 돌리면서 자리에서 일어섰다.

"후시미에서 돌아오는 길에 자네 집에 들르겠어. 이미 파국……이라고 한다면 자네에게도 부탁할 일이 있네."

"예, 알겠습니다."

"그럼 토시카츠, 츄죠를 잘 부탁하네."

"예."

"배웅은 필요 없어. 챠야, 날 따라오게."

챠야는 얼른 일어나 이에야스를 따라 복도로 나왔다.

이에야스는 목소리를 죽이고 말했다.

"칸파쿠에게 돈을 빌려 곤경에 처해 있는 자는 말이지……"

"예."

"자네가 손을 써서 구해주도록 하게. 그런 일로 큰 소동이 벌어지게 하는 것은 어리석은 일이야."

"그러나 코노미…… 아니, 사카이 님은 그 일을 루손 스케자에몬몸 宋助左衛門에게 명하시는 것이 어떠냐고……"

"자네가 지시하면 되겠지. 나는 자네에게 부탁하는 것일세."

"잘 알겠습니다."

이러는 두 사람을 히데타다와 토시카츠는 공손히 복도에 나와 앉아 전송하였다.

13

이에야스가 돌아간 뒤 도이 토시카츠는 곧 코노미를 불러들였다. 히데타다의 혼담 이야기를 꺼낸 사람이 바로 코노미라는 것을 알았기 때문이다.

"츄죠 님에게 혼담이 있는 줄 알면서 어째서 내게 먼저 말하지 않았나? 하마터면 주군의 꾸중을 들을 뻔했어."

"미처 생각지 못했습니다."

코노미는 정중하게 고개를 숙였다.

"그러나 이야기를 꺼낸 상대가 타이코 전하이고 보면 처음부터 거절할 수도, 대책을 마련할 수도 없는 일이라고 생각했습니다."

"그러기에 더구나 먼저 알았다면 츄죠 님이 납득하시도록 부탁 드렸어야 할 것 아닌가?"

"그럼, 츄죠 님은 납득하실 수 없다는 말씀인가요?"

"코노미! 그대는 무자비한 말을 하는 여자로군. 츄죠 님은 아직……

여자를 모르시는 분. 그런데 느닷없이 연상인, 뿐만 아니라 여기저기로 출가했던 분…… 그러니 당장에는 승낙할 수 없는 일 아닌가?"

"토시카츠, 이제 됐어. 그만두게."

히데타다가 말을 막았다. 그러나 여전히 그의 얼굴은 핏기가 가신 채였다.

"아버님에 대한 효도가 되겠지. 나는 납득했어."

"납득하셨습니까?"

"남편을 세 번이나…… 처음에는 섬뜩했어. 네번째인 나도 죽게 되는 게 아닌가 하고. 이것도 운을 시험하는 일이 될 테지."

"운을 시험하는 일……?"

"그래. 나도 그 여자로 인해 죽게 된다면 여간 불운하게 태어난 몸이 아닐 거야."

코노미는 터져나오려는 웃음을 겨우 참고 자세를 바로했다. 히데타다의 눈에서 희미하게 빛나는 것을 보았기 때문이다.

"츄죠 님, 너무 마음 쓰지 마십시오. 아사이 님 막내따님은 아주 기품이 높고 우아하신 분이라는 말을 들었습니다. 츄죠 님의 부인이 되시면 틀림없이 성심껏 모실 것입니다."

그러나 눈물로 얼룩진 히데타나의 얼굴은 밝아지지 않았다.

돌이켜보면 기이한 윤회의 모습이었다. 타이코와 칸파쿠의 내분이 히데타다의 아내를 결정하게 될 줄이야…… 그러나 코노미는 이 혼인이 결코 나쁜 결과를 낳으리라고는 생각지 않았다.

점점 더 쇠운衰運을 불러들이는 타이코 앞에서 묵묵히 천하의 일을 지켜보는 이에야스. 끝까지 타이코를 거스르지 않고, 어디까지나 그의 훌륭한 조언자이자 내조자가 되려 하는 이에야스 앞에는 자연스럽게 밝은 빛이 비칠 것만 같은 생각이었다.

"츄죠 님, 묘한 인연이군요."

"응? ……무어라고 했지?"

"타이코 전하와 칸파쿠의 불화가 츄죠 님을 요도 부인의 인척으로 만들다니…… 히로이 님과 츄죠 님의 자녀분은 이종사촌. 저는 이것이 츄죠 님의 운을 열어주는 기틀이 되리라고 확신합니다."

"……"

"불운한 분에게는 파국이 되겠지만, 운이 트이는 분에게는 그 반대로 작용합니다. 아버님께서는 그 모두를 조용히 내다보고 계십니다."

히데타다는 아직도 눈물을 글썽거린 채 대답하지 않았다.

히데츠구 지옥

1

분로쿠文祿 3년(1594) 늦가을부터 이듬해 봄까지는 히데요시에게 운명의 시련이 가장 가혹한 시기였다.

명나라에 보낸 코니시 죠안과 명나라 황제와의 교섭이 마음에 걸렸다. 조선에 머무르면서 이 교섭의 성공을 지원하는 유키나가의 보고도 희비가 엇갈려 조금도 안심할 수 없었다.

더구나 히데츠구와의 문제는 점점 더 갈등이 깊어만 갔다…… 이 때문에 8월에 완공된 후시미 성으로도 당장에는 옮길 수 없는 형편이었다. 이전할 때는 히로이도 데려갈 생각이었다. 그런데 히로이를 데려가면 이것이 곧 히데요시와 히데츠구의 결렬을 의미한다고 떠들어댈 세상의 소문이 염려되었다.

자기 앞에 불러놓고 보면 히데츠구는 기특할 만큼 순진했다. 그러나 쥬라쿠 저택으로 돌아가면 당장 그것을 뒤엎는 소문이 퍼졌다. 그토록 엄히 타일렀던 히에이잔比叡山°에서 사냥을 태연하게 다시 시작했다거나, 칼 솜씨가 둔해진다는 이유로 죄인을 자신이 직접 정원에 끌어다시험 삼아 죽인다, 임부의 배를 가르고, 장님을 말에 매어 찢어 죽인다는 등 믿기지 않는 보고가 잇따라 들어왔다.

12월에 이르러 히데요시는 드디어 세 살이 채 안 된 히로이를 데리고 후시미 성으로 옮겨갔다. 좀더 일찍 옮겨야 했는데도 생모 챠챠가 미신 같은 소리를 하는 바람에 연기했다는 말을 퍼뜨려야 했을 만큼 신경을 쓴 이전이었다.

"이것으로 도요토미豊臣 가문의 후계자는 결정되었다. 칸파쿠가 아닌 히로이 님으로."

그런데도 당장에 이런 소문이 널리 퍼졌다. 이 소문은 히데요시에게 보이지 않는 곳에 숨어 있는 자가 진흙을 던지는 것 같은 불쾌감을 주었다. 그 정도로 헛소문의 전파는 빨랐다.

그러한 고통 속에서 히데요시에게 위안을 준 것은 오직 하나, 히로이의 성장이었다. 성장하면서 히로이는, 히데요시의 마음에 남아 있는 츠루마츠鶴松의 환상과 겹쳐졌다.

'어쩌면 이렇게도 사랑스러울 수 있을까. 어째서 이렇게도 걱정이 되는 것일까……?'

분로쿠 4년 3월, 히데요시는 더 이상 견디지 못하고 히로이를 '히데요리秀賴'라 부르게 하고 황실에 봉작封爵을 청원했다. 궁중에서는 만세 살이 되기 전에 봉작을 내린 선례가 없다고 하여 8월까지 연기하고, 그 대신 어린 히데요리에게 칼과 말을 하사했다.

4월 중순에 이르러 나고야名護屋에서 돌아온 히데요시는 다시 병을 얻어 자리에 누웠다. 그러나 세상에서는 히데요시의 이 병도 믿지 않았다.

"드디어 칸파쿠 토벌 계획을 세우기 시작한 모양이다."

많은 사람들은 이런 소문을 퍼뜨리며 다음에 불어올 바람을 기다리는 듯한 분위기였다.

그때까지 칸파쿠에게 자주 드나들던 자들도 여름에 접어들면서 차차 뜸해졌다. 부유했던 칸파쿠가 융통해주었던 금은도 서서히 반환되었다.

그날 칸파쿠 히데츠구는 한낮이 지나서 마시기 시작한 술을 해시亥時(오후 10시)가 넘었는데도 그만두려 하지 않았다. 마실수록 창백해지면서 사에몬左衛門 부인에게 집요하게 비파를 뜯도록 했다. 귀를 기울이는가 하면 그런 것도 아니고, 그래서 연주를 그치면 눈을 부라리고 꾸짖었다……

이러한 히데츠구가 뚝뚝 눈물을 흘리며 울기 시작한 것은 이미 삼경(오후 11시~오전 1시)이 가까웠을 때였다.

2

중신들은 이제 한 사람도 남아 있지 않았다. 주연이 너무 길어졌다……기보다 중신들 모두 길어진 뒤의 주정을 두려워해서였다.

칸파쿠 히데츠구의 술주정을 두려워하는 사람은 중신들만이 아니었다. 30여 명에 달하는 처첩들도 아름답게 치려입은 코쇼小姓°들도 마찬가지였다. 그러나 오늘 밤의 히데츠구는 여자들과 코쇼들에게만은 자리를 뜨지 못하게 했다.

노신老臣들이 하나둘 자리를 뜰 때마다—

"가고 싶은 사람은 모두 가도 좋아……"

히데츠구는 이렇게 말했다. 그리고는 처첩들에게 고개를 끄덕여 보였다. 그 모습이 고독을 견디지 못하여—

"그대들만은 옆에 있어다오……"

무언의 애원을 하는 것 같아 아무도 일어설 수 없었다.

이러한 히데츠구에게 히데요시가 마지막으로 딸리게 한 후견인은 두 사람이었다. 나카무라 시키부노쇼中村式部少輔와 타나카 효부노타유田中兵部大輔가 그들이었다. 그러나 이들은 자진하여 각각 다른 일을 맡고 히데츠구 앞에는 얼굴을 내밀지 않았다. 이것도 히데츠구는 참을 수 없는 일의 하나였다.

히데츠구는 얼마 동안 허공을 바라본 채 비파소리를 들으면서 울고 있었다. 그리고 눈물에 젖은 얼굴을 처첩들에게 돌려 하나하나를 찬찬히 바라보다가 아직 열세 살밖에 되지 않은 오미야於宮를 앞으로 불러내었다.

오미야는 이치노미다이一の御臺의 딸로, 공경公卿의 피를 받은 아름다움과 기품이 응집된 듯한 미모의 소유자였다.

"이리 와, 오미야…… 오늘 밤엔 그대가 가장 귀여워."

"예…… 예."

시키는 대로 오미야는 히데츠구의 오른쪽 무릎에 상반신을 기대고 손끝으로 조용히 그의 눈물을 닦아주었다. 히데츠구는 그 모습을 핏발이 선 취기 어린 눈으로 바라보았다.

다른 처첩들은 만취 뒤의 폭발을 두려워하여 숨죽인 채 두 사람을 지켜보았다.

"그대와도 헤어질 때가 온 것 같아."

히데츠구가 부드럽게 말했다.

"내 목숨도 앞이 보이는구나. 팔월이면 궁중에서 히데요리에게 봉작을 내릴 것이라는구나. 도요토미 가문의 후계자와 그렇지 않은 자와는 내리는 위계가 달라."

"예…… 예."

"따라서 그 이전에 내 목숨의 불도 꺼지겠지. 생각해보면 허무한 인연이었어……"

"어찌 그런 말씀을 하십니까…… 저는 슬픕니다."

"그대는 착한 사람이라 그런 말을 하는 것이야…… 실은 말이지, 타이코가 그대를 소실로 삼으려 했었어."

"어머나……"

"놀랄 일이 아니야. 타이코는 나 같은 사람보다는 훨씬 더 여자를 밝혀. 그런데 그런 그대를 내가 사랑하고 말았어. 그래서 불처럼 노했다는 것은 모르겠지?"

"예…… 전혀."

"너는 이치노미다이와 그 딸을 같이 사랑해도 좋다고 생각하느냐? 짐승이야, 짐승이야, 너는…… 그러면서 내 뺨을 때렸어."

"……"

"알겠나, 내가 죽으면 그대는 백발의 타이코를 껴안지 않으면 안 돼. 입을 맞추고 끌어안으면서 아양을 떨어야 해. 어때, 그런 일을 할 수 있겠나, 그대는……?"

어느 틈에 비파소리도 그치고 주위엔 으스스한 정적만이 감돌았다.

3

"왜 대답이 없어, 오미야? 그대가 착해 일부러 말해주는 건데, 내 말을 뭐로 들은 거야?"

히데츠구의 힐문에 오미야는 온몸을 굳힌 채 바싹 다가앉았다. 아직 남자를 다룰 수 있는 기법과 교태를 알 나이가 아니었다. 아니, 그런 질문에 대답할 수 있는 사람이 이 자리에는 한 사람도 없었다.

앞으로 백발인 타이코의 잠자리를 기쁘게 하는 노리개가 될 수 있느냐는 질문—

"될 수 있습니다."

이렇게 대답하면 틀림없이 히데츠구는 미친 듯이 노할 것이었다.

"그럴 수 없습니다."

이렇게 대답하면 그럼 자기 손으로 죽여주겠다고 할 것이었다.

"오미야, 왜 대답을 않는 거야?"

"예…… 예. 그런 일은……"

열세 살의 오미야가 할 수 있는 것이라고는 말끝을 흐리고 매달리는 일뿐이었다. 필사적으로 매달리면 혹시 불쌍한 생각이 들어 화제를 돌릴지도 모를 일이었다……

"뭐, 그런 일은…… 할 수 없다는 말이야, 있다는 말이야?"

취한 히데츠구는 더욱 집요하게 파고들었다.

"분명하게 말해. 무슨 소리를 했는지 나는 듣지 못했어, 오미야."

"예…… 예."

"예…… 예만으로는 알 수 없어. 그 백발 노인을 껴안고 주름투성이인 입을 맞출 수 있느냐고 물었어."

돌풍에 떨어진 새처럼 고개를 돌린 채 벌벌 떠는 오미야의 목에 드디어 히데츠구의 손이 뻗어왔다. 오미야의 얼굴을 억지로 자기 쪽으로 돌리고 집요하게 물었다.

"어서 말해! 마음먹은 그대로 말해."

오미야의 앳된 얼굴에는 전혀 핏기가 없었다. 공포로 온몸의 피가 얼어붙었는지도 모른다.

"어서 말하지 못하겠어! 말하면 나쁘다고 생각하는 거야?"

"아닙니다…… 그런…… 그런……"

"그렇다면 말해! 내가 죽은 뒤 타이코는 반드시 널 끌어갈 거야."

"그때는…… 그때는……"

"어떻게 하겠어? 빨리 대답해!"

"자……자……자결하여 주군의 뒤를 따르겠습니다."

히데츠구는 가만히 손을 놓으면서 다시 뚝뚝 눈물을 떨구었다.

그 자리에 있던 사람들은 안도의 숨을 내쉬었다. 오미야의 절박한 대답이 히데츠구의 노기를 풀어주었다고 생각했다.

"그래, 그렇게 하겠다는 말이지……"

"예."

"알겠어. 저기 있는 칼을."

"아니, 칼을……?"

"그래. 그때 자결할 바에는 지금 내 손으로 죽여주는 것이 그대에게 자비로운 일이겠지……?"

드디어 최악의 장면이 벌어졌다. 이렇게 되리라고는 아무도 생각지 못했다. 히데츠구의 태도가 너무도 초연해 그만 모두가 안도했던 것인데……

"예. 여기 칼이 있습니다."

오미야는 뜻밖에도 흐트러짐 없는 걸음걸이로 칼을 가져다 바치며 또렷하게 말했다. 이 작은 새는 이미 불가피한 자신의 비운을 자각하고 받아들일 각오를 굳혔는지도 모른다.

히데츠구는 무표정하게 칼을 쑥 뽑아들있다. 몽유병자와도 같이 몽롱하게……

4

칼을 뽑아든 히데츠구는 비틀거리면서 일어났다. 전신에서 요기를 내뿜고, 등불이 만든 그림자가 등뒤 휘장에서 크게 움직였다.

히데츠구의 눈은 여전히 허공을 응시한 채 눈물을 떨구고 있었다. 오미야의 생모 이치노미다이가 무언가 말하려다 그만 입을 다물었다. 섣불리 저항하면 그 다음에는 더욱 거칠어지기 때문이다.

"오미야 년이 거짓말을 했어."

"아닙니다, 추호도 거짓말은……"

"아니, 거짓말을 했어. 나는 다 알아."

"그렇지 않습니다, 그 증거로……"

오미야는 얼른 히데츠구로부터 등을 돌리고, 하얀 두 손을 가슴에 모았다.

그러나 히데츠구는 그쪽을 보려 하지도 않았다.

"오미야의 본심은 살고 싶은 거야. 아니, 오미야만이 아니야…… 누구든지 다 살고 싶은 거야."

"나무아미……"

"내 뒤를 따라 죽고 싶은 자가 있을 리 없어. 절대로 없어……"

"아닙니다, 각오가 되어 있습니다. 마음대로 하십시오."

"어쩔 수 없이 각오했다는 말이지? 궁지에 몰려 더 이상 도망칠 수 없다…… 이렇게 체념하고 한 각오를 각오라고 한다면 이 히데츠구도 각오를 했어."

"주군, 어서 저를 죽여주십시오."

"궁지에 몰리고 보니 너도 죽고 싶으냐……?"

참다못해 여기저기서 흐느껴 울기 시작했다.

당연히 미친 듯이 오미야를 베어버릴 것……이라는 예상과 달리, 오늘 밤의 히데츠구는 모두의 마음에 그대로 스며드는 인간 세상의 서글픔을 호소해왔다.

"오세치阿世智, 저 선반에서 차 항아리를 가져오너라."

이치노미다이 옆에 앉아 있던 오세치는 깜짝 놀라 고개를 들어 히데츠구를 쳐다보았다. 오세치는 쿄토 태생으로 이미 서른 살, 노래 솜씨가 좋아 소실이 된 한물 지난 여자였다.

"예. 저어 오늘 후시미에서 도착한 차 항아리 말씀입니까?"

"그래. 나야 스케자에몬이 멀리 루손(필리핀)에서 가져왔다는 항아리…… 그 항아리를 타이코가 후시미 성에서 제후諸侯들에게 강제로 팔고 있다더군."

"예, 가져오겠습니다. 잠시만……"

오세치가 허둥지둥 선반에서 높이 대여섯 치, 지름 네 치 정도의 도자기 항아리를 내려 가져왔다. 히데츠구는 손에 들었던 칼을 그 옆에 바짝 갖다대었다.

"멍청이 같은 다이젠大膳 녀석이 타이코의 비위를 맞추려고 이백 냥을 주고 사왔다는 거야."

"어머, 이 항아리가 이백 냥……?"

"이백 냥의 가치가 없다는 말이냐?"

"아니, 그런 것은……"

"그만한 가치가 있어! 자세히 봐. 이 항아리는 꼭 머리 크기만해. 그것도 늙은 곰보의 머리와 아주 비슷해. 이백 냥뿐이겠어, 천금의 가치가 있어."

"……그럴 것입니다. 멀리 루손에서 가져온 도자기이고 보면."

"그것을 좀더 오른쪽으로 놓아라."

"예."

"나는 이 항아리를 오미야 대신 베겠어."

히데츠구가 비틀거리는 순간 칼이 번개처럼 비스듬히 내리쳐지고 날카로운 칼끝이 뒤로 흘렀다.

"앗!"

오미야가 소리쳤다. 유연하게 흐르던 칼끝이 합장하고 있던 오미야의 몸에 닿았다. 옷만인지 아니면 살과 뼈도 건드렸는지…… 물색 비단옷이 겨드랑이에서 어깨까지 찢어져 오미야는 하얀 살을 드러낸 채 폭 쓰러졌다.

5

이치노미다이가 깜짝 놀라 오미야를 안아 일으켰다.

어디에도 상처는 없었다. 칼끝이 옷을 찢어놓았을 뿐…… 그렇게 생각하는 순간 ──

"으음……"

이번에는 이치노미다이가 신음하면서 정신을 잃었다.

어머니와 딸이 한 남자에게 사랑을 받는다…… 그 정신적 굴욕감을 딸보다도 어머니 이치노미다이 쪽이 더 깊고 크게 느끼고 있었다. 딸이 무사하다고 확인한 순간 그때까지 긴장해 있던 마음이 풀어지며 이치노미다이는 기절해버렸다.

히데츠구의 눈빛에 광포함이 더해졌다. 히데츠구 자신도 이에 대해서는 평소부터 마음에 걸렸던 듯.

"왜 이래, 내가 오미야를 죽인 줄 알았단 말이야?"

"아니, 그런 것은……"

깜짝 놀라 두 사람을 감싸려는 오세치 앞에 히데츠구가 칼을 바짝 들이댔다.

"그렇지 않다면 왜 미다이가 여봐란듯이 쓰러지느냐 말이야. 나에 대한 앙갚음이야. 용서할 수 없어! 죽여버리겠다."

"참으시고…… 용서해주십시오…… 이치노미다이는 다만…… 놀랐을 뿐입니다."

"에잇, 어서 비켜! 나는 죽이겠다고 하면 죽이는 사람이야. 모녀를 함께 죽이고 말겠어."

히데츠구가 번쩍 발을 들어 오세치를 걷어차는 것과, 지금까지 반대쪽에 묵묵히 대령하고 있던 후와 반사쿠不破伴作가 홱 몸을 던지듯이 히데츠구 앞을 막아선 것은 동시의 일이었다.

"주군, 진정하십시오."

두 팔을 벌린 코쇼 차림의 반사쿠는 여자들과는 다른 요염함을 내뿜고 있었다.

반사쿠는 열일곱 살. 노부나가에게 모리 란마루森蘭丸가 그랬던 것같이, 히데츠구가 가는 곳에는 반드시 그림자처럼 따라다니는 아끼는 총신이었다.

"반사쿠, 어째서 말리느냐!"

"주군, 그 모습이 한심스럽습니다."

"뭣이, 내 모습이 한심스러워?"

"예. 지금의 주군, 어찌 칸파쿠의 모습이라 할 수 있겠습니까? 여기 있는 여자들은 모두 칸파쿠를 의지하고 살아가는, 반항 한 번도 하지 못하는 분들입니다."

"재미있는 소리를 지껄이는군, 반사쿠 녀석이. 그럼, 너는 반항할 수 있다는 밀이냐?"

"엉뚱한 곳으로 말씀을 돌리지 마십시오. 보시다시피 모두가 겁에 질려 있으니 칼을 거두십시오."

"반사쿠, 칼을 뽑아라!"

"아니, 무어라 하셨습니까?"

"여자들에 대한 분노는 진정시키겠다. 그 대신 네가 내 상대야."

"어찌 그런 무리한 말씀을……?"

"무리하지 않아! 이 히데츠구는 세상에 있는 모든 자들을 죽이고 또 나도 죽고 싶은 심정이다. 이 슬픔은 누구도 알지 못해…… 그렇다! 반사쿠, 망설일 것 없다. 그 손으로 죽일 수 있겠거든 어서 이 히데츠구를 죽여보아라."

"진정하십시오."

반사쿠는 견디다못해 우렁찬 소리로 말했다.

"이성을 잃으시면, 타이코의 눈이 정확했다…… 히데츠구는 칸파쿠가 될 그릇이 아니었다고 후세까지 비웃음을 사게 됩니다."

"각오하고 있어. 비웃고 싶은 자는 비웃어도 좋아. 이 히데츠구는 이미 남의 평가 따위에는 구애받지 않는다. 어서 칼을 뽑아라, 반사쿠! 나는 미쳤다…… 혈육인 외숙부에게 학대를 받아 미쳤어. 그래도 좋아. 그래도 좋다는 말이야, 이 히데츠구는……"

6

반사쿠는 크게 팔을 벌려 왼손으로 히데츠구의 오른쪽 팔꿈치를 꼭 누른 채 점점 눈시울을 붉혔다.

'역시 이렇게 되는구나……'

폭음 끝에 이렇게 된다는 사실을 알고는 있었지만 그래도 슬펐다.

인간이란 가장 믿던 상대로부터 냉담하게 배신당했다고 생각할 때는 이처럼 분별을 모르고 광란하게 되는 것일까……?

사실 히데츠구가 가장 믿던 사람은 히데요시였다. 그 히데요시가 진심으로 히데츠구를 증오하고 있다……고는 도저히 생각할 수 없는 반사쿠였다.

요도 부인을 비롯하여 이시다 미츠나리石田三成, 마시타 나가모리增田長盛 등이 히데츠구를 방해하는 것은 사실이었다. 그러나 히데츠구 쪽에서 이를 알아차리고 근신하기만 하면 충분히 두 사람 사이를 호전

시킬 기회가 없지 않았다. 그런데 히데츠구는 자기 쪽에서 그 관계를 파괴해나가고 있었다.

'그 원인은 조선 출병 때 히데요시가 보인 과대한 언동에 있다……'

반사쿠는 이렇게 해석하였다.

당장이라도 조선과 명나라를 정복하여 히데츠구를 조선 왕으로 삼겠다느니, 명나라의 칸파쿠로 앉히겠다느니 하는 말이 히데츠구의 마음에 비뚤어진 의심을 심어주었다. 아니, 그 후에도 고전한다는 소식이 전해질 때마다 몇 번이나 히데츠구의 출전이 소문에 올라 더욱 의심을 깊게 했다.

'타이코는 이길 수 없는 전쟁인 줄 알면서도 이 히데츠구를 대륙에 보내 자멸시키려 한다……'

이렇게 생각하면서 히데츠구는 완고해졌고, 그런 생각을 하는 한 한 번 생긴 그의 의심은 깊어질 뿐 결코 풀리지 않았다.

"자, 이렇게 되었으니 반사쿠를 상대하겠다. 너는 이 히데츠구의 고민을 알고 있다. 어서 칼을 뽑아라! 칼을 뽑아 마음대로 휘둘러라. 내가 죽느냐, 네가 죽느냐……"

반사쿠는 여전히 같은 자세를 취한 채 동료 코쇼인 사이카 오토라雜賀阿虎에게 말했다.

"오토라, 미다이 모녀를 어서 안으로 모셔."

"그러면, 정말 결판을?"

"어서! 이대로는 수습이 되지 않겠어. 상처를 입으면 안 돼. 여자들은 모두 이 자리를 피하도록."

"알았어."

오토라가 일어나 이치노미다이를 업고, 야마다 산쥬로山田三十郎는 오미야를 두 팔에 안으면서 모두에게 재촉했다.

"자, 모두들 어서……"

그동안 히데츠구는 다시 아연한 표정이 되어 반사쿠에게 팔꿈치를 잡힌 채 서 있었다.

소실들이 당황하며 일어섰다. 광풍에 불려 흩날리는 가련한 꽃……더구나 이런 광경은 오늘 밤만의 일이 아니었다. 요즘 거의 매일같이 반복되는 술자리의 종착점이었다.

모두가 나가버린 뒤의 전각은 훨씬 더 넓어 보였다. 나란히 이어져 있는 촛대와 남아 있는 술상이 불탄 자리를 연상시켰다.

"좋아, 모두 사라졌어! 자, 덤벼라. 승부를 가리자, 반사쿠."

정신이 든 것처럼 소리지르기 시작한 히데츠구.

"그럼, 실례!"

반사쿠는 그런 히데츠구의 옆구리 급소를 찔렀다.

히데츠구는 소리도 없이 그 자리에 폭삭 무너져 내렸다.

7

반사쿠는 쓰러진 히데츠구 옆에 조용히 앉았다. 여자들을 내보내고 돌아온 사이카 오토라와 야마다 산쥬로는 이 모습을 보고 눈이 휘둥그레졌다. 히데츠구의 술주정에 익숙한 코쇼들도 주군에게 이렇게까지 하여 일을 수습해야 한다고는 생각지 않았다.

"이래도 괜찮을까, 반사쿠?"

불안한 듯이 오토라가 말했다.

"정신이 드시면 더욱 진노하실지 모르는데."

"정말이야. 감히 주군의 몸에……"

산쥬로의 말을 반사쿠가 제지했다.

"나도 생각했어. 이제는 우리가 주군의 카이샤쿠介錯°를 할 때가 되지 않았나 하고……"

"무슨 말을 하는 거야, 반사쿠? 아직 타이코의 마음이 풀리지 않았다고 생각하기에는 너무 일러. 지난 이십육일에 이시다 지부, 나츠카 마사이에長束正家, 마시타 나가모리 세 사람이 힐문하러 왔을 때 주군은 서약서를 일곱 장이나 쓰셨어…… 그게 효력을 발휘했는지 지금까지 후시미에서는 아무런 불평도 말해오지 않았어."

핏대를 세우면서 반발하는 산쥬로를 반사쿠가 손을 들어 제지했다. 그러는 반사쿠의 두 눈에는 두 사람의 코쇼와는 달리 깊은 수심이 깃들어 있었다.

"이제 와서…… 서약서 따위는 아무 소용도 없어."

"서약서가 소용없다니, 어째서 그렇단 말인가?"

"그것은 하나의 절차에 불과해, 처형할 때까지의……"

"어떻게, 어떻게 그렇다고 단정할 수 있단 말인가?"

"이미 중신들마저도 주군과 상의하지 않게 되었어. 오늘 밤만 해도 체면을 지키는 체하다가 일찍 자리를 떴어…… 주군을 포기한 증거라고 생각지 않나?"

"중신들이 주군을 포기했다고?"

"그래. 처음에는 주군의 위광을 등에 업고 설치던 사람들이 주군을 선동했어. 가만히 앉아 이대로 죽을 수는 없다, 이 쥬라쿠 저택에서 농성하자고도 하고, 농성으로는 승산이 없으니 일거에 후시미 성을 공격하자거나, 오미近江의 사카모토坂本로 나가 일본을 둘로 나누어 결전을 벌이자……는 등 갖가지 의견을 내놓았어. 그런데 이 사람들이 요즘에는 아무 말도 않고 있어……"

반사쿠는 이렇게 말하면서 정신을 잃은 히데츠구의 얼굴을 손수건으로 덮었다. 차마 눈으로 볼 수 없을 정도로 초췌해진 얼굴, 창백한 얼굴이었다.

"지금 중신들 사이에서도 세 가지 의견이 나오고 있어. 첫째는 어떻게든 여기서 주군과 손을 끊고 자기 목숨만이라도 지탱하고자 생각하는 사람……"

"그……그런 비겁한 자가?"

"잠깐 기다리게, 오토라. 두번째는 이미 살아날 길이 없으므로 같이 죽자…… 이렇게 함으로써 하다못해 자손에게나마 타이코의 진노가 미치지 않도록 하자고……"

"또 하나는…… 또 하나는 무언가? 세 가지 생각이 있다고 하지 않았나?"

"그리고 또 하나는 주군의 행동을 낱낱이 타이코에게 밀고하여 자신의 이익을 꾀하자는 생각이야."

"그게 누구란 말인가? 사실이라면 용서할 수 없어."

반사쿠는 두 사람의 물음에는 대답하지 않았다. 그리고는 뜻밖의 말을 꺼냈다.

"나는 내일 아침 주군이 깨어나시면 황실에 헌금을 하시도록 권할 생각이야."

"황실에 헌금을…… 헌금을 한다고 해서 이런 마당에 황실이 주군의 편을 들 것 같은가?"

산쥬로는 어깨를 들먹이며 반사쿠에게 따지고 들었다.

8

심지가 다 탔는지 불이 하나둘 꺼지기 시작했다.

쓰러져 있는 히데츠구를 둘러싼 코쇼 세 사람의 그림자가 넓은 전각을 더욱 기괴한 요기 속으로 녹아들게 했다.

"헌금하면 황실이 편을 들 것이라고 누가 말하던가? 아니면, 자네 혼자만의 생각인가?"

산쥬로가 다시 반사쿠에게 대들듯 물었다.

반사쿠는 천천히 고개를 가로저었다.

"주군에게 딸려 있는 원로 타나카 효부노타유와 중신 키무라 히타치노스케木村常陸介의 밀담을 내가 엿들었어."

"뭐, 엿들었다고……?"

"나쁜 줄은 알면서도 주군 신상이 염려되어 엿들었어."

"타나카 님이 무어라고 하던가?"

"헌금을 하게 되면 이를 신호로 후시미로 불러들여 처형할 것이니 조심하라고……"

"타나카 님이 누설했다는 말이지?"

"주의를 촉구한 거야. 그러므로 만약에 주군이 헌금하시겠다면 만류할 것인지 권할 것인지……"

"권하다니, 그럼 배신하라는 암시가 아닌가?"

"아니, 그렇지는 않았어."

반사쿠는 다시 고개를 가로저었다.

"타나카 님의 충고였어. 타이코 쪽에서는 만일 헌금하게 되면 황실까지 끌어들여 모반할 속셈이라고 당장 처형하려 할 것이니, 그 뒤통수를 치자는 권고였어."

"뒤통수를 치다니……?"

"헌금을 하고 황실에 칸파쿠 직에서 파면시켜달라고 청원하라는 것이었어. 히데츠구는 몸이 허약하므로 벼슬에서 물러나 할머니 오만도코로의 위패를 모신 절에 들어가 머리 깎고 중이 되고자 하니 타이코에게 잘 말씀 드려달라…… 이렇게 하여 황실의 주선으로 출가하면 타이코도 주군의 목숨까지는 빼앗지 못할 것이다, 이제 와서는 목숨을 건질

방법은 이것밖에 없다는 밀담이었어……"

"그럼, 이에 대해 키무라 히타치노스케 님은 무어라 대답했나?"

"거기까지는 듣지 못했어. 그러나 아직까지 주군께 말씀 드리지 않은 것을 보면 건의해도 소용없다고 생각한 모양이야."

"그러니까 자네가 주군께 건의하겠다는 말이로군."

"응, 그래. 그리고 받아들이시지 않을 경우에는 자결을 권하고 내 손으로 카이샤쿠를 하고 싶어. 이미 때가 왔다…… 아무래도 이런 생각이 들어……"

반사쿠는 이렇게 말하고 사이카 오토라에게 눈짓을 하여 둘이서 히데츠구를 부축해 일으켰다.

"자, 침소로 모시도록 하세."

"으음, 그런 의미의 헌금이란 말이지."

"상대는 그때를 기다리고 있어. 모반의 증거로 삼기 위해……"

산쥬로는 두 사람이 사라진 뒤에도 잠시 꼿꼿이 앉은 채 움직이지 않았다. 그들이 보기에도 이미 파국은 목전에 다가와 있었다.

"게 누구 없느냐? 주연이 끝났으니 상을 치워라."

4반각(30분)이나 묵묵히 앉아 있던 산쥬로가 큰 소리로 숙직자에게 명하고 히데츠구의 침소 옆방으로 갔을 때, 침소에서는 정신이 든 히데츠구의 처절한 흐느낌 소리가 들려왔다. 반사쿠가 벌써 무슨 말을 했는지도 모른다.

9

잠에서 깨면 절대로 혼자서는 자지 못하는 히데츠구였다. 때로는 서너 명의 시첩侍妾에게 자리를 나란히 깔게 하고는 차례로 자기 잠자리로 불러들이는 해괴하고 잔인한 짓까지도 서슴지 않았다. 물론 타이코와의 사이가 이렇게 벌어지기 전에는 그런 병적인 행동은 하지 않았다. 그는 넘치는 청춘을 낭비하기는 했으나, 소박한 무장으로서 최소한의 자세는 지니고 있었다. 무엇보다 무예연마에 마음을 쏟고, 학문도 이해하려고 익살스러울 정도로 노력했다.

타이코와 사이가 벌어지면서 홍수에 터진 제방처럼 히데츠구는 건잡을 수 없이 무너져 내렸다.

술에도 분노에도 절도가 없어졌다. 여기에 인간에 대한 불신의 감정이 가미되어, 규방 생활에도 차마 눈뜨고는 볼 수 없는 잔인하고도 음란한 행위가 더해졌다.

어느 소실은 한겨울에 발가벗은 채 정원으로 쫓겨나고, 또 어느 소실은 피로한 나머지 코를 골았다고 하여 하마터면 죽을 뻔했다. 화병의 물을 머리에서부터 뒤집어쓴 사람도 있었고, 정사 도중에 교체되어 그 자리에서 물러나는 것마저 금지당하고 밤새도록 머리맡을 지켜야 하는 사람도 있었다.

이렇게 되면 이미 인간은 악마 이상이었다. 어떻게 하면 한층 더 잔혹한 짓을 할 수 있을까 하고 무섭게 눈을 부라리고 미쳐 날뛰었다. 그런 히데츠구가 오늘 밤에는 여자도 부르지 않고 반사쿠와 단둘뿐인 침소에서 마구 울부짖었다.

사이카 오토라는 저도 모르게 귀를 기울이며 마른침을 삼켰다. 반사쿠와 히데츠구 사이에 어떤 말이 오가는지, 이것이 그대로 자기들의 운명도 결정짓는다는 생각에 귀를 곤두세우지 않을 수 없었다.

한참 동안 울고 나서 히데츠구가 말했다.

"반사쿠, 너도 역시 무자비한 녀석이야."

"황송합니다."

"누구나 모두…… 전부가 히데츠구를 버렸다니, 용케도 그 말이 입에서 나오는구나."

"굳게 마음을 먹고 말씀 드렸습니다. 말씀 드리지 않으면 그건 불충 不忠입니다."

"잘 말했다, 반사쿠…… 나도 이미 그렇게 되었다고 알고 미친 난행을 서슴지 않았어."

"그러시면 이대로 그냥…… 처벌만 기다리시겠습니까?"

"아니, 네 말을 따를 수밖에 없겠어. 내일 아침 즉시 무토 사쿄武藤左京를 불러 황실에 문안을 드리겠다."

이번에는 반사쿠의 흐느낌이 낮게 흘러나왔다.

"이치노미다이의 아버지 키쿠테이 하루스에菊亭晴季를 통해 백은白銀 삼천 장을 헌납…… 이것이면 된다는 말이지?"

"황송합니다."

"아니, 그걸 처자의 목숨을 건지는 비용으로 사용하라……는 네 생각은, 아직 나를 염려하기 때문이라는 것을 잘 안다."

"주군!"

"그런 뒤 나는 곧 타이코에게 아무런 이심異心도 없다는 것을 고하고 코야산으로 가겠어. 그러면 되겠지?"

"예…… 예. 그것만이 유일한 방법이라는 타나카 효부노타유 님의 말씀이 있었습니다."

"좋아, 그렇게 하겠다. 나 때문에 처자까지 죽인다면 신불에게 미안한 일이야."

"주군! 그리고 또 한 가지 부탁이……"

"무엇인지 말해보라."

"제 생각입니다만, 도쿠가와 님에게만은 모든 것을 밝히고 도움을 받을 수 없을까요?"

"그러나 다이나곤은 쿄토에 없어. 츄죠라면 몰라도."

사이카 오토라는 무릎을 꼭 붙들고 움츠려 앉은 채 모든 신경을 귀에
집중시켰다.

10

칸파쿠 히데츠구는 드디어 쥬라쿠 저택을 나와 중이 될 생각을 한 모
양이었다. 그 절차로 우선 이치노미다이의 친정 식구인 키쿠테이 하루
스에를 통해 백은 3,000장을 황실에 헌납하고, 그 주선으로 히데요시
로부터 처자의 안전을 도모하겠다는 것이다.

아무리 히데요시라 해도 중이 되어 오만도코로의 명복을 빌겠다는
히데츠구를 죽이라고는 하지 못할 터. 게다가 황실의 입김도 있고 하
니, 다섯 살인 적자 센치요마루仙千代丸에게 약간의 영지는 남겨주어
가계의 존속만은 허락할 것이다.

"여기에 하나 더. 도쿠가와 님의 조언이 있다면, 한층 더 힘이 될 것
입니다만……"

반사쿠는 이렇게 말하였다.

물론 이런 생각은 중신들도 틀림없이 했을 터였다. 하지만 그들은 모
두 나름대로의 생각으로 주저하다가 이제 와서는 새삼스럽게 그 말을
꺼내지 못할 입장이었다……

아니, 중신들이 말했더라면 감정적으로 지나치게 비뚤어진 히데츠
구가 들으려 하지 않았을지도 몰랐다. 그런 의미에서 반사쿠의 제안은
양쪽 모두에게 바람직한 일이었다.

"그래, 츄죠에게 사정을 털어놓는 편이 좋겠다는 말이지?"

"예, 츄죠 님이 직접 힘을 가지고 있지는 않습니다. 하지만 그 배후
에는 다이나곤이 있습니다. 츄죠 님을 통해 다이나곤에게 말씀을 드려

주셨으면…… 하고 부탁하면 반드시 힘이 될 것이라고……"

반사쿠의 말은 점점 더 작아져 알아듣기 어려웠다.

사이카 오토라는 자기 일인 양 크게 고개를 끄덕이고 듣지 못한 부분은 자기 생각대로 보충했다.

분명히 묘안이었다. 히데요시가 이에야스를 어려워한다는 것은 세상이 다 아는 일이고, 이에야스의 아들 히데타다가 쿄토의 이 저택에 머물면서 히데츠구와 접근하고 있는 것도 사실이었다. 그 히데타다를 불러서 사정을 자세히 설명하고 그 아버지 이에야스의 조력을 청한다……고 하면 황실의 주선과 함께 충분히 힘이 될 것이었다.

"히데타다를 초대하라는 말이지……?"

다시 안에서 히데츠구의 말이 들려왔다.

"요즘에는 히데타다도 얼굴을 보이지 않아. 허나 바둑이나 두자고 낮에 초대하면 싫다고는 하지 않을 거야."

"술자리라면 오지 않겠지만 낮에 바둑을 두자고 하면 기꺼이 응할 것입니다."

"그래, 그래야겠어. 나도 이제는 피곤해…… 하루속히 이 고통에서 벗어났으면 싶어."

"잘 압니다."

"내가 중이 됨으로써 가문이 유지된다고 하면, 가신家臣들 중에서도 몇몇 사람은 떠돌이가 되지 않아도 될 거야. 왜 진작에 그것을 깨닫지 못했을까."

침소에서 들려오는 두 사람의 이야기를 듣던 사이카 오토라의 눈에서도 어느새 눈물이 뚝뚝 떨어졌다.

결코 바람직한 해결책은 아니었다. 그러나 오도가도 못하게 된 숨막히는 처지에서 이러한 조처만으로도 겨우 움직일 수 있을 것 같은 생각이 들었다.

'외로우실 것이다. 칸파쿠라는 빈자리만 지키던 분……'

침소에서는 다시 소곤소곤 두 사람의 이야기가 계속되었다.

11

돌이켜보면 히데츠구의 생애처럼 자주성이 없는, 부평초 같은 인생도 드물었다.

히데요시라는 불세출의 영웅을 외숙부로 둔 히데츠구의 일생은 모두 그 여파에 휩쓸려 왼쪽으로 갈 자유도 오른쪽으로 갈 자유도 허용되지 않았다. 실에 매여 조종되는 인형극의 인형은 자기 의사가 없지만, 히데츠구는 의사를 가진 인간으로 태어났으면서도 히데요시가 조종하는 실에서 한 걸음도 벗어날 수 없었다.

히데요시의 누나 닛슈日秀의 아들로 태어나 미요시 야스나가 뉴도 쇼간三好康長入道笑巖의 양자가 되어 미요시 성을 갖게 된 것도 히데요시의 뜻이었고, 18세에 하시바羽柴란 성을 쓰게 된 것도 히데요시의 지시였다.

코마키 전투와 나가쿠테長久手 전투에서 패했을 때의 심한 질책도, 19세에 20만 석의 오미 영주가 되어 칭찬받았을 때의 기억도, 그 원인에 대해서는 히데요시만이 알뿐 히데츠구는 잘 납득이 가지 않는 일이었다.

큐슈九州 출진에서 세운 전공, 오다와라小田原 전투에 이은 오슈奧州 정벌…… 히데츠구는 오직 이기지 않으면 죽는 것이 전쟁터이기 때문에 필사적으로 싸웠을 뿐, 이로 인해 자기가 칸파쿠가 되리라고는 생각지도 않았다.

그런데 츠루마츠의 죽음으로 눈 깜짝할 사이에 도요토미 가문의 후계자가 되고 또 칸파쿠의 자리에 올랐다. 히데요시의 나고야 출진 때는 그 자신도 놀라운 연극 같은 동작으로 까다로운 서약서를 쓰게 한 뒤 히데요시는 이렇게 선언했다.

"일본을 네게 건네겠다."

알 듯하면서도 알 수 없는 것은, 그 일본의 칸파쿠가 자기 뜻대로는 사냥조차 마음대로 할 수 없었다.

"군사에 대한 일은 내가 장악한다."

"재정은 아직 맡기지 않겠다."

히데요시는 이렇게 말했다. 군사와 재정을 제외한다면 칸파쿠가 할 일은 무엇이란 말인가. 칸파쿠란 이름만의 직위를 가진 일개 다이묘에 불과했다. 그나마도 히데요리가 태어난 날부터는 눈엣가시 같은 방해자로 바뀌고 말았다.

아무것도 아니었다. 하나에서 열까지 히데요시의 장난감으로 꾸중을 듣거나 칭찬을 듣고, 치켜올려졌다 깎아내려졌다 했다. 그러는 동안, 히데츠구는 역신 또는 모반자라는 이름을 들으며 꼼짝없이 적으로 돌려지고 말았다.

'이런 어처구니없는 일이……'

이를 갈면서 수위를 돌아보았을 때 그에게 허용된 것이라고는 술에 취해 여자를 괴롭히는 일밖에 남아 있지 않았다.

그 지옥 속에서 드디어 히데츠구는 손을 들어버린 듯——외숙부와 히데츠구의 행복은 양립되지 않았다. 외숙부의 인생은 혈육의 행복을 갈래갈래 찢어놓는 이리 같은 비정함을 지니고 있었다. 그것은 영웅이란 독재자 주위에 쌓이는 희생의 탑인지도 모른다.

얼마 후 후와 반사쿠는 눈시울이 빨갛게 되어 침소에서 나왔다. 흘끗 오토라의 얼굴을 바라보고는 묵묵히 그 옆에 나란히 앉았다.

"잠이 드신 모양이지?"

"응, 그래."

"이것으로 주군의 생애도……"

그 말에 반사쿠는 대답하지 않았다.

이제 얼마 있지 않으면 짧은 여름 밤은 가고 동이 터올 것이다. 날이 밝으면 중신들이 마지막 회의를 열 테지만, 과연 그들의 생각대로 되어 갈 수 있을지……

두 사람 모두 날이 완전히 밝을 때까지 꼼짝도 않고 앉아 있었다.

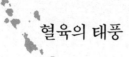

혈육의 태풍

1

히데츠구가 황실에 백은 3,000장을 헌납한 것은 7월 3일. 히데요시에게 다른 마음이 없다는 뜻의 서약서를 키무라 히타치노스케를 통해 후시미 성에 전한 것은 그 이틀 후인 5일이었다.

6일 아침 일찍 히데츠구는 쥬라쿠 저택에 머무는 도쿠가와 히데타다에게 바둑을 두자고 초청했다. 초청하러 온 사자는 서무와 출납을 담당하는 야마모토 토노모노스케山本土殿助였다.

도쿠가와 쪽에서는 도이 토시카츠가 직접 응대했다.

토노모노스케는 아무 걱정도 없는 듯 밝은 표정이었다.

"요즘 더위는 유별납니다마는, 츄죠 님은 별고 없으시겠지요?"

이렇게 말을 꺼냈다.

도이 토시카츠는 아직 히데츠구의 헌금 사실을 몰랐다.

중신들이 매일처럼 칸파쿠를 둘러싸고 무언가를 협의하고 있었고, 쥬라쿠 성곽과 시가지를 잇는 출입문에는 현저하게 경비원의 수가 늘어나 있었다.

'드디어 사정이 급박해졌구나……'

이런 생각은 하였으나, 벌써 히데츠구의 발밑까지 불이 붙은 줄은 알지 못했다.

"예. 무더위를 극복하기 위해서라면서 요즘에는 매일같이 병법에만 열중하고 계십니다."

"그거 참 훌륭한 일입니다. 실은 말입니다, 도이 님. 칸파쿠께서는 한동안 츄죠 님이 안 보여 혹시 더위라도 드시지 않았나 걱정하여 저더러 알아보고 오라고 하셨습니다."

"그러시군요. 염려해주셔서 감사합니다."

"무사하시다니 다행입니다. 그러면 곧 칸파쿠의 말씀을 전해주십시오. 오늘 오랜만에 바둑을 두고 싶다, 너무 더워지기 전이 좋을 것이므로 그대가 가서 모시고 오라고 하셨습니다."

토시카츠는 깜짝 놀랐다. 이에야스가 간곡히 부탁한 말을 떠올렸기 때문이다.

"그……그것 참…… 유감스럽습니다. 실은 츄죠 님은 오늘 출타하실 예정이어서 지금 그 준비를 하고 계십니다."

"아니, 출타하신다고요?"

"예…… 그렇습니다……"

너무 갑작스런 일인지라 토시카츠도 그만 당장에는 적절한 대답이 나오지 않았다.

토노모노스케는 의아하다는 듯이 고개를 갸웃했다.

"사오 일 동안은 출타가 금지되어 있는데요……?"

"그것이…… 실은 거절할 수 없는 분이 부르셨기 때문에."

"거절할 수 없는 분……이라니요?"

"다름 아니라 후시미의 타이코 전하가 부르셨습니다."

그제서야 토시카츠는 겨우 침착성을 되찾고 말의 순서를 생각할 수 있게 되었다.

"아마 토노모노스케 님도 나야 스케자에몬을 아실 것입니다. 그 사람이 루손에서 진귀한 도자기를 많이 가져왔다고 하여 츄죠 님도 다회에 초대받았습니다."

"다회에 초대를……?"

토노모노스케는 다시 한 번 고개를 갸웃했다.

"그런 사자가 저택 안에 들어왔다는 보고는 없었는데, 그 말씀, 사실이겠지요?"

탐색하듯 토시카츠를 바라보았다.

토시카츠는 당황했다. 요즈음 쥬라쿠 저택의 모든 출입문에는 경비병이 배치되어 있었다.

'아차, 내가 서툰 말을 했구나……'

이렇게 생각하는 순간 스스로도 자기 표정이 일그러지고 있다는 것을 느낄 수 있었다.

2

토시카츠는 칸파쿠가 이미 출가를 결심하고 있다는 사실을 아직 알지 못했다. 따라서 군사를 일으킬 뜻을 굳히고 히데타다를 인질로 잡으려 한다고 판단하여 더욱 생각이 혼란스러워졌다.

"그……그……그것은 사오 일 전, 아니 오륙 일 전의 일이었습니다, 초대받은 것은…… 그때, 오늘 낮에 자리를 마련하여 차를 나누려고 하니 꼭 참석하라는 분부가 계셨습니다."

"그렇습니까. 오륙 일 전……이라면 사자의 내방이 보고되었을 리 없지요…… 그러나저러나 유감입니다."

"예. 츄죠 님도 유감스럽게 생각하실 것입니다. 그러나 다른 분도 아닌 타이코 전하의 말씀이고 보면 불참하실 수도 없습니다. 그 뜻을 칸파쿠 님께 잘 전해주십시오."

그러면서 얼른 선수를 쳤다.

"그런데 세상에는 이상한 소문이 나돌고 있더군요."

"아, 그런 걱정은 하실 필요 없습니다. 모든 일이 잘되고 있으니까요. 출입문 경계도 하루 이틀 뒤면 필요 없을 것입니다."

"모든 일이 잘되다니요?"

"헛소문을 완전히 없애기 위해 황실에서도 배려가 계실 것입니다. 아마 칸파쿠께서는 이에 대해서도 츄죠 님에게 말씀하실 것으로 압니다마는……"

도이 토시카츠는 또다시 바짝 긴장했다.

'그렇다면 히데요시 쪽에서 기다리는 황실 헌금을……'

이런 토시카츠의 상상을 토노모노스케는 밝은 표정으로 긍정했다.

"실은 이번에 칸파쿠 쪽에서 황실에 헌금을 하셨습니다."

"허어, 헌금을?"

"황실에 대한 충성심에서였습니다. 황실에서도 이를 가납嘉納하시고 중재하시게 되어 이번에야말로 모든 사실이 명명백백하게 밝혀질 것입니다. 도이 님 앞이라서 말씀 드립니다마는, 지금까지는 잔뜩 구름이 끼어 있지 않았습니까?"

"그……그렇군요."

고개를 끄덕이기는 했으나 그때부터 이미 토시카츠는 토노모노스케의 말 따위는 듣고 있지 않았다.

'드디어 불이 붙었구나!'

어떠한 변명을 하건 황실 헌금을 계기로 히데츠구의 처형을 집행한다는 타이코 쪽 정보를 입수한 토시카츠였다. 비록 헌금이 황실을 위한 순수한 충성심에서였다고 해도 이시다, 마시타, 나츠카 등은 틀림없이 왜곡시켜 타이코에게 보고할 터였다.

　문제는 아직 아무것도 모르고 활터에서 연습을 하고 있을 히데타다를 어떻게 이 성에서 나가도록 하느냐에 있었다. 만일 시기를 놓쳐 히데타다가 칸파쿠의 포로가 되기라도 한다면 토시카츠는 더 이상 설자리가 없었다.

　이러한 토시카츠의 초조감을 아는지 모르는지 야마모토 토노모노스케는 부드러운 어조로 말을 계속했다.

　"헌금과 동시에 칸파쿠께서는 결코 다른 마음이 없다는 뜻을 타이코에게 전했지요. 머지않아 타이코 쪽에서도 칸파쿠를 초대할 것입니다. 누가 무어라 해도 역시 혈육, 두 분만이 대화를 나누시면 잘 통할 것이고…… 참, 이번에는 칸파쿠도 자진해서 후시미 성에 가겠다고 하셨습니다. 우리도 모두 크게 안도하고 있습니다."

3

　도이 토시카츠는 더욱 머리가 혼란스러워졌다.

　토노모노스케의 말에는 전혀 불안한 기색이 없었다. 정말 타이코의 초대가 있고, 히데츠구가 후시미까지 가서 대면할 줄로 믿고 있었다. 그렇다면, 히데타다를 후시미로 피하게 하는 것이 도리어 사태를 드러내는 결과가 될지도 모른다.

　그렇다고는 하지만, 타이코로부터 다회에 초대를 받았다는 핑계로 쥬라쿠 저택에서 나가는 이상, 히데타다를 히데요시와 만나게 하지 않을 수는 없었다.

　'그때는 무어라 말해야 하지……?'

히데타다마저도 위험을 느끼고 후시미로 피했다면, 히데요시 쪽에서는 이것이야말로 칸파쿠가 모반하는 증거라 내세울지도 모른다. 히데타다는 직접 모반을 알린 장본인이 되고, 일부러 이 사건의 도화선에 불을 지른 결과가 될지도 모른다.

그렇다고 해도 일단 입 밖에 낸 이상 실행할 수밖에 없었다.

도이 토시카츠는 야마모토 토노모노스케를 보내고 나서 즉시 코노미를 불렀다. 코노미는 그날 이후 코쇼들 틈에 섞여 히데타다의 신변을 돌보고 있었다.

히데타다는 가까이에서 보면 볼수록 근엄하고 노숙한 성자聖者와도 같은 인품을 지니고 있었다. 평소 히데타다는 어떤 행동을 취할 때도 자신이 소심한지 대담한지 근시近侍에게조차 드러내지 않았다. 어쩌면 자신을 죽이고 오로지 이에야스의 뜻대로 살고자 노력한 결과 이렇게 되었는지도 모른다.

"코노미, 드디어 주군의 예측대로 되어가고 있어."

토시카츠가 말했다.

"황실에 헌금한 사실은 몰랐는데 벌써 사흘 전에 보냈다는군. 챠야는 그 사실을 탐지했으면서도 알릴 수 없었을 거야."

코노미는 별로 놀라는 기색이 아니었다.

"그래서 츄죠 님을 마침내 후시미로 보내실 생각인가요?"

"그런데 문제가 생겼어. 그대는 지혜로운 사람이니 좋은 생각이 있거든 말해주길 바라."

신중하게 목소리를 낮추고 무릎걸음으로 다가앉았다.

"칸파쿠 쪽에서는 황실의 중재도 있고 하여 머지않아 타이코를 만나게 될 것이다, 만나면 두 사람 사이에는 화해가 이루어진다…… 이렇게 믿는 모양이야. 그런데 츄죠 님을 후시미로 피신시킨다…… 이렇게 되면 츄죠 님이 불을 지른 것이 되지 않을까?"

코노미는 아무렇지도 않은 표정으로 태연하게 대답했다.

"그렇게 된다 해도 도리가 없습니다."

"뭐, 불을 지르는 결과가 되어도 할 수 없다는 말인가?"

"아니, 그것을 피하는 수단은 따로……"

"그렇다면 안심이지만…… 그대라면 무어라 말하면서 칸파쿠 앞에 나서겠나?"

코노미는 미소를 띤 채 거침없이 대답했다.

"그런 일이라면 제 의견보다는 먼저 츄죠 님 본인의 의견을 물으시는 편이 도리인 줄 압니다마는."

"으음, 남의 지혜로는 안 된다는 뜻이로군. 좋아, 그럼 츄죠 님의 의견을 먼저……"

토시카츠는 얼른 일어나 직접 히데타다를 부르러 갔다.

그동안 코노미는 왠지 즐거웠다. 이로써 지금까지 정체를 파악할 수 없었던 히데타다의 현명 여부를 알 수 있다…… 지금까지 히데타다의 성격은 코노미도 파악할 수 없는 수수께끼에 싸여 있었다.

히데타다가 온 것은 그로부터 얼마 지나지 않아서였다.

4

히데타다는 땀이 밴 홑옷을 갈아입고 손에 흰 부채를 들고 있었다.

"그러니까, 타이코의 다회에 초대받아서 칸파쿠에게는 갈 수 없다고 대답했다는 말인가?"

그는 그 흰 부채를 무릎에 똑바로 세운 채 분명한 어조로 토시카츠에게 반문했다.

"그렇습니다. 그것말고는 거절할 구실이 없었습니다."

"그럼, 곧 후시미로 떠날 것이니 준비시켜주게."

"알겠습니다. 그런데 후시미에 가서는 오늘의 일을 타이코 전하께 무어라 말씀 드리겠습니까?"

코노미는 문득 히데타다의 입가로 시선을 옮겼다. 히데타다의 표정에는 아무 변화도 없었다.

"무어라 말하다니…… 이상한 것을 묻는군, 토시카츠."

"그러면, 있는 그대로를 말씀 드리겠습니까?"

"그래, 있는 그대로를."

"하지만, 그렇게 되면 도련님이 칸파쿠의 잘못을 호소하는 일이 될 텐데요……"

"그렇지 않아."

"무슨 말씀이신지요?"

"그대가 이 히데타다를 칸파쿠와 접근시키지 않으려고 거절했다, 거절한 이상 가신의 체면을 세워주어야 한다는 생각에서 문안 드리러 왔다. 그러면서 쥬라쿠 저택은 아무 일 없이 평온합니다. 차를 한 잔 내려주시면 감사하겠습니다…… 이렇게 말하겠어. 이건 사실이니까."

도이 토시카츠는 깜짝 놀란 듯 코노미를 바라보고 머리를 끄덕였다. 코노미가 미소를 떠올렸다. 아마도 그 이상의 지혜는 없을 것이라고 코노미도 생각했다.

"과연 훌륭하십니다. 거짓말을 한 것은 이 토시카츠, 도련님은 그러한 저의 체면을 세워주신다…… 황송합니다."

"그럼, 곧 준비를 시키게."

히데타다의 한마디로 토시카츠의 우려는 대번에 해소되었다. 그는 일부러 두 채의 가마를 마련해 한 채는 히데타다, 나머지 한 채는 코노미를 태웠다. 그 자신은 도보로 20여 명의 시종들과 함께 가마 옆에서 따라갔다. 말을 타고 가면 때가 때인 만큼 경비병을 자극할 우려가 있다는 젊은 히데타다의 지시에 따른 것이었다.

과연 7월의 햇살은 따가웠다. 후시미에 도착했을 때는 코노미도 토시카츠도 등이 젖을 정도로 땀을 흘리고 있었다. 그러나 성문 앞에서 가마를 내린 히데타다는 땀 한 방울 흘리지 않았다. 평소부터 이런 일까지 신경을 쓰는 꼼꼼한 성격이 그의 행동에 일관되게 나타났다.

뜻하지 않은 히데타다의 방문에 누구보다 놀란 것은 나츠카 마사이에였다. 그는 일행을 허둥지둥 타이코에게 안내하면서 몇 번이나 탐색하듯 토시카츠에게 말을 걸었다.

"혹시 큰일이……?"

그들은 칸파쿠 이상으로 사태의 절박함을 주시하며 관심을 쏟는지도 모른다.

히데요시는 장지문도 나무향기도 새로운 서원에서 무릎에 히데요리를 앉힌 채 큰 소리로 말하면서 온통 얼굴에 주름을 잡고 웃었다.

"오오, 잘 왔어. 용케 칸파쿠를 따돌렸군. 자, 좀더 가까이 오너라."

히데타다는 공손히 인사하고, 토시카츠와 미리 상의한 인사말을 한 마디도 틀리지 않게 말했다.

"뭐, 쥬라쿠 저택은 평온무사하다는 말이냐?"

"예. 칸파쿠가 바둑을 두자고 조정했을 성도입니다."

"하하하. 역시 젊군. 평온무사는커녕 자칫 인질로 잡힐 뻔했어."

5

히데타다는 숨을 죽이고 히데요시를 쳐다보았다. 이미 히데요시의 의심은 움직일 수 없는 것 같았다.

"츄죠, 나는 칸파쿠와 각별했던 자들 모두에게 사람을 보내 꾸짖는 중이야. 나카무라 시키부나 타나카 효부 등은 눈을 어디다 두고 있었는지 모르겠어. 원로의 몸으로 모반도 몰랐다니 여간 태만하지 않아. 다이묘들도 마찬가지야. 호소카와 타다오키細川忠興까지도 칸파쿠한테 뇌물을 받아먹고 있었어. 아사노 요시나가淺野幸長, 다테 마사무네伊達政宗, 모가미 요시아키最上義光 등도 수상해…… 그런데도 내가 모르는 줄 알고 뻔한 거짓말 서약서를 보내다니…… 그러나 츄죠는 훌륭했어. 그대는 젊어서 모를 것이지만 토시카츠는 알고 있었어…… 그렇지, 토시카츠?"

"예…… 예. 아니, 츄죠 님이 영민하셔서."

"좋아, 군신의 마음이 서로 통한다는 것은 보는 사람에게도 기분 좋은 일이야. 우라쿠有樂에게 차를 끓이게 하겠네. 참, 요도를 부르게. 히로이를 안아주라고 말이야."

히데요시는 그제서야 코노미가 옆에 있다는 것을 안 듯이 말했다.

"코노미, 그대도 수고가 많군. 그런데 어떤가, 츄죠를 위해 좋은 여자라도 구했나?"

"예. 아니, 츄죠 님이 근엄하신지라……"

"그건 안 되는 일이야. 나이가 찬 사람을 그대로 둔다는 것은 좋지 않아. 물론 칸파쿠처럼 닥치는 대로 손을 대면 안 되지만…… 정말 짐승 같은 놈이라니까."

히데츠구 이야기가 나오자 히데요시의 얼굴 가득히 증오의 빛이 떠올랐다.

히데타다는 그러한 히데요시를 조용히 쳐다보았다.

'이제는 정말 수습할 수 있는 단계는 지났다……'

"참, 마침 좋은 기회야. 그대는 잠시 후시미에서 지내야겠어. 그동안 칸파쿠에 관한 일도 해결이 날 테니까."

그 사이에 시녀가 일어나 챠챠를 부르러 갔다.

이야기하다 말고 히데요시가 갑자기 히데요리를 높이 쳐들었다. 히데요리의 옷자락에서 히데요시의 비단 깔개 위로 오줌이 뚝뚝 떨어졌다.

"어서 마님을 불러와…… 오히로이 님이 오줌을, 오줌을……"

유모인 듯한 여자가 얼른 히데요시의 손에서 히데요리를 받아안았다. 히데요시는 흘러내린 오줌을 손끝으로 털고 태연히 사방침에 상반신을 기대었다. 사랑하는 아들의 오줌 같은 것은 조금도 불결하게 느껴지지 않는 모양이었다.

처음에는 '오' 니 '님' 이니 하는 말을 쓰지 마라, 경칭 같은 것은 필요치 않다고 엄히 지시했던 히데요시였다. 그런데 그 자신이 어느 틈에 오히로이 님이라거나 도련님이라 불러도 전혀 부자연스럽게 느껴지지 않았다. 그 호칭이 달라지는 것과 병행하여 히데요시의 마음도 크게 바뀐 모양이다.

이때 챠챠가 여자 하나를 데리고 모습을 나타냈다. 눈썹을 민 자리에 다시 가뭇가뭇 돋아나는 것이 보이고, 아직 한 번도 이를 물들인 적이 없는 듯한 여자였다.

"어머, 츄죠 님, 잘 오셨습니다."

챠챠는 이렇게 말하면서 옆에 있는 여자를 돌아보고 나서 히데요시와 얼굴을 마주보았다.

"호호호."

히데요시가 웃었다.

"츄죠, 여기 앉아 있는 이 여자는 오히로이 이모야. ……서로 알아두도록 해."

히데타다는 이 말에 대해서는 아무 반응도 보이지 않았다.

6

상대방 여자 역시 히데타다를 무시하듯 아무런 반응도 보이지 않고 가볍게 목례를 했을 뿐 그대로 앉았다. 말할 나위도 없이 이 여자가 쿠죠 미치후사와 사별하고 지금은 히데요시에게 와 있는 바로 그 타츠히메였다.

도이 토시카츠는 지금 히데타다의 혼담이 나오리라고는 생각지도 못했다. 그는 히데타다나 코노미보다 더 긴장하여, 동요하지 않으려 해도 마냥 그쪽으로 시선이 갔다.

히데요시는 다시 한 번 챠챠와 얼굴을 마주보고 웃었다. 그의 마음은 히데츠구의 처벌에 대한 일로 여간 착잡하지 않을 터였다. 그러면서도 챠챠 앞에서는 그런 내색을 보이지 않았다. 이렇듯 히데요리를 낳았다는 사실이 챠챠의 위치도 히데요시의 마음도 크게 바꾸어놓았다.

"그런데, 챠챠……"

히데요시는 유모의 손에서 히데요리를 받아안는 챠챠에게 꺼리는 듯한 어조로 말했다.

"사람의 일생에는 좋지 않은 일만 계속되는 것은 아니야. 칸파쿠 문제를 빨리 마무리짓고 다음에는 츄죠의 혼사를 상의해야겠어."

"그래요, 그렇게 하면 모든 일이 다 풀릴 거예요."

"정말이지, 그 녀석에 대해서는 내가 크게 잘못했어. 그러나 이미 결심했기 때문에 마음은 가벼워. 그런데, 토시카츠……"

"예…… 예. 하오나 이미 결심하셨다니요……?"

"그 말은 묻지 말게. 칸파쿠에 대한 일이 끝나면 저절로 알게 될 거야. 그보다도 토시카츠, 다이나곤이 자네에게 무슨 말을 했을 텐데, 아직 듣지 못했나?"

"예……?"

"츄죠의 혼인 말이야. 오늘은 그 사전 연습. 타츠히메, 이 사람이 도쿠가와 집안의 츄죠야. 어때, 당당한 젊은이라고 생각지 않나?"

상대는 히데타다를 보려고도 하지 않았다.

"예."

대답하고는 히데요리를 들여다보았다. 어쩌면 쿠죠 집안에 두고 온 자신의 어린 자식을 생각하는지도 몰랐다.

이때 우라쿠가 들어와 스케자에몬이 루손에서 가져왔다는 항아리를 내놓는 바람에 좌중의 어색한 분위기가 해소되었다.

히데요시는 무언가 즐거운 이야기를 하려 했으나 뜻대로 되지 않아 당황해했다. 항아리 이야기, 루손 이야기 도중에 히데츠구에 대한 이야기가 몇 번인가 나왔다.

코노미는 그러한 히데요시의 태도와 단편적인 이야기를 통해 이미 미츠나리 등이 히데츠구를 체포하러 나선 것이 아닌가 생각했다. 그렇게 되면 히데타다는 당분간 후시미의 도쿠가와 저택에 머물러야 할 것이며, 그 뜻을 도이 토시카츠를 통해 히데요시에게 분명히 알려야 한다고 생각했다.

"그러면 츄죠 님에게는 당분간 후시미에 체재하시도록 부탁하고, 오늘은 일단 물러났으면……"

토시카츠에게 이렇게 말한 것은 우라쿠가 끓인 연한 차를 마시고 난 뒤의 일이었다.

그동안 챠챠의 동생만은 처음부터 끝까지 감정이 없는 사람처럼 조용히 앉아 있었다. 아직 혼담 같은 것은 생각할 심경이 아닌 듯했다. 아니, 그녀 이상으로 히데요시도 크게 마음의 초점이 흔들리는 것처럼 보였다.

"그래, 그렇게 하도록. 칸파쿠 문제가 해결될 때까지……"

히데요시는 이렇게 말하고 다시 히데요리를 받아안았다. 히데요리만이 지금의 그에게는 마음의 위안인 것 같았다.

7

히데타다 일행이 히데요시 앞에서 물러나온 지 얼마 되지 않았을 때였다. 챠야 시로지로가 후시미에 있는 도쿠가와 저택으로 달려왔다.

"용케 탈출하셨습니다."

챠야는 히데타다의 모습을 보고는 히데타다를 향해서인지 토시카츠를 향해서인지 모르게 말했다.

"칸파쿠의 처형이 결정된 모양입니다."

히데타다는 고개를 끄덕였을 뿐이었으나, 토시카츠는 몸을 앞으로 내밀면서 물었다.

"그것을 어떻게 알았소?"

"코시모지越もじ 님에게 들었습니다."

코시모지란 호소카와 엣츄노카미 타다오키細川越中守忠興를 지칭하는 말이었다.

"으음. 그러면 타다오키 님도 칸파쿠에게 빌린 돈을 갚았겠군요."

"예. 은밀히 명하신 대로 황금 이백 장을 제가 빌려드려……"

"참, 잘됐군요. 그 보답으로……라고 하면 우습지만……"

"예. 무고한 의심을 받아 크게 고통받을 뻔했다고 기뻐하면서, 해명 겸 지부 님을 방문해 자세한 사정을 듣고 오신 것 같습니다."

"역시 할복을 명하게 되겠군요."

"예. 내일 팔일에 칸파쿠 님이 직접 후시미에 오신다고 합니다."

"으음. 역시 자신이 해명하면 무사할 것이다…… 이렇게 믿기 때문일 테지."

"그러나 타이코 전하는 이미 면담을 거절하시기로 한 모양입니다. 그대로 체포하여 코야산으로 보내고…… 그동안에 자녀들을 위시하여 처첩들을 모두 붙잡아 토쿠나가 나가마사德永壽昌 님 저택에 감금하시려는 것 같습니다."

챠야는 단숨에 말하고 다시 생각난 듯이 부르르 몸을 떨었다.

"정말 위험할 뻔했습니다. 만약 츄죠 님이 어제 그 초대를 받아들여 칸파쿠와 같이 계셨더라면, 무슨 밀담이냐고 일단 후시미에 끌려와 심문을 받을 뻔했습니다."

"아니, 츄죠 님까지 체포하여……?"

"예. 이미 칸파쿠가 무슨 말을 하시든 후시미에서는 받아들이지 않습니다. 그러므로 밀담을 나누다니 무엄하다고…… 그것은 어쩌면 지부 님이 파놓은 함정이었는지도 모릅니다. 그것을 슬기롭게 벗어나 의심할 여지를 남기지 않았다…… 정말 위험할 뻔했다고 코시모지 님도 말씀하셨습니다."

도이 토시카츠는 무섭게 허공을 노려보고 잠시 동안 눈도 깜박이지 않았다.

'과연 조심해야 할 사람은 칸파쿠만이 아니었구나.'

"그럼, 쥬라쿠 저택 내부에도 지부 님 일파의 첩자가 많이 들어와 있다……는 말이오?"

"그렇습니다…… 칸파쿠는 이미 꼼짝도 못할 것이라고 코시모지 님도 말씀하시더군요."

"처참한 말로로군! 그렇게도 혈육이 미울 수 있을까요?"

히데타다는 가볍게 눈을 감고 조용히 앉은 채 대답하지 않았다.

도이 토시카츠도 알 수 없는 인간 심리의 깊은 골을 아직 어린 히데타다가 알 리 없었다.

히데타다는 문득 히데요시가 애처로웠다. 무엇이든 히데요리라는 사랑스런 자식의 탄생을 미끼로 하여 인정의 미묘한 감정에 휩싸여 자기 의지를 주장할 수 없게 되어버렸다……는 생각을 떨쳐버릴 수 없었다.

8

챠야 시로지로가 가져온 정보는 정확했다.

"칸파쿠 히데츠구가 쥬라쿠 저택을 나와 후시미로 향했다."

후시미 저택에 머물며 가슴을 조이던 히데타다 일행에게, 이런 소식이 들어왔을 때였다. 후시미 성과 그 부근에는 5,000이 넘는 군사가 히데츠구의 진로를 따라 출동하고 있었다.

히데츠구는 가마 하나만 준비했을 뿐이며, 가마 뒤에는 소수의 카치徒士°들만 따르고 있었다고. 그리고 코쇼 후와 반사쿠, 야마모토 토노모노스케, 야마다 산쥬로, 사이카 오토라 등과 류사이도隆西堂란 언변에 능한 학자가 포함되었을 뿐 중신들의 모습은 하나도 보이지 않았다는 것이 도쿠가와 쪽 첩자들의 보고였다.

계속해서 들어온 보고는 그 전날 밤에 열렸던 중신회의 상황이었다. 이치노미다이의 시녀로 들어가 있던 공경의 하녀가 칸파쿠가 저택을 나오는 동시에 해제된 경계망을 뚫고 나와 재빨리 챠야에게 알려온 정보였다.

전날 밤 중신회의에 참석한 사람은 쿠마가이 다이젠노스케熊谷大膳亮, 키무라 히타치노스케, 사사베 아와지노카미雀部淡路守, 시라이 빈고노카미白井備後守, 아와 모쿠노카미阿波木工頭 등 다섯 사람이었다.

쿠마가이 다이젠노스케는——

"지금 후시미 성에 해명하러 가시는 것은 어리석기 짝이 없는 일, 이 쥬라쿠 저택에서의 농성도 생각지 못할 일입니다. 오늘 밤 안으로 사카모토로 난을 피하시어 오다케 성大岳城을 근거로 군사를 일으키신 뒤 모함한 자의 규명을 요구하십시오. 이시다 지부가 주군을 몰아내고 히데요리 옹립을 명분으로 타이코 사후의 천하를 노리려는 것은 명백한 사실입니다. 이 일은 군사 준비 없이는 교섭이 되지 않습니다. 그리고 일이 실패했을 경우에는 모두 당당하게 전사해야 합니다. 이 거사는 이시다 지부의 야망과 부정을 천하에 알리기 위해서라도 당연히 해야 할 의거라 생각합니다."

이어 시라이 빈고노카미는 군사를 일으키는 의견에 반대하며 온건한 의견을 내놓았다.

"우리 세 사람 중에서 우선 한 사람을 후시미에 보내 직접 타이코와 무릎을 맞대고 사정을 호소하게 하시고, 만일에 그대로 돌아오지 못하면 그때 최후의 결심을……"

키무라 히타치노스케는 쿠마가이 다이젠노스케보다 훨씬 더 과격한 주전론을 내세웠다.

"주군께서 직접 후시미에 가신다고 사면할 타이코가 아닙니다. 오늘 밤 안으로 군사를 일으켜 일거에 후시미 성을 공격해야 합니다. 그러면 혹시 승리할지도 모릅니다…… 아니, 그것이 불가능하다면 오늘 밤 안으로 수도를 불사르고 이곳으로 주상을 모셔다 전투를 벌인다…… 그러면 타이코도 감히 주상에게 활시위를 당기지는 못할 것입니다. 그런 뒤 다이젠노스케가 말한 대로 교섭해야만 대등한 타협이 이루어질 것입니다."

그러나 히데츠구는 사람이 변한 듯 소심해져서 중신들의 말을 받아들이지 않았다. 자기가 직접 후시미에 가서 해명하겠다고 할 뿐. 이 말에 대해서는 아와 모쿠노카미만이 눈물을 흘리며 찬성했다고 한다.

코쇼들만 데리고 쥬라쿠 저택을 떠난 히데츠구의 마음에는 아직도 외숙부에 대한 신뢰와 의지하려는 생각이 크게 자리잡고 있었다……

'그런데도 후시미에서는 체포절차만 남겨놓고 있다……'

이런 생각 속에 젊은 히데타다는 그만 인간 세상에 얽힌 증오의 불가사의함이 어리둥절할 뿐이었다.

9

"칸파쿠가 후시미 성 입구에서 체포당했습니다."

정원에서 뛰어들어온 히데타다의 코쇼 나가사카 코쥬로長坂小十郎가 새파랗게 질린 얼굴로 한쪽 무릎을 꿇고 보고했을 때 히데타다의 눈썹이 심하게 꿈틀거렸다.

"체포는 누가 했느냐?"

"마시타 우에몬노죠 나가모리增田右衛門尉長盛입니다."

"갑자기 칸파쿠의 가마를 포위했느냐?"

"그렇습니다. 여기저기서 달려나와 가마 앞을 막고 어명이라 소리치며 가마를 세웠습니다."

"이상한 일이로구나. 칙허도 받기 전에 타이코 명을 칸파쿠에게 어명이라고 하다니……"

히데타다는 이렇게 말하고 그 이상 묻지 않았다.

도이 토시카츠가 마루 끝까지 몸을 내밀고 물었다.

"보고 온 그대로 말하라. 그때 칸파쿠는 무어라 말했느냐?"

"나는 양부 타이코에게 다른 마음이 없다는 것을 해명하러 가는 길, 너희들이 나설 때가 아니다, 가마를 경호하여 성안으로 안내하라고 말했습니다."

"그랬더니 마시타 우에몬노죠는?"

"또다시 위압적인 태도로, 바로 그 타이코의 명이시다, 말을 삼가라고 소리쳤습니다."

"으음, 절차도 위계도 엉망이로구나. 그래서 칸파쿠는 순순히 체포되었다는 말이지?"

"예. 우에몬노죠는 타이코의 명이라면서 절대로 면회는 허락지 않겠다, 이대로 코야산에 가서 근신하라…… 이렇게 말했습니다."

"들으셨습니까, 츄죠 님?"

토시카츠가 고개를 내저으며 히데타다에게 말했다. 나가사카 코쥬로는 흥분한 어조로 말을 계속했다.

"우에몬노죠는 그런 다음에야 비로소 말투를 바꾸어, 마시타 나가모리 개인의 의견입니다마는, 지금은 순순히 코야산에 가서 그곳에서 해명하도록 하십시오, 오늘은 이대로 명령을 따르시는 것이 상책이라 생각……한다고."

"코야산에 갇히면 그때는 더 이상 누구의 손길도 닿지 못해. 과연 꼼짝할 수 없는 함정이로구나."

토시카츠가 한숨 섞인 소리로 중얼거렸을 때, 히데타다는 침통한 목소리로 질문했다.

"그럼, 따라온 코쇼들은 아무도 저항하지 못하고 체포되있느냐?"

"예. 뱀 앞의 개구리였습니다. 사방에 워낙 군사들이 많아서…… 손 한번 써보지 못하고 칼을 던졌습니다. 그리고 야마토大和 가도 쪽으로 방향을 바꾸었습니다."

"으음……"

히데타다는 무슨 생각을 하는지 신음하고 다시 침묵했다.

히데타다는 코쇼들이 맞서 싸워 쥬라쿠로 돌아가는 길을 트거나, 아니면 히데츠구에게 권하여 자결하게 하지 않은 것이 못내 아쉬웠는지도 모른다.

"길에 나와 있던 사람들 사이에 떠도는 소문으로는, 칸파쿠는 나라奈良에 도착하기도 전에 머리 깎고 출가하게 될 것이다. 도요토미 가문의 후계자는 확실하게 오히로이 님으로 결정되었다, 어쨌든 경사스러운 일이라는 것이었습니다."

"잘 알겠다. 그만 물러가서 쉬어라."

토시카츠가 이렇게 말했을 때, 오늘도 직접 정보를 수집하러 다니던 챠야 시로지로가 코노미의 안내로 복도를 건너왔다.

"아뢰옵니다. 쥬라쿠 저택은 헐어 없애기로 결정되었다고 합니다. 전에 말씀 드린 대로 도련님을 위시하여 부인, 소실 등은 이미 쥬라쿠에 없습니다."

10

"역시 아이들과 소실들도 체포되었다는 말이오?"

도이 토시카츠는 스스로 자신의 목소리에 놀랐다.

타이코 쪽에서 이렇게 빨리 손을 쓰다니. 아니, 일을 서두르라고 한 것이 타이코 자신은 아닐 터. 타이코의 승낙이 떨어지기가 무섭게 질풍과도 같이 서두른 것은 이시다 지부였을 것이다.

이시다 지부의 눈에는 혈육의 정에 미련을 두고 주색으로 고통을 잊으려 하는 히데츠구 따위는 어리석기 짝이 없는 자, 허점투성이의 인간으로 보였을 것이다.

"저도 그만 깜짝 놀랐습니다."

챠야는 이마의 땀을 닦았다.

"오사카에 계시는 키타노만도코로 님도 칸파쿠의 자당도, 칸파쿠가 자리를 물러나도 센치요 님에게는 그대로 키요스淸洲 가문을 계승시킬 것……이라 믿고 있었습니다마는……"

"그러면, 타이코 전하는 키타노만도코로 님과 혈육인 누님까지도 속였다는 말이오?"

"아니, 저는 그렇게 생각하지 않습니다. 타이코 전하는 그럴 생각이 아닌데도 주위에서 이를 허용치 않았을 것입니다."

"뭐, 주위에서 타이코를 허용치 않는다는 말이오? 일본을 마음대로 쥐고 흔드는 타이코를……?"

"그렇습니다…… 가공할 일입니다."

챠야는 토시카츠와 히데타다를 한눈으로 바라보았다.

"이번에야말로 이 챠야 시로지로도 집안 분규가 얼마나 무섭다는 것을 폐부에 새기게 되었습니다. 천하의 일이라면 몰라도 집안 분규에서만은 타이코 같은 분도 완전히 귀머거리가 되는 모양입니다."

"으음, 과연 그럴까요?"

"예. 츄죠 님도 마음에 새기셔야 할 것입니다…… 이미 타이코의 귀에 들어가는 중신들의 소리는 요도 부인, 이시다 지부라는 벽에 막혀 전해지지 않는 모양…… 비록 키타노만도코로 님의 말씀이라 해도, 칸파쿠를 낳으신 혈육인 누님의 말씀이라 해도……"

도이 토시카츠는 챠야의 말을 히데타다가 어떻게 받아들일까 하고 가만히 곁에서 지켜보았다.

히데타다는 여전히 자세를 바로한 채 고개를 끄덕이지도, 말을 끊지도 않았다.

"한 사람은 귀여워 견딜 수 없는 오히로이 님의 생모, 또 한 사람은 마음속까지 꿰뚫어보는 재기 넘치는 총신…… 양쪽 모두 인간으로서는 뛰어난 재능을 지닌 좀처럼 얻기 어려운 분들…… 그런 훌륭한 두 사람을 가까이 둔 것이 이 소동을 걷잡을 수 없이 확대시켰다……고. 타이코 전하의 생애에 가장 큰 걸림돌이 될 것입니다."

"그렇지만……"

도이 토시카츠는 챠야의 말을 보충할 생각에서 입을 열었다.

"체포는 되었다 해도 맨 위 따님은 여섯이나 일곱 살, 센치요 님은 다섯 살, 모모마루百丸 님은 네 살, 오쥬마루於十丸 님은 세 살, 츠치마루土丸 님은 젖먹이…… 나머지는 아무 죄도 없는 여자들뿐이오. 그러니 일단 보호했다가 사건이 처리된 후에는 상속을 허락하지 않을까 생각하는데."

"아니, 그렇지 않을 것입니다."

챠야 시로지로는 보기 드물게 딱 잘라 말하고 한숨을 쉬었다.

"그럴 생각이라면 이처럼 서둘러 체포할 필요가 없었을 것입니다. 칸파쿠가 출발하기 바쁘게 모두 체포된다, 쥬라쿠 저택의 철거가 발표된다…… 그 과정에 한치의 빈틈도 없습니다."

11

"한치의 빈틈도 없다면 누군가 음모를 꾸민 증거……라는 말이오?"

도이 토시카츠는 다시 흘끗 히데타다를 보았다. 토시카츠도 챠야와 마찬가지로 이 사건을 산 교재로 삼아 히데타다에게 똑똑히 보여줄 생각이었다.

"그렇습니다. 이 때문에 분명 뜻하지 않은 죄인이 생길 것입니다."

"뜻하지 않은 죄인이라니……?"

"타이코 전하는 가족의 처벌까지는 생각하고 계시지 않습니다. 그 가족을 누군가가 자의대로 체포했다고 하면 체포할 만한 큰 이유가 있을 것입니다."

히데타다의 어깨가 꿈틀 움직였다.

챠야가 무슨 말을 하려는지 깨닫고 놀랐다.

"과연 챠야 님의 말씀이 옳습니다."

토시카츠는 지체 없이 크게 고개를 끄덕였다.

"이 사건에 관한 한 타이코 전하는 이미 뒷전으로 밀려났다……고 하면, 그 누군가가 말하는 체포하지 않을 수 없는 이유를 그대로 믿으신다는 것이 되겠군요."

"그렇습니다."

"그러면, 그 이유는 어떤 성질의 것이 될지…… 으음, 츄죠 님도 유의하셔야 할 일입니다."

"……"

"예를 들면 칸파쿠의 자녀들이 타이코 전하에게 저주하는 말을 했다거나…… 아니, 그런 것은 이유가 되지 않겠지요. 그럼, 노신들 중에 이들 자녀를 데려다 복수를 꾀하는 자가 있다거나, 자녀들이 새로 태어나신 오히로이 님을 미워한다거나…… 그렇게 되면 자녀들만 체포하면 될 일…… 그런데 자녀들만이 아니라 삼십여 명의 소실까지 체포했다고 하면 문제가 복잡해지는군요, 챠야 님."

"예…… 예. 아마도 뜻하지 않은…… 세상 사람들의 간담이 서늘해질 죄인이 나오게 되시지 않을까 하고……"

"그렇소. 이것 참 재미있다……고 하면 어폐가 있겠지만, 소실을 모두 체포한 이유가 무엇인가 하는 것이 큰 과제입니다. 츄죠 님!"

토시카츠는 생각났다는 듯이 무릎을 치고 히데타다 쪽으로 향했다.

"누구의 상상이 적중할지 모두 그 이유를 알아맞혀보면 어떨까요? 세상을 알고 집안에 소동이 일어나게 된 이면을 알기 위한 좋은 내기가 되지 않겠습니까?"

그때였다. 히데타다가 토시카츠를 잔뜩 노려보았다.

"삼가게, 토시카츠!"

"예……?"

"적어도 이것은 천하의 큰 소동. 아니, 도요토미 가문의 내부 문제라고 해도 좋아. 그토록 여러 사람의 불행과 비탄을 동반하는 사건을 감히 내기로 삼아도 된다는 말인가? 그것이 장수 된 마음가짐이란 말인가? 나를 가르치겠다는 생각은 좋으나, 그런 말을 하다니 용서할 수 없는 무엄한 일이야. 삼가도록 하게."

"예."

토시카츠는 당황하여 머리를 조아리고 살짝 챠야를 바라보았다. 챠야도 같이 머리를 조아리고 있었다.

"예……"

두 사람은 시선이 마주치자 약속이라도 한 듯 다시 한 번 대답하고 미소를 감추면서 머리를 조아렸다.

히데타다는 이미 이전의 표정으로 돌아와 깊이 생각에 잠겨 있었다.

코야의 비

1

히데츠구 일행이 나라를 거쳐 코야산 세이간 사에 도착한 것은 7월 10일 저녁 무렵이었다. 한여름이었으나 산들은 연기가 낀 듯한 가랑비에 파묻혀 거의 시야가 가려 있었다.

지난번 타이코와 나란히 가마를 타고 올라왔을 때는 히데츠구도 칸파쿠라는 화려하고 영예로운 지위에 있었고, 세이간 사 앞에는 정장을 하고 마중 나온 승려들로 메워져 있었다. 그러나 이번에는 모쿠지키木食 대사마저 마중을 삼가고, 사원 주위는 수많은 군사들이 경계를 펴고 있었다.

히데츠구는 이러한 경계 속을 생각할 기력마저 없는지 그저 멍하니 가마를 탄 채 지나갔다.

"도착하셨습니다."

가마의 문이 열렸다. 그리고 몹시 초췌해 보이는 후와 반사쿠가 말했다. 그러나 히데츠구는 얼마 동안 움직이려고도 하지 않았다.

"도착하셨습니다."

반사쿠는 다시 한 번 말하고, 이번에는 히데츠구의 손을 잡았다. 상투는 나라에서 잘리고, 짧은 머리가 목덜미로 흘러내려와 있었다. 스물여덟 살의 젊음, 한꺼번에 열 살이나 더 들어 보였다.

"오…… 도착했느냐."

밖에 나와서야 겨우 한마디 내뱉었을 뿐, 히데츠구는 안내를 맡은 노승을 따라 그대로 걸음을 옮겼다.

낯익은 본당 옆 객실에는 들르지 않고, 복도를 따라 깊숙이 들어갔다. 오른쪽으로 전각이 있었다. 전에 히데츠구가 한 번 묵은 적이 있는 인연 있는 방이었다.

그 건물 주위에도 여기저기 병사들의 모습이 보였다.

히데츠구가 생각난 듯 노승에게 물었다.

"저 경비병들은?"

"예, 후쿠시마 사에몬다이부福島左衛門大夫 님의 부하들입니다."

"으음, 마사노리正則의 부하들이란 말이지."

이렇게 말하면서 몸을 내던지듯이 하고 앉았다. 그리고는 반사쿠를 돌아보았다.

"술은?"

"부탁입니다. 여기는 성지聖地, 삼가시기 바랍니다."

"술을 가져와!"

이번에는 꾸짖는 듯한 어조로 노승에게 말했다.

"술은 없습니다마는, 곧 차를……"

이렇게 말하고 물러간 노승은 곧 텐쇼구로天正黑의 큰 찻잔을 받쳐 들고 들어왔다. 물론 안에 들어 있는 것은 술일 터. 히데츠구는 굶주렸다는 듯 단숨에 들이켰다.

"다시 한 잔……"

그리고는 잔을 내밀었다.

두 잔째 술이 넘어가고 나서야 비로소 히데츠구의 눈과 입술에 희미하게 혈색이 되살아났다.

"반사쿠와 토노모, 산쥬로와 아와지, 류사이도…… 겨우 이 사람들뿐이란 말이냐?"

"그렇습니다."

"오붓해서 좋군. 산에서 듣는 빗소리는 각별하구나."

갑자기 반사쿠가 목놓아 울기 시작했다.

"드릴 말씀이 없습니다. 제가…… 공연한…… 말씀을 드려서 감쪽같이 덫에 걸리고 말았습니다."

히데츠구는 가볍게 고개를 저었다.

"그만 됐다. 더 이상 말하지 마라."

"그러나 이렇게까지 타이코 전하가 잔인하실 줄은……"

"그만, 됐다고 하지 않았느냐?"

"예…… 예."

"알겠나, 아무도 푸념하지 마라. 이 히데츠구의 마음은 차분히 가라앉았어…… 이것이 전생의 운명인 게야."

2

모두 조용히 입을 다물고 약속이라도 한 듯 잠시 동안 빗소리에 귀를 기울였다. 빗줄기가 강해졌는지, 아니면 오다와라 골짜기의 험준한 기운이 정적을 더했는지 빗소리가 그대로 모두의 영혼 깊숙이 고요를 실어왔다.

지난번 산행 때는 지금과는 전혀 달랐다. 히데츠구의 이 전각은 '버드나무 전각'이라 불렸고, 타이코의 거실로 정해진 전각은 칙사문勅使

門으로 들어선 전면에서 호화로움을 자랑하고 있었다.

어느 전각에서나 떠들썩한 웃음소리와 북소리가 새나오고 있었다. 타이코가 이 절에서 새로 지은 열번째 작품 중에서 코야 참배라는 노래를 쓴 두루마리에 금도장을 찍어 하사하고, 전례 없는 노를 공연하기도 했다.

지금에 와서는 이 모두가 '히데츠구 폐출廢黜'을 위한 복잡한 절차의 하나였다는 느낌을 주기도 했다.

히데츠구는 그때 아무런 의심도 품지 않고, 할머니 오만도코로의 영전에 자신의 과오를 사죄하고 히데요시의 사랑에 감사 드렸다.

'그때 술맛은 좋았는데.'

이런 생각과 함께 히데츠구는 히데요시의 진의가 어디 있었는지 갈피를 잡을 수 없었다.

설마하니 생각 깊은 히데요시가 자기 어머니의 위패를 모신 절에서 조카를 죽일 마음을 가지겠나?

'역시 도중에 히데요시의 생각이 달라졌어. 분명 그래……'

그렇다면 이렇게 달라지도록 한 것은 무엇일까?

미츠나리 등의 무고일까, 아니면 나 자신의 행동일까……?

지금에 와서는 이 모두가 허망할 뿐.

히데츠구는 상투를 잘리고 강제로 중이 되어 이 절에 유폐되었다. 이렇게 된 이상 어떤 해명도 히데츠구를 건지는 데 도움이 되지 않을 터. 깨끗이 할복하여 모반의 오명만이라도 씻지 않으면 자신의 수치일 뿐 아니라 타이코의 수치이기도 했다.

이미 그 뒤 일에는 생각이 미치지 않는 히데츠구였다.

"말씀 드립니다."

침묵을 견디지 못한 나이 든 류사이도가 입을 열었다.

"일단 모쿠지키 대사를 불러 주군의 뜻을 타이코 전하에게 전해달라고 부탁하시면 어떻겠습니까?"

히데츠구는 흘끗 류사이도를 바라보았을 뿐 처음 자세 그대로 허공을 응시하고만 있었다.

모쿠지키 대사가 양자 사이를 주선할 생각이 있다면 벌써 찾아왔어야 할 것 아닌가…… 그런데도 얼굴을 보이지 않는 것은 그 역시 어떤 중재도 무의미하다고 여겼기 때문일 터.

'그렇다면 나는 어떻게 해야 할 것인가……?'

말해도 소용없는 청원을 한다면 세상으로부터 미련이 남아 있다는 비난만 받게 될 것이다.

'그렇다, 자결을 자청하는 외에는 다른 길이 없다……'

"어떻습니까, 대사는 저희보다는 더 깊이 타이코 전하의 진의를 알 것 같습니다마는……"

그래도 히데츠구는 대답하지 않았다.

3

삼시 후 간단한 밥상이 나오고, 히데츠구 혼자 쓸쓸히 수저를 들었을 때 모쿠지키 대사가 모습을 나타냈다.

현재 이 코야산에서 불사佛事를 맡아보는 모쿠지키 오고木食應其는 진언종眞言宗°을 중흥시킨 고승인 동시에 당당한 호걸이기도 했다.

무인 출신으로 전에는 오치 아와노카미越智阿波守를 섬기며 한때 이름을 떨치기도 했다. 그러다가 오치 가문의 멸망과 동시에 코야산으로 피신하여 문자 그대로 초근목피草根木皮로 연명하면서 13년 동안 수도하고 있을 때 히데요시의 코야산 정벌군을 맞았다.

당황한 나머지 갈팡질팡하는 산승山僧과 히데요시 사이를 중재하여 산문山門을 병화兵禍로부터 구했다. 그렇게 함으로써 산문의 신뢰를 한 몸에 지니게 되는 동시에 히데요시로부터도 크게 사랑받아, 이 오다와라 골짜기에 있는 세이간 사를 세이간니淸巖尼, 곧 오만도코로의 위패를 모시는 사찰로 재건하게 되었다.

히데요시가 히데츠구를 맡게 된 속사정은 히데츠구 이상으로 대사가 더 잘 알 것이었다.

"이 버드나무 전각에 다시 귀공을 맞이하다니 기연奇緣이라고밖에 할 수 없군요."

대사는 바싹 마른 몸에 거의 감정을 드러내지 않고 말하면서 가볍게 절을 했다.

"대접은 잘 해드리지 못합니다마는 마음 편히 쉬도록 하십시오."

히데츠구는 대사의 말에 대답하지 않았다. 이제 그는 히데요시가 무엇을 생각하는지 짐작할 수 있었다.

모쿠지키 오고의 인사는 생각했던 것보다 훨씬 더 냉담했다.

대사도 잠시 히데츠구의 식사가 끝나기를 기다렸다.

노승이 따라주는 따끈한 물을 마시고 나서야 비로소 히데츠구는 입을 열었다.

"아주 맛있게 먹었소. 평생 두 번 다시 맛볼 수 없는…… 맛이었소."

"그 말씀을 들으니 소승도 마음이 놓입니다."

"번거로움을 끼치는군요. 그러나 나도 이미 결심한 바가 있소."

대사는 입가에 희미한 미소를 떠올리고 말하였다.

"소승에게 도움을 청하실 일이 있으면 말씀해주십시오."

히데츠구가 자결을 결심했음을 깨닫고 하는 허심탄회한 말이라는 것을 알 수 있었다.

'오고도 여간 난처하지 않은 모양이다……'

이런 생각을 하는 순간 저도 모르게 히데츠구의 입가에는 희미하게 미소가 떠올랐다.

"대사, 특별한 부탁이 하나 있소이다."

"예, 말씀하시지요."

"이 히데츠구는 여간 어리석지 않았소. 이런 곳으로 쫓겨오기 전에 자결했어야 하는데 말이오."

"아니, 인간에게는 좀처럼 뜻대로 하지 못할 일이 있습니다."

"히데츠구에게 부족한 것은 자기 자신에 대해 엄격하지 못한 일이었소. 자신에게 엄격했더라면 그 마음은 저절로 남에게 관대해질 수 있었을 것…… 이 히데츠구는 인간으로서 가장 중요한 이 마음가짐을 지니지 못했소, 대사."

"황송합니다. 귀공의 지금의 그 마음, 그것이야말로 넘기 어려운 큰 깨달음의 난관입니다."

"나는 오만도코로의 영전에 고개를 들 수가 없소. 히데츠구가 비웃음을 당하면 그것은 히데요시의 수치…… 히데요시가 비웃음을 당하면 그것은 오만도코로의 수치…… 모두의 수치는 하나인데도 그것을 깨닫지 못하고 타이코의 수치마저 드러내고 말았소. 오만도코로가…… 오만도코로가…… 슬퍼하고 계실 것이오."

히데츠구의 눈에서는 봇물 터진 듯 눈물이 흘러내렸다.

4

모쿠지키 오고 대사는 눈을 가늘게 뜬 채 묵묵히 히데츠구의 눈물이 그칠 때를 기다렸다.

쥬라쿠 저택에서 후시미로…… 그리고 후시미에서 코야산으로 오는 짧은 여행이 칸파쿠 히데츠구에게는 28년 간의 고뇌를 능가하는 깨달음의 여행이 되었다.

자신에게 엄격하다는 것이 남을 용서하는 마음의 바탕이 된다니 이 얼마나 큰 깨달음이란 말인가. 남에게 관대한 삶을 살 수 있다면 그 사람의 앞길에는 발전만이 있고, 그 반대인 경우에는 한없는 무명無明이 계속될 뿐이다.

"부처의 가르침도 구원도 바로 그것을 말합니다. 자신에게 엄격하고 남에게는 관대하고…… 그런 생활을 가리켜 풍요로운 삶이라 하고, 그 것을 모르고 살 때 이를 빈궁이라 합니다. 귀공은 대번에 풍요롭게 되셨습니다."

"대사."

"예."

"나는 이 자리에서 오만도코로 님 영정 앞에 사죄하지 않으면 안 되겠소."

"고마우신 일입니다."

"내가 잘못했소. 자신을 꾸짖어야 했는데도 타이코만을 탓해왔소. 그 보답이 바로 이것이오. 지금 이대로 내가 모반의 혐의를 받고 죽는다면 타이코에게도 씻을 수 없는 오점이 될 것이오. 나는 타이코의 명을 기다리지 않고 자결할 생각이오."

"자결 말씀입니까?"

"스님께서 이 히데츠구의 최후를 있는 그대로 타이코 전하에게 전해 주시오."

"그 일이라면 어김없이……"

"히데츠구는 어리석었다, 아주 중요한, 인간으로서의 수행이 부족하여 무명 속에서 몸부림만 치고 있었다…… 그러나 타이코에게 모반할 생각은 추호도 없었고, 그런 사실도 전혀 없었다, 단지 응석을 부렸던 것뿐, 미숙하여 방자했던 것, 이 히데츠구 이제 깨달았기에 자결로써 타이코와 오만도코로의 영혼에 사죄하겠다…… 이렇게 말했다고 전해주시오."

그때 다시 대사의 얼굴에 미소가 떠올랐다.

"그 심정은 잘 압니다."

"절대로 모반할 마음은 없었다고 부디……"

"하지만 그런 결심을 하셨다면 자결하는 일은 잠시 이 오고에게 맡겨주시지 않겠습니까?"

"그게 무슨 말이오……?"

"오만도코로 님의 위패를 모신 절을 맡은 소승이 귀공의 생전에 그 뜻을 타이코 전하께 말씀 드리려고 합니다."

히데츠구는 깜짝 놀라 대사를 바라보았다.

'그러면 대사는 나의 생전에 아직 중재할 여지가 있다고 생각하는 것일까……?'

히데츠구는 천천히 고개를 가로저었다.

"스님의 호의는 여간 고맙지 않소. 그러나 이 히데츠구는 미숙한 자요. 더 이상 어리석은 짓을 거듭 하고 싶지는 않아요. 중재는 내가 죽은 뒤에 해주시오."

"당치도 않은 말씀입니다. 모처럼 깨달음을 얻으신 분이 어찌 그리 소심한 말씀을……"

대사는 약간 강한 어조로 말했다.

"귀공에게는 무인의 마음가짐이, 그리고 이 오고에게는 승려의 마음가짐이 있어야 합니다. 그러므로 서로가 부탁을 들어야 할 줄로 압니다. 잠시만…… 그렇지 않소, 측근에 계신 분들?"

질문을 받고 일동은 서로 얼굴을 마주보았다. 그들은 아직 히데츠구의 심경변화를 잘 납득하지 못하는 듯했다.

대사는 다시 한 번 히데츠구에게 고개를 숙였다.

"측근에 계신 분들이 납득할 때까지만이라도……"

5

결국 히데츠구는 자결의 시기를 모쿠지키 대사에게 맡기기로 했다.

대사는 어떤 수단으로 히데요시와 교섭할 생각일까. 그 방법에 대해서는 말하지 않았으나 마음속으로는 어느 정도 성공할 자신이 있는 듯했다.

대사가 물러가고 난 뒤 일행에게 다시 차라고 하고 약간의 술이 나왔다. 그들 모두 절박한 각자의 운명에 대해서는 말을 삼가고 잡담을 나누다가 잠자리에 든 것은 해시亥時(오후 10시)가 지나서였다.

그때까지 비는 그치지 않았다. 히데츠구는 몇 번이나 뒤치락거리면서 모쿠지키 오고의 말을 마음속에 되새겼다.

히데츠구에게 무인의 마음가짐이 있다면 오고에게도 승려의 마음가짐이 있어야 하지 않겠느냐고 했다. 승려의 마음가짐이라면 말할 나위도 없이 인명구조를 가리킬 터.

'그렇다면…… 대사도 역시 타이코가 나를 살릴 생각이 있다……고 믿는 것일까?'

절망의 늪에서 뜻하지 않은 한줄기 광명의 빛을 발견하면 인간은 도리어 당황하게 되는 듯. 오늘 밤의 히데츠구가 그러했다.

히데츠구는 잠이 들었고, 할머니 오만도코로의 꿈을 꾸었다.

꿈속의 오만도코로는 살아 있었다. 모쿠지키 오고와 나란히 버드나무 전각에 들어왔다.

"너를 데려가려고 왔어. 어서 쿄토로 돌아갈 준비를 하여라."

지금까지의 사건을 전혀 모르는 웃는 얼굴로 밖을 가리켰다.

"너는 칸파쿠야. 칸파쿠라면 칸파쿠에게 어울리는 준비가 필요해. 절 밖은 너를 마중하러 온 가신들로 가득 찼어…… 탈것은 가마가 좋겠느냐, 말이 좋겠느냐?"

"예. 이 히데츠구는 아직 젊습니다. 말을 타겠습니다."

"그래, 그게 좋겠다. 그럼, 가신들이 끌고 온 말을 불러주겠다."

히데츠구는 왠지 눈물이 쏟아져 견딜 수 없었다. 다정한 할머니와 손자 사이에는 해괴한 권모술수나 장황한 변명을 요구하는 번잡스러운 절차 따위는 전혀 없었다. 다만 혈육의 뜨거운 사랑과 위안만이 있을 뿐…… 이렇게 생각하니 아무리 울어도 눈물이 마르지 않았다.

"자, 말을 대령했어. 저처럼 많은 가신들이 반갑게 네가 돌아오기를 기다리고 있다. 어서 정원으로 나오도록 해라."

그 말에 히데츠구는 확실히 오다와라 골짜기를 메우고 있는 인마人馬의 소리를 들었다.

깨닫고 보니 창이 훤하게 밝았고 비도 그쳐 있었다. 그리고 베개가 흠뻑 젖어 있었다…… 아니, 그보다 히데츠구를 더욱 놀라게 한 것은 꿈에서 본 인마소리가 사찰 주변을 가득 메우고 있다는 사실이었다.

'아뿔싸.'

히데츠구는 벌떡 일어났다. 슈라쿠 서택에서 나온 재 돌아오지 않는 히데츠구를 염려하여 중신들이 군사를 이끌고 이 성지에 쇄도한 것이 틀림없다……고 생각되었다.

"게 누구 없느냐, 덧문을 열어라."

"예!"

이미 일어나 있었던 반사쿠가 허리를 굽히고 옆방에서 달려왔다.

"주군! 이미 늦었습니다."

비통한 표정으로 절하고 그대로 덧문을 열었다.

그와 동시에 젖빛 같은 뿌연 밝음을 뚫고 밖에서 왁자지껄한 소리가 귀청을 뒤흔들었다.

6

히데츠구는 칼을 집어들고 마루로 걸어나갔다.

'여기서 소란을 일으키면 할머니에게 죄송하다……'

"이미 늦었습니다."

후와 반사쿠가 소리지른 이 한마디로, 히데츠구는 중신들이 벌써 산에 불이라도 지른 것이 아닌가 생각했다.

하지만 눈앞에 펼쳐진 정경은 그와는 정반대였다. 맨 먼저 눈에 들어온 깃발은 히데츠구의 것도 아니거니와 중신들의 것도 아니었다.

"아니 저것은? 후쿠시마 마사노리福島正則의 우마지루시馬印°!"

히데츠구는 나는 듯이 마루에서 방으로 돌아왔다.

"반사쿠, 저 군사는 나를 치려고 온 자들이냐?"

"예…… 그렇습니다. 이미 늦었습니다."

"으음."

히데츠구는 찢어질 듯이 눈을 부릅떴다. 아직 꿈속에서 들은 할머니 목소리가 그대로 귀에 남아 있었다.

"너는 칸파쿠야. 칸파쿠라면 칸파쿠에 어울리는……"

그 꿈은 얼마나 통렬한 야유를 담은 역몽逆夢이었단 말인가. 칸파쿠를 치려면 칠 수 있을 만한 인원이 필요하다고 혈육인 외숙부가 보낸 황천으로 맞이하려는 군사일 줄이야……

"반사쿠, 대사를 불러오너라."

"예."

반사쿠가 대사를 부르러 복도로 달려나갔을 때, 사태를 짐작한 코쇼들은 모두 구석 자리에 앉아 히데츠구를 쳐다보고 있었다.

히데츠구는 전신의 피가 분노를 못 이겨 당장이라도 폭발할 것 같았다. 스물여덟 살의 젊음이 다시 무분별한 자포자기로 그를 몰아넣으려 했다. 눈앞이 캄캄해지고 입이 바싹 말랐으며 몸이 와들와들 떨렸다

모쿠지키 대사는 자리에 없다고 하면서 반사쿠가 한 노승을 데리고 돌아왔을 때 히데츠구의 손에서는 칼이 덜컥덜컥 울리고 있었다.

"우선 고정하시기 바랍니다. 대사는 지금 도착한 군사와 담판을 하는 중입니다."

"뭣이, 담판을?"

"예. 이렇게 많은 군사는 절대로 절에 올라오지 못하게 할 것…… 대사는 이런 약속을 타이코 전하와 굳게 맺었습니다."

"스님은 알 것이오. 마사노리가 거느리고 온 군사 수는?"

"그것이…… 사에몬다이부 님의 군사만이 아니라 후쿠하라 사마노스케福原左馬助 님, 이케다 이요노카미池田伊豫守 님 등 세 대장이 후시미에서 떠났을 때는 일만여 기騎라고……"

"뭐, 일만……?"

"예. 아직 총대장인 사에몬다이부 님은 도착하지 않았습니다. 도중의 경계를 엄히 하면서 산을 포위하고 올라오기 때문에 산에 도착한 인원수는 삼천이나 사천…… 나머지는 산 입구에 배치될 것이라 알고 있습니다."

히데츠구는 갑자기 칼을 내던지고 웃기 시작했다.

"칸파쿠에게는 칸파쿠에게 어울리는 준비가……"

이렇게 꿈속에서 말한 할머니와, 대항할 생각 따위는 전혀 하지 않는 자신 때문에 1만 이상의 군사를 보낸 외숙부의 야단스러운 공포가 견디지 못할 만큼 우스운 대조를 이루며 가슴을 쳐왔다.

"아하하하…… 정말 우스운 일이야. 비로소 타이코의 정체를 알게

됐어. 타이코는 나 한 사람을 죽이기 위해 일만여 군사를 동원할 정도로 어리석고 소심한 사람이었던 거야. 와하하하……"

<h1 style="text-align:center">7</h1>

히데츠구의 웃음은 한참 동안 그치지 않았다. 타이코 역시 히데츠구가 생각했던 것보다 훨씬 더 남에게 가혹한 소인배에 지나지 않았다 …… 이런 생각에 계속 웃음이 치밀었다.

"결국 소인배들이 빚어낸 흔해빠진 분쟁이었던 거야. 그것뿐이야. 와하하하……"

웃는 동안에 점점 처량한 생각이 들어 이번에는 눈물이 봇물처럼 터져나왔다.

코쇼들은 숙연한 얼굴로 히데츠구를 쳐다보았다.

모쿠지키 대사가 나타난 것은 히데츠구가 겨우 눈물을 거두었을 때였다.

"사죄 드리러 왔습니다."

대사는 눈을 가늘게 뜨고 히데츠구를 똑바로 바라보았다.

"소승은 일단 자결하기로 결심하신 귀공의 마음을 어지럽혀드렸을 뿐입니다."

"아니, 이제 됐소."

히데츠구는 대사가 상상했던 것보다는 훨씬 밝은 어조로 말하면서 고개를 끄덕였다.

"대사도 더 이상 말리지 마시오."

"예…… 예."

"그러나 당장에는 할복하지 않겠소."

"무슨 말씀이신지요?"

"마사노리가 도착하여 무어라 할 것인지, 그 말을 들은 뒤에 천천히 내 마음대로 할 것이오."

"소승은 거기에 대해 말씀 드릴 자격이 없습니다."

"염려하지 마시오. 히데츠구는 마음이 편해졌소. 타이코가 전혀 무섭지 않게 됐어요."

"예."

"타이코는 불쌍한 사람이오. 아직도 번뇌에 사로잡혀 인생의 고통 속에서 헤매고 있소…… 그렇지 않은가, 너희들 생각은 어떠냐?"

이렇게 말하면서 코쇼들을 돌아본 히데츠구의 눈에는 희미하게 미소가 감돌았다.

모쿠지키 대사는 마음으로부터 안도했다. 그가 히데요시에게 보낸 사자는 하시모토橋本 어귀에서 후쿠하라 사마노스케의 부하에게 붙들려 그대로 돌아왔다.

이미 타이코에게는 히데츠구를 구해줄 생각은 전혀 없었다. 아니, 있다고 해도 그 뜻을 전할 길이 완전히 봉쇄되고 말았다.

대사는 조용히 물러가, 그날 밤에는 특별히 많은 술을 곁들여 밥상을 들여보냈다.

"칸파쿠에게는 반항하실 마음이 추호도 없습니다. 그러므로 전각 가까이에는 군사들을 접근시키지 말도록."

군사들을 물러가게 하고 하다못해 마지막 주연만이라도 열어주고 싶었다. 그러나 나중에 들으니 깨끗이 머리를 자른 히데츠구는 그 술에 손도 대지 않았다고 한다……

후쿠시마 마사노리가 도착하여 히데츠구 앞에 그 모습을 나타낸 것은 7월 13일 오후였다.

마사노리는 깨끗이 삭발한 히데츠구를 보고는 그만 눈시울을 붉혔다. 그 역시 마음속으로는 이시다 미츠나리에게 반감을 품고 있었고, 키타노만도코로의 마음도 잘 알고 있었다.

"어명이오!"

그도 순서가 뒤바뀐 사자임을 자각하고 히데츠구의 격노를 경계하면서 필요 이상으로 음성을 높였다.

"그대는 대역을 꾀하여 무엄하기 짝이 없으므로 할복을 명하노라."

그리고 이시다 미츠나리, 마시타 나가모리, 나츠카 마사이에가 부서 副署한 서한을 히데츠구에게 내밀었다.

히데츠구는 파랗게 밀어버린 머리를 약간 기울이듯이 하고 잠시 대답하지 않았다.

8

"사에몬다이부."

히데츠구가 말을 꺼냈을 때 마사노리는 서한을 말아 히데츠구 앞에 놓고 몇 걸음 물러나 무장한 채 탁자 앞에 서 있었다.

"그대는 이 히데츠구가 정말로 모반자라 생각하는가?"

"알지 못합니다. 저는 단지 사자로 왔을 뿐입니다."

"그래, 모르면서 사자로 왔다는 말이지?"

"예."

"이 히데츠구는 죄가 없어. 모반을 꾀한 일은 추호도 없어."

"……"

"그러나 타이코에게 효도는 하지 못했어. 오늘날까지 타이코의 공적을 더럽힐 우려가 있는 부족한 자였어……"

"예…… 예."

"그러므로 무고한 혐의를 받게 된 자신의 미숙함을 부끄럽게 여겨 사자가 오기를 기다리지 않고 자결할 생각이었어."

"……"

"그런데 그대들이 수많은 군사를 거느리고 후시미를 떠나 성지를 포위했다는 말을 들었어. 그렇다면 명령을 기다리기 전에 죽을 수가 없지 않은가. 어때, 내 말을 알아듣겠나?"

"모르겠습니다."

마사노리는 솔직하게 대답했다.

"세상에서는 겁이 나셨다고 생각할 것입니다."

"그렇지 않아!"

이번에는 히데츠구가 꾸짖었다.

"나는 죄가 없어. 모함한 자가 있는 거야. 그들이 이 히데츠구를 모반자로 만들었어. 따라서 명령을 기다리지 않고 자결한다면 마음에 걸리는 데가 있기에 할복했다고 소문을 퍼뜨릴 것 아닌가. 그러면 타이코도 믿고 죄 없는 가신들까지 처형할지도 몰라. 그 이치를 모르겠다는 말인가?"

히데츠구의 말을 듣고 마사노리는 당황하여 눈을 깜박거렸다.

"알겠습니다. 모르겠다고 말씀 드린 것은 세 잘못이있습니다."

"그럴 것이다. 사에몬다이부는 잘못된 것을 싫어하는 사나이임을 나는 알고 있어. 그러기에 나는 자결을 잠시 미루고 그대가 도착하기를 기다렸어."

"잘 알겠습니다."

"마음에 깊이 새겼다가 반드시 타이코에게 전해주기 바란다…… 히데츠구는 기억에도 없는 모반죄에는 결코 승복할 수 없다, 그러나 자신의 부덕에는 수치를 느끼고 불효를 후회하며 자결할 것이다."

"예."

"그러므로 히데츠구의 자결이 가신들에게 누를 끼쳐서는 안 돼. 가신 중에 죄가 있는 자는 하나도 없어. 그대는 이 뜻을 반드시 전하께 전하도록……"

순간 마사노리는 털썩 소리를 내며 그 자리에 주저앉았다. 그는 히데츠구 이상으로 마음의 격동을 누를 수 없었다. 앉는 것과 동시에 머리를 조아리며 울부짖듯 대답했다.

"예, 예."

그리고는 얼마 동안 고개도 들지 못한 채 흐느꼈다.

히데츠구는 사람이 변하기라도 한 듯이 조용한 표정으로 내려다보았다. 히데츠구 뒤에 대령하고 있던 다섯 명의 측근들도 약속이라도 한 듯이 훌쩍이기 시작했다.

"그럼, 내일 하루는 느긋하게 이승에서의 마지막 석별의 정을 나누고 모레 십오일 이른 아침에 세상을 하직하기로 하겠다. 알겠나, 사에몬다이부?"

히데츠구는 남의 일이기라도 한 듯한 어조로 말했다.

축생畜生 무덤

1

히데츠구의 할복은 7월 15일 사시巳時(오전 10시)에 이루어졌다. 입회한 것은 후쿠시마 마사노리, 후쿠하라 사마노스케, 이케다 이요노카미 등 세 사람이었다.

모쿠지키 대사가 다시 한 번 구명을 탄원해주도록 세 사람에게 부탁했으나, 그들은 한결같이 대사의 말에 동의하지 않았다. 그들 모두 이 결정은 이미 움직일 수 없는 것으로 믿는 듯. 다만 히데츠구의 할복은 타이코에 대한 불효를 사죄하기 위한 것으로, 모반의 죄를 긍정한 것이 아니라는 사실만은 보고하겠다고 승낙했다.

때는 마침 우란분재盂蘭盆齋°. 수많은 영혼까지도 혈육을 찾는다는 날에 히데츠구는 거꾸로 황천으로 여행을 떠나게 되었다.

야마모토 토노모노스케, 야마다 산쥬로, 후와 반사쿠 등 세 코쇼는 히데츠구의 만류에도 끝내 순사殉死의 뜻을 굽히지 않았다. 그들은 결국 히데츠구의 황천길에 동행하게 되었다.

"모두 우리가 죽는 모습을 잘 보아두어라, 알겠느냐? 나의 명복을 빌

106

고 싶다면 지금껏 나를 섬긴 자들의 목숨은 꼭 살려주기 바란다. 부디 이것만은 부탁한다."

히데츠구의 말에 버드나무 방에 나란히 앉아 있다가 맨 먼저 와키자시脇差°로 배를 찌른 것은 야마모토 토노모노스케였다.

토노모노스케는 이때 열아홉 살. 와키자시는 히데츠구가 준 쿠니요시國吉라는 명검으로, 그는 예법대로 훌륭하게 열십 자로 배를 가르고는 갑자기 오른손으로 내장을 움켜쥐고 꺼내려 했다. 역시 마음의 불만이 젊음과 하나가 되어 폭발하려 한 순간이었다.

바로 그때 히데츠구의 큰 칼이 번뜩여 토노모노스케의 목은 그 자신의 무릎에 안겼다.

다음은 야마다 산쥬로였다. 그는 아홉 치 여덟 푼인 토시로藤十郎를 공손히 받쳐들고 피 묻은 칼을 손에 든 히데츠구에게 빙긋이 미소를 보낸 뒤 칼을 배에 꽂았다. 그도 열아홉 살로 토노모노스케에게 지지 않는 경쟁심을 가지고 있었다. 그 역시 분사憤死의 모습을 나타내면 안 된다 싶어 히데츠구는 얼른 산쥬로의 목을 쳤다.

세번째는 후와 반사쿠였다. 그는 열일곱 살로 당시 일본 제일의 미소년이란 말을 듣던 코쇼였다. 그런 만큼 어깨를 벗어젖힌 하얀 살결은 남자임을 의심할 정도로 화사하여 더더구나 보는 사람의 시선을 돌리게 하기에 충분했다.

"어디에서건 끝까지 모시겠습니다."

반사쿠는 히데츠구를 쳐다보고, 그 역시 하사받은 와키자시로 왼쪽 가슴을 찌르고도 아직 시선을 돌리려 하지 않았다. 그는 왼쪽 가슴에서부터 오른쪽 허리 부근까지 마치 즐기기라도 하듯 천천히 칼을 끌어가면서도 끝내 고통의 빛을 드러내지 않고 조용히 히데츠구의 카이샤쿠를 기다렸다.

히데츠구의 눈에 무서운 분노의 빛이 떠오른 것은 이때였다.

"먼저 가라, 반사쿠!"

긴 칼이 세번째로 번뜩이고, 역시 반사쿠의 목은 그의 무릎에 떨어졌다. 과연 칼을 들면 맹장猛將, 히데츠구의 숨은 조금도 흐트러지지 않았다. 그러나 총애하던 세 코쇼를 카이샤쿠하고 보니 감정의 파도는 거세어진 듯. 누구에게 향한 것인지도 모를 분노가 피를 보고 끓어올랐을 터.

"내가 세 명의 코쇼를 직접 카이샤쿠한 것은 그들에게 분사의 형태를 취하지 않게 하기 위해서였다. 하지만 이미 그것도 억제하기 어렵게 되었다. 아와지! 나의 카이샤쿠는 그대가 하라."

"예."

그대로는 분노가 터질 것 같았던 모양이다.

네번째는 히데츠구 자신이 중간에 흰 헝겊을 감은 한 자 세 치짜리 마사무네正宗의 와키자시를 오른손에 들고 자신의 배를 찔렀다.

2

여기저기서 독경소리가 늘렸다…… 이렇게 생각한 것은 어쩌면 요란하게 울어대는 매미소리였는지 모른다. 말석에 앉아 있던 승려들은 히데츠구가 와키자시로 배를 찌르는 것과 동시에 약속이라도 한 듯이 눈을 감고 염주를 굴리기 시작했다.

'고작 이것이 죽음이란 말인가……'

겨우 안도하고 평상에 걸터앉아 쉬는 듯한 안이함과, 죽어야만 하는 석연치 않은 이유가 따끔하게 영혼을 찔렀다.

다음은 물이 밑으로 흐르듯 무사의 관습만이 뒤따를 뿐이었다.

배를 갈라나가는 동안, 문득 내장을 꺼내 경직된 듯이 나란히 놓인

세 사람의 얼굴에 뿌려주고 싶은 장난기를 느꼈다.

'내장을 뿌려주면 마사노리 녀석은 어떤 낯을 지을까?'

아니, 이것이야말로 삼가야 할 일. 히데츠구는 마음을 고쳐먹고 왼쪽 허리에서 오른쪽 허리뼈에 칼끝이 와닿았을 때 번쩍 손을 들었다. 사사베 아와지노카미가 당장 칼을 내리칠 것 같았기 때문이다.

"기다려! 아직 열십 자로 배를 가르지는 않았다."

그러면서 천천히 칼을 옮겨 칼끝이 가슴에 와닿았을 때 머리를 끄덕였다.

사사베 아와지노카미의 얼굴은 온통 땀으로 범벅이 되었다. 어쩌면 눈물까지 섞여 있었는지도 모른다.

어딘지 모르게 순진하면서도 난폭한, 그러기에 어리석었던 히데츠구…… 드디어 평생토록 자기 생활을 누리지 못하고 타이코가 조종하는 인형으로만 살아온 히데츠구…… 그 히데츠구가 자기 뜻대로 할 수 있었던 것은 할복뿐이었는지도 모른다.

"에잇!"

아와지는 칼을 내리쳤다.

'이것으로 모든 것이 끝난다……'

덜컥 떨어진 히데츠구의 목.

"안녕히 가십시오!"

아와지는 간발의 차도 없이 자기도 그 옆에 앉아 웃통을 벗어젖혔다. 가엾은 주군, 어리석은 주군인 히데츠구는 이제 이 세상에 없다. 그 역시 마지막으로 '자기 뜻대로' 자결하고 싶어졌다.

"입회를 하느라 고생이 많소."

웃통을 벗어젖히고 아와지는 말했다.

"아니, 너나없이 모두 공연한 수고를 하고 있어, 인생이란 것은."

아와지의 이 말은 그의 감정과 감회가 가득 담긴 야유였으며 조롱,

그리고 자신에 대한 위로이기도 했다.

아와지는 칼을 그 자리에 내던지고 한 자 세 치짜리 헤이사쿠平作의 와키자시를 천천히 뽑아들었다. 그리고 나무공이로 떡을 칠 때처럼 두 번에 걸쳐 자기 배에 와키자시를 찔러넣었다. 두번째는 힘이 넘쳐 칼끝이 다섯 치 정도 등으로 나왔다.

그는 살생을 좋아하는 악동이 곤충의 다리라도 떼어내는 듯한 표정으로 등을 뚫고 나간 칼을 다시 한 번 잡아 뺐다. 그리고는 이 칼을 뒤에서 목에 대고 매달리듯 두 손을 얹으면서 히죽 웃었다.

"에잇!"

웃는 것과 동시에 작은 기합소리와 함께 목이 무릎에 떨어졌다.

"앗!"

사람들은 숨을 죽였다. 스스로 자른 그 목이, 여봐란듯이 자기 무릎에 올라앉아 모두를 바라보았다.

이 모습을 본 사람 중에는 그날 밤 열이 올라 앓아 누운 사람도 여럿 있었다.

3

사사베 아와지노카미의 특이한 자결이 끝났을 때, 지금까지 머리를 숙이고 대기하던 류사이도가 천천히 고개를 들었다.

반은 속인이고 반은 승려인 류사이도.

"시신의 처리를 이 류사이도에게 맡기지 않겠소?"

누구에게인지 모르게 말하고 대답을 기다렸다.

세 사람의 검시자는 그 의미를 알아듣지 못한 모양인지 잠시 동안 아무도 대답하지 못했다.

"시신의 처리를 이 사람에게……"

다시 류사이도가 입을 열었다.

이케다 이요노카미가 당황하며 꾸짖었다.

"얼빠진 소리는 하지도 마라. 여기는 사원이야. 그리고 우리 셋은 명령을 받고 이 자리에 있다는 것을 잊었느냐?"

"그럼, 역시 유해는 죄인으로 다스리는 것입니까?"

"네가 그것을 물어 무얼 하겠다는 말이냐?"

"그렇지 않습니다. 나도 지금부터 칸파쿠의 뒤를 따르려고 하는 자, 비록 한순간이나마 뒤에 남은 자로서 그 후의 일을 보고 드릴 책임이 있습니다."

류사이도는 이렇게 말하고 이요노카미를 향해 정면으로 앉았다.

이요노카미는 혀를 차고 후쿠시마 마사노리를 돌아보았다. 마사노리는 당황하여 눈을 깜박거렸다.

"그대의 말에도 일리가 있다. 유해는 모쿠지키 대사가 정중히 장례 지낼 것이다. 걱정 말고 뒤를 따르도록 하라."

"예. 그 말씀을 듣고 안심했습니다. 그럼, 이만 실례……"

류사이도는 유유히 웃통을 벗고 다시 한 번 실내를 돌아보았다.

"모두 용감하신 자세로 먼저 떠나셨으니 이 몸은 죽을 방법을 알지 못하게 되었습니다. 먼저 떠나는 것이 득이었군요."

얼빠진 듯한 표정으로 말하고, 언변에 능한 그는 와키자시로 배를 찔렀다.

"제 생애도 이것으로 마지막…… 안도했습니다. 그러나 여러분은 아직 미래가 있습니다. 그렇다고 죽지 않는 사람은 아무도 없지요. 신불은 모두에게 아주 공평히 죽음을 내리십니다. 그렇다면 여러분에게는 어떤 죽음을 내리실 것인지, 타이코 전하께는…… 사에몬다이부 님께는…… 사마노스케 님께는…… 이요노카미 님께는……"

말하면서 점점 칼을 오른쪽으로 끌며 고통을 참고 웃기 시작했다.

"하하하…… 역시 먼저 가는 편이 득인 것 같아……"

말끝을 흐리면서 그는 배에서 칼을 뽑아 오른쪽 경동맥에 칼날을 대고 위에서 밑으로 힘껏 당겼다.

피가 콸콸 쏟아지고, 그 피 위에 고꾸라져 숨이 끊어졌다.

야유라고는 하지만 이처럼 통렬한 야유도 없었다. 잠시 동안 세 사람의 검시자는 망연히 서서 나란히 쓰러진 시신을 바라보았다.

각자의 장래에 큰 저주의 구름을 펼쳐 보이는 송곳날 같은 말—

'신불은 모두에게 아주 공평히 죽음을 내린다.'

"할복은 확인했다. 대사를 이리 불러라."

마사노리가 생각난 듯 말했을 때 갑자기 주위가 술렁이기 시작했다. 모두가 납득한 듯도 하고 그렇지 않은 듯도 한, 참으로 견딜 수 없는 처형이었다.

요란한 매미소리는 아직도 온통 산을 뒤덮고 있었다.

4

이에야스가 다시 에도에서 상경한 것은 히데츠구가 자결한 지 아흐레째 되는 7월 24일이었다. 그때 이미 히데요시는 정상적인 궤도를 벗어나, 히데츠구의 가신들을 잇따라 가혹하게 처형한 뒤였다.

키무라 히타치노스케는 이바라키茨木에서 자결하고, 그 아들 시마노스케志摩介는 쿄토의 키타야마北山에 숨어 있다가 아버지의 죽음을 전해듣고 테라마치寺町의 세코 사正行寺에 들어가 자결했다.

쿠마가이 다이젠노스케는 사가嵯峨의 니손인二尊院에서 할복하고, 시라이 빈고노카미는 시죠인四條院의 다이운인大雲院에서 세상을 버렸으며, 아와 모쿠노카미는 히가시야마東山에서 자결했다. 이로써 히데츠구 가문의 부흥의 꿈은 사라졌다.

히데츠구를 이처럼 가혹하게 처리할 필요가 있다고는 아무도 생각지 않았다. 그런데도 이렇게 되리라는 것을 이에야스 부자는 처음부터 예상하고 있었다.

하나의 형벌로 처형이 내려졌을 때 그 형벌은 곧 형벌을 내린 히데요시에게 불안이 되어 돌아온다. 처벌과 양심의 악순환——

'그도 나를 원망하고 있을 것이다.'

이렇게 생각하는 마음이, 이윽고 그 원한이 사랑스럽기 짝이 없는 히데요리에게 향하지 않을까 하는 불안으로 바뀌고, 그 불안에서 벗어나기 위해 다시 처벌의 그물을 넓혀나가게 된다.

이전의 히데요시, 곁에 동생 히데나가秀長나 리큐 거사가 있던 무렵과는 전혀 달라진 히데요시…… 가혹한 의심이 지금의 히데요시를 사로잡았다.

히데요시는 단지 처벌의 그물을 넓히기만 한 것이 아니었다. 이와 함께 천하 제후들로 하여금 히데요리에게 충성을 다짐하는 서약서를 쓰도록 엄명을 내렸다. 맨 먼저 마시타 나가모리, 이시다 미츠나리 등이 충성을 맹세한 것은 물론이고, 이어 이에야스를 위시하여 모리 테루모토毛利輝元, 코바야카와 타카카게小早川隆景, 마에다 토시이에前田利家, 우키타 히데이에宇喜多秀家 등도 서약서를 바치게 되었다.

"도요토미 가문의 후계자 히데요리에게 평생토록 변함없는 충성을 다한다……"

이 서약서의 대상, 바로 그 히데요리는 아직 히데요시의 무릎에 안겨 겨우 외마디소리를 낼 뿐인데도, 그 주위에서는 잇따라 어른들이 피를 흘리고 있었다……

히데츠구의 소실인 이치노미다이의 아버지 키쿠테이 하루스에는 칸파쿠가 진상하는 황금을 황실에 전했다는 이유만으로 에치고越後에 유배되었다. 다테 마사무네는 히데츠구와 빈번히 왕래했다는 이유로 하마터면 큰 화를 입을 뻔했다.

이에야스는 상경하자마자 마사무네를 위해 힘써 변명했다. 지금 마사무네를 처벌하면 오슈에서는 큰 혼란이 일어난다. 아직 명나라와 화의도 성립되지 않았는데 내란을 자초한다면 어떻게 될 것인가.

히데요시는 이에야스의 간언을 받아들였다.

"……그대의 목은 두 번이나 붙어 있게 됐다. 세번째는 어떻게 될 것인지, 그대도 각오해야 해."

감정을 드러내고 마사무네를 꾸짖어, 도리어 마사무네가 대번에 이에야스 쪽과 가까워지게 만들었다.

그러는 동안 히데요시는 히데츠구의 소실과 아이들을 한 사람도 남기지 않고 산죠三條 강변에서 처형하기로 결정했다. 이미 타이코는 자신의 소행에 겁을 먹고 광분하기 시작했다고 할 수밖에 없었다.

키타노만도코로도 말리고 이에야스와 토시이에도 제지하려 했으나 히데요시는 귀를 기울이지 않았다. 그들을 살려두면 후에 반드시 히데요리에게 재앙이 미칠 것이라고 듣지 않았다.

쿄토 거리에 가을바람이 불어오기 시작한 8월 2일. 히데츠구의 소실과 아이들 38명은 그들이 유폐되어 있던 토쿠나가 나가마사의 저택에서 산죠 강변으로 끌려나왔다.

5

히데츠구가 살아서, 산죠 강변으로 끌려가는 자기 처첩들의 행렬을 보았다면 무어라고 했을까……?

히데츠구는 아직도 외숙부의 진면목을 몰랐다고 이를 갈며 통분해했을까…… 아니, 그런 모습은 결코 외숙부인 타이코만이 아니라 일단 의심의 늪에 빠진 인간의 보기 흉한 나상裸像이었는지도 모른다.

지난날의 히데요시는 강대하고 시원스러웠다. 모든 일을 결정하고 모든 것을 지배할 수 있다는 확실한 자신감이 뒷받침되어 풍우 속에 의연히 서 있었다. 그러나 바로 이러한 히데요시가 자신의 사후에 대한 불안에 사로잡히고부터는 나약한 면을 드러내고 말았다.

"……지나치게 잔인한 일이야. 아니, 저 어린아이들까지 모두 처형하려는 것일까?"

"아니야, 철없는 아이들까지 죽이지는 않을 거야. 다른 곳에 옮겨 맡겨두겠지."

"그래. 틀림없이 그렇게 할 거야. 티 없이 웃고 있는 저 아이들의 모습을 좀 보게."

장남 센치요마루는 다섯 살.

차남 모모마루는 네 살.

삼남 오쥬마루는 세 살.

사남 츠치마루는 젖먹이.

그리고 가마에 태워 데려온 딸 역시 겨우 동서를 구분할 수 있을까 말까 한 어린 나이였다.

그러나 어린아이들의 행렬은 오늘을 마지막으로 깨끗이 단장한 33명의 여자들과 같이 카미교上京에서 이치죠一條를 지나 산죠까지 끌려와 강변에 다다랐다. 그 모습은 아름답게 만발한 화초를 닥치는 대로 우마차에 쌓아올리는 것 같은 난폭한 짓이었다. 모두 약속이라도 한 듯 염주를 걸고 있는 여자들의 모습은 더욱 애처로웠다.

구경꾼들은 숨죽인 채 강변을 메우고 있었다.

상대가 아녀자여서 그런지 울타리도 허술하고 경비도 엄중하지 않았다. 그런데 놀랍게도 그녀들이 죽을 자리 앞에는 썩어가는 히데츠구의 목이 걸려 있지 않은가……

처형자는 이 학살을 마음껏 쿄토 사람들에게 구경시킬 작정인 듯. 그리고 이 참혹함에 공포를 느낀 사람들에게 영원히 히데요시의 뜻을 어기면 안 된다고 위협하려는 듯.

드디어 그 목 앞에 열 명 남짓한 망나니가 칼에 물을 뿜으면서 나란히 도열하고, 먼저 아이들부터 이름을 불러 순서대로 꿇어앉게 했다. 칸파쿠의 처자……라기보다 그 부하에게보다도 못한 천대로서, 나란히 꿇어앉혀졌을 때부터 아이들의 표정이 변했다.

비록 동물이라 해도 도살장에 끌려가면 본능적으로 생명의 공포를 느낀다. 비명과 애원이 사람들의 눈과 귀를 돌리게 했다.

아이들의 처형이 시작되고, 형장 안팎은 염불소리로 메워졌다. 그것은 어린아이들의 생모만이 아니라 같이 죽음의 자리에 끌려온 여자들의 마지막 저항이기도 했다.

구경꾼들도 함께 염불하기 시작했다. 그리고 이 사람들의 증오는 당연한 일이었지만, 검시를 위해 다리 서쪽 강가에 자리를 깔고 나란히 앉아 있는 이시다 지부노쇼石田治部少輔와 마시타 우에몬노죠에게로 돌려졌다.

아이들의 처형이 끝나자 이치노미다이가 큰 소리로 호명되었다. 흰 옷을 입은 키쿠테이 하루스에의 딸 이치노미다이는 자세를 바로하고 미리 준비했던 지세이辭世°를 가느다랗고 맑은 소리로 읊었다.

    오래 살아 있을수록 뜬세상인 것을
    생각하면 남길 말도 없구나

순간 망나니가 지체 없이 칼을 내리쳤다.

116

6

두번째로 호명된 것은 코죠로小上臈° 오츠마於妻였다. 3품 츄죠의 딸로 열여섯 살인 오츠마는 연녹색 엷은 비단옷에 흰 하카마袴°, 명주 홑 우치카케打掛け°를 걸치고 검은 머리카락을 반쯤 잘라 어깨에 늘어뜨리고 있었다.

그녀는 자기들 앞에 걸려 있는 히데츠구의 목에 공손히 삼배三拜하고, 지세이를 읊었다.

그늘질 때를 기다리는 나팔꽃에 내려앉는
이슬보다도 덧없는 이 몸을 어찌 아까워하랴

그러나 지세이를 미처 다 읊기도 전에 목이 떨어졌다.

세번째는 딸의 생모인 츄나곤 부인 오카메於龜였다. 그녀는 셋츠攝津 오바마小浜에 있는 진종眞宗 계통의 절에서 태어났다. 오카메는 자기보다 먼저 처형된 딸의 모습을 보기가 두려워 염주를 이마에 꼭 댄 채 지세이를 읊었다.

내가 귀의한 부처님의 가르침이 진실이라면
이끌어주소서, 이 어리석은 몸을……

네번째는 센치요마루의 생모 카즈코和子 부인이었다. 그녀는 오와리尾張의 무사 히비노 시모츠케노카미日比野下野守의 딸로 이때 나이 열여덟 살. 뒤이어 모모마루의 생모가 처형되었다.

모두 각오하고 있었던 모양인지 한결같이 지세이를 읊었다. 그러나 그 무렵부터 사람들의 귀에는 더 이상 그 읊는 소리가 들리지 않았다.

이때부터 구경꾼들의 분노가 이상한 형태로 형장에 분출되기 시작했기 때문이다.

아무도 지금 처형되는 사람들에게 죄가 있다고는 생각지 않았다. 그런데다 그 유해까지 육친의 손에는 건네지 않고 동원된 히닌非人°들의 손으로 큰 구덩이 속에 던져진다는 사실을 뒤늦게 알게 되었다.

"이런 참담한 일이 또 있을까."

"시정배라도 이렇게는 취급할 수 없을 텐데."

"염불을 하게, 저 가련한 영혼들을 위해."

"그래. 이것으로 타이코 세상도 끝장이야. 이런 잔인한 처사를 신불이 용서할 리 없어."

사람들의 웅성거리는 소리는 망나니들의 신경을 더욱 자극했다.

츠치마루의 생모 오챠於ちゃ, 오쥬마루의 생모 오사코於佐子, 오만於万, 오요메於與免, 오아코於阿子, 오이마於伊滿 등이 처형될 무렵에는 형장을 둘러싼 염불소리가 묘한 땅울림과도 같은 열기를 자아냈다.

처형은 아직 오세치를 포함하여 열여섯 명에 지나지 않았다. 쇼쇼少將°, 사에몬 미망인, 우에몬 미망인 등의 처형이 행해진 뒤, 이치노미다이의 딸 오미야, 오키쿠於菊, 오카츠시키於喝食 등 열서너 살의 젊은 소실들의 복이 잘렸다.

가장 어린 열두 살 오마츠於松 뒤에 망나니가 섰을 때는 어디선지 모르게 돌이 날아왔다. 우에몬 미망인의 딸이었던 오마츠가 먼저 죽은 어머니의 유해를 붙들고 통곡하기 시작했다.

이렇게 되면 망나니도 당황한다. 어깨로 흘러내린 머리를 붙들어 난폭하게 쳐들고 칼을 휘둘렀다. 칼은 목에서 빗나가 어깨에 파고들었다. 한층 더 처절한 비명이 흘렀다.

당황한 망나니가 히닌을 향해 소리치고, 히닌은 살아 있는 그녀를 발로 차서 구덩이에 빠뜨렸다.

차례를 기다리던 오이사於伊佐도 오코오於古保도 오카나於假名도 오타케於竹도 도망치려는 자세를 취했다. 모두 열대여섯 살에 불과한 어린 나이였으니 무리도 아니었다.

마침내 순서가 뒤바뀌어 산죠 강변은 백일하에 지옥 그대로의 큰 혼란이 벌어지기 시작했다……

7

구경꾼들 중에는 졸도하는 자, 구토하는 자, 얼굴을 가리고 도망치려는 자들이 있었다. 그런 반면 사실을 정확히 기록해두려고 부지런히 붓을 놀리는 자도 있었다. 모두가 이 처형을 간담이 서늘하고 혼비백산할 사건으로 받아들였다는 증거였다.

처형은 2각刻(4시간) 남짓한 동안 계속되었다. 그러나 이 처형을 끝까지 지켜본 사람은 없었다. 그리고 그 누구도 살아 있는 동안, 왕도에서 볼 수 없었던 이 정경에 계속 고통을 받을 것이 틀림없었다.

"타이코가 이렇게까지 무서운 사람이란 말인가……"

"아니, 타이코의 지시가 아니야. 모두 이시다 지부라는 잔인한 자가 꾸며낸 각본이야."

"그럴지도 몰라. 히데요리 님 치세가 되면 천하가 모두 지부의 뜻대로 될 테니까."

보통사람들뿐만 아니라 무사 중에도 이 처형에 대한 비난을 미츠나리에게 전가하려는 자가 있었다. 아직도 사람들은 타이코가 누렸던 인기를 아쉬워하고 있었다.

이렇게 되면 미츠나리의 입장은 아주 묘해질 수밖에 없었다. 두뇌 회전이 빠르고 오만해 보이는 성격이 사실 이상으로 사람들의 반감을 부추기고 있었다.

"들으셨습니까. 지부 혼자 도처에서 비난받고 있습니다."

다리 서쪽에서 검시를 하던 미츠나리가 사라진 뒤, 강가 다리 밑에서 처형 광경을 자세히 기록하던 무사가 삿갓을 쳐들고 그 주인인 듯한 사나이에게 말했다.

"그럴 수밖에 없지. 지부는 타이코에게 관록을 붙여주려고 마구 위세를 부리니까."

역시 삿갓 밑에서 대답하고 테라마치 쪽으로 걷기 시작한 사람은 오늘의 처형을 지켜본 사카이 타다카츠酒井忠勝와 그 가신 스기하라 치카키요杉原親淸였다.

"관록을 붙여주려고 고심하는 것도 충성이긴 하지만, 저렇게까지 미움을 받는다면 이득이 없을 텐데요."

"그래. 충성이란 이야기가 나왔으니 말인데…… 우리 가문에서도 혼다 마사노부本多正信 같은 사람이 악인이란 소리를 듣게 될 것일세. 아니 마사노부보다도 나나 이이井伊일지도 몰라. 어쨌든 좋아. 모처럼 이번 일을 기록했으니 주군에게 보고하기로 하세."

이렇게 말하고 타다카츠는 안타깝다는 듯 땅 위에 침을 뱉었다.

"전쟁터라면 몰라도, 무기도 갖지 않은 아녀자들을 저처럼 잔인하게 죽이다니……"

"더구나 시체를 그대로 한 구덩이에 차 넣었습니다."

"영락없는 축생의 무덤…… 속이 메스꺼워지는구나."

"나리도 평소에는 비위가 약하시군요."

"그보다 치카키요, 자네는 글 속에서 누구를 비난했나? 하늘인가 땅인가, 아니면 타이코인가 지부인가…… 또는 생모 아사이 씨인가 당사자 히데요리인가?"

이 말에 치카키요는 혀를 찼다.

"잔인한 질문을 하시는군요."

"그렇다면 자네도 미츠나리가 나쁘다고 썼겠군. 그렇지 않으면 보통 사람들이 납득하지 않을 테니까. 사람들은 타이코를 좋아하거든."

"모두에게 사랑받는 타이코도 자신의 눈이 어두워지고 있다는 것을 아신다면 이런 일은……"

"그것이 원인일세. 인간의 눈이 미치는 범위에는 한계가 있어. 눈이 어두워지는 데는 나이도 그 원인이 되지만, 권력도 그 원인의 하나, 맹목적인 사랑도 그 원인의 하나지. 그것은 그렇다 치고 우리 주군도 교활하셔. 처형이 결정되고 나서야 상경하셨으니."

8

이에야스는 사카이 타다카츠한테 처형의 모습을 자세히 보고받고 한마디도 하지 않았다.

'만일 입을 연다면 무슨 말을 할까?'

타다카츠는 알고 싶어 짓궂을 정도로 물었다.

"타이코도 알고 보면 불행한 사람이야. 칸파쿠 역시 그렇고."

애매하게 말꼬리를 흐리고 그 이튿날부터 후시미 성에 나갔다.

사실 할말이 없었을 터. 인간이 가진 업보와 업보의 충돌이었다고 본다면 누가 선이고 누가 악이라 단정한다 해도 무의미한 일이었다. 비난받아 마땅한 점은 양쪽 모두에게 있고, 동정할 점 역시 양쪽 모두에게 있었다.

히데츠구의 처형이 끝난 뒤 히데요시의 노쇠와 조급함이 갑자기 눈에 띄기 시작했다.

히데츠구를 할복하게 하고 나서 서둘러 조정에 칸파쿠 파면을 청원

하는가 하면 쥬라쿠 저택을 당장 허물라는 엄명을 내렸다. 그리고 마에
다 토시이에를 히데요리의 사부로 결정했다면서 모두를 초청하여 잔치
를 베풀기도 했다.

그보다 더 익살스러운 일도 있었다. 명나라의 정사正使 이종성李宗
城 일행이 조선 경성京城을 떠나 부산釜山에 이르렀다는 보고를 들은
히데요시 —

"반가운 일이야, 경사스러운 일이야. 이제 전쟁은 끝나게 됐어. 그런
데, 앞서 이야기가 나온 혼담 말인데……"

일부러 이에야스를 불러 다짜고짜 요도 부인의 동생을 히데타다에
게 밀어붙였다.

요도 부인의 동생을 히데요시의 양녀로 삼아 시집보내겠다고 했다.
도쿠가와 쪽에서도 이미 그럴 각오였다. 그런데도 이 강제적인 혼사에
는 지난날 이에야스에게 아사히히메를 떠맡겼던 히데요시의 대담성도
무서운 패기도 느낄 수 없었다. 이에야스의 비위를 맞추려는 것 같은
비굴한, 그리고 이기적인 냄새가 풍겨 도리어 이에야스 쪽에서 가엾게
여길 정도였다.

혼례식은 9월 17일에 거행되었다.

히네요시 측근 중에는 이를 기뻐하지 않는 자가 많았다. 그러나 히데
요시는 이 혼례로 깊은 안도감을 느끼는 것 같았다.

이에야스가 인척으로서 히데요시를 보좌하는 한 다이묘들은 히데요
시에게 복종한다…… 이렇게 생각하고 강요한 일이 무난히 관철되었
다고 기뻐하는 어리석음을 분명히 느낄 수 있었다.

'타이코도 이제는 정말 늙었구나……'

히데요시의 이 노쇠에 박차를 가한 직접적인 원인은 역시 히데츠구
사건이었다고 이에야스는 생각했다.

아직 전투의 지휘라면 젊음이 되살아난 듯 의욕을 불태우는 히데요

시. 그러나 혈육간의 다툼은 전에 없던 일인 만큼 몹시 타격이 컸던 모양이다. 9월 17일 요도 부인의 동생을 히데타다에게 시집보낸 히데요시는 11월 초 세번째로 병석에 눕고 말았다.

그것도 명나라 정사 이종성이 부산에 있던 코니시 유키나가와 더불어 어떻게 하면 성립되지 않을 화의를 얼버무릴까 하고 먼저 도착한 심유경과 열심히 협의를 거듭하는 도중에……

그 무렵 후시미 성에는 쥬라쿠 저택에서 운반해온 다실茶室과 기물에 히데츠구 처첩들의 망령이 붙어 있다는 소문이 나돌기 시작했다. 히데요시가 종종 엉뚱한 헛소리를 하기 때문이었는데, 그런 의미에서 천하인 히데요시 역시 보통사람과 별로 다를 것 없는 신경의 소유자라고 할 수 있었다……

화의의 유령

1

히데요시의 병이 나은 것은 이듬해(케이쵸慶長 원년, 1596) 3월이었다. 병상에서 일어나자마자 곧 그는 햇수로 네 살이 되는 히데요리를 천황에게 알현시킬 일에 몰두하기 시작했다. 아니, 그만이 아니라 다섯 부교들 역시 그 일에 그의 관심을 쏟게 해서 애써 명나라와의 강화 문제로부터 눈을 돌리게 하고자 획책하는 낌새가 있었다. 이것도 생각하기에 따라서는 '주군을 위해서'라고 할 수 있었다.

그러는 동안 히데요시의 생애를 완전히 먹칠하는 '명나라 사신 내조來朝' 사건의 수레바퀴는 그가 알지 못하는 곳에서 시시각각 구르고 있었다.

히데요리가 만 세 살이 되는 8월까지도 기다리지 못하고 황실에 알현시킨 것은 5월 13일. 이 일을 반대하지 못하게 하려는 의도에서 마에다 토시이에가 곤노다이나곤權大納言°, 도쿠가와 이에야스德川家康가 나이다이진內大臣°에 임명된 것은 이보다 닷새 전인 5월 8일이었다. 이들의 승진은 히데요리의 알현을 위한 전주곡이었다.

6월 9일에는 카토 키요마사加藤淸正가 본국 소환명령을 받고 부산을 떠났다. 현지에 있으면서 오로지 충실하고 강직하게 히데요시의 뜻을 관철시키려 했던 카토 키요마사가, '현지에 두어서는 안 될 화평의 방해자'로 지목되었기 때문이다.

이보다 앞서 경성에 와 있던 명나라 정사 이종성은 화평교섭이 너무나 기만적인 데 놀라 조선에서 도망치듯 귀국해버리고 말았다. 코니시 유키나가, 소 요시토모宗義智, 이시다 미츠나리 등은 이종성의 도주를 키요마사의 위협에 의한 것이라 히데요시에게 고했다.

이 보고를 그대로 믿은 히데요시는 격노하여 귀국한 뒤에도 키요마사에게 근신을 명하고 면회조차 허락하지 않았다. 히데요리에 대한 편애로 히데요시는 또다시 큰 과오를 범하였다.

키요마사의 귀국과 동시에 그동안의 노고를 치하하고 조선 사정을 자세히 보고받았어야 했다. 그랬더라면 어린 히데요리의 장래를 위해 수백 장의 서약서보다도 더 믿을 수 있는 자애의 성채가 되었을 터. 그런데 불세출의 영웅으로 숭앙받던 히데요시도 이미 번뇌가 지배하는 대로 움직이는 방자한 늙은이가 되어 있었다……

그 때문인지는 알 수 없으나 윤 7월 13일에 후시미에서 쿄토 일대에 걸쳐서 큰 지진이 일어났다. 후시미 성에서도 미처 피신하지 못한 여자들의 사상자가 수없이 발생했다. 쿄토에서도 키타노北野의 불경 보관소, 미부壬生의 지장당地藏堂 등이 붕괴되어 쿄토 사람들을 가슴 철렁이게 했다.

천재지변과 인간의 일을 결부시켜 생각하는 것은 당시로서는 상식에 속했다.

"이 엄청난 재앙은 칸파쿠와 그 일가의 저주 때문이야."

"아니, 그렇지 않아. 조선의 바다에서 죽은 일본 어부와 선원들의 분노가 폭발한 거야."

"어쨌거나 요즘 타이코가 한 처사는 너무 천도天道에 어긋나는 일이었어. 이래서는 히데요리 님도 행복해지기 어려울 거야."

이런 소문이 사카이까지 흘러들어 후시미와 쿄토의 피해가 사람들의 입에 오르내릴 때, 느닷없이 후시미의 도쿠가와 저택으로부터 나야 쇼안納屋蕉庵이 있는 치모리乳守 별장에 코노미를 태운 가마가 도착했다.

"오오, 무사했구나. 후시미에서 많은 여자가 죽었다고 해서 걱정하던 참이다."

보기 드물게 현관까지 마중 나온 쇼안을 보고 코노미는 웃으면서 가마에서 내렸다.

"어찌 제가 죽을 리 있겠습니까. 이처럼 깊은 업보를 가진 여자가."

2

"다행이야! 자, 어서 올라오너라."

쇼안은 오랜만에 보는, 여전히 자신만만한 모습으로 웃는 코노미를 보고 안도했다.

"그래, 도쿠가와 집안은 모두 무사하시겠지?"

"예. 무엇보다도 운이 좋은 것은 도련님의 부인입니다."

"도련님의…… 그렇다면 요도 부인의 동생 말이냐?"

"예. 후시미 성에 있었더라면 다른 사람들과 같이 압사할 뻔했는데 억지로 혼인하는 바람에 목숨을 건지게 되었습니다."

"으음, 그렇다면 성안은 소문대로 피해가 심했던 모양이로구나."

두 사람은 큰 소리로 복도에서 이야기하면서 거실로 들어왔다.

"타이코 님도 요도 부인도 또 도련님도 모두 무사하다는 말은 들었다. 그러면 출가하기 전에 있던 부근의 건물은 모두 무너졌느냐?"

"예. 삼백 명에 가까운 여자들이 깔려 죽었습니다. 그 때문에 그런 나쁜 소문이 나돌게 되었어요."

코노미는 하고 싶은 말이 너무 많아 곤란하다는 표정으로 앉자마자 다시 말을 계속했다.

"모두가 산죠 강변에서 아무 죄도 없는 칸파쿠의 여자들을 죽인 벌이다, 그래서 이번에는 여자 일손이 부족하게 되었다고……"

"그런 소문을 타이코는 어떻게 생각할까?"

"역시 강한 고집은 꺾이지 않았습니다. 그까짓 여자 따위는 일본 천지에 넘친다…… 이렇게 말하면서 곧 마에다 호인前田法印˚에게 명하여 그날 중으로 야나기쵸柳町 화류계 여자들을 팔십 명이나 성안으로 불러들였습니다."

갑자기 쇼안은 배를 끌어안고 웃었다.

"하하하…… 야나기쵸의 화류계 여자들로 임시변통을 했다는 말이지. 그것 참 어울려, 정말 타이코다운 생각이야! 자, 편히 앉거라. 내가 곧 차를 끓이겠다…… 그런데, 이번에 온 것은 무사한 얼굴을 보여주기 위해서냐?"

"아닙니다."

코노미는 응석부리듯 새침해지면서 고개를 저었다.

"저도 쇼안의 딸이에요. 사사로운 일로는 나다니지 않습니다. 천하의 일이 아니고서는."

"놀라운 말을 하는 여자로군! 그래, 천하를 위해 무엇이 알고 싶어 왔느냐?"

"아버님, 이미 조선과 명나라 사신을 태운 배는 이 사카이를 향해 바다를 건너오고 있겠지요?"

"물론 그렇다. 앞으로 열흘 안에 도착할 거야."

"그 배에 정말 명나라 황제의 딸이 타고 있을까요? 주상의 비妃가 되기 위해서."

"그……그 무슨 바보 같은 소리를 하느냐. 그런 것은 나보다도 도쿠가와 님 쪽이 더 잘 알 텐데."

"그렇지만…… 타이코 님은 히데요리 님이 주상을 알현하는 자리에서 자신 있게 그런 말씀을 드렸다고 합니다."

"뭣이! 그럼 타이코는 아직까지도 그 사실 여부를 모르신다는 말이냐?"

"모르신다면 안 될 일입니다. 나이다이진(이에야스) 님도 깜짝 놀라시고 속히 사실 여부를 조사하라고. 그래서 그런 내명內命을 받고 왔습니다."

쇼안은 너무 엄청난 일이어서 잠시 동안 대답도 하지 못했다.

히데요시가 내놓은 화의조건에는 물론 그런 조항이 있었다. 그러나 이 제안이 절대로 명나라 황제에게 통할 리 없다는 것은 코니시도 이시다도 너무 잘 알 터……

3

"아버님께는 조선에 건너가 있는 선원들의 소식이 있었을 것 아닙니까? 명나라 황제의 딸이 타고 있지 않다면 어떻게 될까요?"

쇼안은 코노미의 다그치는 물음에는 대답하지 않고 멀리서 들리는 소리에 귀를 기울이는 듯한 표정으로 차 도구를 만지고 있었다.

"그럼, 타이코 님은 아직 카토 카즈에노카미의 보고를 듣지 않은 모양이구나."

"예. 처음에는 몹시 화를 내셨습니다. 화의를 방해한 것은 키요마사

놈, 키요마사 놈이 명나라 사신을 위협해 명나라 정사가 부산으로 오는 도중에 도주하였고 그 때문에 화의가 늦어지고 있다, 내 앞에 나타나지도 말라고 하면서……"

"어처구니없는 일이야. 그렇게라도 말하지 않으면 코니시나 이시다의 체면이 서지 않겠지."

쇼안은 코노미 앞에 조용히 찻잔을 놓았다.

"그렇구나, 타이코 님은 아직 모르시는구나."

"카토 님에 대한 분노는 이번 지진으로 상당히 수그러졌습니다. 근신 중인데도 불구하고 비상사태라고 하면서 즉시 성으로 달려와 정문의 경비를 담당했기 때문에."

"으음. 카즈에노카미다운 충성이야. 그러나 이미 모든 것이 늦었다고 할 수 있지……"

"아버님께 전해진 소식은……?"

"그게 말이다, 너무 기막힌 일이라서 나까지도 전신에 식은땀이 흐를 정도로 창피한 속임수였어. 전쟁에서는 네 개 도道를 손에 넣었으니 이겼다고 할 수도 있겠지. 그러나 교섭에서는 심유경이란 자의 농간에 말려들어 말할 수 없는 수치를 당했어."

"그……그…… 내용을 말씀해주십시오."

"우선 마음을 가라앉히고 차부터 마셔라…… 타이코 님의 사자로 코니시 죠안이 명나라에 간 것은 너도 알고 있겠지?"

"예, 압니다."

"그 죠안이 명나라에서 어떻게 교섭을 벌였는지, 명나라에서는 죠안의 청을 받아들여 이종성을 정사로 파견하게 되었어."

"그래서 타이코 님은 자신의 조건이 받아들여졌다…… 명나라 황제가 딸을 주상의 비로 일본 궁중에 보낼 것이라 믿으시고……"

코노미는 호흡이 가빠져 찻잔을 놓고 잠시 쉬었다가 말했다.

"그랬는데 오지 않으면 어떻게 될까요?"

쇼안은 맛있게 차를 한 모금 마시고 나서 말했다.

"올 리가 없어. 파견된 이종성이 부산에 도착하기도 전에 도망친 것이 무엇보다도 좋은 증거야……"

"하긴 그렇군요. 그럼 카토 님이 강경 일변도의 위협으로 상대를 협박한 것이 사실일까요?"

쇼안은 가볍게 고개를 가로젓고 화로 앞에서 일어나 문갑 밑바닥을 뒤졌다.

"믿고 싶지 않아. 명나라 궁전에서 작성한 죠안과 상대 관리의 문답을 기록한 것이야. 저쪽에서 저쪽 나름으로 문장을 다듬었겠지만……나는 이것을 읽고 쥐구멍이라도 있으면 숨어버리고 싶었어."

그러면서 내민 두루마리에는 한자로 된 문장 사이에 붉은 글씨로 옮긴 일본어가 작게 기입되어 있었다.

죠안과 상대방이 교섭한 기록…… 이번 일의 모든 수수께끼를 풀 수 있는 유일한 열쇠라고 해도 좋은 것이었다.

4

코노미의 낯빛이 채 다섯 줄도 읽기 전에 싸늘하게 굳어졌다.

일본 사신 코니시 히다노카미小西飛驒守와 명나라 재상 석성石星의 대화였다. 석성의 질문부터 기록되어 있었는데, 마치 중죄인이 법정에 끌려나와 심문을 받는 듯한 내용의 것이었다.

문 : "조선은 천조天朝(명나라 조정)에 순종하는 속국인데, 그대 칸파쿠(히데요시)는 어찌하여 지난해에 이를 침범했는가?"

답 : "일본은 명나라의 책봉을 받고자 일찍이 조선으로 하여금 이를 부탁하도록 했으나 조선이 그 뜻을 숨겨 전달하지 않고, 일본인을 속이고 죽였기 때문이다."

문 : "조선이 위급을 고해와 천조 군사가 이를 구원했다. 책봉을 요청할 정도라면 일본군은 지체 없이 순순히 귀순해야 할 텐데, 도리어 저항하여 평양平壤, 개성開城, 벽제관碧蹄館 등에서 항전한 것은 어찌 된 까닭이냐?"

답 : "일본군은 평양에 주둔하면서도 오로지 책봉을 바라며 천조와 화친을 맺으려 했으나, 귀국 군사가 대거 성을 공격해 부득이 방비했을 뿐이다. 일본군은 그 후 즉시 경성으로 철수했다."

문 : "어째서 경성으로 철수하고 또 왕자와 배신倍臣(조선의 중신)들을 돌려보냈느냐?"

답 : "천조가 책봉을 허락했다는 귀국 사신 심유경이 고한 말을 믿고, 천병天兵(명나라 군사) 칠십만이 이미 조선 북부지방에 도착했다고 해 철수했으며, 왕자와 배신들을 돌려보내고 칠 개 도를 천조에 반환한 것이다."

문 : "그대들이 공물을 원한다고 하면서 진주晉州를 침공한 것은 불신행위, 책봉은 허락하나 공물은 허용치 않겠다. 심유경을 통해 이미 책봉을 허락한다는 뜻을 통보했고 그대도 믿었다고 했다. 믿었다면 즉시 귀국하여 명령을 기다려야 할 터인데 어째서 군량을 수송하고 진지를 구축해 장기간 부산에 머무르며 돌아가지 않느냐?"

답 : "과연 책봉사가 올지 믿을 수 없었기 때문이다. 일단 천사天使 (명나라 황제 사신)가 오면 모든 진지는 불살라 없앨 것이다."

문 : "히데요시가 예순여섯 개 섬을 평정했다면 이미 왕이 되었어야 할 것이다. 그런데 어째서 여기까지 와서 책봉을 청하느냐?"

답 : "히데요시는 국왕國王(노부나가)이 아케치明智에게 살해되는

것을 보고, 또 조선이 천조 책봉을 받음으로써 민심이 안정되는 것을 보았다. 그러므로 히데요시도 지금 책봉을 청하게 된 것이다."

문 : "너희 나라는 이미 천황을 칭하고 또 국왕이라고도 칭한다. 천황은 국왕과 같은 것인가?"

답 : "천황은 곧 국왕이다. 국왕은 노부나가에게 살해당했다."

문 : "이제 알겠다. 그런 사정이라면 천조에 주청하여 원하는 책봉을 허락하도록 할 것이니 속히 돌아가 책봉사 맞이할 준비를 서둘러라. 한 가지라도 불경한 점이 있다면 책봉은 허락하지 않을 것이다."

답 : "삼가 천조의 명을 어기지 않도록 조치하겠다."

다 읽고 나서는 코노미도 그만 아연실색했다.

명나라 황제의 딸은커녕 히데요시의 화의조건에 대해서는 한마디도 언급이 없고, 천황까지 노부나가에게 살해당해 존재하지 않는 것으로 되어 있었다. 일부러 명나라까지 가서 도대체 무슨 생각을 하고 있었던 것일까……?

5

코니시 쥬안은 처음부터 진지하게 교섭에 임할 성의도, 기력도 없었음이 틀림없다.

히데요시가 이겼다고 믿고 제안한 조건은 명나라 황제에게 전혀 전하지 않았다. 또 명나라에서 어떤 굴욕을 당해도 순순히 받아들이고는 이를 히데요시에게 일체 알리지 않았다. 명나라 사신이란 자를 일본에 불러들여, 언어가 통하지 않는 것을 기화로—

"이처럼 명나라 황제는 전하께 항복하고 있습니다."

이렇게 기만하여 전쟁을 끝내려 하고 있었다.

물론 죠안 혼자만의 재량으로 할 수 있는 일이 아니었다. 그렇다면 이 일의 입안자는, 관계자는 도대체 누구누구일까……?

코니시 유키나가나 소 요시토모는 말할 나위 없고, 이시다 지부를 위시한 다섯 부교들도 당연히 알 터. 그리고 현지에 있는 무장 중에도 은밀히 동의하는 자가 있을 것이다.

"어떠냐, 명나라 정사 이종성이란 자가 일본에 건너오기 전에 도망친 이유를 알 수 있겠지?"

쇼안의 말을 듣고도 코노미는 잠시 대답할 수가 없었다.

과연 명나라에서 이 문답서에 적힌 내용대로 지시를 받고 출발한 정사라면, 조선에서 카토 키요마사를 만났을 때 소스라치게 놀라 도망치지 않을 수 없었을 것이다.

키요마사만은 정확하게 히데요시의 뜻을 받들고 있었다. 따라서 그는 히데요시가 무엇을 원하고 무엇을 명나라 사신에게 기대하는지를 있는 그대로 말했을 터였다……

"문제는……"

쇼안이 말했다.

"그 경위를 타이코가 어렴풋이나마 깨닫고 있느냐 하는 데 있어. 전혀 모르고 있다면 이미 타이코 시대는 끝났다고 하지 않을 수 없어. 이보다 더 타이코를 무시한 계획은 있을 수 없어. 아니, 이건 타이코만의 문제가 아니야. 일본의 치욕이고 일본인 모두의 수치인 게야."

"……"

"그리고 그 다음 일, 이 문답서는 이종성으로부터 흘러나와 내 손에 들어온 것이라 생각해도 좋다. 이종성은 그 후 공무를 포기한 죄로 체포되었어. 지금 일본으로 오고 있는 양방형楊方亨이란 자가 정사가 되어 심유경과 함께. 명나라 방침이 그 뒤 변경되었으리라고는 생각지 않는다. 그쪽에서는 히데요시의 애걸에 못 이겨 책봉을 허락하지만 공물은 용납하지 않겠다, 특별히 연민의 정을 베풀어 속국으로 삼는데, 황제 딸을 보낸다는 것은 어림도 없는 일."

코노미는 문답서를 조용히 말아 아버지 앞에 놓았다.

"정말이지 타이코 님은 크게 모욕을 당하셨군요."

"그래. 아마도 타이코 생애에서 이처럼 가신들에게 농락당한 일은 없을 거야. 하기야 이 전쟁은 처음부터 생각이 부족해 일어난 것이기는 하지만."

코노미는 잠자코 옷매무새를 가다듬었다.

"아니, 벌써 돌아가려느냐?"

"예. 저도 가만히 있을 수 없게 되었습니다. 명나라 사신이 도착한 뒤에 이 일이 타이코 님에게 알려지면 어떻게 되겠습니까?"

"잠깐 기다려, 자고 가라는 말은 하지 않겠다. 그러나 너는 이대로 돌아갈 수 없어."

"예? 무슨 말씀인지요?"

"타이코가 아시게 되었을 때의 처리, 아니, 그 준비가 중요하다."

6

코노미는 일어나려다 말고 다시 앉았다.

확실히 아버지 말이 옳았다. 자기 뜻에 좀 맞지 않는다고 해서 히데츠구와 그 가족을 극형에 처한 것이 최근의 히데요시였다.

'이러한 그가 만일 이번 교섭에 대한 진상을 알게 된다면……'

생각만 해도 코노미는 온몸에 소름이 끼치는 것 같았다.

맨 먼저 히데요시는 명나라 사신을 죽이라고 호령할 터. 목이 달아날 것이 두려워 최초의 정사 이종성이 도망친 게 아닌가……

그래서 다시 사신을 뽑아 보냈다……고 한다면, 심유경과 일본측 요인 사이에 어떤 일이 있어도 죽게 하지는 않겠다는 밀약이 이루어졌기 때문일 터.

그렇다면, 히데요시의 분노와 그 밀약을 맺은 사람들과의 충돌은 불가피하다. 아마도 히데요시는 분노에 못 이겨 풀뿌리를 헤쳐서라도 관계자 전원을 색출하고야 말 것이다.

'이렇게 되면 그 불길은 어디까지 번질 것인가?'

쇼안은 똑바로 코노미의 이마 언저리를 바라본 채 딸의 질문을 기다렸다.

"아버님, 만일에 아버님이 저라면……"

"이 경우에 어떻게 하겠느냐는 말이로구나?"

"예. 그리고 아버님이 나이다이진 님이라면…… 그리고 또 아버님이 타이코 님이라면……"

"욕심이 많은 질문이로군."

쇼안은 웃지 않았다. 세 사람이 각각 다른 입장에서 어떻게 일을 처리할 것인지를 묻는 딸이 대견스럽기도 하고 용감해 보이기도 했다.

"내가 너라면 우선 일의 진상을 도쿠가와 님께 소상히 설명하겠어…… 네가 할 일은 그것밖에 없어."

"예…… 예."

"그리고 내가 너한테 보고받은 도쿠가와 님이라면……"

"맨 먼저 어떻게 하시겠습니까?"

"어떤 일이든 가슴속에 담아두어야 할 일과 배짱이나 경험만으로는 처리할 수 없는 일이 있게 마련이야. 그래서 우선 타이코 님을 혼자서 만나겠다."

"그리고는……?"

"만나기는 하지만 모든 것을 다 말하지는 않는다. 말했다가는 국내는 사분오열의 혼란 속으로…… 그야말로 국치國恥 중의 국치를 겪게되는 거야."

"그렇겠군요……"

"내가 입수한 정보에 따르면 명나라 사신은 보통 수법으로는 통하지 않는 노련한 자인 것 같다. 무례한 언사가 나왔을 때는 화의는 이것으로 결렬되었다면서 즉시 돌려보내라……고 말하겠어."

"죽여서는 안 된다……는 뜻인가요?"

쇼안은 어느 틈에 깊은 골을 미간에 새겼다.

"죽인다고 끝날 일이 아니니 돌려보내고, 즉시 두번째 출병을 단행하시라고."

"예? 그러니까 또다시 전쟁을……"

"우선 내 말을 들어라. 이것으로 타이코의 마음은 밖으로 돌려진다. 출병을 하느냐 마느냐가 아니라, 출병할 수밖에 없다고 생각하는 것만으로도 국내는 조용해져. 알겠느냐? 출병하지 않으면 타이코의 체면이 서지 않는다……고 하면, 내부분쟁만은 피해야 한다고 반사적으로 생각하게 되는 게 인간 심리야. 내부분쟁의 피해가 약간의 병력을 외국에 출병시키는 것보다 몇 배, 몇 십 배 더 크다는 뜻이다."

쇼안은 이렇게 말하고 다시 쏘는 듯한 눈으로 딸이 어느 정도나 이해했는지 알아내려는 듯 빤히 바라보았다.

7

코노미는 아버지 이야기를 듣고 그것을 가슴에 깊이 새기기까지 한참이나 걸렸다. 그토록 외국과의 전쟁을 반대하던 아버지가 다시 한 번 타이코에게 출병케 하는 한이 있더라도 국내의 혼란만은 막아야 한다는 의견이었다.

말을 듣고 보니 확실히 그럴지도 몰랐다.

히데요시가 격분하여 측근 누구누구를 죽이려 하고, 그 측근은 각자 자신과 절친한 무장들과 손을 잡고 이에 대항하게 된다면 그야말로 국내는 걷잡을 수 없는 혼란에 빠지고 말 터.

'그보다는 심유경 등의 무례를 꾸짖으며 다시 한 번 원군을 보내, 그 원군과 힘을 합쳐 철수할 기회를…… 마련한다. 그러면 이 전쟁의 실패로 인한 내부의 분열만은 면할 수 있다……'

"어떠냐, 납득할 수 있겠느냐?"

잠시 사이를 두었다가 쇼안이 조용히 물었다.

"예…… 생각하면 할수록 타이코 님이 어려운 입장에 놓였다는 것을 알게 되었습니다."

"바로 그것이야. 요즈음 세상에는 칸파쿠 처자가 유령이 되어 나타난다는 소문이 파다하게 떠돌지. 그렇지만 그 가혹한 처분도 실은 조선에서 싸우다 죽은 유령의 소행……이라고 보아야 해. 이 세상에서 명분 없는 전쟁처럼 무서운 재앙을 초래하는 것은 없어. 깊이 가슴에 새겨두어야 할 일이야."

"정말……"

코노미는 칸파쿠의 처첩들이 처형되던 날의 참상을 생생하게 떠올렸다. 그 처참한 형장의 모습과 조선에서의 전쟁을 결부시켜 생각한 사람이 과연 있을까.

모두 '히데요리'라는 친자식이 태어났기 때문에 일어난 다툼으로만 생각하기 쉽다. 그런데 진실은 그렇지 않다. 측근들은 허위가 거듭된 명나라와의 교섭을 민감한 히데요시가 깨닫지 못하도록 필요 이상으로 히데츠구를 악인으로 만들거나 히데요리의 장래를 걱정하게 만들거나 하고 있었다.

그런 의미에서 히데츠구를 죽인 것도 가문에 히데요리 파를 만들어 놓은 것도, 그리고 히데요시의 만년에 큰 오점을 남기게 한 것도 따지고 보면 모두 조선 전쟁의 유령. 더구나 그 유령은 지금 히데요시의 의사와는 전혀 다른 명나라 사신을 보내 히데요시의 생애를 말살시키려 한다.

"……아버님, 한 가지 더 말씀해주십시오. 아버님이 만일 그 유령의 저주를 받는 타이코라면, 그땐 어떻게 하시겠습니까?"

"그것은 말이다."

쇼안은 가만히 주위를 둘러보며 목소리를 낮추었다.

"자기가 초래한 재앙이라고 생각하면, 화는 누를 수 있겠지. 그러나 그것만으로 해결되지는 않아. 명나라 사신이 왔을 때는 그들과 동행한 조선의 사신부터 만나겠어."

"조선의……?"

"그래. 그들에게만은 극진하게 예의를 다하고 생각하는 바를 말해두겠어. 그들도 사정은 자세히 알 테니까."

"하지만, 그것만으로는……"

"아니, 그렇지 않아. 그들은 그것으로 일단은 안도할 거야. 교묘히 속였다고 하면서…… 바로 이것이 중요한 점이다. 그런 뒤 명나라 사신의 무례함을 꾸짖고 대번에 쫓아버리겠어…… 그렇게 되면 비로소 타이코는 주상을 제쳐놓고 명나라 책봉을 청할 정도로 의義를 저버리는 사람이 아니었다고, 내외에 걸쳐 어느 정도는 오명을 씻을 수 있게 될 것이다마는……"

코노미는 다시 옷매무새를 고치고 돌아갈 준비를 했다. 촌각을 다투는 천하의 위기……라고 생각했기 때문이다.

8

코노미가 후시미 성 보수에 필요한 재목을 실은 배에 편승하여 서쪽 성 서편의 이시다 성곽과 마주보는 도쿠가와 저택에 돌아왔을 때, 이에 야스는 아침 등성 준비를 끝내고 성곽을 나서려 하고 있었다.

히데요시는 지진이 끝난 뒤에도 아직 병상에서 일어나지 못한 채 초조해하고 있었다. 길다란 보랏빛 머리띠를 오른쪽으로 늘어뜨리고 누군가를 머리맡에 불러놓고 몹시 꾸짖고 있었다. 이렇게 되면 이에야스가 옆에 있다가 꾸중이 끝난 뒤 중재를 떠맡지 않으면 전혀 일이 진척되지 않았다.

그런 필요 때문에 이미 현관까지 나와 있던 이에야스. 그러나 그는 돌아온 코노미를 보고, 큰 못에서 우지字治가 바라보이는 동산의 정자로 데려갔다. 보고를 듣기 위해서다.

"여기라면 아무도 듣는 사람이 없다. 코노미, 쇼안이 말한 그대로 이야기하도록."

코노미는 오해가 있어서는 큰일이라고 어젯밤 내내 배에서 생각했던 대로 한마디도 자기 의견은 개입시키지 않고 아버지의 말을 전했다. 그런 뒤에 질문을 받게 되면 자기 생각을 말할 요량으로……

"그래, 명나라에서 죠안과 명나라 재상이 주고받은 문답서라는 것이 있었다는 말이로군……"

"예. 당초에 일본으로 올 예정이었던 이종성이 도망치면서 남긴 것이라고 합니다."

이에야스는 눈을 감은 채 희미하게 고개를 끄덕였을 뿐이었다. 안색은 신중 그 자체여서, 이에 대한 어떤 감상도 드러내지 않았다.

그 모습을 보면서 코노미는 자기가 아버지에게 세 가지 질문을 던졌다는 이야기를 했다.

"마음이 다급하여 주군의 성함까지 들먹이며 질문했습니다. 용서해 주십시오."

코노미는 이렇게 전제하고 이야기해나갔다. 이에야스는 때때로 코노미를 흘끗 바라보기는 했으나 이때 역시 아무 말도 하지 않았다.

쇼안이 이에야스라면……

쇼안이 히데요시라면……

이런 질문방식이 알아듣기는 쉬우나 상대의 자존심은 손상될 터. 상대가 이에야스가 아니었다면 코노미도 그렇게 솔직하게는 말하지 못했을 것이다.

그런 의미에서 코노미는 이에야스를 흉허물 없이 대했고, 이에야스도 코노미에게만은 특별히 예외를 허락하였다.

"잘 알았어. 지금 그 말 가운데 사카이 그대의 의견이 섞여 있지는 않겠지?"

"예. 모두 아버지가 말한 그대로입니다."

"그렇다면 한 가지 질문이 있어. 그대가 이에야스였다면 아버지와 같은 생각을 했겠나?"

코노미는 깜짝 놀랐다. 그런 질문이 자기에게 돌아오리라고는 생각지 못했다.

"하하하…… 좋아. 그것도 알았어."

이에야스는 일어섰다.

"……나는 이제부터 타이코에게 내 생각을 전하러 가겠어. 그런데, 사카이……"

"예…… 예."

"만일 이 일을 누설하는 자가 있다면 그것은 그대와 나 이외에는 없어. 잘 알고 있을 테지?"

"예. 그것은 절대로……"

"부디 입을 조심해야 해."

이렇게 말하고 이에야스는 그대로 정자에서 내려와 동산 밑에서 기다리는 토리이 신타로鳥居新太郎를 재촉하여 본성으로 향했다.

잠이 모자라는 코노미의 눈에, 그 뒷모습은 눈부실 정도로 늠름하고 침착했다.

갈림길

1

후시미 성에는 야나기쵸 화류계 여자들이 불려와 일하고 있었다. 히데요시의 기호에 따라 히데요리의 생모는 물론 다른 소실들도 모두 화려하게 차려입고 필요 이상으로 거드름을 떨었다.

많은 여자들을 압사시킨 지진 뒤의 일손 부족은 성안에 야릇한 여자 냄새를 불러들였다. 히데츠구 사건이 있었을 뿐 아니라 어린 히데요리에 대한 걱정도 있고 하여, 신원이 확실한 여자가 아니면 섣불리 고용할 수가 없었다……

야나기쵸 마장馬場에 유곽을 허가해준 하라 사부로자에몬原三郎左衛門, 하야시 마타이치로林又一郎 등에게 명하여 그들의 책임 아래 유녀들을 임시 시녀로 동원시켰다.

하라 사부로자에몬은 히데요시의 말구종이었다. 그는 세상이 평화로워지면 유곽이 필요하다고 진언하여, 깨끗이 무사의 신분을 포기하고 유녀의 포주가 되었다. 그리고는 지금까지 여기저기 산재해 있던 여자들을 자기 딸로 삼아 야나기쵸 마장에 유곽을 세웠다.

동원된 여자들은 그의 딸로 되어 있었다. 이 유녀들은 시라뵤시白拍子°나 카가메加賀女, 카스라메桂女° 등의 맥을 이은 쿄토의 유녀들 외에, 사카이의 미나미치모리南乳守와 에구치江口, 칸자키神崎, 카니시마蟹島, 카와지리河尻 등의 유흥가에서 뽑혀온 그 방면의 일류급들이었다.

유곽에서 그녀들은 남자 이름으로 불렸으며, 더구나 어마어마한 벼슬아치의 이름이 붙여져 있었다. 예를 들면 훗날 이름을 떨친 이즈모出雲의 오쿠니阿國라거나 키타노 츠시마노카미北野對馬守 따위의 이름이었다.

성안에서는 이런 이름을 부르지 않았다. 그래서 키타노, 마츠야마松山, 사도佐渡, 이쿠지마幾島 등 지명과 성, 아명兒名이 뒤범벅되었다. 이들이 각자에게 할당된 임시 주인을 섬기기도 하고 히데요시의 시중을 들기도 하기 때문에, 보기에 따라서는 성안 내전에 야릇한 새 바람이 불었다고도 할 수 있었다.

그녀들은 각각 임시 주인에게 세상 이야기와 사랑의 기법, 사나이들의 어수룩한 면모 등을 가르쳐주었다. 때로는 그 행동이 너무 야해 젊은 무사들에게 질책을 당하기도 했다. 그러면 여자들은 화가 나 있는 상대의 어깨를 툭 치고 생긋 웃으면서 지나가버렸다.

"안 될 일입니다! 성안을 유곽으로 착각하고 계십니까? 속히 추방하지 않으면 걷잡을 수 없는 일이 벌어집니다."

이런 분노를 직접 이에야스에게 터뜨리는 자도 있었다. 그러나 히데요시의 지시에 의한 것이므로 누구도 어쩔 수가 없었다.

여진餘震은 그 후에도 간헐적으로 계속되었다. 많을 때는 하루에 60번이 넘은 날도 있었고, 그럴 때마다 사람들은 히데츠구와 그 가족의 처형을 떠올렸다. 유녀들의 존재는 이런 음산한 분위기를 털어버리기 위한 하나의 묘약이라고도 할 수 있었다.

히데요시는 그날도 유곽에서 오노 코다유小野小太夫라 불리는 유녀에게 어깨를 주무르게 하면서 히데요리를 어르고 있었다. 결코 기분이 좋은 것은 아니었다. 마에다 겐이前田玄以가 가져오는 소식은 한결같이 막대한 수리비가 필요한 사원과 신사들의 피해뿐이었다.

이때 코쇼가 이에야스의 등성을 알려왔다. 히데요시는 고개를 끄덕였을 뿐 아무 말도 하지 않았다. 요즘의 히데요시는 이에야스와 마주앉을 때마다 왠지 숨막히는 압박감을 느끼고는 했다. 육체의 쇠퇴가 기력에 영향을 미치는 증거였다.

2

"기분이 좀 어떠십니까?"

방에 들어온 이에야스가 가볍게 물었다.

"이 여자의 안마 솜씨가 여간 훌륭하지 않소."

히데요시는 마지못해……서인 듯한 태도로 등뒤에 있는 여자를 턱으로 가리켰다.

"그런데 나이나이진, 내전의 여자들을 치음부터 유곽의 여자들로 메우는 편이 좋았을 것 같소. 눈치가 빨라 쓸데없는 말은 잘 하지 않으니까 말이오."

"후후……"

이에야스는 웃었다. 그 웃는 태도가 애매했다.

"그렇습니다."

이런 뜻인지 말도 안 되는 소리라는 뜻인지 잘 알 수 없었다.

"어떻소, 에도에서도 한번 시도해보시오. 기분이 풀릴 것이오."

"전하, 은밀히 드릴 말씀이 있습니다."

"그럽시다. 나이다이진, 이대로도 좋아요. 지금 겨우 오른쪽 어깨가 끝났을 뿐이니까."

"죄송합니다마는 사람을 물리쳐주십시오."

"그럴 필요는 없어요. 여기 있는 사람은 여자들말고는 겐이뿐…… 그리고 허리가 아프기 때문에."

이에야스는 다시 한 번 나직한 소리로 말했다.

"좀 까다로운 일이 생겨 지시를 받지 않으면 안 되겠습니다. 명나라 사신의 도착에 관한 일입니다마는……"

"그런 일이라면 미츠나리가 잘 알고 있어요. 지부와 상의해서 좋도록 처리하시오."

"예."

이에야스도 당장에는 거역하지 않았다. 그러나 미츠나리를 불러달라거나 그에게 가려고도 하지 않고 눈을 가늘게 뜬 채 히데요리를 바라보았다. 히데요리는 히데요시의 깔개 옆에서 열심히 작은 인형을 가지고 놀고 있었다.

"나이다이진."

"예."

"꼭 사람을 물리쳐야겠소?"

"그렇게 해주시면 감사하겠습니다."

"좋소. 우선 도련님을 안고 나가거라. 그리고 겐이, 자네도 나가게. 명나라 사신이 도착했을 때의 지시……라면 중요한 용건이야."

히데요시는 이렇게 말했다.

"나중에 다시 부르겠다, 너도 나가 있거라."

이어 등을 주무르는 여자에게 명했다.

거실에 있던 사람들이 모두 나갔다.

그런데도 이에야스는 여전히 잠자코 있었다.

히데요시는 교섭의 진상을 어느 정도나 알고 있을까……? 하는 점이 이에야스에게는 꺼림칙했다.

'모든 것을 알면서 자기 혼자 수습할 생각이라면……'

이렇게 생각했을 때 히데요시의 입에서 혀 차는 소리가 흘러나왔다.

"나이다이진, 이제 아무도 없소."

"예. 실은……"

"실은 무엇이오?"

"부산에서 돌아온 선원들의 말입니다. 명나라와 조선의 사신 일행이 부산을 출발했으나 어느 배에도 명나라 황제의 딸은 승선하지 않았다고 합니다."

이에야스는 한마디 한마디를 끊듯이 말하고 히데요시의 반응에 숨을 죽였다.

히데요시의 표정에 복잡한 기색이 한꺼번에 떠올랐다.

놀라는 것 같기도 하고 예상했던 것 같기도 하며, 또 공연한 말은 하지 말라고 비난하는 것 같기도 했다.

"그래서…… 그것이 어쨌다는 거요, 나이다이진은……?"

3

히데요시의 목소리가 의외로 조용해 이에야스는 약간 당황했다.

'알면서도 궁전에서 그런 말을 한 것일까……?'

"아셨습니까? 아셨다면 좋습니다마는."

"몰랐소. 하지만 그런 일이 있을지도 모른다고는 생각하고 있었소."

히데요시는 다시 한 번 부드럽게 말하고 나서 눈을 크게 떴다.

"나이다이진…… 말이 나왔으니 숨길 필요도 없겠지. 실은 말이오,

이 히데요시의 마음은 이미 결정되었소."

"그렇다면 굳이 말씀 드릴 것도 없겠군요."

"명나라 사신이 온다는데, 지진이 일어나 그들을 위압하려던 후시미 성은 이 지경이 되었소. 미처 수리할 틈도 없소. 게다가 화의가 깨졌다고 하면 민심도 동요할 것이오."

"그렇습니다…… 저도 그 점을 우려하고 있습니다."

"그렇다고 화를 낸 사신이 도착하기도 전에 그들을 꾸짖어 쫓아보낸다 해도 혼란은 커지기만 할 것이오."

"거기까지 생각하셨다면 더 이상 드릴 말씀이 없습니다."

"우선 잠자코 사신을 맞이할 생각이오. 그래서 그들이 약속한 조항을 위반했다면 이를 꾸짖겠소. 이렇게 해서 화의가 깨진다 해도 그것은 우리 탓이 아니오."

"그렇습니다……"

"그리고 다시 한 번 마음을 합쳐 싸우는 거요. 싸우면서 상대가 굴복할 때를 기다린다…… 명나라 황제와 이 히데요시의 끈기를 겨루자는 것이오."

이에야스는 안도했다. 역시 히데요시도 화의가 이대로는 성립되지 않는다는 것을 알고 있는 듯했다. 궁정에서 한 이야기는 화의의 조항을 실행하지 않는 명나라 쪽에 책임을 전가시키기 위한 포석이었는지도 모른다.

"어떻소, 나이다이진은 이 타이코와 다른 생각이라도 있소?"

이에야스는 더 이상 이 일에 깊이 관여하면 위험하다는 것을 깨달았다. 더 이야기를 진행시키면, 어쩔 수 없이 이번 교섭에 임한 코니시 죠안이나 유키나가, 미츠나리 등의 이름을 거론하게 될 것이다.

확실히 히데요시의 말대로, 지금 이 시기에 내부분쟁이 일어난다면 그것은 무의미한 일. 어디까지나 일본 쪽에서는 성실하게 화의의 성립을 믿고 있었다……는 태도를 보이면서 사신을 맞이하지 않으면 치욕은 이중 삼중이 된다.

"아닙니다, 말씀을 듣고 안도했습니다. 어찌 이 이에야스에게 이의가 있을 수 있겠습니까."

이에야스는 이렇게 말하고 밝게 소리내어 웃었다.

"이제 그 사신이 도착할 때도 멀지 않았습니다. 아무쪼록 몸조리에 유념하십시오. 곧 근시를 부르겠습니다."

코쇼가 들어오자 이에야스는 다시 여자를 불러 어깨를 주무르게 하라고 명했다.

히데요시는 아직도 할말이 남아 있는 것 같았다. 지기 싫어하는 기질 때문에 지체 없이 대답하기는 했으나, 교섭의 진상을 확실하게 꿰뚫어보고 있을 리 없었다.

"그렇구나, 역시 황제의 딸은 데려오지 않는구나."

이에야스는 못 들은 체하고 물러나 그날도 하루 종일 성을 수리하는 일을 지시했다.

일단 히데요시의 귀에 들어가기만 하면 아직은 분별을 그르치지 않을 터…… 마음의 준비만 되어 있으면 히데요시의 두뇌는 충분히 명석해질 수 있다……

그 후 이에야스는 조용히 히데요시를 관찰하기 시작했다.

4

히데요시가 키요마사를 불러 조선의 사정에 대해 여러 가지로 캐묻기 시작한 것은 그때부터였다. 키요마사도 교섭의 경과에 대해서는 자세히 모를 것이었다. 그렇다고 해도 이것으로 족하다고 이에야스는 생각했다.

일단 이 문제로 마음이 돌아서기만 한다면…… 히데요시는 결코 평범한 장수가 아니다. 사태의 진상을 꿰뚫어보는 힘은 충분히 있었다……

이런 생각을 하면서 바라보니 히데요시는 그날부터 태도가 완전히 돌변했다. 무엇보다도 먼저 노인 특유의 조급함으로 주위사람들을 대하지 않았고, 이와 함께 차차 건강도 되찾아갔다.

'고민하고 있다……'

이렇게 이에야스는 생각했다.

어느 정도나 진상을 파악했을까? 어쨌든 고뇌가 히데요시를 젊어지게 만들었다. 그리고 이렇게 되자 성의 수리도 눈에 보일 정도로 빨리 진척되었다.

원래 이 후시미 성은 단순히 히데요시가 은거하기 위한 것이 아니었다. 명나라 사신을 맞이하여 깜짝 놀라게 하려는 의도에서 기공했던 성이었다.

사신의 배가 사카이 항구에 도착한다. 수로를 따라 오사카로 향하여 오사카 성의 웅장한 모습을 자랑한다. 그러고 나서 —

"수도는 훨씬 더 안쪽에 있다."

다시 오요도가와大淀川를 거슬러올라가, 문자 그대로 산자수명山紫水明한 우지가와宇治川와 큰 연못 너머에 우뚝 솟은 아름답고 호화로운 꿈의 전당을 과시하여 그들의 간담을 서늘하게 만들겠다는, 자못 히데요시다운 생각에서였다.

"일본국의 황성은 여기서 훨씬 더 안에 있다."

이렇게 말하며 자랑스럽게 접대할 생각이었고, 이 때문에 일부러 눈에 거슬리는 요도 성까지 허물었다.

그런데 이들 사신을 맞이하기 위한 교섭에 의심스러운 허위가 내포되어 있다는 사실을 알게 되었다. 그 사실은 히데요시에게 이만저만한 고민이 아니었을 것이다.

히데요시의 생애를 한껏 장식해줄 것인지, 아니면 쓸데없는 전쟁을 벌였다고 후세까지 웃음거리가 될 것인지…… 지금이 바로 그 갈림길이었다.

이에야스는 그 후에도 계속 히데요시를 지켜보았다.

히데요시 쪽에서 무언가 질문을 해오면 즉석에서 자문에 응하지 않으면 안 되었다. 그렇다고 말참견을 하는 것은 절대 금물이었다. 자존심 그 자체라 할 수 있는 히데요시는 어떤 묘안이 나온다 해도 때로는 고집스럽게 배척하고는 했다.

8월 4일에 조선의 정사 황신黃愼, 부사 박홍장朴弘長 등이 소宗 가문의 중신 야나가와 시게노부柳川調信와 함께 부산에서 출발했다는 소식이 들어왔다.

그들은 부산에서 츠시마對馬로 건너가 거기서 명나라 사신 일행과 합류하여 사카이를 향해 떠났다……

히데요시는 그 소식이 들어온 날 비로소 분노의 빛을 띠고 이에야스에게 말했다.

"조선의 사신들은 죽을 각오를 하고 오는 모양이오."

"어째서 그렇다고 생각하십니까?"

"죽이지 않을 줄 알았다면 우리가 석방한 두 왕자가 아니면 대신들이 와야 할 것 아니겠소. 그런데도 신분이 낮은 관리들만 보냈소. 거짓이 탄로날 것을 두려워하여 죽어도 좋을 자들을 보낸 모양이오."

이에야스는 안도했다. 여기까지 생각이 미치는 히데요시라면 당분간은 안심해도 된다.

그때 일행을 국내에서 맞이하기 위해 코니시 유키나가가 한발 먼저 귀국했다.

5

유키나가의 귀국 소식을 들은 뒤 이에야스는 여간 조마조마하지 않았다. 아니, 이에야스만이 아니었다. 이시다, 마시타, 오타니大谷 등 다섯 부교들 중 반전론자들도 좀처럼 안정할 수 없는 모양이었다.

이미 히데요시는 고집스러운 주전론자인 키요마사와 만난 바 있었다. 만일 그들의 속임수를 히데요시가 깨달았다면 그 벼락은 맨 먼저 유키나가의 머리에 떨어질 것이었다.

히데요시는 유키나가가 귀국 인사를 할 때도 화를 내지 않았다. 단지 화를 내지 않았을 뿐이 아니었다.

"그래, 수고가 많았네. 군사들은 조선에서 돌림병 때문에 고생이 심하다고?"

"예. 그러나 조선에서는 아군만이 아니라 명나라 군사도 크게 애를 먹고 있습니다."

"그럴 것이야. 어쨌든 잘 싸웠어."

부드럽게 노고를 치하했다.

"화의의 사신이 오면 그런 고생이 모두 옛날이야기가 될 거야. 일행이 도착하거든 잘 접대하게."

이에야스도 이때 히데요시 옆에 있었다. 사정을 잘 아는 이에야스에게는 그러한 히데요시의 모습이 더없이 불길한 폭풍 전야의 정적으로 받아들여졌다.

'이미 마음속에는 확실하게 결정한 바가 있다.'

그런 의미에서는 안심이 되었다. 그러나 과연 어떤 형태로 폭발할 것인가? 이에 대해서는 이에야스로서도 쉽게 상상할 수 없었다.

이번 일은 적어도 만인 위에 군림한 영걸英傑의 생애를 건 최후의 큰 연극. 그 때문인지 히데요시는 건강은 회복했으나 온몸이 학처럼 여위고 눈만은 더욱 인광을 더하였다.

코니시 유키나가는 과연 그러한 히데요시의 심정을 짐작이나 하고 있는지…… 명나라 황제는 히데요시의 위광을 두려워하여 예의를 다해 죠안을 접대했다는 등 거듭 거짓말을 늘어놓고 물러갔다.

그리고—

명나라 사신 양방형과 심유경이 조선의 사신 황신과 박홍장을 대동하고 사카이에 도착한 것은 8월 18일이었다. 심유경은 전에도 한 번 일본에 와서 후시미 성에 갖가지 예물을 전달한 바 있었다.

히데요시는 당장 접견하겠다고는 하지 않았다. 일행을 사카이에 머무르게 하고 유유히 성의 복구 공사를 둘러보면서 틈이 나면 히데요리를 얼렀다.

코니시 유키나가로부터 명나라 사신의 예물이라 칭하는 수많은 물품이 후시미 성으로 운반되었다. 물론 도중에 심유경과 상의하여 마련한 것이었을 터.

조선의 사신 두 사람이 후시미 성의 상황 탐색을 겸하여 히데요시에게 인사하러 온 것은 8월 29일이었다.

"절대로 면회하지 않겠다."

히데요시는 한마디로 이를 거절했다.

"우리는 두 왕자를 석방했다. 그 은혜를 생각하면 왕자를 보내는 것이 예의 아니겠는가. 그런데도 이름 모를 하급 벼슬아치를 보내다니, 있을 수 없는 일이다…… 어서 사카이로 쫓아버려라."

이에야스는 이때도 묵묵히 히데요시가 하는 대로 내버려두었다.

조선의 사신이 맥없이 돌아간 뒤 이번에는 명나라 사신이 금인金印°과 면류관, 명나라 황제의 칙서를 가지고 와서 알현을 청했다.

히데요시는 이를 허락했다. 9월 1일 명나라 사신 두 사람을 오사카 성에 맞이하여 예물을 받고, 이튿날에는 그들을 후시미에 초대하여 사루가쿠猿樂°를 공연하는 등 성대한 잔치를 베풀었다.

겉으로 보기에 히데요시는 진심으로 명나라 사신의 내조來朝를 환영하는 것 같았다.

6

이날 히데요시를 비롯하여 이에야스를 포함한 5대 타이로大老°와 유키나가 등 일곱 사람은 명나라 황제가 보낸 관冠과 예복차림으로 명나라 사신을 접대했다.

사루가쿠 관람이 끝나고 호화로운 연회가 시작되었다.

무슨 생각을 하는지 그날도 히데요시는 하루 종일 기분이 좋아 화를 낼 기색은 전혀 보이지 않았다. 아마도 명나라 사신과 그들을 안내하고 온 유키나가를 위시한 측근들을 관찰하고 있었을 것이다.

이에야스도 그와 함께 사신 두 사람의 행동에서 눈을 떼지 않았다. 정사 양방형은 처음부터 몹시 두려워하였다. 그러나 부사 심유경에게서는 두려워하는 기색을 전혀 찾아볼 수 없었다. 아무래도 그는 처음부터 히데요시를 만만하게 여겼는지 계속 양방형을 격려하는 것처럼 보였다.

'부사가 정사보다 훨씬 더 방심하지 못할 자……'

이런 생각을 하면서 바라보니, 향연 도중에 두 사람이 때때로 속삭이는 내용은 말을 알아듣지 못함에도 불구하고 확실히 알 것 같았다.

"걱정할 것 없어요. 보다시피 우리 일은 이미 성사되었소."

아마도 이런 의미의 말을 속삭였을 것이다. 심유경이 무슨 말인가를 할 때마다 양방형의 태도에서는 긴장감이 사라지고, 향연이 끝날 무렵에는 완전히 마음을 놓는 듯했다.

히데요시는 이에야스가 생각했던 것처럼 일본이나 자기 자신에 대해 자랑하지 않았다. 그런 만큼 겉으로 드러난 표정 뒤에서 격심한 분노를 불태우고 있었을 것이다.

사흘째 아침.

"오늘은 다시 오사카 성에 가서 사신이 가져온 국서國書를 두 사람 앞에서 검토하겠소. 쇼타이承兌를 불러 명나라 황제가 보낸 인사장을 엄숙하게 낭독시키시오. 여러 중신들도 배석한 자리에서 말이오."

이에야스는 그 말에 따라 마에다 겐이에게 지시하여 오사카 성 큰방에 자리를 마련하도록 했다.

한 단 높은 중앙에 히데요시의 자리를 마련하고 그 좌우에 이에야스를 비롯한 일곱 중신이 앉기로 했다. 그리고 명나라 사신 두 사람은 히데요시 앞에 무릎을 꿇고 예를 드리도록 하는, 어제와는 전혀 다른 좌석배치였다.

히데요시는 그날도 명나라 황제가 보낸 관에 주홍빛 비단옷을 입고, 일곱 명의 중신들도 마찬가지였다. 국서는 일단 히데요시 앞에 놓고, 승려 쇼타이가 나와 읽는다는 순서……

히데요시가 중신들을 거느리고 들어섰다. 명나라 사신 두 사람은 공손히 삼배의 예로 맞이했다. 두 사람은 이미 일이 성시된 것으로 알았는지 그 표정이 여간 밝지 않았다.

쇼타이가 불려나왔다.

코니시 유키나가가 얼른 그 곁으로 가서 작은 소리로 말했다.

"새삼스럽게 말할 필요도 없으나, 국서의 내용은 조심해서 읽어야 합니다. 화의를 무사히 마무리짓는 중요한 일이오."

쇼타이는 흘끗 유키나가를 바라보고 앞으로 나갔다.

유키나가는 쇼타이에게 그대로는 읽지 말라는 뜻을 미츠나리 등이 충분히 주지시켰으리라 생각하고 안심했을지도 모른다. 그는 이 말만을 하고 자기 자리로 돌아왔다. 쇼타이는 유키나가나 미츠나리보다도 몇 배나 더 무서운 히데요시로부터 한마디라도 잘못 읽으면 용서하지 않겠다는 엄명을 받았다.

7

쇼타이는 잔뜩 긴장한 얼굴로 국서를 들어 공손히 절하고 나서 끈을 풀었다.

이에야스는 히데요시의 표정을 차마 그대로 볼 수가 없어 가만히 눈을 감고 듣는 체했다.

오늘까지 명나라 황제의 딸을 데려오지 않은 데 대해 한마디도 입을 열지 않은 히데요시. 그 히데요시가 언제 약속 불이행을 힐문할 것인가. 그것은 이에야스에게도 온몸이 달아오르는 듯한 관심거리였다.

쇼타이는 약간 떨리는 목소리로 국서를 읽기 시작했다. 물론 백문白文°을 일본식으로 훈을 달아 알기 쉽게 읽어나갔다.

국서는 처음부터 무엄한 글귀로 채워져 있었다. 당연한 일이었다.

명나라 황제는 히데요시를 대등하게 생각지 않았다. 그는 자신에게 굽히고 들어오는 작은 섬나라의 새로운 왕에게 온정을 베푸는 고유문告諭文°으로 알았다. 이러한 고유문으로 만족했던 아시카가 요시미츠足利義滿°의 전례가 있었고, 전쟁은 명나라 군사가 이긴 것으로 보고되어 있었다.

정복자 히데요시에게 이러한 내용이 납득될 리 없었다.

쇼타이의 읽어나가는 소리가 책봉을 내리는 대목에 이르렀다.

"그대를 봉封하여 일본의 국왕으로 삼노라."

그 소리에 이어 히데요시의 노성怒聲이 폭발했다.

"그만, 읽기를 멈춰라!"

"예."

"이리 가져와, 그 무례한 편지를 이……이리 가져오너라!"

일동은 깜짝 놀라 고개를 들었다. 쇼타이의 손에서 국서를 받아들고 창백한 얼굴로 벌떡 일어난 히데요시의 바싹 마른 몸이 부들부들 떨리는 것을 숨죽이며 지켜보았다.

"유키나가!"

"예."

"너는 이 히데요시를 속였어."

"당……당……당치도 않은……"

"닥쳐라! 이런 무례하기 짝이 없는 사신을 맞아 뻔뻔스럽게도 내 앞에 데려오다니, 각오는 되었겠지!"

학처럼 여윈 몸 어디에서 그런 소리가 나오나 싶을 정도로 우렁찬, 지난날 전쟁터에서나 듣던 히데요시의 목소리였다.

"나는 이미 일본을 통일했다. 만일 왕이 될 마음이 있었다면 언제든지 될 수 있는 몸이라고 사신에게 일러라."

"예."

"어찌 내가 이방인으로부터 책봉을 바라겠느냐. 더구나 우리 일본국은 만세일계萬世一系°의 천황이 계시다는 것을 너희들은 모른다는 말이냐! 나에게 왕이 되라니 이보다 더 불손한 일이 어디 있다는 말이냐. 화의교섭은 이것으로 끝났다."

"예."

"그런 무례를 알게 된 이상 잠시라도 이런 것을 걸치고 있을 수 없다. 모두 벗어버려라."

울부짖듯 소리지르고 우선 국서를 내동댕이쳤다. 이어 관과 옷을 벗어 사신 앞에 내던졌다.

이에야스는 히데요시의 복장이 그것을 벗어던지고도 흉하지 않을 정도로 꾸며져 있어 안도했다. 그리고 자기 역시 천천히 관과 옷을 벗었다. 사신을 보니, 양방형은 핏기를 잃고 벌벌 떨고 있었으나 심유경은 대담한 얼굴에 엷은 미소를 띠고 있었다…… 여기까지 확인했을 때 다시 히데요시가 호령했다.

"칼을 가져오너라! 유키나가만은 용서할 수 없다. 이 자리에서 처형할 것이다. 칼을 가져오너라!"

8

유키나가를 정말 죽일지도 모른다고 내다본 심유경은 그만 얼굴이 창백해졌다. 그는 그때까지 코니시 유키나가나 이시다 미츠나리가 충분히 뒷수습을 할 것이라 낙관하고 있었다. 그래서인지 심유경 그에게는 쫓겨나다시피 하여 사카이에 있는 그들의 숙소 쿄쿠호샤旭蓬社에 돌아와서도 아직 히데요시가 재출병 운운한 것을 말뿐이라고 생각하는 면이 없지 않았다.

"칼을 가져오라고 하지 않았느냐. 나를 속이고 국위國威를 손상시킨 무엄하기 짝이 없는 놈을 살려둘 수 없다!"

"자……잠……잠시 고정하십시오."

쇼타이가 당황하며 히데요시의 옷소매를 붙잡았다.

"코니시 님도 알지 못한 일일 것입니다. 제발 고정하시고……"

"뭣이, 유키나가가 몰랐다고?"

"예. 이것은 명나라 황제가 전하께 보낸 서한, 그 내용을 코니시 님이 아실 리 없습니다. 속은 것은 코니시 님도 마찬가지입니다. 그렇지 않습니까, 코니시 님?"

"그……그렇소. 이처럼 무례한 내용일 줄은 생각지도 못하고……"

유키나가가 떠듬거리며 쇼타이의 구원에 매달리는 것을 보고 나서야 이에야스는 마에다 겐이를 손짓으로 불러 엄하게 명했다.

"얼른 명나라 사신을 물러가게 하시오. 성에는 머무르게 할 수 없소. 사카이로 보내 근신시키시오."

"알겠습니다. 사신들은 일어나시오, 어서……"

그 뒤를 이어 히데요시가 다시 한 번 큰 소리로 호통을 쳤다.

"알겠느냐, 화의는 깨졌다. 히데요시는 즉시 조선으로 출전하겠다."

"그러시면 더욱 잘된 일로……"

쇼타이는 진지했다.

"코니시 님에게 다시 한 번 오늘의 불명예를 씻을 기회를 베풀어주십시오……"

순간 히데요시는 착잡한 표정으로 이에야스와 토시이에에게 눈짓을 했다. 두 사람은 무언으로 이에 답했다. 만약 히데요시가 미리 이 일을 알지 못했다면 코니시 유키나가는 명나라 사신 앞에서 정말 죽었을지도 모른다.

그러나 히데요시는 진작에 이렇게 될 줄 예상하였다. 처음부터 유키나가를 죽일 생각은 없었을 것이다. 만일 유키나가를 죽인다면 이시다 미츠나리도 오타니 요시츠구大谷吉繼와 마시타 나가모리도 그대로 둘수 없다.

"운 좋은 놈 같으니라구, 그러나 아직 용서한다고는 하지 않았어."

히데요시는 이렇게 말하고 엎드려 있는 유키나가 앞을 지나 얼른 안으로 사라졌다.

이에야스와 토시이에는 서로 고개를 끄덕이고 그 뒤를 따랐다. 거실로 돌아온 히데요시는 사방침을 껴안듯이 하고 거칠게 숨을 몰아쉬고 있었다.

마에다 토시이에는 어느 정도나 히데요시의 마음을 알고 있는지, 이에야스를 돌아보고 나서 히데요시에게 말했다.

"전하의 심중, 충분히 헤아릴 수 있습니다."

"뭐라고?"

히데요시는 눈을 번쩍 떴다. 그리고 무섭게 빛나는 눈으로 두 사람을 바라보았다.

"출전이야! 이번에는 내가 진두에 서서 지휘하겠어. 누가 무어라 해도 이번에는 단연코 포기하지 않겠어."

이에야스는 조용히 머리를 조아렸다. 물론 이 역시 최후의 슬픈 연극이라고 생각하니 갑자기 눈시울이 뜨거워졌다.

다이고醍醐의 벚나무

1

명나라 사신은 허망하게 쫓겨나고 말았다. 그리고 측근들 모두가 전쟁에 싫증을 느끼는 분위기 속에서 히데요시 혼자 완고하게 재출병을 결정하고 대군편성에 착수했다.

세상에서는 자세한 사정도 모르고, 모함을 당했던 주전론자인 키요마사가 후시미의 대지진을 계기로 하여 다시 히데요시의 부름을 받아, 마침내 측근들을 누르고 자신의 수장을 관철시켰다고 보는 견해가 내부분이었다.

물론 히데요시는 진두에 나설 만한 상태가 아니었다. 직접 진두지휘를 하겠다는 것은 다만 그 특유의 과장에 지나지 않았다. 그러나 재출병을 중지하려는 기색은 전혀 없었다.

코니시 유키나가 일파는 어쨌든 조선만이라도 강화를 맺겠다는 희망을 버리지 않고, 전에 키요마사가 석방한 두 왕자에게 내조하도록 교섭해보았다. 그러나 이 일도 성공하지 못했다.

이번에 출병할 총병력은 14만 1,490명으로 8개 군과 수비대로 편성

되었다. 모리 히데모토毛利秀元, 우키타 히데이에의 군사를 본대로 삼고, 이번에도 선봉은 카토 키요마사와 화의를 잘못 주선한 죄를 보상하려는 코니시 유키나가였다.

원정군의 출발은 이듬해인 케이쵸 2년(1597) 2월로 결정되었다. 쿠로다 나가마사黑田長政와 카토 키요마사는 명나라 사신이 돌아가자 곧바다를 건너기 위한 선박 준비에 착수했다.

이렇게 재출병이 결정되어 각각 출발을 서두를 무렵 히데요시는 때때로 멍하니 생각에 잠기는 일이 많아졌다.

자기 육체의 노쇠를 깨달았을 뿐만 아니라, 살아 있는 동안 일본인으로서의 체면과 기백을 과시하려 한 전쟁이 큰 부담이 된 듯. 그것도 측근 몇몇 사람에게 자신이 뜻하는 바를 털어놓을 수 있는 전쟁이었다면 훨씬 마음이 가벼웠을 터.

이에야스와 토시이에는 무언중에 히데요시의 마음을 들여다보고 있었다. 그러나 이 두 사람에게조차도 가볍게 흉중을 털어 놓지 못하는 것이 히데요시의 성격이었다. 어쩌면 그것은 성격이 아니라, 과거의 업적이 무거운 짐으로 작용하기 때문인지도 모른다.

불세출의 영웅.

태양의 아들.

불가능이 없었던 생애……

과거의 자신감이 아직도 히데요시를 꽁꽁 묶어놓았다.

쇠약해지는 육체.

어린 히데요리.

고집 때문에 감행하는 조선 출병……

그 모든 것이 지난날의 자신감에 이를 갈며 대들고 발톱을 갈면서 반항해오는 무거운 짐이 되었다.

때때로 멍하니 생각에 잠기는 것은 그가 후자와 마주하고 있을 때였다. 그러나 남과 얼굴을 대하면 히데요시는 당장 그러한 자신의 모습을 부자연스러울 정도로 숨겼다.

어수선한 출병 전야가 지나고 케이쵸 2년의 봄도 마침내 벚꽃의 계절로 접어든 3월 8일.

그날 히데요시는 무슨 생각을 했는지 이에야스에게 다이고의 마장으로 벚꽃 구경을 가자고 했다. 갑작스런 일이어서 마에다 겐이는 몹시 당황하여 콘고린인金剛輪院(훗날의 산보인三寶院)에 급히 사람을 보내는 한편 주효酒肴를 준비시켰다.

히데요시는 이를 제지했다.

"술은 호리병박 하나 정도면 된다. 들에서 끓일 차 도구나 준비시키도록 하라."

보기 드물게 담담한 표정으로 말하고, 두 사람은 나란히 가마에 올라 성을 나섰다.

이에야스는 히데요시의 뒷모습에서 왠지 인간의 죽을 때가 연상되어 쓸쓸한 기분이었다. 그 정도로 오늘 히데요시는 조용했다……

2

'혹시 히데요시도 죽을 때를 생각하지는 않을까……?'

아직 62세밖에 되지 않았으나, 요즘 히데요시는 나이 이상으로 늙어 보였다.

어쩌면 이것이 마지막 봄이 되지 않을까…… 이런 마음으로 이에야스를 대동한 것이라면, 경우에 따라서는 호리병박에 든 술을 마시는 동안에 허세와 오기의 탈을 벗어버린 있는 그대로의 히데요시 나상裸像을 보게 될지도 모른다. 이에야스도 젊었을 때는 히데요시를 호탕하기

이를 데 없고 언제나 태어난 그대로의 모습으로 활개치고 사는 위대한 자유인이라고 생각한 적이 있었다.

세월이 흐르면서 그렇지 않다는 것을 이에야스도 알게 되었다. 호탕하기 이를 데 없는 삶도, 남의 품속에 뛰어들어 멋대로 행동하던 것도 말하자면 성격에서 오는 자기과시였고 겉멋이었으며 업보이기조차 했다. 그러므로 지금은 그것이 모두 히데요시를 괴롭히는 원인이 되었다.

'오늘은 내게 무슨 말을 하려는 것일까……?'

후시미 성에서 다이고까지는 별로 먼 거리가 아니었으나, 히데요시는 가마가 마장에 도착할 때까지 거의 아무 말도 하지 않았다. 길에 서서 바라보는 사람이 있으면 손을 흔들거나 말을 걸거나 하던 히데요시로서는 보기 드문 일이었다. 오늘도 가마 안에서 방심한 듯 무언가 생각에 잠겨 있을지도 모른다.

마장에 이르러 가마에서 내렸을 때, 콘고린인의 남쪽 정원에도 점점이 벚꽃이 피어 있었다.

"쓸쓸하군, 나이다이진."

히데요시는 어깨를 나란히 하고 걸으면서 말했다.

"요시노의 벚꽃처럼 화려하지가 못해요."

"이곳은 이곳 나름으로 운치가 있는 것 같습니다. 여기서 차를 마시고 싶군요."

"나이다이진."

"예."

"지금 그 생각을 하고 있었소. 나는 차를 별로 좋아하지 않아요."

"무슨 말씀을 하십니까. 전하는 훌륭한 다인茶人이신데."

"그것은 말이오, 나이다이진. 아무리 억제해도 힘이 넘칠 때나 좋은 것이오. 반성도 되고, 준비도 되고. 힘을 쌓기에는 아주 좋아요."

"조용히 인생을 마무리한 뒤에 마시는 한 잔이야말로 차의 진수라 생각하는데요."

"아니, 인생이란 그토록 업보가 얕지 않소. 인생이란 말이오, 죽을 때까지 무거운 짐이고 미망迷妄이오. 기나긴 무명無明의 여행이오."

이에야스는 깜짝 놀라 히데요시를 바라보았다.

지금까지 이런 말을 히데요시의 입을 통해 들은 적이 없었다. 언제나 기운차고 덮어씌우는 듯한 말투여서, 그 이면에서는 도리어 크게 쓸쓸함을 느끼게 하는 히데요시였다.

"어떻소, 이 날씨가……? 이렇게 납빛으로 흐린 하늘을 꽃놀이에 적합하다고 마치 풍류를 아는 듯이 말하다니……"

"그러나 이런 정취도 버리기 아깝다고 생각합니다."

"나이다이진은 아직 엉터리 다인이군. 그건 그렇고, 나는 오늘 나이다이진에게 상의할 일이 있소."

"말씀하십시오. 어떤 일인지요?"

"나이다이진은 교만한 자는 오래 가지 못한다는 속담을 옳다고 생각하오?"

"글쎄요, 그것은……"

"거짓말이오. 교만하건 안 하건 인간은 모두 오래 가지 못하오."

3

이에야스는 굳이 히데요시의 말에 반대하지 않았다.

인간은 누구나 죽는다…… 히데요시는 지금 그 죽음의 반면半面을 바라보는 모양이다. 그러나 인간은 누구나 죽는 동시에 어느 시대에도 누군가 반드시 계속 살아 있다. 그 인생의 반면을 망각한다면, 그 사람의 생활방식, 견해, 사고방식은 절름발이가 된다.

"나이다이진, 사실은 내가 오늘 여기 오자고 한 것은 이 꽃 아래서 한 적한 정취를 즐기려고 했기 때문은 아니오."

"그러시면 어떤 생각에서?"

"나는 내가 타고난 업보에 충실해지고 싶소. 지금 세상에서는 타이 코가 명나라 정벌에 실패하여 마지못해 다시 출병시키고는 있으나, 내심으로는 곤경에 빠져 망연자실하고 있다…… 이렇게 보는 모양이오. 아니, 그렇게 보고 있다는 것을 잘 아오."

이에야스는 잠자코 히데요시와 어깨를 나란히 하고 걸었다. 사실이 그러했으나 함부로 입 밖에 내어 말할 수는 없었다.

"그래서 나는 코야의 모쿠지키가 선동하는 말에 응해볼까 생각하오. 오늘은 그 사전답사요."

"모쿠지키 대사의 선동에 응하겠다고 하셨습니까?"

"그렇소. 모쿠지키는 코야산을 중흥시키는 것만으로 만족하지 않고, 이 다이고에도 내가 많은 기부를 했으면 하고 바라고 있소. 그 사람도 꽤나 업보가 많은 중인 모양이오…… 아, 저기 오는군. 점잖은 얼굴로 기엔義演과 나란히."

히데요시는 이렇게 말하고 자신도 얼른 느긋한 표정을 지으면서 마중 나온 두 사람 쪽으로 걸음을 옮겼다.

"으음, 과연 생각했던 것 이상으로 황폐하군."

다이고 사醍醐寺의 승려 기엔 쥬고義演准后와 일부러 코야산에서 내려온 모쿠지키 오고 대사는 공손하게 인사하고, 히데요시의 말에 고개를 끄덕였다.

"유서 깊은 명찰인데 이처럼 황폐해지다니."

"무라카미村上 천황의 발원發願으로 건립된 오층탑까지 보기 흉하게 기울어 있습니다."

히데요시는 홀끗 이에야스를 돌아보더니 안내하는 대로 남쪽 정원

으로 들어갔다. 그리고 두세 그루 서 있는 벚나무 밑에서 꽃을 바라보
며 차를 마신 뒤, 문제의 5층탑과 신주를 모신 절의 벚꽃을 구경할 때까
지 이에야스는 아직 히데요시가 무엇을 생각하는지 이해할 수 없었다.

"타고난 업보에 충실해지고 싶다."

히데요시의 이 말은 무엇을 뜻하는 것일까?

벚나무 밑에 융단을 깔고, 그곳에서 처음으로 호리병박의 마개를 열
었다. 이때 ──

"이대로는 다이고도 마지막이겠군."

히데요시는 누구에게 하는 말인지도 모르게 중얼거렸다.

"내가 일천오백 석을 시주하리다. 그것으로 저 황폐한 오층탑을 복
원하시오."

"그……그러신다면 천만다행……"

두 고승은 깜짝 놀라 서로 얼굴을 마주보았다.

'아아, 그렇구나.'

이때 이에야스는 생각했다.

교만한 자는 오래 가지 못하지만 교만하지 않다고 해서 오래 가는 것
도 아니다…… 이렇게 말한 히데요시의 공허한 마음의 고동이 이에야
스의 가슴을 애처롭게 때렸다.

아니나 다를까, 히데요시는 1,500석의 시주를 약속하고 나서 곧바로
터무니없는 꿈을 이야기하기 시작했다.

"나도 이제 앞날이 얼마 남지 않았소. 이 다이고에 주상이 납시도록
한번 주청해볼까 하오."

그 어조는 평생 연극 티를 버리지 못하는 인간의, 아주 태연한 체하
는 병적인 사람의 목소리였다.

4

"이것 보시오, 나이다이진."

히데요시도 이에야스에게만은 자신의 연극 뒤에 숨어 있는 진실을 말해주고 싶었던 모양인지 ——

"아무리 그렇다 해도 내 힘으로 올해 안에 이 부근의 황폐한 산을 꽃으로 뒤덮게 할 수는 없을 것이오."

"그렇습니다."

"그러니 우선 오층탑 복원부터 시작하여 내년에는 이곳을 요시노처럼 꽃동산으로 만들 생각이오."

"이곳을 요시노처럼?"

"그렇소. 야마시로山城, 카와치河內, 오미, 야마토, 셋츠 등지의 명물인 벚나무를 육칠천 그루쯤 옮겨심으면 어떻겠소?"

히데요시는 자못 힘없는 소리로 이렇게 말하고 이에야스를 흘끗 바라보면서 다시 눈을 끔벅거렸다.

"조선이나 명나라를 상대하는 데 나까지 나갈 필요는 없다고 모두 말하고 있소. 아니, 보내주지를 않는단 말이오. 그래서 나도 따분하던 참인데 마침 적낭한 소일거리가 생길지도 몰라요."

"예."

"후시미 성에서 다이고 사에 이르는 길에도 벚나무를 잔뜩 심어 이 부근과 야리산やり山 일대를 가득 꽃으로 메우겠다는 것이오. 고작 사방 오륙십 정町이면 끝나는 일이오. 그러면 여기도 훌륭한 제이의 요시노가 될 것 아니오."

"그러면 사방 십여 리를 꽃으로 뒤덮겠다는 말씀입니까?"

"좁기는 하지만 이 타이코의 조그마한 손장난이오. 전쟁 중이라서 너무 일을 크게 벌이면 세상의 눈도 있고 하니 말이오."

모쿠지키 대사와 기엔 대사는 눈이 휘둥그레져서 서로 얼굴을 마주보며 고개를 끄덕였다.

"그리고 내친김에 여섯 암자도 재건할 생각이오. 그렇게 되면 이 사찰의 산문은 모쿠지키 대사에게 맡기겠소."

"예."

"모처럼 꽃놀이를 하려면 역시 마장 앞에서 야리산까지 손을 좀 보는 것도 좋겠군."

이에야스는 어이가 없어 웃음이 터질 것 같아 견딜 수 없었다.

"타고난 업보에 충실해지고 싶다."

히데요시가 한 말의 의미를 이제는 확실히 납득할 수 있었다. 남이할 수 없는 사치를 연극처럼 여기면서 해내겠다는 의미였다.

그 이면에는 명나라와의 화의 결렬과 전쟁의 재발 따위는 아무렇지도 않게 여긴다는 과연 히데요시다운 허풍이 있었다. 아니, 그것은 허풍이 아니라 바로 히데요시 그 자체인지도 몰랐다.

"나이다이진, 처음에는 후시미의 여자들만 데려다 같이 즐기는 것이좋을 거요. 그리고 형편을 보아가며 그 이듬해에는 주상도 납시도록 하면 어떻겠소?"

"그것이 좋을 듯합니다."

"야리산 정상까지 도중에 여덟 군데나 열 군데쯤 다실을 짓는 일도생각해보겠소."

"예."

"침전寢殿은 작은 전각 하나만으로도 족할 것이오. 일백삼사십 평쯤되는 것으로. 그리고 백 평 정도의 부엌, 복도…… 이왕이면 고마도護摩堂°도 세우면 좋을 것 같군."

"예."

기엔이 대답했다.

"이 절은 유서 깊은 도량道場이므로 그렇게 해주시면 더없는 영광이겠습니다……"

"그렇다면 세우도록 합시다. 별로 비용이 많이 들지는 않을 것이오. 연못 같은 것도 만들어 쥬라쿠 저택의 명석名石을 좀 옮겨다놓고, 폭포도 몇 군데 있어야 할 것이오. 아녀자들의 놀이터로 할 테니 거창하게 만들 필요는 없겠지. 연못도 배를 띄우고 놀 수 있을 정도면 충분할 거요. 그렇지 않소, 나이다이진?"

5

이에야스는 점점 자기 표정이 굳어지는 것을 깨달았다.

'도대체 제정신으로 말하는 것일까?'

타이코는 이 부근에 벗나무를 옮겨심어서 명나라와의 전쟁이나 후시미의 지진, 강화실패 등은 별로 문제시하지 않는다…… 이렇게 세상 사람들이 생각하도록 하고 싶어한다……고 가볍게 여겼다. 그러나 그 규모를 알게 되었을 때 그 마음은 큰 불안으로 변해갔다.

잇따라 펼쳐놓는 히네요시의 꿈을 그대로 실행에 옮긴다면 이 또한 막대한 국고낭비였다. 그렇지 않아도 쥬라쿠 저택 건축에서 조선 출병에 이르기까지 제후와 백성들의 부담이 여간 큰 게 아니었다.

한편에서 큰 전쟁을 수행하면서 다른 한편으로는 호코 사方廣寺 축조와 대불전 건립, 게다가 열여섯 길이나 되는 거대한 노사나불盧舍那佛 안치와 요시노 꽃구경, 코야산에 대한 탑과 사찰 기증, 후시미 축성 등 쉴 사이 없는 큰 공사의 연속이었다.

그 다음에 찾아온 것이, 어처구니없는 행위에 대한 천벌이기라도 하듯 지난해 여름의 기습적인 후시미 대지진이었다.

대지진은 지난해 윤 7월 13일부터 시작되었는데, 약 4일 반마다 주기적으로, 그리고 다섯 번이나 강진을 동반했다. 갓 완성된 후시미 성의 텐슈카쿠天守閣°를 붕괴시켰을 뿐만 아니라 히데요시의 천하를 상징하려고 건립한 열여섯 길 대불大佛을 맨 먼저 쓰러뜨리고, 히가시테라東寺는 5층탑만 남긴 채 축대까지 붕괴시켰다. 텐류天龍와 사가嵯峨 등의 니손인을 비롯하여 다이카쿠 사大覺寺까지 무너뜨렸다.

진앙지는 후시미와 요도 사이인 듯, 쿄토 일대 상가商街도 피해가 막심하여 사람들은 지금 그 복구에 구슬땀을 흘리고 있었다. 그런데다 화의가 결렬되어 다시 조선에 출병하는 지경에 이르렀다. 히데요시의 고민이 어느 정도인지 알 만하다.

이와 같은 비상시인 만큼 다이고 같은 곳에 대대적인 공사를 벌여 기분전환을 꾀할 생각을 할 때가 아니었다. 아니, 그런 것은 누구보다도 히데요시 자신이 더 잘 알 터. 꽃놀이는커녕 치세를 위해, 백성을 위해 해야 할 일이 산적해 있었다.

그러므로 이에야스는——

'혹시 히데요시가 실성하기 시작한 것은 아닐까?'

문득 이런 생각을 떠올릴 수밖에 없었다.

"나이다이진……"

히데요시는 다시 피로에 지친 표정으로 잔을 들었다.

"대수로운 일은 아니오, 후시미 성을 쌓았을 때에 비하면."

"그래도…… 이번에는 목적이 꽃놀이를 위한 것이기 때문에."

"요즘 얼마 동안은 이 타이코와 지진의 끈기 싸움이었소. 내가 만들면 지진이 쓰러뜨리고…… 그러나 나는 또다시 만들 것이오, 몇 번이라도 만들어 보일 것이오."

"물론 지진에 지시면 안 되지요."

"도대체 대불이란 고집도 없는 모양이오. 내가 국가 안태安泰를 위해 세워주었는데도 바보같이 그 명령을 잊고 당황하다가 맨 먼저 쓰러졌소. 세상의 어리석은 자들은 타이코가 너무 우쭐해 당돌한 일을 했기 때문에 부처님이 벌을 내렸다고 험담을 하고 있어요. 그렇게 되면 더구나 나는 지진 따위에 져서 물러설 수는 없소."

이에야스는 다시 한 번 가만히 타이코의 안색을 살폈다. 두 사람의 고승도 망연한 채 아무 대답도 하지 못했다.

6

히데요시는 또다시 네고로根來의 붉은색 작은 잔으로 술을 마셨다. 얼굴에 불그레하게 홍조가 떠오르며 가랑잎 같던 용모에 혈색이 돌기 시작했다.

"지진 이후 내가 너무 고함을 지르는 바람에 성안 여자들 사이에서는 이런 말이 나돈다고 해요. 지진 카토加藤와 고함쟁이 타이코라고. 하하하…… 타이코라고 해서 그렇게 화만 내고 있지는 않소. 이미 대불도 용서하고 지진정벌 대책도 마련되었소. 그렇다면 노는 일에 대해서도 생각할 필요가 있는 거요."

히데요시는 자기에게 쏠리는 이에야스의 불안스러워하는 눈길을 의식하는 것 같기도 하고 그렇지 않은 것 같기도 했다.

"꽃놀이 장소로는 야리산 위 광장이 좋을 것이오. 거기서 바라보는 전망은 결코 요시노에 못지않소. 야마시나山科에서 코하타야마小幡山까지 한눈에 보이고, 첩첩한 산과 강물의 흐름…… 그 어느 것 하나 요시노에 뒤지지 않는 경치요. 수십 년, 수백 년 후에 쿄토 사람들이 표주박과 돗자리를 가지고 꽃구경을 온다…… 그럼, 여기서 그들이 하는 말에 귀를 기울여볼까요?"

타이코는 이미 자기 주위에 사람이 있다는 것을 잊어버린 듯했다. 다시 한 번 붉은 잔에 술을 따라 마시고 황홀한 듯 눈을 가늘게 떴다. 엷은 햇빛이 그를 부드럽게 감쌌다.

타이코는 즐거운 듯 혼자 중얼거렸다.

"여기가 예전에 타이코가 꽃놀이를 한 다이고일세."

"아주 경치가 훌륭하군. 정말이지 요시노 이상이야."

"그야 물론이지. 요시노 벚꽃은 엔노 교쟈 오즈누役小角°가 처음 심었고, 이쪽은 타이코가 심었어. 엔노 교쟈와 타이코는 그릇의 크기가 달라."

"반드시 그런 것은 아니야. 엔노 교쟈는 슈겐도受驗道°의 시조로 많은 중생들을 제도했어. 타이코보다 그릇이 작다고는 할 수 없어."

"하하하…… 그 슈겐도를 중흥시키려고 이곳을 제이의 요시노로 만든 것은 타이코, 타이코는 엔노 교쟈를 도왔으므로 역시 그보다는 한 단계 위일세……"

히데요시는 연극 대사를 외우듯이 말하고 문득 입을 다물었다. 입을 다물었다기보다도 자신의 뇌리에 살아나는 몽상 속으로 녹아든 듯한 표정이었다.

황홀한 나머지 그대로 봄의 엷은 햇빛과 동화되어버린 것인지도 모른다. 그 머리 위에 하늘하늘 꽃잎이 떨어졌다. 사람들은 너무도 조용한 히데요시의 모습에 도리어 불안을 느끼기 시작했다.

'위대한 발자취를 남긴 한 인간이 여기서 그대로 왕생往生하는 것은 아닐까……?'

이런 연상을 하게 될 정도로 그것은 잠시 동안이었으나, 인생의 깊이를 들여다보게 하는 무한한 암시가 내포되어 있었다.

이에야스는 숨을 죽이고 계속 히데요시를 지켜보았다.

'아직도 히데요시는 내가 알 수 없는 또 다른 일면을 가지고 있는 것

은 아닐까……?'

이 의문은 야리산 정상에 올라갔다가 단둘이 귀로에 접어들었을 때
부터 완전히 양상이 달라졌다.

"나이다이진, 걱정했소?"

히데요시는 일부러 이에야스의 귀에 입을 가까이 가져오면서 속삭
이듯 물었다.

"염려하지 마시오. 그렇게 하지 않으면 모쿠지키나 기엔 같은 밀교密
敎°의 중들은 감동하지 않거든요. 타이코냐, 아니면 엔노 교쟈냐……?
하하하…… 누가 지금 그런 공사를 한단 말이오. 올해는 전쟁과 거리
부흥만으로도 힘이 벅차요. 한다고 해도 내년으로 미룰 것이니 걱정하
지 마시오."

이에야스는 완전히 한 방 얻어맞은 꼴이 되어 할말을 찾지 못했다.

7

생각하기에 따라서는, 히데요시는 이에야스를 야유할 생각으로 산
보인에 데려간 것이라고도 할 수 있다. 아니, 야유할 생각이 아니라 무
언가 이에야스를 압도하지 않고는 못 견디는 히데요시다운 기질의 발
로라고 보는 편이 정확할지도 모른다.

어쨌든 이렇게 큰 허풍을 떨고 돌아온 히데요시는 그해에는 두 번 다
시 이 이야기를 꺼내지 않았다. 1,500석을 시주하여 5층탑을 보수하도
록 했으나 그 밖의 일에 대해서는 깡그리 잊고 있는 듯했다.

사실 케이쵸 2년의 히데요시는 그런 일에 관여할 수 없을 만큼 바쁘
기도 했다.

두번째 출병에서는 대부분의 식량을 현지에서 조달할 예정이었다.

그러나 그 계획은 계속되는 전란으로 거의 불가능했다. 농민들 대부분이 난을 피하여 토지를 버리고 농사를 짓지 않았다. 그래서 현지 부대는 고전을 면치 못했고, 계속 사기를 고무시킬 방법을 강구해야 했다. 쥬라쿠 저택을 헐어버린 지금으로서는 도요토미 가문의 후계자로 확정된 히데요리를 위해 쿄토에 저택을 짓지 않으면 안 되었다.

이러한 와중에 전쟁은 진흙 속에 빠진 듯 지구전을 계속할 수밖에 없었다. 이러한 사실을 아는 히데요시는 히데요리의 저택이 완성된 뒤 다시 마음이 움직이기 시작했다. 조용히 무위無爲를 즐긴다거나 가만히 앉아 자신을 제어하는 것은 히데요시에게는 바랄 수 없는 일처럼 보였다.

이런 기질을 가리켜 키타노만도코로는 죽을 때까지 계속 달릴 사람……이라고 표현했는데, 이번에는 달려갈 방향에 대해 고민하는 것 같았다.

해가 바뀌었다.

케이쵸 3년(1598).

조선에서는 정월부터 울산성蔚山城에 근거한 카토 키요마사가 고전의 수렁에 빠져 있었다. 이를 구출하려고 조선에 건너간 장수들 아사노 요시나가, 코바야카와 히데아키小早川秀秋, 모리 히데모토, 쿠로다 나가마사, 카토 요시아키加藤嘉明, 하치스카 이에마사蜂須賀家政, 나베시마 나오시게鍋島直茂, 이코마 카즈마사生駒一正, 시마즈 요시히로島津義弘 등이 심혈을 기울이고 있었다.

한편, 히데요시는 정월 신년 하례에도 입궐하지 못했다. 그 무렵부터 현저하게 식욕이 떨어지고, 문득문득 지난해의 병후와 같은 방심 상태를 나타내고는 했다.

'달리게 하면 강하지만 멈추게 해서는 안 될 사람……'

이에야스는 때때로 보이는 히데요시의 방심 상태가 여간 걱정스럽지 않았다. 당장에는 전쟁이 해결되지 않을 것을 알면 다시 무슨 생각을 할지 걱정스럽기도 했다.

"나이다이진, 다시 한 번 다이고에 갑시다."

히데요시가 이렇게 말한 것은 2월 8일이었다. 이에야스는 정중하게 고개를 숙였다.

'드디어 왔구나……'

자기 자신에게 말했다.

"말씀은 그렇지만, 아직 다이고에서 꽃놀이를 하기에는……"

"해보자는 거요, 나이다이진."

"하다니, 그게 무슨 말씀입니까?"

"지난해에 말한 쿄토의 요시노 말이오. 엔노 교쟈냐 히데요시냐…… 그것을 하자는 말이오."

"오늘이 벌써 이월 팔일, 꽃놀이를 삼월 중순으로 잡는다면 앞으로 겨우 한 달 남짓입니다."

이에야스가 말했으나 이미 히데요시는 그를 보고 있지 않았다.

"그 한 달 남짓한 동안에 쿄토에 요시노를 만들어 보이겠소. 그것이 바로 타이코요. 염려하지 마시오, 타이코에게는 불가능이란 없소. 이 일을 통해 민심을 확 잡아놓겠소. 민심을 잡는 것이 정치의 비결이오. 지진 이후 흐트러진 민심을 대번에 말이오."

이에야스는 잠자코 동의할 수밖에 없었다.

8

지난봄부터 계속 그 일을 생각해왔을 리는 없다. 1년 전 다이고의 벗나무 밑에서 떠올린 공상이 다시 히데요시의 마음에 되살아났다고 볼 수밖에 없었다.

　전쟁 국면은 당분간 큰 변동이 있을 것 같지 않고, 지진의 뒤처리도 일단 끝났다. 무언가 하지 않고는 못 배기는 성질이 다시 고개를 들어 지난해 봄 벚나무 밑에서 했던 공상과 마주친 모양……이라고 이에야스는 생각했다.

　"좌우간 우리 둘이 가서 살펴봅시다. 그리고 단숨에 해치워 풀이 죽어 있는 세상 사람들을 깜짝 놀라게 만들자는 것이오."

　세상 사람들은 별로 풀이 죽어 있지 않았다. 풀이 죽은 것은 도리어 히데요시 자신이었다. 따라서 히데요시는 자기 그림자를 향해 과감히 뛰어들려 하고 있었다.

　두 사람은 나란히 성을 나섰다.

　가는 도중에도 히데요시는 아주 기분이 좋아 보였다. 기엔 쥬고가 놀랄 모습을 재미있어하며 상상하는 듯했다.

　"나는 말이오, 지난해에 약간 기뻐하게 만들어놓고 일부러 모르는 체 내버려두었소. 이것도 하나의 놀이니까. 기뻐하도록 해놓고 그 다음에는 시치미를 뗀다…… 타이코 전하가 그런 말을 하기는 했으나 수도 근처에 요시노를 만들다니, 아무리 전하라도 불가능한 일이다…… 이렇게 생각하도록 해놓고 눈 깜짝할 사이에 만들어 보인다. 그러면 놀랄 것이다…… 이 아니 즐거운 일이겠소!"

　그러면서 명랑하게 웃기도 했다.

　"나는 아무래도 남을 놀라게 만들기를 좋아하는 성격인 것 같소. 좀 비뚤어진 사람인 모양이오, 나이다이진."

　산보인에 도착한 히데요시, 도착을 고하기도 전에 ——

　"부엌을 좀 보고 싶소."

　"서원은?"

　"연못은?"

"고마도의 위치는?"

"대웅전은?"

"인왕문仁王門은?"

정신을 못 차릴 정도로 바삐 안내하도록 하여 상대를 잔뜩 골탕먹이고 나서야 비로소 천천히 말했다.

"이번 공사에 스님은 너무 참견하려 하지 마시오."

기엔은 어리둥절하여 물었다.

"이번 공사라고 하시면?"

"잊어버렸다는 말이오, 스님은…… 이곳을 요시노 이상 가는 쿄토의 명소로 만들겠다고 한 약속을?"

"그러시면, 저어…… 벚나무를 많이……"

"그렇소. 삼월 십오일을 후시미 성의 꽃놀이 날로 정했소. 지진 이후 모두가 울적해 있으니 말이오. 도련님, 키타노만도코로, 도련님의 생모는 물론 여자들을 모두 데리고 나와 다시 세상을 대하는 듯한 꽃놀이를 하겠소. 그때까지는 앞서 말했듯이 연못도 파고 폭포도 만들 것이오. 전각도 짓고 고마도도 세울 것이며, 대웅전의 수리와 인왕문 건립도 마치겠소. 그러나 이것은 어디까지나 타이코의 지시이고 타이코의 기호에 맞는 정원…… 즉 타이코 식으로 할 것이오. 그래야만 후세까지 화제가 될 것이고 명물이 될 것이니까."

기엔은 여기저기 안내하고 다니는 동안에 그럴 것이라 이미 눈치채고 있었으나 그제야 비로소 알았다는 얼굴로 감사를 표했다.

"하하하…… 아직 감사하기에는 일러요. 감사는 완성된 다음에 하도록 하시오. 일생일대에 걸친 이 타이코의 솜씨를 보고 말이오. 다도에는 리큐, 정원 꾸미기에는 코보리 엔슈小堀遠州° 정도로는 재미가 없소. 타이코의 풍류를 하나 정도는 후세에 남겨도 좋지 않겠소? 자, 종이와 벼루를 가져오시오. 감독관과 건물 수까지 생각대로 적어놓았다가 돌아가거든 오늘부터 당장 착수하겠소. 앞으로 한 달 남짓밖에 안 남았으니 서둘러야 할 것이오. 놀랐소?"

"정말 놀랐습니다!"

"그럴 것이오. 나이다이진도 깜짝 놀라는군. 와하하하……"

9

천진난만한 영웅의 한 단면이라기보다 짓궂게 장난을 즐기는 악동을 연상케 하는 무모하기 짝이 없는 처사였다.

히데요시는 성으로 돌아오자 정말 그날 안에 마에다 겐이, 마시타 나가모리, 나츠카 마사이에 세 사람을 불러 엄명을 내렸다.

"알겠느냐, 명예를 걸고 시행하라."

아직 5층탑의 복원도 완전히 끝나지 않은 상태였다. 그런데도 대웅전과 인왕문을 수리하고 마장의 벚나무를 남쪽 정원으로 옮겨심어라, 산보인 건물을 1만 4,400평으로 넓혀라, 동서 15간間 남북 9간인 침전과 길이 10간에 가로 9간의 부엌을 신축해 8간 복도로 연결하고, 따로 고마도를…… 그것도 히데요시가 세운 것이라고 후세까지 사람들의 눈이 휘둥그레질 정도로 대단한 것을 세우라고 했으니 제정신이라 할 수 없었다.

아니, 건물만이라면 그래도 괜찮았다.

야마시로는 물론 야마토, 오미, 카와치, 셋츠 지방에서도 되도록 좋은 벚나무들만 옮겨오고, 연못을 파고 폭포를 만들며, 사방 50정을 꽃으로 메우라고 하니 듣는 사람으로서는 기절할 것 같은 이야기였다.

"알겠느냐, 삼월 십오일이면 앞으로 삼십오 일밖에 남지 않았다. 쿄토의 이름 있는 모든 목수와 기술자들에게는 오늘부터 다른 일은 하지 못하게 하라. 보수한 것은 자세히 손볼 틈이 없으니 사방에 사람을 보내 있는 그대로를 해체하여 다시 조립하도록 하라. 히데요시의 명령이다. 알겠느냐, 완성된 것이 산뜻하게 보여서는 안 된다. 오래 전부터 계속 그 자리에 있었던 것처럼 보이도록 해야 한다. 그러므로 벚나무도 어린것은 옮겨오지 마라. 모두 연륜을 쌓아 마음속 깊이 듬직하게 가라앉을 기품이 있는 것…… 말하자면 다도의 정신을 살린다는 마음가짐으로 하라."

옆에서 듣고 있던 이에야스는 고개를 갸웃거리지 않을 수 없었다.

'만일 실성한 것이라면……'

이처럼 우스꽝스러운 비극도 없다. 실성한 권력자의 명령을 정상적인 것으로 믿고 수많은 사람들이 죽을 둥 살 둥 일을 한다……

그러나 명령받은 세 부교는 전혀 그런 의심을 품는 것 같지 않았다. 모두 이런 것이 바로 히데요시라고 받아들이는 표정으로 그날부터 정신없이 움직였다.

마침내 공사가 시작된 뒤에도 히데요시의 생각은 여러 차례 바뀌었다. 꿈을 추가한 것이다. 그곳은 이렇게 하고, 여기에는 무엇으로 장식하라는 등……

히데요시 자신도 그 뒤로 네 차례나 산보인을 방문했다. 2월 8일 이에야스를 데려갔던 것이 그 첫번째 방문이었다. 이어 2월 16일, 22일, 23일…… 그리고 정원을 조성하기 위해 직접 쥬라쿠 저택의 옛터로 가서 후지토藤戶의 명석名石을 비롯하여 많은 바위를 산보인으로 옮기게 했다.

그동안 히데요시는 정무에서 완전히 손을 떼고 모든 것을 미츠나리와 이에야스에게 맡겨놓았다. 보기에 따라서는 조선에서의 전쟁 따위는 완전히 잊고 있는 것 같기도 했다.

"기한 내에 마치지 못하면 목을 베겠다. 목이 달아날 줄 알아라."

농담인지 진담인지 모를 말을 마에다 겐이에게 했을 때는 눈빛이 무엇에 홀린 사람 같았다.

공사는 착착 진행되었다. 불면불휴不眠不休란 바로 이런 상태를 가리키는 말일 터. 독재자가 아니면 절대로 하지 못할 일이었다.

3월 10일 마침내 히데요시의 꿈은 지상에 완전한 현실로 나타났다

10

정원의 연못은 이전보다 열 배나 더 넓어지고, 그 안의 섬에는 노송나무 껍질로 지붕을 이은 고마도가 세워졌다. 그 섬까지는 다리를 놓고, 두 군데에 폭포를 만들었다.

침전의 도편수는 마고에몬孫右衛門, 연못의 책임자는 타케다 우메마츠武田梅松였다. 이 일을 돕기 위해 신죠 에치젠新庄越前과 히라츠카 이나바平塚因幡가 현장에 달려왔다.

모두 완성된 것은 꽃놀이 전날인 14일. 그러나 5층탑만은 이보다 열하루 전인 3일에 완성되었다.

새 건물을 새로운 것처럼 보이지 않게 하라거나, 고목을 옮겨심어 새로 심은 것처럼 보이게 하지 말라고 했기 때문에 그 수고는 이루 말할 수 없었다. 이끼 한 포기, 조약돌 하나에 이르기까지 마음놓을 수 없는 시급한 대공사…… 그런 만큼 도중에 책임을 추궁당하거나 처형된 사람도 적지않았다.

사찰 경내의 감독관을 맡은 모쿠지키 대사는 이 때문에 야마토부터 카와치에 이르는 전지역을 바삐 돌아다니면서 코후쿠 사興福寺와 그 밖의 사원 건물을 고스란히 징발하여 옮겨왔다. 타이코의 명령이 아니었다면 결코 가능한 일이 아니었다.

완성된 모습을 보고 당사자인 기엔 쥬고도 눈이 휘둥그레졌다. 원래 기엔은 니죠 칸파쿠 아키자네二條關白昭實의 동생으로 쿄토 내외의 명소와 유명한 건축물은 모두 보아왔다. 그 어느 곳에 비해도 손색없는 것이 아주 자연스럽고 고풍한 정취를 풍기며 불과 한 달 남짓한 동안에 인간의 힘으로 불쑥 나타났으니 놀랄 수밖에 없었다.

3월 13일 ─

후시미 성에서는 꽃놀이를 이틀 앞두고 여러 제후들의 진상품과 당일에 사용할 음식 준비로 몹시 법석거렸다. 유명한 술로는 카가加賀의 국화주, 아사지자케麻地酒°를 비롯하여 아마노天野, 히라노平野, 나라 등의 사찰에서 비전秘傳하는 술이 산더미처럼 쌓이고, 조선의 진귀한 술안주, 국내 각지의 귀하고 진기한 과자 등이 다이고 넓은 부엌으로 운반되기를 기다리고 있었다.

그런데 갑자기 그날 낮부터 날씨가 돌변했다. 강한 서남풍과 함께 가을의 태풍을 연상시키는 폭풍우가 불어닥쳤다. 성안 사람들은 안색이 변했다. 날짜는 3월 15일로 처음부터 정해져 있었다.

이런 날씨가 계속된다면 어떻게 할 것인가? 그보다 당장이라도 피어날 듯한 꽃봉오리가 맺힌 채로 이식된 벚나무들은 과연 이 폭풍우를 견딜 수 있을까……?

자연스럽게 그 자리에서 자라 해를 거듭한 것처럼 보이게 하라는 명령을 받아 버팀목이나 누름돌로 받쳐놓을 수도 없었다.

이에야스도 그날만은 성안에서 히데요시를 만나지 않았다. 그리고 마시타 나가모리를 가까이 불러 귀띔을 했다.

"실수가 있을 리는 없겠으나, 나무를 잘 보호하도록."

수천의 일꾼들이 동원되어 벚나무를 보호하기 위해 빗속으로 달려갔다. 단지 도롱이나 삿갓을 씌운다고 될 일이 아니었다. 나무 밑동에 깐 이끼를 밟아서도 안 되었다. 이끼 위에 가만히 짚을 덮고 발 디딜 자리를 간신히 마련하여 바람으로부터 벚나무를 보호해야 했다.

당연한 일이지만 여기저기서 겁먹은 소리가 터져나왔다.

"지나친 허영에 하늘이 노한 것은 아닐까……"

그런 가운데 히데요시의 전령이 산보인으로 달렸다. 슈겐도의 비법으로 당장 폭풍우를 그치게 하라는 것이었다.

11

이에야스는 폭풍우보다도 그 피해 뒤에 올 히데요시의 분노를 더 걱정했다. 만약 폭풍우가 15일의 꽃놀이를 연기시키는 원인이라도 된다면 히데요시의 분노는 당연히 산보인의 기도가 무력했다는 데로 돌려질 것이었다.

"내가 그토록 성의를 다해 마련해주었는데도 그대들의 기도가 부족하여 이 모양이 되었다."

히데요시의 그 성격에 불쾌한 나머지 처벌이라도 하게 되면 그야말로 참담한 상황이 벌어질 수밖에 없었다.

히데요시는 이미 히데요리의 장래를 축복하는 의미로 다이고의 산 이름을 미유키深雪라 부르도록 하고, 스스로 지은 와카和歌° 한 수를 곁들여 보냈다.

같은 뿌리에서 자란 소나무에 꽃이 필 무렵이면

미유키의 벚꽃 천 대代를 이어가리

날씨를 전혀 고려하지 않고 미친 듯이 일을 진행시킨 이번 일에도 어딘지 모르게 섣불리 조선 출병을 결정한 히데요시의 한 단면이 드러나 있었다.

폭풍우가 사흘이나 계속되는 경우는 좀처럼 없었다. 그러나 피해가 심하면 하루만으로는 도저히 손을 쓸 수 없을 것이고, 그동안에 벚꽃은 사람을 기다리지 않을 것이다.

밤이 되어도 폭우는 그치지 않았다. 아마 산보인에서도 명예를 걸고 기도를 계속하고 있을 것이다.

겨우 바람이 자고 비가 그친 것은 14일 새벽이었다. 당연히 연못과 폭포의 물은 탁해졌다.

"자네는 산보인에 가서 은밀히 피해상황을 살펴보고 오게. 만일 필요할 경우에는 우리도 인력을 동원하겠다고 하고."

이에야스는 등성하기 전에 혼다 사도노카미를 산보인으로 보냈다. 피해상황도 모르고 등성해서는 히데요시의 얼굴을 바라볼 수조차 없을 것 같았다……

사도는 곧바로 돌아왔다.

"이렇다 할 피해는 없습니다. 벚나무 한 그루에 일꾼이 세 사람씩이나 달려들어 꽃을 보호하고 있습니다."

"그래? 그렇다면 연기하지 않아도 되겠군."

"예. 오늘부터 활짝 개기만 하면 지장 없을 것이라고……"

이에야스는 얼른 마루에 나가 하늘을 쳐다보았다.

구름이 낮게 깔려 있어, 비는 겨우 멎었으나 잔뜩 흐린 우울한 날씨였다. 아직도 후텁지근한 바람이 불었다.

성에 들어간 뒤 얼마 후 오사카에서 키타노만도코로의 배가 도착했다. 요도가와淀川도 물이 많이 불어났으나 키타노만도코로가 강제로 배를 띄우게 해서 왔다고 했다.

이에야스는 먼저 키타노만도코로를 찾아갔다.

"공교롭게도 하필이면 이때 비가 내렸습니다."

이에야스가 위안하듯 말을 꺼냈다. 키타노만도코로는 지나칠 만큼 강한 어조로 말했다.

"아니, 날씨는 좋아질 거예요."

"예. 다행히 피해도 없고 하니 이대로 가면 아무런 지장 없이……"

"나이다이진 님, 걱정하지 마세요. 어제의 비와 남풍으로 한꺼번에 꽃봉오리가 부풀었어요. 내일 꽃놀이 때는 만발하게 될 거예요."

"그러시면, 마님께서는 이미……"

"그래요, 코조스孝藏主를 보내 살펴보고 오라고 했어요. 우리의 기도가 통하지 않을 리 없지요."

키타노만도코로의 눈이 붉어졌다.

이에야스는 가슴이 뭉클했다.

'이분이야말로 참다운 부덕婦德의……'

12

14일은 하루 종일 날씨가 맑지 않았다. 그러나 점점 기온이 올라가 분명 꽃봉오리는 시간을 다투어 부풀어오를 것 같았다.

히데요시는 이날 별로 사람을 만나지 않았다. 아마 누구보다도 그 자신이 가장 날씨에 마음을 졸이고 있었을 것이다. 그런 만큼 15일 날이 밝아 서쪽 하늘에서 머리 위까지 펼쳐진 푸른 하늘을 보았을 때 후시미 성에서는 때아닌 환성이 터져나왔다.

"저것을 봐, 활짝 갰어. 구름이 동쪽으로 사라지고 있어."

"그래. 개지 않을 수가 없지. 타이코 전하의 꽃놀이인데."

"옳은 말이야…… 그 폭풍도 비도 모두 먼지를 씻어버리고 꽃을 빨리 피게 하기 위한 것이었어."

"이런 것을 두고 타이코의 날씨라고 하는 거야. 이런 날씨가 될 수밖에 없었던 거야."

이에야스도 다섯 점 반(오전 9시)에 출발 예정이던 것을 앞당겨 여섯 점 반(오전 7시)에 등성하여 히데요시 앞으로 갔다.

히데요시는 흥분을 감추지 못하고, 이럴 줄 미리 알고 있었다고 허풍을 떨 것이라 생각했다. 그런데 그 생각과는 정반대였다.

이에야스를 보자 히데요시는 도리어 걱정스런 표정으로 목소리를 떨구고 속삭였다.

"나이다이진, 큰일날 뻔했소."

그 말에 이에야스도 위로의 말을 하지 않을 수 없었다.

"아니, 세상에서는 모두 오늘은 갤 줄로 믿고 있었습니다. 지금도 여기저기서 타이코의 날씨, 타이코의 날씨라며 들떠 있습니다."

"바로 그것이오. 날씨가 좋지 않았다면 체면이 말이 아닐 뻔했소."

"염려하지 마십시오. 이미 하늘에는 구름 한 점 없습니다. 문자 그대로 쾌청합니다."

"그렇다면, 예정대로 여자들을 즐겁게 해줄 수 있겠군."

이날의 총책임자는 마시타 나가모리였으며, 마에다 겐이가 그 보좌역이었다.

히데요시가 평소처럼 의기양양한 얼굴로 누구에게랄 것 없이 말하기 시작한 것은 행렬이 후시미를 출발한 뒤부터였다.

그 무렵 하늘은 봄이라고는 생각되지 않을 정도로 쪽빛처럼 푸르고, 후시미에서 시모다이고下醍醐에 이르기까지 찬연한 햇빛 속에서 반쯤 핀 꽃이 빛나고 있었다.

맨 앞이 히데요시와 히데요리의 가마, 이어서 키타노만도코로, 요도 부인, 마츠노마루松の丸(쿄고쿠京極) 부인, 카가加賀 부인, 산죠三條 부인, 미츠노마루三の丸 부인, 아와지淡路 부인이 뒤따르고, 다시 도쿠가

와, 마에다 등의 타이로 뒤에 중신 이코마 치카마사生駒親正, 나카무라 카즈우지中村一氏, 호리오 요시하루堀尾吉晴 등 쿄토에 있는 제후들이 이어졌다.

"으음, 제법 괜찮아."

일행은 먼저 산보인에 들어갔다. 거기서 새로 준비를 하고 도보로 시모다이고에서 카미다이고上醍醐로 올라가기로 했다. 그 사이는 키타노 만도코로가 말했던 것처럼 문자 그대로 화려한 꽃의 터널을 이루고 있었다.

물론 그 근처에는 구경꾼들의 접근이 허락되지 않았다. 사방 50정인 산에 3정 간격으로 23곳에 초소가 설치되어 있었다. 그런 만큼 부근에 모여든 구경꾼들의 상상 속에서 그 안의 호화로움은 한층 더 신비하고 요란한 빛으로 채워졌다.

"훌륭하게 꾸민 편이야, 내 뜻을 잘 살려서."

산보인에 도착한 히데요시는 기분이 좋아, 여자들이 옷을 갈아입을 때까지 기다렸다. 여자들은 이날을 생애 최대의 날로 알고 아름다움을 겨루고 교태를 다투려 했다……

13

여자들의 준비가 끝나자 히데요시는 히데요리의 손을 잡고 맨 앞에 섰다. 시모다이고에서 카미다이고로, 이어 여인당女人堂 뒤를 지나 오늘의 놀이터인 야리산의 광장으로 천천히 걸어갔다.

"어떠냐, 너는 벚꽃이 좋으냐?"

여섯 살인 히데요리는 오늘의 꽃놀이를 히데요시가 기뻐하는 것처럼 기뻐하지 않았다. 머리 위의 꽃과 창공이 히데요리에게는 단순한

풍경에 지나지 않았다.

히데요리는 열심히 남쪽 정원의 연못과 폭포에만 신경을 썼다. 이러한 그에게 때때로 키타노만도코로가 말을 걸었다.

"넘어지지 않도록 조심해서 올라가야 한다. 위에 올라가면 경치가 훨씬 더 좋아."

다이고의 마장에서 야리산까지는 한 간 간격으로 정확하게 늙은 벚나무가 양쪽에 심어져 있었다. 어느 것이나 모두 어디의 무슨 벚나무라고 할 만한 이름난 나무들로, 엊그제의 폭풍우로 오히려 자연의 풍치를 더하고 있었다.

자연의 풍치와 아울러 그 꽃 속에 우뚝 솟은 5층탑 역시 이미 수십 년 동안이나 이 화려한 봄을 지켜보기라도 한 듯 침착하고 조화롭게 자리 잡고 있었다. 꽃과 빛과 탑과 장막, 그리고 그 주위에서 움직이는 병사들의 옷차림까지도 완전히 봄 속에 녹아들었다.

야리산에 도착한 일행은 우선 신축한 전각으로 들어갔다.

전각에서 점심을 먹고 나서 노래모임을 연 뒤 그 안에 마련된 다옥茶屋에서 다옥으로 산책할 예정이었다.

다옥도 1번에서 8번까지 각각 히데요시가 깜짝 놀라도록 모든 이의 취향이 다 동원되어 꾸며져 있었다.

1번 다옥은 마스다益田의 쇼쇼少將.

2번 다옥은 아라이리 삿사이新入雜齋.

3번 다옥은 오가와 토사노카미小川土佐守.

4번 다옥은 마시타 나가모리.

5번 다옥은 마에다 겐이.

6번 다옥은 나츠카 마사이에.

7번 다옥은 미마키 칸베에御牧勘兵衛.

8번 다옥은 신죠 토교쿠新庄東玉.

이들의 취향은 오후의 즐거움으로 돌리고 우선 전각에서 노래모임부터 열었다.

히데요시도 기분이 좋아 스스로 붓을 들었다.

새로 이름을 바꾸어 미유키야마深雪山
묻혔던 꽃들도 다시 피는구나

이렇게 카나假名°로 썼다. 그리고는 웃으면서 다음 부를 노래는 유코由己에게 쓰도록 했다.

"내가 쓰면 후세 사람들이 읽기가 어려울 거야. 카나뿐이니까 말이야. 그렇지?"

그리고는 자못 즉흥적으로 떠오른 듯이 아무렇게나 읊었다.

떠나기 아쉽구나, 미유키야마의 해질녘
그 꽃의 모습 언젠들 잊으리오

그립던 미유키의 꽃 오늘에야 만발하니
즐기며 지내고 싶구나 수많은 봄을

아마도 히데요시는 오늘 이 자리에서 받아쓰게 하기 위해 미리 지어 놓았던 노래임이 틀림없다. 그가 노래를 읊는 동안 아무도 웃는 사람이 없었고 조언하는 사람도 없었다. 여기에 타이코의 고독은 깊이 그림자를 떨구고 있었다.

모두 얼큰하게 취해 그곳에서 나온 것은 여덟 점(오후 2시)이 지나서였다.

일행이 첫번째 다옥으로 가는 도중 문제가 생겼다. 요도 부인보다 마츠노마루 부인이 앞서 걷는 것으로 일어난 순서 다툼이었다.

14

타이코는 이미 마스다의 쇼쇼가 마련한 1번 다옥으로 향하는 돌다리를 건너고 있었다.

키타노만도코로는 그보다 조금 떨어져 역시 다옥으로 들어가려 하고 있었다. 이때 약간 뒤쳐져 따라오던 요도 부인이 자기 앞에서 걷는 마츠노마루 부인을 엄한 목소리로 불러세웠다.

"마츠노마루, 삼가세요."

마츠노마루 부인은 천천히 돌아보고, 그러나 못 들은 체 꽃을 쳐다보면서 다시 두서너 걸음 내딛었다.

"순서가 틀렸어요, 마츠노마루. 총애를 받는 줄은 알지만 마님 앞에서 내게 수치를 줄 생각인가요?"

"어머, 니시노마루 님, 나를 꾸짖고 있나요?"

마츠노마루 부인은 이렇게 말하고 피식 웃었다. 어째서 니시노마루라 불리는 요도 부인이 화를 내는지 알 수 있었기 때문이다.

센죠다이千疊臺 전각에서 히데요시로부터 술잔이 돌아왔을 때 요도 부인은 아직 노래를 짓느라 열심히 붓을 놀리고 있었다. 그래서 잔을 돌리던 코쇼가 먼저 마츠노마루 부인에게 술을 따랐다. 그때부터 요도 부인의 이마에 핏발이 솟구쳐올랐다.

원래 마츠노마루 부인은 혈연 관계 때문에 요도 부인을 지지하고 있었으나 별로 존경은 하지 않았다.

마츠노마루 부인의 생가 쿄고쿠 집안은 오미의 슈고守護° 사사키佐佐木 가문으로 고호쿠江北의 슈고 대리를 맡고 있었다. 요도 부인의 생가 아사이 집안도 역시 쿄고쿠의 호족이었으나 전에는 쿄고쿠 가문의 가신이었다.

마츠노마루 부인은 신분으로는 자기가 높다는 긍지를 가지고 있었다. 더구나 그녀의 미모는 소실 중에서 으뜸이었고, 히데요시의 총애도 보통이 아니었다. 만약 마츠노마루 부인이 히데요시의 자식을 낳았더라면 아마도 요도 부인은 훨씬 더 희미한 존재에 불과했을 터였다.

교양에서도 마츠노마루 부인이 약간 앞서 있었다. 술잔을 돌리는 순서가 바뀌어 요도 부인의 안색이 변했을 때 마츠노마루 부인은 사과할까 하는 생각도 했다. 표면적으로는 혈연 때문에 자못 사이좋게 지내고 있었다. 그러한 요도 부인이 종종 안색을 바꾸고 마츠노마루 부인을 경원하는 것은, 그녀의 미모에 눌리지 않으려는 열등감 때문임을 진작부터 알았다.

그러나 화를 내면서 지은 요도 부인의 노래가 마츠노마루 부인의 사과하려던 마음을 막고 말았다.

상생하는 소나무 벚나무도 무궁하리
임이 오신 오늘을 시작으로

꽃 또한 임을 위해 피어났으니
세상에 다시없는 봄을 만났네

전에는 히데요시를 더없이 싫어한 요도 부인이었다. 부모의 복수를 위해 몸을 허락했다는 등의 대담한 말까지 마츠노마루 부인에게 털어놓은 요도 부인이었다.

그런데 이 얼마나 노골적으로 아부하는 말만 늘어놓은 노래란 말인가…… 이런 생각이 들어 사과의 말 대신 저도 모르는 사이에 조소가 떠오르고 말았다.

요도 부인의 안색이 더욱 굳어졌다. 마츠노마루 부인은 그 여파를 피하고자 모르는 체하고 요도 부인보다 앞서 걷기 시작했다.

"마츠노마루, 그대는 나를 어떻게 생각하는 거예요?"

"그야 물론…… 타이코 전하의 소실, 아사이 님이라고 생각합니다."

마츠노마루 부인도 지지 않았다.

"새삼스럽게 그런 질문을 하시다니, 도련님의 생모라고 해서 나더러 받들어 모시라는 말인가요?"

15

"도련님의 생모인 줄 알고 있다면 무슨 이유로 나보다 앞서 걷죠?"

요도 부인도 이렇게 된 이상 물러서지 않을 자세로 힐문했다.

"호호호……"

마츠노마루 부인은 품위 있게 옷소매로 입을 가리고 웃었다.

"전하의 말씀을 잊으신 모양이군요. 전하는 이 산에 오르시면서 무어라 하셨던가요? 오늘은 모든 격식을 무시하자고 하셨어요."

"비록 전하가 그런 말씀을 하셨다고 해도 전하가 내린 잔을 먼저 받고 보아란듯이 내 앞에서 걷다니, 신분을 가릴 줄 알아야 해요."

"당치도 않은 말이에요. 니시노마루 님은 아사이 씨, 나는 오미 겐지源氏의 쿄고쿠 씨, 내 신분이 결코 먼저 걷는다고 편잔을 받을 정도로 미천하지는 않다고 생각하는데요."

"닥치세요!"

"예. 저는 처음부터 아무 말 없이 걷고 있었어요."

"나는 괜찮아요. 나는 참을 수도 있지만, 그 말 뒤에는 도련님에 대한 용서할 수 없는 멸시가 숨겨져 있어요."

"니시노마루 님! 그것이야말로 삼가야 할 말씀이에요. 입 밖에 내어도 될 말과 그렇지 못할 말이 있는 거예요."

"아니, 이대로 넘겨버릴 수 없어요. 전하의 심판을 받아야겠어요. 어째서 마츠노마루는 오늘같이 좋은 날 일부러 내게 욕을 보이는지, 무언가 까닭이 있을 거예요."

서로 냉정을 유지하고 있을 때는 두 사람 모두 나무랄 데 없는 재녀였다. 그런데 일단 감정이 얽혀 다투기 시작하면 완전히 지리멸렬해지고 만다. 여자들은 깜짝 놀라 두 사람을 에워쌌다. 양쪽 시녀들 가운데는 벌써 안색을 바꾸고 비수에 손을 가져가는 사람도 있었다.

"그러시지 말고 두 분 모두 참으세요."

제일 먼저 두 사람 사이에 끼여든 것은 마에다 토시이에의 부인 오마츠於松였다.

오마츠 부인은 두 사람 사이에 들어가 바로 뒤를 따르던 도쿠가와 가문의 로죠老女° 코노미에게 눈짓했다. 코노미는 그 뜻을 알아차리고 키타노만도코로에게 달려갔다.

키타노만도코로는 히데요시와 히데요리에게 목례를 하고 다옥을 나와 여자들 사이를 헤치고 들어갔다.

"무슨 일인지는 모르나 이 다툼은 내가 처리하겠어요."

"아니, 마님에게는 맡길 수 없습니다."

요도 부인이 즉각 반발했다.

"마님은 모르십니다. 도련님을 천한 무엇인 것처럼 말하다니 이대로 두면 전하의 체면에도 관계되는 일입니다."

"말을 삼가세요."

키타노만도코로의 목소리가 머리 위 꽃을 흔들 정도로 높이 울렸다.

"상생하는 소나무 벚나무도 무궁하라고, 오늘같이 좋은 날을 축복한 것은 무엇 때문이었나요? 이런 자리에서 전하와 도련님을 들먹이다니 이 네네寧寧가 용서할 수 없어요."

"마님의 말씀대로…… 오늘은 각별한 날입니다. 두 분 모두 그만 진정하시고……"

사이를 두지 않고 마에다 부인이 두 사람을 나무랐다.

두 사람은 아직도 눈썹을 치켜세우고 서로 노려보았다.

16

두 사람을 무섭게 꾸짖는 키타노만도코로의 눈은 촉촉하게 젖어 있었다. 요도 부인도 그렇고 마츠노마루 부인도 타이코의 위세를 등에 업고 있으면서도 요즘 타이코가 외롭게 쇠퇴해가고 있다는 것을 전혀 깨닫지 못하였다.

네네는 그것이 슬펐다. 타이코가 비록 아무리 호탕함을 가장하고 있다 해도 이미 예전의 그가 아니었다. 키타노 다회 때와 같은 타이코였다면 두 사람을 이렇게 다투도록 내버려두었을 리 없었다. 얼른 개입하여 익살스런 말로 그 자리를 수습했을 것이다.

오늘은 일부러 못 들은 체하고 어린 히데요리를 상대하면서 1번 다옥의 마루에서 일어서려 하지 않았다. 이러한 태도가 무슨 까닭인지 두 사람은 생각해보지도 않는 것일까……

"두 사람 모두 내 말을 잘 들어요."

키타노만도코로가 부드러운 어조로 말했다.

"벌써 두 사람의 일은 전하의 귀에 들어갔어요. 그런데도 잠자코 나에게 맡기다니 어째서일까요……?"

"……"

"기력이 쇠하셨다고 해도 좋아요. 하지만, 그보다 만일 전하가 이 늙은 나무 밑에서 꽃의 짧은 생명을 생각하고 계셨다면 어떻게 하겠나요? 꽃도 사람도 목숨은 짧다, 내년의 꽃은 이미 올해의 꽃이 아니다, 해마다 깨끗이 피었다가 깨끗이 지는 꽃의 생명과 사람의 생명…… 이것을 생각하시던…… 때라면 사소한 말다툼이라도 지겹게 여기실 거예요. 그러기에 나에게 맡기고 일어나지 않으시는 거예요. 그렇지 않은가요, 부인……?"

그 말에 오마츠 부인도 고개를 끄덕였다.

"마님의 말씀이 옳습니다. 두 분 모두 웃는 얼굴로 전하의 뒤를 따르십시오. 그런 즐거움을 맛보기 위한 오늘의 꽃놀이이고 보면……"

오마츠 부인은 먼저 요도 부인의 옷깃을 여며주고 이어서 마츠노마루 부인의 검은 머리를 뒤로 늘어뜨려주었다.

마츠노마루 부인이 부끄러워하면서 머리를 숙였다.

"정말 제 행동은…… 무례를 저지르도록 술을 약간 많이 마신 것 같습니다. 용서해주십시오."

"이 네네에게 맡기겠다는 말인가요?"

"예. 부끄럽습니다."

"니시노마루 님도 그런가요?"

그러나 요도 부인은 아직도 순순히 머리를 숙이려 하지 않았다.

네네는 말없이 그녀의 손을 잡고 걷기 시작했다.

"만일 이 꽃놀이가 이승에서 전하가 남기는 마지막 추억거리가 된다면 그야말로 후회가 막심할 것이니, 전하와 도련님 곁에서 떠나지 않도록 굳게 마음을 가지도록……"

"……"

"전하는 짓궂은 분이에요. 내가 떠난 뒤에도 모두 화목하게 지낼 것인가……? 이런 생각을 하시고 일부러 마루에서 일어나지 않았는지도 몰라요. 니시노마루 님 쪽에서 웃으면서 사과하도록 하세요."

키타노만도코로는 요도 부인을, 오마츠 부인은 마츠노마루 부인을 각각 달래면서 그 마음은 여간 괴롭지 않았을 터였다.

'고생이 부족하다……'

이렇게 말하는 것이 그대로 늙은 히데요시에게는 고통의 씨앗임을 깨닫지 못한다는 말인가……?

요도 부인은 키타노만도코로와 같이 히데요리 옆에 갔을 때야 비로소 웃음을 보였다.

"도련님, 이제부터 이 엄마가 손을 잡아주겠어."

'용서하시오.'

이렇게라도 말하듯이 히데요시는 흘끗 키타노만도코로를 바라보고 눈을 끔벅였다.

17

히데요시 일행은 이번에는 한 덩어리가 되어 2번 다옥으로 향했다.

햇빛은 더욱 따뜻이 꽃을 감싸며 질 차려입은 지상의 사람들과 아름다움을 다투었다…… 다른 사람의 눈에는 아마도 지상 최고의 낙원으로 비쳤을 터였다.

겉보기처럼 히데요시의 마음은 과연 흡족했을까?

그는 이따금 큰 소리로 웃었다. 그리고 계속 히데요리의 머리를 쓰다듬으면서 키타노만도코로에게 힘없는 시선을 던지곤 했다. 그때마다 키타노만도코로는 의식적으로 미소를 되돌리고는 했다.

하늘 아래 온통 꽃이 만발할 때면

이 산 저 산 꽃향기 바람이 싣고 오네

아라이리 삿사이가 소나무, 삼나무, 상수리나무 세 그루를 기둥 삼아 오두막을 짓고, 그 밑에 작은 연못을 파서 잉어와 붕어를 헤엄치게 하고 있는 다옥에서 나올 때 누군가가 이렇게 읊었으나 히데요시의 귀에는 들어가지 않은 모양이었다.

3번 다옥은 오가와 토사노카미가 직접 가로 3간에 세로 20간 정도의 갈대발을 친 그 너머에 소박한 작은 불당을 짓고 차를 팔았다.

히데요시는 그곳 마루에 히데요리와 나란히 앉아 차를 팔아주었다. 토사노카미는 답례로 인형놀이의 명인 하세가와 소이長谷川宗位를 불당에서 불러내어 인형놀이를 해 보였다.

히데요리는 인형놀이가 마음에 들어 잠시 그 자리에서 떠나려 하지 않았다. 이때 키타노만도코로는 인형이 아닌 자기 아들을 물끄러미 바라보며 눈물짓는 히데요시를 보고 깜짝 놀랐다.

'전하는 혹시 자기도 모를 어떤 예감을 느끼고 겁에 질려 있는 것은 아닐까……?'

이 느낌은 하루 종일 키타노만도코로의 뇌리에서 떠나지 않았다.

4번, 5번, 6번 다옥은 이번 일의 감독관이자 중신이기도 한 마시타 나가모리, 마에다 겐이, 나츠카 마사이에 등 세 사람이 만든 향응이었다. 히데요시 부자는 이곳에서 목욕을 한 뒤 가볍게 한잔하고 북을 치면서 흥겨워하기도 했으나, 이때도 진정으로 기뻐하는 히데요시의 얼굴은 볼 수 없었다.

아니, 다른 사람에게는 충분히 즐기는 것으로 보였다. 그러나 네네가 보기에는 어딘지 모르게 고독의 그늘에 사로잡혀 때때로 허탈감에 빠지는 것만 같았다.

히데요리가 좋아하는 오노노 오츠小野のお通°도 함께 와 있었다. 그

리고 히데요리가 조르는 바람에 옛날이야기를 했으나, 이때도 히데요시는 오츠의 이야기보다도 이야기를 듣는 어린 히데요리의 옆모습만 바라보았다.

7번 다옥은 상점식이어서 미마키 칸베에가 호리병박과 작은 인형 등을 팔고 있었고, 8번 다옥에서는 신죠 토교쿠가 새 쫓는 장치를 단 오두막을 만들고, 작은 배에 여러 가지 장난감 뗏목을 띄워 저녁이 될 때까지 놀았다.

날이 저물어 산보인에 돌아와 히데요리의 이름으로 기엔 쥬고에게 은 100장을 기증할 무렵에는 히데요시만이 아니라 키타노만도코로와 여자들까지도 무언지 모를 애수에 잠겨 말수가 적어졌다. 극도의 환락 끝에 느끼는 애수란 이런 것을 두고 하는 말인지도 모른다.

계속해서 —

"훌륭했어. 이제는 천하가 활기를 되찾게 되었다. 즐거웠어! 정말 즐거웠어!"

이렇게 말하면서도 히데요시의 눈에는 심한 피로가 깃들어 곤혹스러워하는 것 같았다.

최후의 결투

1

히데요시의 노쇠가 심상치 않다고 이에야스가 깨닫게 된 것은 4월 중순이었다.

다이고의 꽃놀이가 끝난 뒤에도 히데요시는 한동안 건강했다.

"내년 봄에는 반드시 주상의 행차를 청원해야겠소. 그때의 준비를 지금부터 생각해주지 않겠소, 나이다이진?"

농담인지 진담인지 모를 어조로 계속 공상을 펼치고 있었다. 그러다가 4월 12일 갑자기 다시 다이고에 가보겠다고 고집을 부렸다.

기엔 쥬고로부터도 모쿠지키 대사로부터도 5월 중순까지는 히데요시의 지시대로 모든 것이 완성된다, 그러면 문자 그대로 다이고는 요시노를 능가하는 명소가 될 것이므로 그때는 꼭 한 번……이라는 말을 들었다. 그 완성까지는 한 달이나 남아 있었다.

이에야스는 상대가 당황할 것을 우려하여 이를 말렸다.

"군이 가시려거든 완성된 다음에 축하를 겸하여 성대한 행사를 치르는 것이 좋을 것 같습니다."

히데요시는 눈썹을 치켜올리고 반박했다.

"나이다이진은 내 즐거움을 뒤로 미루라는 말이오?"

"아닙니다. 완성은 눈앞에 다가와 있습니다. 산보인 쪽과 부교들도 완성된 모습을 보여드려 칭찬을 받고 싶다고 생각하는 것 같기에 말씀드렸습니다."

"기다릴 수 없소!"

히데요시는 다시 정상적인 궤도를 벗어난 격한 어조로 말했다.

"때는 사람을 기다리지 않소. 생각났을 때가 길일이오. 완성되거든 그때 다시 가면 될 것 아니오. 히데요리도 데리고 가고, 노가쿠能樂° 배우들도 데려갈 것이오. 싫거든 나이다이진은 가지 않아도 좋아요."

"황송합니다. 그렇게까지 원하신다면 지금 곧 산보인에 연락하겠습니다."

그날도 밤이 될 때까지 산보인에서 즐기다가 좋은 기분으로 돌아와 곧 이에야스를 불렀다.

"나이다이진, 나는 산보인에서 두 가지 약속을 하고 왔소. 기억해두시오. 첫째는 이번 가을에 다시 한 번 성대한 단풍놀이를 하겠다는 것, 또 하나는 내년 봄에 주상의 행차를 주청하여 일본에서 첫째가는 꽃놀이 잔치를 열겠다는 것……"

"그러면 다음 달 중순의 완성 축하 행사는 하시지 않겠습니까?"

"그래요, 하지 않겠소. 나이다이진, 왠지 나는 그 무렵 병을 얻어 눕게 될 것만 같은 생각이 드는군요."

"그게 무슨 말씀입니까, 요즘에는 얼굴의 혈색도 아주 좋아지셨는데요……"

"아니, 그렇지 않아요."

이때도 히데요시는 무언가 몹시 화가 난 듯이 반발했다.

"혈색 같은 것은 기력 여하에 따라 좌우되오. 내 몸은 내가 가장 잘 알고 있소. 그래서 나이다이진과 상의하려고 하오."

"말씀하십시오. 무슨 상의인지……"

"내가 병석에 눕게 되거든 말이오…… 코니시 유키나가, 카토 키요마사, 시마즈 요시히로, 이렇게 셋을 제외하고 우키타, 코바야카와, 킷카와, 하치스카, 토도, 와키사카脇坂 등은 속히 조선에서 철수하라고 명해주시오."

"무슨 말씀인지요?"

"싫증이 났소. 이 타이코는 전쟁에 질렸어요…… 알겠소, 병 때문은 아니오. 다이고 꽃놀이가 더 즐거웠단 말이오. 알겠소, 나이다이진?"

이 말을 들으면서 이에야스는 히데요시의 표정이 대번에 힘없이 흐려지는 것을 보았다.

2

히데요시가 울산, 순천順天, 양산梁山 등에서의 철수는 절대로 허락지 않겠다고 고집하며 우키타 히데이에 등에게 수비를 굳히도록 엄명한 것은 3월 상순이었다. 그런데 불과 한 달 뒤 손바닥을 뒤집듯 코니시, 카토, 시마즈만 남기고 모두 철수시키라고 하고 있어, 이에야스도 그만 어리둥절했다.

결코 철수에 반대하는 것은 아니었다. 원래가 화의에 임하는 체면을 유지하기 위한 출병이었고, 기근이 거듭되는 현지에서 예상보다 훨씬 더 나쁜 조건에서 고전을 면치 못하는 파견군이었다. 기회를 보아 이 정도에서 철수하자고 진언할 생각이었다. 그렇기는 하지만 히데요시가 먼저 말하는 바람에 섣불리 대답할 수가 없었다. 때때로 자기 의사와는 정반대인 말을 하여 상대의 속셈을 떠보려는 버릇이 히데요시에게는 없지 않았다.

"그러시면 전하는 병환을 미리 예측할 수 있다는 말씀이십니까?"

이에야스가 자연스럽게 화제를 돌리려 했다.

"나이다이진."

히데요시는 다시 언성을 높였다.

"나는 전쟁에 싫증이 난다고 말했어요. 싫은 전쟁을 하는 것만큼 무의미한 일은 없을 것이오."

"그 말씀이 옳기는 합니다마는……"

"그렇다면 나이다이진도 이해할 수 있을 것이오…… 다이고를 훌륭하게 가꾸어 다 같이 꽃놀이를 한다…… 그렇게 하는 편이 재미있을 것 아니오? ……적당한 시기를 택해 군사를 철수시킨다……"

"……"

"알고 있겠지만, 코니시는 이번 전쟁을 파탄시킨 장본인이오. 키요마사는 아직도 고집스럽게 주전론을 펴고, 시마즈는 후방이나 맡아볼 자에 불과해요. 내가 병석에 눕게 되거든 나이다이진은 그전에 내 명을 받았다고 하면서 말이오…… 알겠소, 나이다이진?"

이 말을 듣고 이에야스는 크게 고개를 끄덕였다.

'다이고의 꽃놀이에는 또 하나의 깊은 의미가 있었구나……'

지진 뒤의 복구, 명나라와의 화의교섭 실패 등에는 전혀 개의치 않는다는 히데요시 나름의 자존심…… 이런 식으로 해석하고 있었으나 그것만은 아니었던 모양이다.

"전쟁에 질렸다."

이 말에서, 조선으로부터 군사를 철수시키기 위한 은밀한 계획을 엿볼 수 있었다. 세상의 이목을 화려한 꽃놀이 행사 쪽으로 돌리고 뒤에서는 필사적으로 종전終戰의 기회를 노리고 있었는지도 모른다……

이에야스를 바라보는 히데요시의 육체에서는 정력도 기력도 다한 듯한 쓸쓸함이 감돌았다.

'이러다가는 정말 쓰러질지도 모른다……'

이에야스는 생각했다.

"이것 보시오, 나이다이진."

이에야스의 대답에 히데요시의 목소리에서 갑자기 힘이 빠졌다.

"나는 말이오, 드러눕기 전에 다시 한 번 히데요리와 함께 놀고 싶었소. 아직 히데요리는 여섯 살, 자란 후 잊어버릴지도 몰라요…… 그것을 잊지 않게 하려는 아비의 마음이란 참 묘하오."

이에야스는 순간적이기는 했으나 등줄기가 오싹해졌다. 히데요시의 심적인 싸움이…… 가장 큰 죽음과의 싸움이…… 이미 조선에서 벌이고 있는 전쟁에 대한 아집이나 허풍을 용서하지 않을 정도까지 깊어졌다는 것을 깨달았다……

3

자기 몸은 자기가 가장 잘 안다……고 히데요시는 말했다.

그런 히데요시가 드디어 병석에 눕게 된 것은 5월 5일이었다.

5월 5일은 바로 단오절. 이날 하루만이라도 그는 어린 히데요리와 나란히 축하의 상을 받고 싶었을 것이다. 히데요리도 무슨 말을 여자들로부터 들은 듯 아침부터 장난감 남만선南蠻船 밑에 바퀴를 달고 신이 나서 끌고 다녔다. 이 장난감 배는 오늘을 축하하기 위해 히데요시가 한 쌍의 칼과 함께 선물로 준 것이었다……

히데요시는 아침에 자리에서 일어나 일단 거실에 나오기는 했다. 그러나 잠시 후 오른쪽 어깨부터 등이 심하게 결리기 시작하여 시의를 불렀다.

히데요시가 가장 신임하던 마나세 도산曲直瀬道三은 이미 죽은 뒤였다. 그래서 도산의 양자 마나세 겐사쿠曲直瀬玄朔가 나카라이 아키히데半井明英를 데리고 들어와 맥을 짚었다. 흔히 말하는 병이 고황膏肓에 든 것인데, 겐사쿠는 간과 신장의 피로에서 온 것이라 진단하고 곧 신소하秦宗巴와 상의하여 침과 뜸을 놓게 했다.

통증은 상당히 가라앉았으나 이번에는 심한 구토증이 엄습했다. 여윈 몸을 새우등처럼 구부리고 왝왝거리다가 결국 일단 서원에서 침소로 옮겼다.

"나이다이진을 불러라. 말해둘 일이 있다."

이에야스가 침소로 불려갔을 때 히데요시는 이마에 잔뜩 진땀을 흘리면서 잠들어 있었다.

"상태가 어떻소?"

이에야스가 작은 소리로 상태를 물었을 때, 병상에서 여섯 자 정도 물러나 실을 통해 맥을 짚고 있던 겐사쿠는 희미하게 고개를 저으면서 대답했다.

"워낙 식욕이 없으십니다. 지금까지도 정신력만으로……"

이에야스는 가만히 시선을 히데요시에게 옮기고는 눈을 감았다.

간과 신장의 피로도 그렇지만 구토까지 호소한다면 이미 회복은 어려울 것이라고 한 겐사쿠의 말을 떠올렸기 때문이다.

젊었을 때의 충분하지 못한 영양섭취부터 전쟁터에서의 불규칙한 식사, 갑작스럽게 변한 왕자王者다운 진수성찬의 연속…… 그 어느 하나도 위장에 해롭지 않은 것이 없었다. 구토가 날 때쯤에는 이미 위장 내부에 큰 종양이 생겨 있기 쉽고, 그렇게 되면 더욱 식사는 하기 어렵게 되고 나날이 쇠약해진다고, 그래서 간, 신장과 함께 심장까지 약해져 무슨 병인지 정확히 진단도 내리지 못한 상태에서 죽음을 맞을 것……이라고 했다.

"오월 오일……"

이에야스는 눈을 감은 채 입속으로 중얼거렸다.

'과연 산보인이 준공되는 이달 중순까지는 기다릴 수 없었을 터.'

산보인에는 이달 14일 히데요시가 참석한 가운데 준공 축하 행사를 하겠다고 마에다 겐이를 통해 미리 연락해두었는데도…… 어린 자기 자식에게 아버지를 기억시키기 위해 4월 12일 무리하게 다이고에 갔던 것도 어떤 예감이 있었기 때문인 듯.

"오, 나이다이진이 와 있었군요…… 그렇지, 지부도 이리 불러주지 않겠소……?"

이에야스는 깜짝 놀라 눈을 떴다.

4

이에야스는 옆방에 있는 코쇼에게 미츠나리를 부르도록 명했다.

"기분은 좀 어떠십니까?"

진지한 얼굴로 물었다.

"그야 뻔한 일 아니겠소."

히데요시는 화가 난 듯한 목소리였다.

"누구나 다 경험하는 피로요. 계절로 말하면 가을처럼."

"피로라면 다행입니다마는, 어쨌든 무리는 하지 마십시오."

"나이다이진, 조선으로부터의 철수는 명해두었소?"

"예. 서류에 서명해주시도록 부탁 드렸습니다마는."

"참, 그랬었군. 하하하…… 왜 이렇게 잊어버리기를 잘하는지. 그런데 내가 나이다이진에게 무슨 말을 하려고 했었지요?"

히데요시는 일부러 웃는 낯을 지으려 하며 이부자리에서 고개를 갸웃했다.

"지부도 부르라고 하셨습니다. 곧 올 것입니다."

"아, 이제야 생각나는군. 지부를 증인으로 삼고 내가 나이다이진과 약속할 일이 있었소."

이때 미츠나리가 작은 체구를 필요 이상으로 젖힌 자세로 들어왔다.

"미츠나리, 부르심을 받고 왔습니다."

"오, 그래. 가까이 오게."

"예."

"오늘은 그대가 나와 나이다이진의 약속을 듣는 역할을 하게. 잘 기억해두게."

"알겠습니다."

"나이다이진, 나는 연상인 오에요(타츠히메)를 히데타다에게 출가시켰을 때 좀 무리가 아닌가 염려했었소."

"아닙니다. 두 사람은 사이가 좋은 모양입니다."

"바로 그 말이오. 츄죠는 내가 여동생 아사히로부터 신신당부를 받은 친조카나 다름없는 아주 사랑스런 청년이오."

"예."

"그러므로 어떻게 해서라도 좋은 배필을 구해주려고 마음속으로 무척 고심했었소."

"……"

"그 진심이 통했는지 아무튼 출가하자 곧 임신하여 아이를 낳았소. 처음에는 그 아이가 남자가 아니어서 꽤나 섭섭했어요. 계집아이를 낳다니 하고…… 참, 그 아이 이름이 무엇이더라?"

"예. 오센입니다."

"그래, 센히메千姬였지…… 그런데 나중에야 깊은 하늘의 뜻을 깨달았소. 남자라면 도쿠가와 가문의 후계자이기는 하나 우리 가문에는 직접적인 도움이 안 되거든요."

히데요시는 갑자기 말을 끊고 고통을 참으며 웃어 보였다.

"그런데 말이오, 나이다이진, 나는 그 센히메를 히데요리의 아내로 정했으면 싶소. 센히메에 대해서는 내가 보증하겠소. 틀림없이 히데요리의 마음에 드는 규수가 될 거요. 오에요도 그렇고 츄죠도 그렇고 모두 출중한 인물. 그런 부모가 맺어져서 낳은 센히메…… 유례없는 미인이 될 것이 분명해요…… 어떻소, 센히메를 우리 집안에 줄 수 있겠소, 나이다이진? 나이다이진은 나의 매제, 히데요리의 생모와 센히메의 생모는 자매, 그리고 히데요리의 아들은 타이코의 손자이고 또 나이다이진의 증손자…… 이렇게 되면 도요토미 가문과 도쿠가와 가문은 끊을래야 끊을 수 없는 혈연이 되는 것이오……"

이렇게 말하는 히데요시의 얼굴엔 좁쌀을 흩뿌려놓은 것같이 진땀이 가득 맺혀 있었다.

5

이에야스는 저도 모르게 숨을 죽이고 히데요시의 이마에 맺힌 땀을 바라보았다. 이 얼마나 무서운 인간의 집념이란 말인가.

아마도 히데요시의 육체는 병마가 몰고 온 고통 앞에서 몸부림치고 있을 터. 입술도 얼굴도 흙빛으로 변하여 말을 할 때마다 고통으로 일그러졌다. 그런데도 히데요시는 웃어 보이려고 안간힘을 쓰면서 필사적으로 몽상을 말하고 있었다.

앞서 아사히히메와 이에야스의 혼인을 제의했을 때도, 히데타다와 오에요의 경우에도 예감이 있었다. 그러나 히데요리와 센히메……에 대해서까지는 아직 이에야스도 생각한 일이 없었다.

히데요리는 겨우 여섯 살, 센히메는 그야말로 젖먹이가 아닌가……

"나이다이진, 이의가 있는 것은 아니겠지요?"

히데요시는 당연히 이에야스도 기뻐할 것으로 기대하고 다시 입술을 일그러뜨리면서 웃었다.

"다이고의 꽃놀이도 끝났으니 이것이 타이코의 마지막 꿈이 될지도 몰라요. 나에게 혹시 만약의 경우라도 생긴다면 정치적인 일은 얼마 동안 나이다이진이 대행해주어야 하겠소. 그렇지 않은가, 지부……?"

미츠나리는 이미 상의를 했던 모양인지 굳은 표정이었으나 별로 놀라는 기색은 보이지 않았다.

"모두 말씀하신 그대로입니다."

"나이다이진은 나보다 젊어요. 나이다이진과 츄죠가 모든 일을 도와주는 동안에 히데요리도 성장하게 될 것이오. 그리고 히데요리의 자식 세대가 되면 그것은 내 혈통이자 나이다이진의 혈통이 되기도 하오. 어떻소, 근래에 없는 묘안이라 생각하는데……?"

이에야스는 머릿속이 뜨거워졌다.

히데요시는 생각에 생각을 거듭한 몽상일 테지만, 이에야스에게는 차마 그대로 들을 수 없는 망집으로 들렸다.

'히데요시는 죽을 때가 가까워졌다…… 그리고 그 사실을 히데요시가 분명히 깨닫고 있다……'

이렇게 생각하면 할수록 그 제의는 히데요시답지 않은 망언처럼만 들렸다.

아사히히메를 이에야스에게 떠맡길 때는 그럴 수밖에 없는 큰 목적과 사정이 있었다. 이에야스를 상경케 하지 않으면 노부나가 이래의 숙원이었던 일본의 통일은 기대할 수 없었다. 그러므로 무리하게 강요했다고 세상에서도 믿었고, 히데타다와 오에요의 혼인에 대해서도 마찬가지였다. 세상일에 나서기 좋아하는 타이코가 젊은 히데타다의 근엄한 사생활을 보고 요도 부인의 불행한 동생을 중매했다는 말로 세상 사람들도 납득할 수 있는 일이었다.

그러나 히데요리와 센히메의 약혼 문제는 사정이 전혀 달랐다. 짓궂은 해석을 내린다면, 이전의 아사히히메나 오에요의 일에 대해서까지도 모두 원래의 의미를 벗어난 해석을 할 수도 있었다.

'히데요시는 처음부터 이에야스를 두려워하고 있었다……'

그래서 억지로 여동생과 혼인시켜 인척이 되게 하고, 다시 히데타다에게도 히데요리의 이모를 떠맡겼으며, 히데요리에게는 애걸하다시피 히데타다의 딸을 맞이하게 했다……

이렇게 해석된다면 히데요시는 처음부터 이에야스를 두려워하여 그의 비위를 맞추어왔다고 할 수 있었다.

그것을 깨닫고 하는 말일까……?

이에야스는 히데요시가 노쇠하여 분별을 하지 못하게 된 것이 아닌가 하여 섣불리 대답할 수도 없었다.

6

"물론 나이다이진도 이의는 없을 것이오. 두 가문은 몇 겹으로 핏줄이 얽히게 되거든. 참, 이 자리에 히데요리와 그 어머니도 부르는 것이 좋겠군."

히데요시의 말에 이에야스는 비로소 분명하게 그 말을 가로막았다.

"그 일에 대해서는 잠시 생각할 기회를 주셨으면……"

"그럼, 싫다는 말이오?"

"전하, 이것은 전하를 위해서도 중요한 일입니다."

"뭣이…… 나……나를 위해서……?"

"그렇습니다. 전하의 뜻이 이 이에야스에게는 고마운 일이지만 그 때문에 제후들의 원망을 듣게 되면, 그건 저로서는 본의가 아니기 때문에……"

"무슨 소리를 하는 거요. 제후의 원망을 누가 듣게 된다는 말이오?"

"이에야스 자신입니다."

"어……어……어째서 그렇다는 거요?"

"이에야스가 타이코에게 간청하여 손녀를 도련님에게 바쳤다, 무슨 야심이 있기 때문이라고 억측하면 정사를 보필하는 데 방해됩니다. 그리고……"

히데요시 쪽에서 간청했다고 하면, 히데요시 자신이 이에야스에게 아부했다는 평을 받게 될 것이다…… 그래도 좋으냐고 덧붙일 생각이었다. 그러나 히데요시가 먼저 억지 웃음을 떠올리면서 가로막았다.

"하하하…… 나이다이진은 싫다는 말이로군. 알겠소, 알았어요. 지부, 알았으니 곧 이 자리에 도련님과 그 어머니를 데려오게. 나만이 아니라 어머니도 도련님도 센히메를 달라고 했소…… 그런데도 어찌 제후가 나이다이진의 마음을 억측한다는 말이오? 히데요시 자신이 간청하는 일이오. 지부, 어서 데려오게."

이에야스는 망연하여 입을 다물 수밖에 없었다.

히데요시는 미츠나리가 일어서서 나가자 갑자기 다시 힘없는 표정으로 돌아와 베개를 벤 채 이에야스에게 합장했다.

"부탁이오, 나이다이진. 아무쪼록 후일을 잘……"

이에야스는 조용히 히데요시에게 다가가 이마의 땀을 닦아주었다. 노망이라 하기보다 가련한 인생의 심연을 들여다보는 듯 착잡한 심경이었다.

'이미 예전의 히데요시가 아니다……'

"나보다 뛰어난 자가 있다면 누구라도 천하를 손에 넣어도 좋다!"

이렇게 호언장담하던 히데요시는 이미 이 세상에 없었다. 지금 눈앞에 병들어 누워 있는 히데요시는 이에야스의 힘에 매달려 히데요리의 장래를 걱정하는 평범한 늙은 아버지로 전락해 있었다.

"히데요시가 억지로 간청한 것이다."

이 얼마나 슬픈 인간의 고백이란 말인가.

어린 히데요리의 장래를 생각하며 고민하는 히데요시의 뇌리에는, 다음 실력자는 이에야스라는 확신이 박혀 있었다. 그리고 이 이에야스와 굳게 맺어짐으로써 히데요리…… 아니, 도요토미 가문의 안녕을 도모하겠다는 것이 마지막 망집이었다.

'히데요시가 뜻하는 것은 천하가 아니라, 어느 틈에 자기 가문과 히데요리로 바뀌어 있었구나……'

이때 마에다 토시이에의 손에 이끌린 히데요리를 선두로 요도 부인과 미츠나리가 우라쿠와 함께 들어왔다.

7

히데요시는 통증을 참고 그들을 웃는 낯으로 맞이하려 했다. 그 애처로운 노력은 다시 납빛 이마에서 슬픈 땀으로 변해갔다.

이에야스는 차마 보고 싶지 않은 심경이었다. 그러나 시선을 돌릴 수는 없었다.

'이것은 타이코 정도나 되는 사람의 마지막 결투가 아닐까……?'

이런 생각만 해도 이에야스의 가슴에는 새로운 의문이 부글부글 끓어올랐다.

'인간이란 도대체 무엇일까……?'

아니, 그보다 인간의 이상이란 이처럼 연약한 노인 앞에서는 변형되게 마련 아닐까……?

전에는 '천하를 위해' 평화를 지향하며 노부나가 이래의 꿈인 전국 통일에서 곁눈을 팔지 않았던 히데요시였다. 그러기 위해서는 소중한 어머니도 인질로 보냈고, 몇 번이나 자기 생명마저 내걸고도 태연했던 히데요시였다.

그런 히데요시가 지금은 이제까지의 자기 생애와는 전혀 상반된 망집이라고나 할 욕망의 포로가 되어버렸다. 어린 히데요리에게 도요토미 가문의 뒤를 잇게 하고 싶다……는 것은 평범한 사람의 희원일 수는 있으나, 세상을 구하려는 영웅의 비원은 아니었다.

이에 대해서는 히데요시 자신이 귀에 못이 박히도록 말해왔다. 그랬는데 그 신념은 천주교 교도의 순교에 훨씬 못 미치는 공염불에 지나지 않았던 것일까……?

'아니, 이 모든 것은 노쇠했기 때문이다……'

이에야스는 생각했다.

순간 또 다른 의문이 이에야스를 사로잡았다.

'그렇다면…… 늙는다는 것은 무엇일까?'

아니, 육체의 노쇠에 따르게 마련인 푸념의 정체는 무엇이란 말인가? 이를 밝히지 않으면 내답은 나오지 않을 터.

"오오, 왔구나, 우리 도련님이."

히데요시는 이렇게 말하면서 일어나 히데요리를 안으려 했다. 그러나 이제는 그마저 뜻대로 되지 않을 정도로 육체의 피로가 심했다.

"참, 일어나서는 안 되겠군. 의사가 일어나지 말라고 금했으니까. 좋아, 모두 거기 그대로 앉거라."

"아버님, 몸은 좀 어떠십니까?"

사부 마에다 토시이에의 주의를 받고 히데요리가 인사했다. 그 순간 타이코의 눈에서는 솟구치듯 눈물이 흘렀다.

"오늘 단오절은 다 같이 화려하게 축하할 생각이었는데 그것도 하지 못하게 됐어. 그러나 반가운 선물이 있어. 그대도 잘 듣도록 해."

히데요시는 요도 부인에게 이렇게 말하고 다시 어색한 웃음을 모두에게 던졌다.

"지부와 우라쿠도 잘 듣게…… 오늘 이 경사스러운 날에 나는 내 아들의 배필을 정했어. 어떤가, 누구라고 생각하는가?"

"아니, 오히로이 님의 신부감을 말씀입니까?"

"그래. 그대도 기쁠 것이야. 바로…… 오에요가 낳은 센히메야. 이것으로 우리 가문과 도쿠가와 가문은 겹사돈이 되는 거야."

이에야스는 저도 모르게 예리한 눈으로 요도 부인을 바라보았다. 이 경우 이에야스로서는 요도 부인의 표정 변화가 가장 마음에 걸렸다.

8

"어머!"

요도 부인은 고혹적인 시선을 미츠나리에게 보냈다.

"제 동생이 낳은 딸을 오히로이 님에게……?"

놀라움보다는 기쁨을 얼굴 가득히 떠올리면서 고개를 끄덕였다.

"그것은 저로서도 더 없는 기쁨, 오히로이 님, 어서 아버님께 인사를 드리도록."

이에야스는 요도 부인도 미리 알고 있던 일이라는 것을 깨달았다. 이 이야기가 갑작스럽게 나왔다면 그렇게 빨리 반응을 보일 요도 부인이라고는 생각되지 않았다.

'미츠나리는 알고 있었다. 그리고 요도 부인도……'

그러고 보니 오다 우라쿠織田有樂도 마에다 토시이에도 모두 미리 상의를 받은 얼굴 같았다.

"아버님, 감사합니다."

아무것도 모르는 히데요리가 순진한 표정으로 말했다.

"호호호……"

히데요리가 말하는 것과 요도 부인이 명랑하게 웃기 시작한 것은 거의 동시의 일이었다.

"타츠가 낳은 딸과 오히로이 님을 나란히 키울 수 있다면 얼마나 흐뭇한 일일지…… 전하, 가능하다면 하루라도 빨리 두 사람을 나란히 있게 하고 싶어요."

"오오, 바로 그 일이야. 아무튼 그 일은 서두르기로 하고, 오늘은 우선 축하부터 해야겠어. 우라쿠, 잔을 준비하게."

이에야스는 그 문제에 대해 더 이상 아무 말도 하지 않았다. 모두가 웃으면 같이 웃고 말을 하면 대답했으나, 마음속으로는 전혀 다른 생각을 하고 있었다.

이 혼담에 대해서는 미츠나리도 요도 부인도 진작부터 찬성하고 있었던 듯. 그렇다면 히데요시의 속셈은 그렇다 치고, 미츠나리나 요도 부인의 마음은 생각해볼 필요도 없이 뻔한 일이었다.

타이코는 병들었다. 조선에서 철수한다……고 하면 국내에서는 큰 소란이 일어날 터. 코니시 유키나가나 이시다 미츠나리가 짜고 화의를 진행시킨 잔재주를, 아무것도 모르고 싸운 무력 일변도인 코쇼 출신의 무장들이 납득할 리 없다. 그들은 큰 불만을 품은 채 돌아올 게 분명하고, 그 불만의 바람은 무섭게 측근들을 뒤흔들 터였다.

그때 이 혼담이 큰 효과를 나타낼 수 있다고 미츠나리나 요도 부인은 틀림없이 계산했을 것이다. 이에야스를 불평 많은 무장들 쪽에 가담시키지 않기 위해서도, 그리고 일찌감치 센히메를 인질로 삼아 히데요리 곁에 두기 위해서도……

그러나 지금 이에야스가 생각하는 일은 그런 문제가 아니었다. 앞으로 많은 파란의 싹을 가지고 있는 조선으로부터의 철병 후의 일, 그때 과연 국내 평화가 유지될 수 있을까……

히데요시는 이미 그 대책을 생각할 능력을 상실하였다. 상실했다기보다 포기했다는 편이 정확할지도 모른다. 전에는 무슨 일에나 '천하를 위해서'였던 히데요시가 지금은 '히데요리'와 그 히데요리가 계승할 '도요토미 가문의 장래'로 일변해 있었다.

'이렇게 변하게 한 집념의 원인은 어디에 있을까?'

그 의문은 풀릴 것 같으면서도 풀리지 않았다.

이 의문을 풀지 못하면 마침내 그 노쇠와 집념이 이에야스까지도 사로잡게 될 터. 그리고 천하를 위해서보다 도쿠가와 가문을 위해서……가 된다면, 영원한 평화는커녕 노부나가 이전과 같은 사리사욕과 야심 뿐인 '전국戰國'의 길로 역행하게 된다……

'무엇이 히데요시를 이렇게 변화시켰을까?'

갑작스런 해외 이주

1

히데요시의 병세는 5월 16일에 이르러 중태에 빠졌다. 식사를 하지 못하고, 가슴의 응어리가 나날이 더 커졌다.

오사카에서 키타노만도코로가 달려와 머리맡을 지켰다. 후시미 성에서는 이미 히데요시의 회복은 절망적이라고 여자들까지도 모두 믿게 되었다.

히데요시는 몹시 괴로워하는가 하면 금빙 깊은 잠에 빠져들었다. 그리고 열이 오르면 헛소리처럼 히데요리의 이름을 불렀다. 아니, 이름을 부를 뿐만 아니라 약간 상태가 좋아진 날에는 다섯 부교와 다섯 타이로, 츄로中老° 등을 불러 히데요리에 대한 충성을 맹세하는 서약서를 쓰게 했다. 부교에 대해서는 원로에게 서약서를 받게 하고, 또한 다섯 부교들에게는 원로들에게 서약서를 제출하게 했다……

이렇게 되면 이미 인간 그 자체를 믿지 못하게 된 가련한 노인의 광태 외에는 아무것도 아니었다.

"히데요리를 부탁한다…… 도련님을 부탁한다……"

누구에게나 손을 잡고 똑같은 말을 되풀이하면서 눈물과 콧물을 흘렸다. 뿐만 아니라, 개별적으로 사람들과 면담할 때면 그들에게 하는 말은 서로 달랐다.

늙은 히데요시로서는 이렇게 함으로써 각자를 잘 납득시켰다고 생각했을 터였다. 그렇지만 서로 다른 지시를 받은 쪽은 저마다——

'이것이 바로 타이코의 참뜻……'

이렇게 믿고 행동해 걷잡을 수 없는 혼란을 초래할 수도 있었다. 그런 사태를 우려하여 키타노만도코로는 거의 머리맡을 떠나지 않았다.

6월 27일에는 황실에서도 히데요시의 회복을 빌기 위해 임시로 오카구라御神樂°를 실시했다. 7월 7일에는 키타노만도코로의 특사로 코조스가 산보인을 방문하여 황금 10장을 시주하고 기도에 소홀함이 없도록 지시했다.

이러한 어느 여름날——

사카이의 타이안 사大安寺 부근에 호화별장을 신축한 루손 스케자에몬의 집 앞에 뜻하지 않은 여자의 가마 하나가 도착했다.

그날 스케자에몬은 별장 신축에 참여한 목수, 미장이, 기와장이, 칠장이를 비롯하여 화공, 조각가, 배우, 광대 등을 사카이에 초대했다가 그들을 배웅하러 선창에 나가 집에 없었다.

모두 당대 일류……라기보다 쥬라쿠 저택이나 후시미 공사에 참여했던 사람들이었다. 그들에게 많은 돈을 주어 별장 신축 일을 시킨 큰 공사였다.

완성된 별장은 후시미 성 본채 전각을 고스란히 옮겨놓은 듯이 보일 만큼 사치를 다한 것이었다. 기둥마다 조각을 하고, 그 칠도 주홍색, 흑색, 나시지梨子地° 등 화려했으며, 아낌없는 금은 장식은 여기저기서 빛났다. 장지문의 그림과 문고리에 달린 술까지도 후시미 성의 것과 똑같았다. 이렇게 호화로움을 다한 건물에 호탕하기로 이름난 사카이의

거상巨商들도 깜짝 놀랐다.

"스케자에몬 녀석, 타이코를 초대하여 또 무슨 일을 꾸밀 생각인 모양이야."

루손의 도자기로 히데요시로부터 많은 돈을 우려낸 스케자에몬이었다. 무슨 생각을 하고 있는지 모른다는 소문이었으나, 그 새로운 별장에 가마를 타고 온 여자는 별로 놀라는 기색도 없이 스케자에몬이 돌아올 때까지 기다리겠다고 하면서 문제의 전각으로 들어갔다.

이 여자 손님은 가까이 있는 치모리로 아버지를 찾아왔다가 돌아가는 코노미였다.

2

코노미는 천천히 칠과 나무향기가 새로운 전각을 둘러보았으나 별로 감탄하지도 놀라지도 않았다.

스케자에몬은 초대했던 사람들을 야마토바시大和橋 선착장까지 배웅하고 곧 돌아올 예정이라고 했다. 그 배에는 큰 술통이 실려 있고, 후시미까지 가는 동안 느긋하게 시원한 강바람을 즐기며 술좌석을 벌일 수 있도록 시중드는 여자까지 있다고 점원이 말해주었다.

"타이코 님이 병환 중이시니 삼가야 하지 않겠느냐고 말씀 드렸으나, 워낙 성격이 그런 분이기에, 이것도 쾌유를 비는 기도의 하나라고 하시면서 북과 장구까지 배에 실었습니다."

그 말에 대해서도 코노미는 이렇다 할 반응을 보이지 않았다. 일부러 왔으면서도 묘하게 시치미를 뗀 표정으로 한 차례 실내를 둘러보았을 뿐 별로 흥미가 일지 않는 듯 정원으로 시선을 보냈다.

정원에도 역시 스케자에몬의 기호에 맞게 소철, 빈랑나무, 야자, 파초 등이 심어져 있고, 바로 오른쪽 종려나무 그늘에는 공작 두 마리가 한가하게 몸을 움츠리고 꼼짝도 하지 않았다.

처음 보는 사람이라면 이것만으로도 눈이 휘둥그레지기에 충분한 진풍경이었다. 그러나 코노미는 이것에도 별로 반응을 보이지 않고 흰 모래에 섞여 빛나는 규석에 눈을 가늘게 떴을 뿐이었다.

스케자에몬은 반 각(1시간) 남짓 지나서 돌아왔다.

"이거, 귀한 손님을 기다리게 해서 미안하군. 코노미가 와 있을 줄은 몰랐어."

스케자에몬은 전에 보았을 때보다 햇볕에 타서 훨씬 더 늠름해 보였다. 살빛까지도 사람이 변한 듯이 보이는 것은 새하얀 상의를 입고 있기 때문인지도 모른다.

"무슨 일로 사카이까지 왔지? 물건 사러 왔나?"

코노미는 불쌍하다는 듯 스케자에몬을 바라보았다.

"묘한 취미군요, 이 건물은."

"암, 그래. 타이코 풍의 전각에 상인이 살아서는 안 된다는 법은 없어. 용도는 있으니까 걱정하지 않아도 좋아."

"스케자에몬 님, 당신은 크게 잘못 계산하고 있어요."

"흥, 만나자마자 미운 소리부터 하는군."

"이번만은 실수예요, 스케자에몬 님도."

"천만에. 루손에게는 루손 나름의 주판이 있어. 이 주판은 어디로 굴러도 손해가 없는 주판이야. 그보다도 여자란 것은 말이지, 반했을 때는 반했다고 확실히 말해야 하는 거야. 아니, 입으로 말하지 않아도 좋아. 눈으로도 좋고, 몸으로라도 좋아."

스케자에몬이 이렇게 말하면서 무릎걸음으로 한발 다가오려는 것을 코노미는 이맛살을 찌푸리며 손을 들어 막았다.

"당신은 내가 반해서 찾아온 줄로 아나요? 정신이 나갔군요."

"뭐, 그렇다면 다른 일이 있어서 왔다는 말인가?"

"무얼 모르는군요, 당신은…… 타이코 님은 앞으로 이십 일이나 한 달밖에 사시지 못해요."

"그런 정도는 알아. 실은 말이지, 처음에는 타이코를 초대해 전후의 일에 대해 지혜를 빌려줄 생각이었어. 솔직히 말하면…… 그것은 못하게 됐어…… 그렇다고 팔짱만 끼고 앉아 있을 나는 아니야. 내가 할 사업은 더 큰 데 있어."

스케자에몬은 자신만만하게 말했다.

"그 큰 사업을 못하게 되었다는 것을 모르는군요."

코노미는 퉁기듯이 말하고 얼른 시선을 돌렸다.

3

"원 이런, 코노미가 또 묘한 말을 하는군."

스케자에몬도 상대가 보통 여자가 아니라는 사실을 알기에 순간적으로 섬뜩한 모양이었다.

"내가 사업을 못하게 되다니, 그게 무슨 소리야?"

코노미는 상대의 애를 태우려는 듯 잠시 입을 다물었다.

"또 그런 수법으로 이 스케자에몬을 조롱할 생각인지 모르지만…… 그 손에는 놀아나지 않아. 루손 스케자에몬의 지혜는 끝이 보이지 않는 큰 바다야. 일단 한다고 하면 반드시 하고야 말겠어."

"그럴 테죠. 타이코가 만일 반년만 더 살아 계신다면."

"그러나 죽어도 상관없다……고 아까부터 말하고 있지 않아?"

"스케자에몬 님."

"왜 그래, 독사 같은 눈을 하고?"

"타이코 님이라 해도 돌아가실 무렵에는 분별을 잃게 될지도 모른 다……는 생각을 해본 적이 있나요?"

"무슨 소리를 하는 거야, 코노미는…… 타이코의 분별력은 잃기 전 부터 정상이 아니었어. 그래서 조선과 명나라를 상대로 싸운 거야. 그 리고 측근이란 모두 얼빠진 자들뿐이야. 그래서 나는 이렇게 허세를 부 려 전각까지 짓고 좁은 소견을 넓혀주려 하고 있어. 생각해봐, 국내가 평정되면 사람 죽이는 재주밖에 모르는 무사들은 할 일이 없어지게 돼. 그런 자들을……"

"그런 것은 나도 알아요!"

코노미는 매섭게 말을 가로막았다.

"실업자가 된 무사들의 눈을 남쪽으로 돌리게 해 전쟁보다 더 좋은 일자리를 만들어주겠다는 것일 테죠. 그 때문에 후시미 성을 본떠 이런 전각을 만들어 무사들의 간담을 서늘하게 만들겠다는 속셈을 나는 처 음부터 알고 있었어요. 그게 나쁘다고는 않겠어요. 하지만 그전에 알아 두어야 할 중요한 것을 간과하고 있어요. 당신은……"

"흥, 꽤나 영리한 체하는군. 무엇을 간과했다는 말이야?"

"타이코의 분별력이 없어지면 당신이 말한 얼빠진 측근들이 어떤 움 직임을 나타낼지 생각해본 일이 있나요?"

"뭐, 얼빠진 측근들이?"

"그래요. 그 얼빠진 자들에게는 조선과 명나라와의 교섭에 대해 이 면까지 속속들이 꿰뚫고 있는 당신이 큰 방해물일 거예요."

"으음……"

스케자에몬은 그만 숨을 죽였다.

"그렇다면 얼빠진 자들이 또 무슨 일을 꾸몄다는 말인가?"

"그것 보세요, 큰 허점이 있어요…… 옛 정의를 생각해서 살짝 귀띔 해주려고 찾아왔어요."

"으음."

"타이코는 말이죠, 리큐 거사와 소로리曾呂利가 없는 지금 당신을 점찍어 지혜주머니로 삼을 생각이었어요. 그런데 병이 들어 의식이 희미해졌다…… 이렇게 되면, 측근들이 타이코의 명령이라면서 마음대로 행동할 수 있어요."

"그럼, 그럼, 이미 나타났다는 말인가, 그런 의도를 가진 명령이?"

"물론이죠."

코노미는 가볍게 고개를 끄덕였다.

"당신이 허세를 부려 세운 이 별장이 전하를 두려워할 줄 모르는 무엄한 짓이라는 증거가 될 거예요. 그래서 당신은 처음부터 칸파쿠 히데츠구와 내통한 모반자의 일당으로 몰릴 거예요. 이시카와 고에몬石川五右衛門처럼 말이죠…… 큰 바다에서 헤엄치려다 기름 가마에 들어가면 어떻게 되겠어요?"

스케자에몬은 다시 한 번 나직하게 신음하고 혀를 찼다.

4

분명히 스케자에몬은 오산하고 있었다. 전후戰後 일본에 도움이 되고자 하여, 타이코는 이야기를 하면 이해할 상대라고 믿은 나머지, 그 주위에 있는 자들이 못마땅하게 여긴다는 점을 미처 생각지 못했다.

측근들도 타이코가 스케자에몬을 가까이하는 한 노골적으로 그에게 반감을 나타내지는 않았다. 그러나 타이코가 재기불능이라는 것을 알게 된 지금은 문제가 달랐다.

스케자에몬은 루손에서 가져온 도자기 등으로 측근들을 상당히 야유해왔다.

"어떻습니까, 이 넓은 세상에는 돈줄이 널려 있습니다."

타이코 자신이 스케자에몬 대신 판매인 역할까지 했으니 측근들이 아니꼽게 여기지 않을 리가 없었다……

"그러면, 역시 앞장선 것은 지부겠군."

스케자에몬은 이렇게 중얼거렸으나 코노미는 대답하지 않았다.

측근들은 가능한 한 아버지 쇼안까지 함정에 빠뜨릴 생각인 것 같았다. 그러나 쇼안은 전혀 표면에 나서지 않았다. 반면 스케자에몬은 상인의 신분으로 타이코와도 맞먹는 건물을 지었으므로 무엄하다는 구실을 주고 말았던 듯.

물론 스케자에몬으로서는 충분히 수긍되는 일이었다.

"그렇군…… 그들이 내 뜻을 알 리 없을 테니. 나는 평화를 위해 가장 큰 도움을 주고 있는 사람인데도……"

"어떻게 할 생각이세요, 당신은?"

"일을 서두르라는 뜻이로군."

"체포되면 변명할 여지가 없을 거예요."

"그럼, 오늘내일 잡으러 올 기색이던가?"

스케자에몬은 다시 한 번 혀를 차고 자기에게 들려주듯이 말했다.

"틀림없이 그럴 거야. 그렇지 않다면 이런 창백한 얼굴로 코노미가 일부러 나를 찾아왔을 까닭이 없어."

"그럼 각오도 되어 있겠네요?"

"그야 물론 되어 있지. 배는 어김없이 항구에 정박해 있고, 이 전각을 물려줄 사람도 정해져 있어."

"어머, 이 전각을……?"

"당연하지. 나는 바다가 넓다는 것도 알지만 다도의 아취도 약간은 아는 사람이야. 이런 불단佛壇같이 썰렁한 방에 그렇게 오래 살 수 있을 리 없지. 뱃놈이 살기에는 지나치게 장엄하니까. 처음부터 이웃에 있는 절에 기증을…… 이런 마음으로 세웠던 거야."

빠른 어조로 말하고 나서 스케자에몬은 눈을 크게 뜨면서 상반신을 앞으로 내밀었다.

"빠를수록 좋겠지. 코노미?"

"각오만 되어 있다면……"

"바로 그거야. 어때, 각오가 되어 있나?"

"나에게…… 각오……?"

"그래. 나는 언제나 어떠한 사태변화에도 대응할 준비가 되어 있어. 항구를 보고 왔을 테지. 루손 호呂宋號도 톤킨 호東京號도 모두 배허리가 묵직하게 잠겨 있었을 거야. 계절적으로는 약간 위험하지만 서두르면 태풍을 피할 수 있어. 물론 행선지도 정해져 있어. 안남安南(베트남)보다 좀더 멀리 있는 샴(타이)이라는 곳이야. 코노미, 각오가 되어 있나? 배에는 분과 경대까지 실어놓았어."

너무나 뜻하지 않은 말에 이번에는 코노미가 망연자실했다.

5

스케자에몬의 기질은 코노미도 잘 알고 있었다. 목이 잘린다고 해도 약한 소리는 하지 않을 사나이였다. 그런 의미에서 아버지 쇼안에게 맹수의 피를 쏟아부은 듯한 뱃사람의 기질을 가지고 있었다. 그렇더라도 이 스케자에몬이 일본에서 망명할 때 자기를 데려갈 생각인 줄은 꿈에도 몰랐다.

"어때, 아직 각오가 되지 않았나? 내게는 선장도 선원도 모두 준비되어 있어."

"스케자에몬 님, 진정으로 하는 말인가요?"

"진정이고 뭐고 없지 않아? 저쪽에서 잡으러 온다면 선수를 칠 수밖에 없는 일……"

"그렇지만, 당신의 일이지 나와는 관계없어요."

"정 떨어지는 소리를 하는군. 하지만 잘못된 생각이야."

"어째서 그렇다는 것이죠?"

"어째서고 뭐고 할 것 없어. 루손 스케자에몬이 전각 낙성기념으로 기술자들을 초청한 날 저녁에 보란듯이 전각을 절에 기증하고 바람처럼 일본에서 사라졌다……고 하면 지부가 그대로 있을 것 같은가?"

"그대로 있지 않으면……?"

"체포 비밀을 누설한 자가 누구냐고 의심을 품겠지. 자연히 코노미란 이름이 나올 것 아니겠어? 그러면 코노미를 체포하거나 그 대신 아버지를 체포하거나, 아니면 도쿠가와 가문에 엉뚱한 시비를 걸게 돼…… 그런 것쯤 모를 리가 없는 코노미일 텐데?"

"그럼, 만일 내가 같이 간다면……?"

"내가 전각 장지문에 한마디 글을 써놓고 가겠어. 코노미라는 발칙한 계집이 루손 스케자에몬의 무허가 교역을 알아차렸다. 고발할 우려가 있어 붙잡아간다…… 이것으로 코노미는 저쪽 편이 되는 거야. 그렇게 하면 같은 편인 아버지나 주인에게는 시비를 걸지 않을 테지."

이렇게 말하고 다시 무릎걸음으로 한 걸음 다가앉아 타는 듯한 시선을 던지며 딴청을 부렸다.

"자기도 반했으면서 괜히 그러는군."

코노미는 온몸을 떨기 시작했다.

체포되도록 그대로 내버려두기는 싫다…… 이렇게 생각하고 찾아왔던 것인데, 스케자에몬이 이처럼 노골적으로 나오리라고는 상상도 하지 못했다. 다만 마음 어딘가에 그에게 알린 것이 자신이라는 사실이 밝혀지면 어떻게 될 것인가 하는 불안이 있기는 했다……

"으음, 역시 결심이 서지 않는 모양이군."

"그렇다면 어떻게 하겠어요?"

"그야 뻔하지. 정말 납치해가겠어."

"난폭한 짓을 할 생각인가요?"

"코노미는 나보다 약하니까."

스케자에몬의 낮게 깔린 목소리에 차츰 위협의 기색이 나타났다. 그는 코노미를 강제로 데려가는 방법말고는 쇼안이나 이에야스의 후환을 막을 길이 없다고 정말로 생각하고 있는 것 같았다⋯⋯

코노미는 비로소 자기가 막다른 벼랑에 몰렸음을 깨달았다.

'나는 스케자에몬을 좋아하는 것일까⋯⋯'

"이렇게 된 이상 출항은 오늘 밤이야. 아무튼 우리는 일본의 큰 은인. 자, 그럼 사정없이 끌어가겠어."

그 말과 함께 억센 팔의 무게가 묵직하게 어깨에 얹혀왔다. 코노미는 저도 모르게 눈을 감았다.

6

"잠깐 기다려요!"

'결국 내가 졌다⋯⋯'

코노미는 스케자에몬의 팔을 뿌리치면서, 마음속으로 생각했다.

스케자에몬의 결심은 어쩌면 이렇게도 빠르고 과단성 있는 것일까. 겨우 완성된 이 전각을 깨끗이 타이안 사에 기증하여 미츠나리 등의 코를 납작하게 만들고 오늘 밤 안으로 일본을 떠나려 하고 있었다. 정말 놀라운 일이었다.

"기다려서 어떻게 하라는 거야? 나더러 지부와 싸우기라도 하라는 말인가?"

"그런 것은 아니지만……"

"그런 것이 아니라면 길은 오직 하나…… 그대가 내게 가르쳐준 지혜야. 전쟁은 아니지만, 촌각의 지체는 그대로 패배와 통하는 거야. 흥, 타이코도 지부도 그게 도대체 뭐 하는 짓이야. 내일 아침 바다에서 크게 비웃어주겠어."

"그렇지만 나는 여자의 몸, 태어난 나라를 버려야 한다면 아버지에게도 한마디……"

"그건 안 돼. 코노미답지 못한 미련이야. 무엇보다 먼저 아버지로부터 비웃음을 사게 돼."

"하지만 이대로 사라지는 건 너무……"

"사라지는 게 아니야!"

스케자에몬은 다시 한 번 대담한 표정으로 웃어 보였다.

"타이코나 지부 따위의 생각으로는 평화의 빛이 비치지 않는다는 것을 실제로 보여줄 뿐이야. 그러다 보면 내 뜻을 깨닫는 자가 일본에도 나타나겠지."

"그런 사람이 나타나지 않으면 두 번 다시 돌아오지 못해요."

"코노미!"

스케자에몬은 코노미의 손목을 꼭 쥔 채로 목소리를 떨구었다.

"그대만은 남자보다 뛰어난 여자라고 생각해. 그래서 말해주겠는데, 벌써 안남에도 샴에도 사람들을 실어다놓았어. 일본인 거리가 형성되어가고 있거든. 거기 가서 그곳 왕을 움직이는 거야. 그쪽에서 일본과 교역을 청하도록 하여 길을 트면, 빠를 경우에는 사오 년, 늦어도 십 년이면 새롭고도 훌륭한 발전의 기틀이 잡힌다……는 전망이 없다면 왜 그대를 데려가려 하겠나. 이것은 말이지, 일본에서 도망친 듯 꾸미고 실은 밖에서 일본을 건설하는 루손 스케자에몬의 위대한 병법이야. 타이코가 앓는다고 중단하는 그런 허약한 내가 아니야."

"그럼, 절대로 누구와도 만나지 않고 그냥 이대로……?"

"그렇다니까. 그래야만 더 시원스럽고 재미있지 않겠어? 코노미의 멋, 루손의 멋…… 그리고 도쿠가와 님이나 아버지도 그런 멋을 모르실 분은 아니야."

코노미는 체념했다. 이 사나이는 일단 말한 이상 결코 뒷걸음은 치지 않는다. 그리고 스케자에몬의 꿈도 이제는 납득이 갔다.

1,000석과 700석을 싣는 두 척의 배로 목적지에 도착하기만 하면 충분히 해낼 수 있을 듯. 이미 근거지는 정해져 있는 모양이었다. 다만 코노미로서 아쉬운 일은, 이 계획을 타이코와 아버지가 합석한 자리에서 상의하여 스케자에몬이 크게 활약하도록 하지 못하는 점이었다.

'타이코의 병이 하필이면 이럴 때 위독해지다니……'

"아, 이제야 겨우 납득한 모양이군. 자, 그러면 상점을 정리하고 오겠어. 일 각(2시간)만 기다리도록 해."

스케자에몬은 비로소 코노미의 손목을 놓아주고 밖으로 나갔다.

7

코노미가 생각하기에도 2, 3일 중으로 스케자에몬의 신변은 위험해질 것 같았다. 물론 이 일을 넌지시 암시해준 것은 이에야스였다……

이에야스나 키타노만도코로가 머리맡을 떠나기만 하면 타이코의 유언이란 것이 잇따라 나왔다.

"차라리 의식불명이라면 이런 일은 없을 텐데……"

이렇게 탄식한 이에야스 —

"루손야呂宋屋가 또 묘한 전각을 지었다는군. 눈총을 받고 있으니 조심해야 할 거야."

혼잣말처럼 중얼거렸을 뿐이었다.

코노미는 그 말을 살짝 귀띔해주라는 충고로 받아들였다.

사카이에서뿐만 아니라 쿄토와 후시미에서도 루손야 스케자에몬呂
宋屋助左衛門은 무슨 일에나 나야 쇼안을 군사軍師로 삼고 있다……는
소문이 돌던 때였다.

"내일쯤 잠시 아버지를 만나보았으면 합니다마는."

이에야스의 중얼거림에는 직접 대답하지 않고 이렇게 그의 마음을
떠보았다. 이에야스는 잠자코 이를 허락해주었다.

코노미는 후시미를 떠날 때 챠야 시로지로를 찾아가 좀더 자세한 사
정을 알아보고 사카이로 갈 생각이었다. 그러나 배가 곧 떠나게 되어
있어 단념하고 그대로 왔다. 지금 생각해보니 다행이었다는 마음이 들
기도 하고 아쉬운 기분도 들었다.

히데요시는 이미 완쾌할 가망이 없어 아마도 다이고의 꽃놀이가 이
승에서의 마지막 추억이 될 터였다. 코노미 또한 그날이 일본에서의 마
지막 기억이 될 듯한 생각을 떨칠 수 없었다.

갑자기 코노미는 얼굴을 가리고 울기 시작했다. 그렇게 슬픈 것은 아
니었다. 갑자기 미지의 세계로 떠나지 않을 수 없게 된 변화에 대한 감
상이었다.

"아버님……"

작은 소리로 부르자마자 마구 눈물이 쏟아져 얼굴을 적셨다.

코노미는 하다못해 아버지한테라도 의견을 듣고 싶었다. 먼 나라에
가서 일본인 거리를 이루고 산다…… 아버지가 알고 있다면 히데요시
가 죽은 뒤라도 반드시 위정자를 움직여 허가받은 슈인센朱印船°을 계
속 보내 연락을 취해줄 것이다……

그러나 이 일은 스케자에몬이 말했듯 큰 위험이 따른다. 코노미가 어

떻게 해서 가게 되었는지를 알면, 나중에 조사받을 때 쇼안은 태연히 그 사실을 입 밖에 낼지도 모른다. 그렇게 되면 관리들 쪽에서는 오기가 나서 체포할 것이고.

'역시 만나지 않고 이대로 가는 편이……'

자세한 사정을 모른다면, 스케자에몬이 말했듯이 코노미가 스케자에몬을 고발할 것 같아 납치해간 줄로 믿고——

"스케자에몬이란 자는 난폭한 사나이다."

이런 소문으로 끝나게 될 것이다.

"오오, 기다리고 있었군. 그대는 역시 내 생각을 저버리지 않았어."

스케자에몬은 정확히 1각이 지나자 얼굴에 땀을 뻘뻘 흘리면서 돌아왔다.

"모두 깨끗이 정리했어. 데려갈 사람과 남을 사람…… 남아 있을 사람에게는 금고의 돈을 풀어 평생토록 장사할 수 있도록 조치해주고 왔어. 저것을 좀 봐! 벌써 거룻배가 부지런히 앞바다의 배와 왕래하기 시작했잖아."

8

스케자에몬이 무장이었다면 아마도 히데요시에게 지지 않는 큰 대장이 되었을지도 모른다. 그는 코노미가 울고 있었다는 것을 깨닫지 못했다. 느닷없이 그녀의 손을 끌고 전각 밖으로 나와 해변이 바라보이는 정원 서쪽 망루로 올라갔다.

여기서 내려다보니 유곽 거리의 지붕 너머로 시치도가하마七堂ヶ浜도, 에비스戎島도, 그리고 그 오른쪽 돌축대도 한눈에 보였다. 그 너머에는 푸른 바다가 오늘은 흰 파도를 일으키며 펼쳐져 있었다.

"저것 봐! 거룻배의 노 젓는 모습을. 모두들 타이코와 지부의 코를 납작하게 해주려고 분발하고 있어. 저 맨 앞 거룻배에는 금은과 구리가 잔뜩 실려 있어. 아, 벌써 한 척은 루손 호에 다다랐군."

코노미는 스케자에몬과 같은 흥분의 꿈속에 빠져들려고 노력했다. 그러나 이렇게 하면 할수록 후시미에서의 이에야스와 히데타다, 챠야 시로지로의 모습이 더 선명하게 뇌리에 떠올랐다.

'이제 두 번 다시 그 사람들을 못 만나게 될지도 모른다……'

다이고에서 본 키타노만도코로와 요도 부인, 마츠노마루 부인의 모습…… 아니, 그보다 어떤 운명이 기다리고 있는지도 모르고 많은 여자들의 시중을 받으며, 실은 장난감이 되어 있는 어린 히데요리……

리큐의 딸 오긴ぉ吟은 지금 어디서 무엇을 하고 있을까……?

호소카와 타다오키의 부인 가라시아ガラシア는 지금도 행복할까?

"저것 봐, 그 다음 거룻배에는 총포와 칼이 실려 있어."

스케자에몬은 코노미의 감개 같은 것은 전혀 깨닫지 못한 듯 얼굴까지 이미 바다의 사나이가 되어 있었다.

"사람 수는 엄선에 엄선을 거친 정예 일백오십 명…… 이 정도면 상륙한 뒤 곧 그쪽 왕족과 연락할 수 있지…… 어디나 마찬가지야, 강력한 호위가 필요하다는 점에서는…… 그 호위를 맡아주면서 계속 교역의 손을 넓혀나가는 거야. 좁은 일본에서 한치의 땅을 다투던 시대는 지났어. 알 수 있겠지?"

"알고는 있지만……"

"루손야 스케자에몬은 머지않아 남쪽 바다의 왕자가 되는 거야. 타이코가 명나라 황제로부터 일본 국왕으로 책봉받고 화를 내는 것과는 차원이 달라……"

그리고는 무슨 생각을 했는지 스케자에몬은 빙긋이 웃으면서 목소리를 떨구었다.

"거기 가면 코끼리가 있어, 코노미."

"저어, 상아를 얻을 수 있는 코끼리 말인가요?"

"그래. 그리고 악어도 있어."

"어린 악어라면 나도 보았어요."

"큰 도마뱀도 있고 커다란 구렁이도 있어."

"⋯⋯그런 무시무시한 것들만 있으면 사람이 마음놓고 잘 수도 없을 텐데⋯⋯"

"코뿔소도 있어. 오서각烏犀角이라는 귀중한 약재를 얻을 수 있는 코뿔소가. 그리고 호랑이도 있고 표범도 있지."

"더 이상 동물 이야기는 하지 마세요."

"그렇지 않아⋯⋯ 거대한 코끼리 등에 호랑이 가죽이나 표범 가죽을 씌우고 남만에서 건너온 나사羅紗로 장식한 안장에 그대를 태워주겠다는 거야. 물론 나도 타고. 인간의 왕만으로는 부족해. 맹수들의 왕이 되기도 해야지. 와하하하⋯⋯"

코노미는 다시 와락 서글픈 심정이 되었다.

왜 그런 것일까? 스케자에몬이 이런 인간인 줄은 벌써부터 알고 있었는데도⋯⋯

땅으로 돌아가는 자

1

히데요시가 더욱 쇠약해져 병상에 누운 채 일어나지 못하게 된 것은 6월 2일. 이 소문이 성밖으로 흘러나간 지 얼마 안 되어 6월 중순에는 이미 후시미 성에 불온한 공기가 감돌기 시작했다.

아직 전국戰國의 여운은 사라지지 않았다. 이럴 때 그들이 심복해 마지않던 타이코가 쓰러져 그 명령의 사실 여부를 믿을 수 없게 되었으므로 당연한 일이었다.

이에야스가 쿄토에 있는 여러 장수들을 후시미 성 큰방에 초대하여 주연을 베푼 것은 6월 16일의 일이었다.

이 주연의 허가는 물론 타이코가 내린 것은 아니었다. 그러나 이에야스는 마에다 겐이, 아사노 나가마사淺野長政, 마시타 나가모리, 이시다 미츠나리, 나츠카 마사이에 등 다섯 부교를 불러 단호하게 이를 실행토록 했다.

"장수들 중에는 공식적인 명령을 경시하는 자가 있소. 이대로 두면 사사로운 분쟁으로 성에 소요발생 우려가 있소. 모두 등성케 하여 주연을 베풀고 다섯 분 부교들께서 잘 타이르도록 하시오."

이에야스가 말했을 때 이시다 미츠나리가 맨 먼저 물었다.

"그것은 물론 전하의 명령이시겠지요?"

이에야스는 웃으면서 고개를 끄덕였다.

"지부는 그렇지 않다고 생각하시오?"

"아니, 최근에는 전하께서 의식불명일 때가 많으시므로 감히 여쭈어 본 것입니다."

"그렇다면 지시대로 하시오. 부처는 특별히 인간의 언어로는 말하지 않으나 고승들은 그 불심佛心을 읽고 불도를 행하오. 이대로 두면 바로 눈앞에서 소요가 일어날 것이오. 알겠소?"

미츠나리는 순간 예리하게 이에야스를 노려보았으나 반론을 펴지는 않았다.

반론할 틈이 없었다……기보다는 그 명령이 병석에 누운 히데요시가 직접 내린 것이 아니라, 이에야스에게서 나온 것임을 확인하고 싶었기 때문인지도 모른다.

어쨌든 16일 여러 장수들은 한자리에 모여 술을 나누었다. 이 자리에서 다섯 부교가 번갈아 일어나, 지금은 아주 중요한 때이므로 사사로운 감정을 버리고 공식적인 명령을 중히 여겨야 한다고 설득했다. 이에야스는 히데요리를 안은 토시이에와 나란히 상석에 앉아 아무 말 없이 모든 것을 다섯 부교들에게 맡기고 있었다.

장수들 중에는 조용히 타이코의 병세를 묻고 크게 근신하겠다고 대답하는 사람도 있었으나, 공공연하게 딴청을 부리는 자도 있었다.

"전하가 병환이시므로 일본의 모든 사람이 원한을 풀고 다섯 부교의 명에 따르라는 말씀인 것 같은데, 그렇게 받아들여도 되겠습니까?"

"그렇소, 병환 중이시기 때문에……"

"그렇다면 거절하겠소. 원한이란 그리 쉽게 풀리는 것이 아닙니다."

"아니, 그렇다면 명령을 거역하고 계속 다투겠다는 말이오?"

"그렇소. 우리 모두가 전하의 병상을 찾아뵙고 명령을 확인할 수는 없는 일. 그러므로 원한은 풀리지 않는다는 말이오."

한 사람이 이렇게 말하자 곧 호응하는 자가 뒤를 이었다.

"사실이오. 대관절 어느 것이 공식적인 명령이고 어느 것이 부교의 사사로운 명령인지 구분할 수가 없소. 이래서야 어찌 원한이 풀린다는 말이오?"

취기가 돌기도 하여 좌중은 갑자기 소란해졌다. 이미 다섯 부교의 힘만으로는 가라앉을 사람들이 아니었다.

2

이시다 미츠나리의 안색이 변한 것은 술자리의 소란과 반감이 차차 자신에게 집중되고 있다는 사실을 알았을 때였다.

'당했구나!'

미츠나리는 생각했다.

이에야스는 여전히 묵묵히 히데요리 곁에 앉아 술잔만 기울였다.

'이에야스가 나를 비난하고 책망하기 위한 술책이었다……'

미츠나리가 이렇게 생각하지 않을 수 없을 정도로 취기 오른 장수들은 다섯 부교의 공적인 명령이란 것을 불신하고 있었다.

미츠나리는 그 불신감을 자신에게 들이대고 —

"어떠냐, 약간은 알겠느냐?"

이렇게 말하는 듯한 소름끼치는 압박감을 이에야스로부터 받았다.

미츠나리 또한 아무 대책 없이 좌중의 집중공격을 받고 있을 정도로 무능한 사나이는 아니었다. 그는 성큼성큼 이에야스 앞으로 나갔다.

"보시는 바와 같이 이 지경입니다. 공적인 명령은 모두 전하의 명령이란 것을 나이다이진 님이 모두에게 일깨워주십시오."

이에야스는 그래도 얼마 동안 잠자코 있었다.

히데요시가 병석에 있을 때도 이 정도라면 그가 죽은 뒤의 소란은 짐작이 가고도 남았다. 이에야스는 그러한 공기도 계산에 넣고 있었음이 분명했다.

"나이다이진 님, 이대로 두시면 전하의 체면에도 관계가 있습니다."

"그렇소. 그대들의 힘으로는 수습할 수 없겠소?"

"우리는 나이다이진 님 분부에 따라 오늘의 모임을……"

"으음, 그렇다면 도리 없겠군. 그러나 잠시 더 상황을 지켜봅시다."

"더 이상 취기가 돌면……"

"염려할 것 없소. 모두가 불평하는 원인을 알게 되었으니 도리어 해결할 방법을 쉽게 찾을 수 있을 것이오."

미츠나리는 입술을 깨물고 자기 자리로 돌아왔다. 그로서는 이렇게 해서 다섯 부교들이 무력하다는 점을 모두에게 알리는 것이 이에야스의 목적이었다고 판단할 수밖에 없었다.

'제기랄! 늙은 너구리가……'

이에야스는 미츠나리가 사기 자리로 돌아가자 곧 아사노 나가마사를 손짓으로 불러 무언가 귀엣말을 했다. 나가마사의 표정이 대번에 굳어지는 것을 미츠나리도 보았다.

나가마사는 긴장한 걸음으로 밖으로 나갔다가 얼마 후에 돌아와 무어라 보고했다. 이에야스는 천천히 고개를 끄덕였다.

"그런데, 여러분에게 미리 말해둘 일이 있소."

그리고는 이렇게 말하며 자세를 바로했다. 당장에는 그 말이 모두의 귀에 도달하지 않아 얼마 동안은 소란이 그대로 계속되었다.

이에야스는 그 소란이 가라앉기를 기다렸다.

"방금 후시미 성문을 모두 닫으라고 명했소."

그리고는 묵직한 소리로 말했다.

"천하의 일이 중요한 때이므로 서로의 사사로운 원한을 풀기 위해 일부러 여러 장수들을 초대하여 주연을 마련했던 것이오. 그런데 장수들 중에는 화해는커녕 도리어 이 자리에서 다투는 기색마저 보였소. 따라서 오늘 저녁에는 한 사람도 성밖에 내보내지 않을 것이오. 그렇게 알고 계시오."

이에야스의 표정은 부드러웠으나, 그 말이 갖는 의미는 명령을 받들지 않는 자는 성에서 나가지 못하게 하고 베어버리겠다는, 얼굴도 들지 못할 단호한 결의가 함축되어 있었다.

순간 좌중은 물을 끼얹은 듯 조용해졌다.

3

이에야스는 나이다이진이라는 지위에, 코마키와 나가쿠테 전투 이후 무장으로서의 실력도 충분히 알려져 있었다. 그러나 후시미 성에서 더욱 신중을 기하여 때로는 잠들어 있는 듯한 느낌마저 들었다.

그러한 이에야스가 갑자기 칼을 끌어당기고 노골적으로 분노를 드러냈다. 더구나 벌써 사방의 성문을 닫고 한 사람도 나가지 못하게 하겠다는 것이 아닌가……

모두의 취한 얼굴이 대번에 긴장되고 잠시 살기와도 같은 침묵이 이어졌다.

"하하하…… 이거, 저희들 농담이 지나쳤던 것 같습니다. 저희는 결코 공적인 명령을 따르지 않겠다고 한 것은 아닙니다."

누군가가 말했다.

"그렇습니다, 취흥이 좀 과했던 모양입니다. 취한 김에 그만, 공적인 명령이라면서 뒤에 숨어 사사로운 생각을 내세운다고 농담으로 비꼬았던 것뿐입니다."

"나이다이진 님께 사과를 드려야겠군요. 나이다이진 님은 언제나 엄격하신 분이라서……"

"그렇소, 그렇고말고요. 말씀하신 대로 이 자리에서 사사로운 원한이나 다툼은 하지 않기로 맹세합시다."

이시다 미츠나리를 비롯하여 처음에 공격목표가 되었던 다섯 부교는 안도의 숨을 내쉬는 동시에 새삼스럽게 낯을 찌푸렸다.

그도 그럴 것이었다. 오늘의 주연은 이들 부교들의 그림자를 바래도록 하고 이에야스의 존재를 크게 부각시키기 위한 책략이었다…… 이러한 의문이 분명 그들을 사로잡았다.

'교활하기 짝이 없는 늙은 너구리 같으니!'

이에야스는 그들과는 전혀 다른 생각을 하고 있었다.

히데요시라는 위대한 독재자의 압력이 제거되면 일본은 또다시 전국 시대로 역행할 위험의 씨앗을 내포하고 있었다. 이대로 내버려두면 히데요시가 죽는 날이 바로 소요가 발발하는 날이 될지도 몰랐다.

현재만 해도 측근에 대한 반발이 이처럼 거세있다. 여기에 조선에서 카토, 쿠로다, 시마즈 등의 맹장이 귀국하여 각각 도당을 이루고 싸우게 된다면 그야말로 노부나가, 히데요시, 이에야스 3대에 걸쳐 세 사람의 한결같은 비원으로 이어지는 일본의 통일과 평화는 자취도 없이 사라지고 말 것이다.

"알아주신다면 참으로 다행한 일. 그러면 아무쪼록 히데요리 님을 중심으로 명령을 받들어 결속을 굳게 합시다. 자, 모두 즐겁게 술잔을 들고 돌아가시기 바랍니다."

이에야스는 이렇게 말하고 자신이 먼저 자리를 떴다.

'이대로는 안 된다. 아직 장수들은 갈피를 잡지 못하고 있다.'

이에야스는 이튿날 아침 히데요시의 머리맡에 나가 어젯밤의 일을 그대로 히데요시에게 말했다. 다섯 부교 중 누군가가 왜곡된 말을 하여 진상이 잘못 전해질 우려가 있었기 때문이다.

다행히도 그날 히데요시는 의식이 또렷했다. 그는 조용히 이야기를 듣고 나서 의사들을 내보내고 가만히 이에야스의 손을 잡았다. 앙상한 나뭇가지와도 같은 싸늘한 손이었다.

"나이다이진…… 잘 하셨소. 이처럼 나는 나이다이진을 감사히 여기고 있소."

이렇게 말하는 히데요시의 얼굴은 어느 틈에 축축하게 젖어 있었다.

"히데요리는 아직 너무 어려요…… 나이다이진의 보호에 의존할 수밖에 없어요. 정치적인 일은 앞으로 모두 나이다이진에게 맡기겠소. 히데요리가 성장한 뒤 과연 기량이 있는 자인가 하는 여부도 나이다이진의 마음에 달린 일. 잘 부탁하오."

히데요시에게서 이성을 느낄 수 있는 마지막 말이었다.

4

히데요시가 앞으로 정치적인 권한은 모두 이에야스에게, 히데요리의 후견인은 마에다 토시이에에게……라고 새삼스럽게 재확인한 것은 그날, 즉 6월 15일의 일이었다.

이때부터 히데요시의 명령은 냉정한 이성을 가진 사람의 것으로는 받아들일 수 없는 혼란과 착잡함이 반복되었다.

그래도 다섯 타이로는 도쿠가와 이에야스, 마에다 토시이에, 우키타 히데이에, 모리 테루모토, 우에스기 카게카츠上杉景勝 등 다섯 사람.

다섯 부교는 이시다 미츠나리, 아사노 나가마사, 마시타 나가모리, 마에다 겐이, 나츠카 마사이에 다섯 사람.

양자 사이에 의견 차이와 충돌이 생겼을 때는 나카무라 카즈우지, 이코마 치카마사, 호리오 요시하루 등 세 츄로가 조정하고 화해시킨다는 인선人選에는 변동이 없었다.

이 인선도 타이코 자신의 뜻과 미츠나리 등의 의견이 충분히 참작된 것이어서, 다섯 타이로와 츄로도 서로 견제하도록 함으로써 균형을 유지하려는 의도에서 이루어진 것이었다. 그래서 진정한 융합이나 신의에 의한 것과는 거리가 멀었다.

그 후 서약서 교환과 장수들의 표면적인 반목 완화 등은 물론 하찮은 일시적 현상에 지나지 않았다.

마침내 히데요시의 죽음이 시간 문제로 여겨지던 8월 초의 어느 날, 챠야 시로지로가 후시미의 저택으로 이에야스를 찾아와 루손 스케자에 몬의 일본 탈출을 고했다.

"대담무쌍한 사나이였습니다. 사카이에서 군졸들이 체포하러 갔을 때 그는 이미 일본에 없었을 뿐 아니라 작은 배 한 척, 먼지 하나도 남아 있지 않았습니다."

"으음, 타이코의 진노가 두려워 피한 것이로군."

"아니, 타이코 님보다 그 측근들의 코를 납작하게 만들어주기 위해서였다고 합니다."

"코를 납작하게……?"

"예. 이것은 타이코 님의 의사가 아니라, 타이코 님의 위광을 등에 업은 측근들이 꾸민 음모임이 틀림없다, 그렇다면 이쪽에서도 방법이 있다면서, 관리들이 재산몰수 서류를 가지고 갔을 때는 이미 전각과 별장을 고스란히 절에 기증한 뒤였고, 상점도 창고도 모두 정식으로 매도하여 어느 것 하나도 몰수하지 못했다…… 사카이 사람들은 과연 루손

야답다, 오랜 체증이 뚫렸다면서 통쾌하게 여기는……"

이에야스는 잠시 동안 가만히 챠야의 얼굴을 바라보았다.

"그럼, 스케자에몬이 떠난 날은 언제였나?"

"예, 유월 그믐날입니다."

"아아, 알겠어."

"무슨 일이 있었습니까?"

"그대는 아직 모르는 모양이군. 이미 이 후시미 저택에는 사카이 여자를 찾아볼 수 없게 되었어."

"그럼, 코노미 님이?"

"그래. 쇼안에게 다니러 간 채 돌아오지 않았어. 쇼안으로부터도 아무 연락이 없어서 이상한 생각이 들기는 했으나 잠자코 있었네."

"그러니까 코노미 님은……?"

챠야 시로지로가 목소리를 떨구고 주위를 둘러보았다.

"그녀는 역시 내 아이를 낳기보다 루손야의 아이를 낳을 여자였던 모양일세."

이에야스는 이렇게 말하고 소리 내어 웃었다.

챠야 시로지로는 아직 그 웃음의 의미를 잘 납득하지 못했다.

"혹시 그렇다는 증거라도 있습니까?"

그래서 심각하게 물었다.

5

챠야는 이에야스의 아이를 낳는 대신 스케자에몬의 아이를…… 하는 농담에 대해 물은 것은 아니었다. 코노미가 정말 스케자에몬과 함께 사라졌는지, 그 확실한 증거가 있느냐고 묻지 않을 수 없었다……

이에야스는 시치미를 뗀 표정으로 다시 웃었다.

"하하하…… 정말일세. 코노미는 아주 설득하기 힘든 여자였어."

"또 농담의 말씀을……"

"농담이 아닐세. 함락될 듯하다가는 멀어지고, 멀어졌는가 싶으면 대번에 마음속으로 파고드는 것이었어. 그래, 스케자에몬과 같이 갔다면 그녀도 마음을 정하고 지금쯤은 안도하고 있을 것일세."

"그러시면 주군은 코노미 님이 기꺼이 스케자에몬과 사랑의 도피를 했다……고 보시는군요."

"실은 말이지, 챠야. 나는 코노미가 나에 대한 질투 때문에 잠시 집에 가서 토라져 누워 있다가 돌아올 줄 알았어."

"또 그런 농담을 하시다니……"

"아니, 오카메가 온 뒤부터 왠지 모르게 서먹서먹해지고 침착성을 잃었어."

"오카메 부인이 오신 뒤부터……?"

"그렇다니까."

이에야스는 아무렇게나 고개를 끄덕였다.

"그렇다면 챠야 시로지로 자네는 또 한 가지 해야 할 일이 늘어난 셈이로군."

오카메 부인이란 후에 오와리의 요시나오義直를 낳은 이와시미즈 하치만石淸水八幡의 신관神官 시미즈 무네키요志水宗淸의 딸로 이에야스의 젊은 소실이었다. 그 소실이 들어와 코노미가 이에야스를 받아들이지 않았다는 농담이었다.

그런 농담은 어쨌거나, 챠야 시로지로가 또 한 가지 해야 할 일이 생겼다니 그것이 무엇일까……?

"챠야, 자네가 나를 찾아온 것은 부탁이 있어서일 테지, 그 얼굴에 씌어 있어."

"그……그……그것은 또 무슨 말씀입니까……?"

"자네가 알아보면 스케자에몬이 어디를 목적지로 삼고 떠났는지 알 수 있을 텐데."

"예. 그 일이라면 틀림없이 알 수 있습니다마는……"

"자네도 그곳에 가고 싶겠지. 그 허락을 받았으면 하는 모양인데, 어떤가?"

"황송합니다. 분명히 스케자에몬은 일본의 부富를 증대시켜줄 사나이라 확신합니다."

"그래, 좋아. 지금 이세伊勢의 항구에서도 같은 취지로 출항을 노리는 자가 있네. 타이코의 병환에 구애받지 말고 살아 있는 자는 계속 뜻을 펴야만 할 때일세. 코노미 문제도 있고 하니 특별히 허가를 받아주겠네."

챠야 시로지로는 부끄러운 듯 눈을 깜박였다.

스케자에몬이 이대로 조국과 인연을 끊게 하고 싶지 않았다. 그래서 자기 손으로 어떻게 해서든 일본과의 연락을 주선해주고 싶다…… 이런 생각을 하고 있었다. 그런데 이에야스는 이미 자신의 그 생각을 알아차렸다.

그것도 스케자에몬과 코노미가 같이 있다면 더더구나 그러했다. 원만히 연락할 수 있게 해주지 않으면 쇼안에게도 의리가 서지 않는 시로지로였다.

"챠야."

"예…… 예."

"스케자에몬이란 사나이와 연락이 닿거든 코노미를 소홀히 다루지 말라고 전하게. 코노미는 이에야스가 반했던 여자일세."

여기까지 말하고 이에야스는 손뼉을 쳐서 코쇼를 불렀다.

6

"삶을 가진 자는 누구든지 땅으로 돌아간다……"

이렇게 이에야스가 불쑥 말한 것은 코쇼가 두 사람 앞에 차를 가져왔을 때였다.

챠야는 일부러 아무 대답도 하지 않았다. 이에야스의 어조에는 상대에게 말하기보다도 독백 같은 느낌이 강했기 때문이다.

"노부나가 공의 생애는 최후가 불행한 줄 알고 있었는데 그렇지가 않았어."

여전히 손바닥으로 찻잔을 감싸고, 자기 마음속에 있는 또 하나의 자기에게 말하는 듯한 태도였다.

"그 생애는 언제나 소리를 내며 불타고 있었어. 무시무시했어. 혼노사本能寺에서 최후를 마칠 때도 반란을 일으킨 자가 아케치明智라는 것을 알자, 상대가 아케치라면…… 이렇게 말하고 서슴없이 불 속에 뛰어들어 자결하셨다는 거야. 미츠히데光秀의 신중함, 집요함을 꿰뚫어 보고 조금도 주저하는 흔적을 보이시지 않았어……"

챠야는 지금 이에야스의 흉중에 떠오른 감정이 무엇인지 알 것만 같은 생각이 들었다.

"타이코에게 즉시 아케치 정벌을 결심하게 만든 것은 무엇이었을까……? 나는 처음에 그것이 어디까지나 놀라운 타이코의 기량 때문이라 생각했었어. 그러나 그것만이 아니었어. 노부나가 공의 무서울 정도로 외곧은 삶의 태도가 타이코로 하여금 순간적인 망설임도 허락지 않았어. 그것이 또 하나의 큰 원인임을 비로소 알았어."

여기까지 듣다 말고 챠야는 입을 열 수밖에 없었다.

'확실히 그렇다……'

새롭게 챠야의 눈을 뜨게 하는 것이 그 독백 속에 숨겨져 있었기 때문이다.

"주군!"

"왜 그러나?"

"그러시면, 타이코가 아케치 토벌을 단행한 것은 타이코 자신의 기량 때문이기도 하나, 그 이상으로 노부나가 공의 일관된 삶의 방식에 있었다는 말씀입니까?"

이에야스는 고개를 끄덕였다.

"어쨌든 공의 생애는 전혀 망설임 없이 일본의 통일이라는 큰 목적에 불타고, 모두의 눈을 그 한 점에 집중시키셨어."

"그러면, 타이코의 생애는 노부나가 공의 그것과는 다르다는 말씀입니까?"

"챠야, 타이코는 아직 관뚜껑을 닫지 않았어."

"요즘에는 정신이 혼미해지셨다는 소문이 돌고 있습니다."

"내가 말한 것은 말일세, 타이코의 의지 역시 노부나가 공처럼 생애를 통해 분명하게 하나였다면 나중에 미련이 남지 않을 것이라는 의미였어."

챠야는 다시 입을 다물었다.

더 이상 물을 필요도 없었다. 타이코의 의지가 때로는 천하를 위한 것이 되기도 하고 때로는 자기 아들에 대한 것이 되기도 하는 등 분열을 나타내기 때문에, 이에야스는 그 어느 것을 유지遺志로 살릴 것인지 고민하고 있었다.

모든 사람은 히데요시의 위업을 계승할 사람은 이에야스……로 결정되었다고 알고 있었다. 그런 만큼 히데요시가 노부나가의 복수를 구실로 즉시 천하통일에 나섰을 때보다도 훨씬 더 많은 어려움이 남아 있다는 의미였다.

이에야스는 살며시 찻잔을 놓고 이번에는 조용히 눈을 감았다.

옆에 찻잔이 있다는 사실조차 잊어버린 듯 어딘가에 깊이 빠져드는 것 같은 엄숙함을 지닌 좌상座像이었다.

7

챠야는 숨이 막혔다.

그 역시 땅으로 돌아가는 자의 마음가짐을 조용히 음미해야 할 나이에 도달해 있었다.

타이코 또한 첫째도 천하, 둘째도 천하를 위해 일관되게 살아온 사람이었다. 그런 사람의 마지막 생각이 공과 사의 둘로 갈라졌다는 것만으로도 뒤에 남은 사람 또한 둘로 갈라져 싸울 우려가 있다……는 것은 얼마나 가혹하고도 불가사의한 뜬세상의 현실이란 말인가.

노부나가, 히데요시, 이에야스 세 사람은 처음부터 하나의 목적을 위해 맺어지고 결속된 드물게 볼 수 있는 동지였다. 일본의 통일과 여기에서 비롯되는 평정이 이 세 사람의 생애에 일관되게 흐르는 '목적'이고 '비원'이었다.

까다롭기로 유명한 노부나가도 이에야스만은 평생토록 인척으로서 배신하는 일 없는 신의를 보였다.

이에야스와 히데요시 사이도 마찬가지였다. 마츠나가 히사히데松永久秀나 아케치, 타케다武田처럼 단순히 천하를 손에 넣겠다는 동지들의 집합이었다면 히데요시도 이렇게까지 이에야스를 높이 등용하지 않았을 것이고, 이에야스 역시 코마키와 나가쿠테 이후와 같은 타협과 성의는 보이지 않았을 것이다.

그런 의미에서 세 사람의 목적은 어디까지나 하나였고, 바꾸어 말하면 세 사람이 결국은 한 사람이었다고도 할 수 있다.

그런데 히데요시의 중병으로 희미한 분열의 기색이 나타나기 시작했다. 아직 정치권력을 세습할 수 있을 정도로 도요토미 가문의 초석이 다져지기 전에 히데요시의 마음이 천하와 도요토미 가문으로 갈라졌다. 그것이 지금 이에야스를 몹시 흔들었다……

챠야 시로지로는 그만 자리를 떠야 할 때라고 생각했다.

이에야스는 아직도 계속 조용히 눈을 감고 있고, 같은 방에 있던 토리이 신타로는 챠야 따위는 안중에도 없다는 태도로 얼른 다기茶器를 정리하고 옆방으로 물러갔다.

"주군, 저는 이만 돌아가겠습니다."

"그래."

"아직도 늦더위가 심하니 부디 몸 조심하십시오."

"자네도 이런저런 거리의 동향에 주의를 기울이게."

"알겠습니다. 그럼……"

챠야 시로지로가 도쿠가와 저택을 나왔을 때 해는 이미 서쪽으로 기울고 있었다. 그리고 후시미 성 정문 앞 광장에서는 20명 남짓한 수도승들이 길게 그림자를 떨구고 열심히 염주를 굴리고 있었다. 타이코의 쾌유를 기원하고 있을 터.

그 건너편은 이시다 성곽, 건조한 땅에 창을 세운 문지기가 장승처럼 버티고 서 있었다.

"챠야 님……이 아니십니까?"

부르는 소리에 깜짝 놀라 돌아보니, 뒤에 한 젊은이를 대동한 혼아미 코에츠本阿彌光悅가 하카마 차림으로 서 있었다.

"아, 코에츠 님이시군. 어디 가는 길이오?"

"예…… 키타노만도코로 님에게 잘 벼린 단도를 전하고 돌아오는 길입니다."

요즘 갑자기 중후함이 몸에 밴 코에츠였으나, 오늘은 몹시 흥분한 모습으로 눈을 빛내고 있었다.

"챠야 님, 결국 천하는 다시 어지러워질 모양입니다. 경우에 따라서
는 올해 안에 큰 풍파가 닥칠지도 모르겠습니다."

8

혼아미 코에츠는 키타노만도코로를 만나 무슨 낌새를 챘는지 얼른
시로지로 옆으로 왔다.

"키타노만도코로 님에게 뜻하지 않은 일을 부탁받았습니다."

귀에 입을 가까이 대고 빠른 말로 속삭였다.

"그야말로 천만 뜻밖의 일을."

챠야는 당황하여 하늘을 쳐다보던 눈을 주위로 돌렸다

시로지로와 코에츠는 이미 세상으로부터 도쿠가와의 첩자라거나 키
타노만도코로의 첩자라는 등의 험담을 듣고 있었다. 그런 소문의 근원
지가 있다면 그것은 요도 부인이나 미츠나리 일당일 테고, 여기는 바로
그 이시다 성곽 옆이었다.

"코에츠 님, 걸으면서……"

챠야는 이렇게 말하고 앞장서서 걸었다.

"그래, 어떤 일을 부탁받았나요?"

코에츠는 앞서 한 말과는 전혀 다른 엉뚱한 소리를 했다.

"입정안국立正安國°은 어려운 모양이더군요."

"『법화경法華經』과 관계가 있는 일입니까, 키타노만도코로 님의 부
탁이란 것이?"

"아닙니다. 다음번 혼란은 자계自界 반역의 난(신변의 반역, 내란)이
원인이 될 것 같습니다. 교의教義의 충돌이라 할 수도 있겠지요."

248

"교의의 충돌이라면?"

"『법화경』과 천주교의……"

"으음, 그럼 카토 히고노카미加藤肥後守와 코니시 셋츠노카미小西攝津守의 싸움이 된다는 말이오?"

"아마 그렇게 생각해도 무방할 것입니다. ……어쨌든 키타노만도코로 님은……"

이번에는 코에츠가 조심스럽게 주위를 둘러보았다.

"극비 중의 극비입니다마는, 저더러 은거할 수 있는 집을 쿄토 안에 몰래 구해달라는 부탁이었습니다."

"누가 은거할 집 말이오?"

"물론 키타노만도코로 님 자신입니다."

"뭐……뭐……뭣이, 키타노만도코로 님의?"

챠야는 자기 귀를 의심했다. 코에츠는 농담을 할 사나이가 아니었다. 리큐가 죽은 뒤 챠야와는 서로 마음을 터놓고 어떤 일이라도 의논하는 사이였다. 어쨌거나 오사카 성의 여주인인 키타노만도코로가 쿄토에 은거할 집을 구할 생각이라니 너무나 뜻밖이어서 어떻게 받아들여야 할지 알 수 없었다……

"챠야 님, 저희가 생각하는 것 이상으로 자계 반역의 난은 심각한 모양입니다. 참, 타이코 님은 이미 지세이를 읊으셨다고 합니다."

"으음, 키타노만도코로 님이 은신처를……"

"그 지세이는 이런 것이라고 합니다."

이슬로 떨어지고 이슬로 사라질 이 몸이거늘
나니와浪花(오사카와 그 부근)의 영광은 꿈속의 꿈……

코에츠는 가락을 붙이듯 타이코의 지세이라는 것을 읊었다. 그리고는 말했다.

"정말 가련하군요. 확고한 신념이 없는 자의 인생은 모두 이슬 중의 또 이슬, 꿈속의 또 꿈……"

챠야는 대답하지 않았다.

키타노만도코로까지도 그런 결심을 했다면 사태가 여간 심각하지 않았다. 이런 생각에 함부로 맞장구를 칠 수 없었다.

한 시대의 방약무인한 영웅 히데요시는 케이쵸 3년(1598) 8월 18일, 뒤에 큰 폭풍의 씨앗을 남긴 채 나이 예순세 살에 흙으로 돌아갔다.

상중喪中의 잉어

1

이에야스가 히데요시의 죽음을 알게 된 것은 사후死後 1각(2시간) 남짓한 8월 18일 묘시卯時(오전 6시)가 지나서였다.

이미 시간문제라고 각오는 하고 있었다. 그러나 그 죽음을 알려온 사람이 뜻밖에도 평소에 예사롭지 않은 적의를 노골적으로 나타내던 이시다 지부노쇼 미츠나리石田治部少輔三成라는 데에는 놀라지 않을 수 없었다.

아침에 일찍 일어나는 이에야스가 오카메의 시중으로 세수를 하고 있을 때 혼다 마사노부가 다급한 표정으로 다가왔다.

"주군, 아침 일찍부터 뜻하지 않은 손님이 왔습니다."

이런 보고를 했을 때 이에야스는 아직 그 손님이 미츠나리라고는 생각지 못하였다.

"뜻하지 않은 손님이라니, 에도에서 누가 왔는가?"

"아니, 이 앞에 있는 이시다 성곽의 주인입니다."

"뭐, 미츠나리가 왔다고?"

"예. 그것도 혼자 찾아와 직접 뵙고 드릴 말씀이 있다고……"

'타이코가 숨을 거두었구나……'

그런데 왜 미츠나리가 알리러 왔을까?

이에야스의 예상으로는, 미츠나리는 그 사실을 숨긴 채 맨 먼저 조선에서의 철군을 획책해야 했다. 필시 타이코가 아직 살아 있는 것으로 위장하고—

"전하의 명령입니다."

위압적으로 타이로들에게까지 자기 의사를 강요할 미츠나리. 미츠나리는 그런 사람이고, 그 책략에 큰 실수나 무리가 없다면 그대로 통하게 해도 좋다…… 이렇게 생각하고 있던 이에야스였다.

"……알겠네, 미츠나리가 혼자 찾아왔다는 말이지. 좋아, 객실로 안내하게."

이에야스는 마사노부에게 지시하고 옷을 갈아입기 시작했다. 요즘 들어 부쩍 더 살이 쪄서 혼자서는 띠도 매지 못하고 오카메의 손을 빌려야만 옷을 갈아입을 수 있었다.

"오카메, 타이코가 돌아가신 것 같아."

이렇게 말하는데 그 소리가 그대로 쓸쓸한 무상감無常感이 되어 자기 가슴으로 되돌아왔다.

"지금부터야. 지금부터 한동안 갖가지 망령들이 날뛰게 될 거야."

오카메로서는 대답할 수 없는 이에야스의 독백이었다.

옷을 갈아입고 나갔을 때 토리이 신타로가 옆방에서 칼을 받쳐들고 나타났다. 이에야스는 그에게 가볍게 손을 흔들어 보였다.

"은밀한 이야기가 있을 것이다. 자네는 들어오지 말고 복도에서 대기하게."

이렇게 명하고 침소를 나왔다.

'그 오만한 미츠나리가 직접 나를 찾아왔다……'

싸늘한 복도를 걸으면서 이에야스는 다시 고개를 갸웃했다. 자기 앞에서는 절대로 두건을 벗으려 하지 않았던 미츠나리, 제후들 앞에서조차 자기에게 적의를 보여 언제나 아사노 나가마사 등을 불안하게 했던 미츠나리…… 그 미츠나리가 타이코의 죽음을 계기로 나와 타협할 생각이 들었다는 말인가.

'만일 그렇다면 어떻게 받아들여야 할 것인가……?'

이에야스가 이런 생각을 하면서 들어갔을 때 미츠나리는 뜻밖에도 싱긋 웃고 머리 숙여 인사했다.

2

혼다 마사노부도 미츠나리가 타이코의 죽음을 알리러 왔다고 짐작하고 있었던 듯—

"밀담이시라면 저는……"

방으로 들어서는 이에야스에게 이렇듯 의미 있는 말을 남기고 밖으로 나갔다.

방에서 나갔다고 하여 경계를 늦출 수는 없었다. 마사노부는 이에야스 이상으로 미츠나리를 방심할 수 없는 사나이라 여겼다.

우선 이 후시미에 있는 도쿠가와 저택의 위치가 그들에게 뿌리깊은 반감을 갖도록 했다. 물론 저택의 장소를 선정한 것은 미츠나리였다.

미츠나리는 나이다이진인 이에야스에게 성의 가장 동쪽에 있는 저지低地를 할당했다. 그리고 서쪽 길 건너에 있는 자신의 이시다 저택, 북쪽과 남쪽은 자기 심복인 미야베 스케마사宮部祐오와 후쿠하라 나가타카福原長高에게 할당했다.

어느 저택에서나 도쿠가와 저택은 구석구석까지 한눈에 내려다보였다. 만약 이 세 저택의 토담 옆에 망루를 만들어 여기서 일제히 총포라도 쏜다면 도쿠가와 저택은 순식간에 궤멸되고 말 것이다.

이러한 장소 배치는 단지 도쿠가와 가신들만을 격분시켰던 것은 아니었다. 다섯 부교 중에서도 아사노, 마시타, 오타니 같은 사람들은——

"지부가 너무 노골적으로 적의를 드러내는구나……"

이렇게 이맛살을 찌푸렸을 정도였다.

그러나 이러한 일도 배후에 타이코라는 호랑이가 있어 가능했던 일. 그 타이코가 죽는다면 당연히 이 부자연스러움도 그대로는 유지될 수 없을 터였다.

이에야스가 소심하고 성급한 사람이었다면 그곳에서 기거하는 한 안심하고 잠을 이룰 수 없었을 것이고, 그 초조감이 폭발하여 뜻밖의 분쟁을 일으켰을지도 모를 일이었다.

분쟁을 일으키기라도 할 때는 일거에 때려눕히겠다…… 이러한 속셈이 어쩌면 미츠나리를 도발적으로 더욱 오만하고 더욱 불손하게 만든 원인이 되었는지 모른다.

바로 그러한 미츠나리가 찾아왔으므로 혼다 마사노부도 토리이 신타로도 마음을 놓을 리가 없었다.

"이렇게 아침 일찍부터 찾아오다니 무슨 변고라도 생겼소?"

이에야스가 자리에 앉으면서 말했다. 그 말에 미츠나리는 엄숙한 표정으로 돌아와 뜻밖의 말을 했다.

"일 각(2시간)쯤 뒤에 아사노 나가마사가 요도가와에서 잡은 큰 잉어 한 마리를 가지고 찾아올 것입니다."

"허어, 요도가와에서 고기잡이라도 했다는 말이오?"

"그렇습니다. 그중 한 마리를 나이다이진에게 드릴 것이니 함께 드시도록 하십시오. 물론 우리도 성안에서 기꺼이 나누어 먹겠습니다."

이에야스는 고개를 끄덕였다.

"그 아사노가 잉어를 가져오기 전에 귀하가 나를 찾아왔다……고 하면 저의가 있을 것이오. 즉 삼가야 한다는 충고가 아니겠소?"

미츠나리의 눈이 번쩍 빛났다. 그러나 이에야스는 그쪽을 보지 않고 말을 계속했다.

"사람에게는 누구나 나름대로의 마음가짐이 있게 마련. 충고를 받지 않더라도 이 이에야스는 타이코의 상중에는 잉어를 먹지 않을 것이오. 고맙게 받기는 하되 비린 음식은 입에 대지 않겠소."

미츠나리는 그만 말문이 막혀 다시 애매하게 웃었다. 아직은 허심탄회하게 협력을 청하는 마음과는 거리가 있는 것 같았다.

"그런데, 훙거薨去°하신 것은 언제였소?"

"나이다이진 님! 아직 훙거라는 말은 삼가시기 바랍니다."

"그럴 테지. 조선에서 철수를 결정할 때까지는 상喪을 비밀에 부쳐야겠지요. 좌우간 여러모로 수고가 많소. 나도 잘 아오."

3

이에야스가 너무나 부드럽게 나오는 바람에 미츠나리는 약간 당황한 모양이었다. 타이코가 죽었다고 하면 지금까지 '의리 깊은 나이다이진'으로 통하던 가면을 대번에 벗어던지고 실력을 배경으로 압박해 올 것이라고 미츠나리는 거의 확신하였다.

'하지만 그런 교활한 태도에 기죽을 내가 아니다……'

오늘 아침에도 그런 기백으로 필요 이상 목에 힘을 주고 찾아온 미츠나리였다.

"임종은 인시寅時(오전 4시)였습니다."

미츠나리가 말했다.

"임종을 지킨 사람은 마나세 겐사쿠를 비롯한 시의侍醫와 도련님, 도련님의 생모, 그리고 저와 아사노 나가마사 및 마에다 겐이…… 참 조용하신 대왕생大往生이었습니다."

이에야스는 미츠나리의 말을 거의 듣지 않았다.

그보다는 미츠나리가 직접 타이코의 죽음을 알리러 온 진의가 의심스러웠다. 당연히 숨겨야 할 타이코의 죽음을 이에야스에게만은 알린다는 속셈이, 카토 키요마사가 아니꼬운 잔재주꾼……이라고 평한 그 작은 체구에서 역력히 느껴졌다.

이에야스는 제일 먼저, 마지막 숨을 거두는 히데요시의 머리맡에 —

"키타노만도코로 님은 안 계셨소?"

이렇게 묻고 싶은 심정이었다.

이에야스가 보기에는, 문자 그대로 침식을 잃고 간호한 사람은 오사카 성에서 달려온 키타노만도코로, 곧 네네 혼자였다.

무리도 아니었다.

아직 여섯 살밖에 안 된 히데요리는 아버지의 죽음으로 비탄에 젖을 나이가 아니었다. 히데요리의 생모 요도 부인은 앞일에 대한 걱정으로 다른 일을 생각할 겨를이 없을 터이고……

미츠나리는 타이코의 간호에 가장 많은 정성을 기울이고 슬픔을 바친 키타노만도코로의 이름은 말하지 않았다. 혹시 네네가 피곤에 지쳐 자기 방에 돌아가 있는 동안에 숨을 거두기라도 한 것일까……?

아니, 그보다 더 크게 마음에 걸리는 일이 있었다.

"참으로 조용하신 대왕생……"

이렇게 꾸며댄 미츠나리의 말이었다. 사흘 전인 15일, 히데요시는 이에야스와 마에다 겐이를 머리맡으로 불렀다.

"천하의 일은 이에야스, 히데요리의 양육은 토시이에에게……"

이렇게 말했을 때가 히데요시로서는 제정신이 있는 마지막 순간이었다. 그날 저녁부터는 이미 말도 못하고 남의 이야기도 알아듣지 못하는 산송장이 되어 있었다. 그러나 이에야스는 이 수상쩍은 말의 꾸밈을 나무랄 생각이 없었다.

"대왕생을 하셨다니 그나마 위안이 되는군요. 그런데, 사후의 일에 대해서는 이런저런 지시가 계셨겠지요?"

물론 지시가 있었을 리 없다. 있었다고 하면 미츠나리가 꾸며내는 것일 줄 알면서도 이에야스는 물었다.

아니나 다를까 미츠나리는 안도의 숨을 쉬었다.

"물론 계셨습니다."

"말해보시오."

"말씀 드리지요. 장례에 대해서는 조선에서 군사가 완전히 철수할 때까지 비밀로 할 것."

"당연한 일이오."

"유해는 코야산의 모쿠지키 대사가 주관하여 쿄토 동쪽의 아미다가미네阿彌陀ケ峰에 몰래 매장할 것."

미츠나리는 말하다 갑자기 목소리를 낮추었다.

"그러나 이 일은 다섯 부교 외에는 알리지 말라는 유언이셨습니다."

이에야스의 눈이 비로소 번쩍 빛났다.

4

"지부 님, 그렇다면 귀하는 유언을 어기고 이 이에야스에게 즉시 서거 소식을 알리러 왔다는 말이오?"

이에야스의 질문에 미츠나리의 입술에 희미한 미소가 떠올랐다.

"예. 그래서 부교들과 상의한 끝에 아미다가미네의 비밀 매장에는 모쿠지키 대사와 마에다 겐이 두 사람만 참석하기로 했습니다."

"허어, 세상에서 의심하지 않을까요?"

"물론 그에 대한 대비도 하겠습니다…… 세상에는 대불大佛을 수리한다는 소문을 퍼뜨리고 작은 전각과 분묘를 만들도록 하겠습니다."

"으음, 요도가와의 큰 잉어를 잡은 것도 세상의 눈을 속이려는 뜻에서였군요."

"그렇습니다. 아사노 나가마사가 그 의도에 찬성하여 나이다이진 님에게도 잉어를 가져올 것이므로, 비밀 매장이 끝날 때까지 아무것도 모르는 체하고 드시기 바랍니다."

이에야스의 눈이 다시 빛났다.

'이 얼마나 놀라운 잔재주인가……'

그러나 이 일을 비난하면 몇 마디 문답만으로는 수습하기 어려울 터. 상대는 이 모두를 의식 없는 죽음 직전에 있던 사람의 유언……으로 꾸며대고 있다……

"그러면 부교들도 모두 잉어를 식탁에 올리겠다는 말이오?"

"중요한 일을 앞두고 있으니까요."

"지부 님, 그 일은 그렇다고 합시다. 그런데, 귀하는 유언을 어기고 타이코의 홍거를 나에게 알리는가 하면, 이사노와 마에다를 배신하고 미리 잉어의 비밀을 알렸다……는 결과가 되는군요."

어조는 부드러웠으나 그 이상 더 통렬한 야유도 없었다. 아니나 다를까, 미츠나리의 얼굴이 대번에 창백해졌다.

"사정이 있습니다."

"허어, 어떤 사정인지 알고 싶군요."

"말씀 드리지요. 그것은 키타노만도코로 님의 지시입니다."

"아니, 키타노만도코로 님이 타이코의 유언을 어기라고……?"

"키타노만도코로 님은 임종자리에 계시지 않았기 때문에 제가 보고 드릴 겸 청을 하러 갔습니다."

"키타노만도코로 님에게 청이라니요?"

"성안에서 일부러 잉어를 식탁에 올려 상을 숨기고 있을 때 키타노만도코로 님이 머리라도 푸신다면 모든 사람의 노고가 허사…… 그래서 청을 드리러 갔더니, 이번 일을 부교들만이 처리한다면 마음이 놓이지 않는다, 속히 나이다이진 님에게 알리고 협조를 구하도록…… 그렇지 않으면 당장 이 자리에서 머리를 풀겠다고 하셨습니다."

이에야스는 저도 모르게 마른침을 삼켰다.

'이것으로 알았다!'

미츠나리는 역시 자기 의사로 이에야스에게 접근해온 것이 아니었다. 그렇다 하더라도 키타노만도코로의 말이 어쩌면 그렇게까지 과격한 것일까. 필시 숨을 거두기 전에 알리지 않은 분노도 있었겠지만, 그 이상으로 남편을 암매장하는 날 성안에서 잉어를 요리하여 밥상에 올린다는 잔꾀가 참을 수 없이 괘씸했을 것이다.

"알겠소. 그렇다면 이 이에야스도 더욱 허심탄회한 마음으로 협력해야겠군요. 그런데, 타이코가 남기신 그 밖의 유언은……?"

이렇게 말했을 때는 이에야스도 전신에 힘이 빠져나가는 듯했다.

'타이코는 자기가 죽은 뒤 이 사나이에게 이처럼 농락당할 줄을 생각이나 했을까……?'

5

'죽은 자는 말이 없다'는 속담이 이처럼 노골적으로 이용된다면 키타노만도코로가 아니라도 분노할 터. 숨을 거둘 무렵의 타이코가 말을 했을 리 없고, 만일 미츠나리에게 고인의 뜻을 존중하려는 의사가 있었다면 요도가와의 잉어보다 허심탄회하게 다섯 타이로, 츄로, 다섯 부교에게 죽음을 알려 대책을 강구하는 것이 순리고 예의였다.

그 경우 결정은 물론 히데요시의 유언으로 '천하의 일'을 위임받은 이에야스가 내려야 했다. 이를 지키지 않은 미츠나리가 키타노만도코로에게 꾸지람을 들었다는 것은, 혼자만의 슬픔 속에서도 키타노만도코로로서는 엄연하게 바른말을 토해냈다고 할 수 있다.

'나로서는 꾸짖을 수 없다……'

그러한 자신이 이에야스로서는 고인에게 부끄러웠다. 물론 그는 미츠나리의 기량을 고인만큼 평가하고 있지 않았다. 그래서인지 공연히 맥이 빠지며 엄한 태도를 취할 수 없었다. 도리어 어린아이를 어르듯이, 더 이상 무슨 말을 '유언'이라고 꾸며댈 것인지 알아두어야 한다는 생각이 앞섰다.

이에야스의 물음에 미츠나리는 한발 앞으로 다가앉았다. 놀라운 재치를 가진 이 사나이는 어쩌면 이에야스의 물음을 자신에 대한 타협의 표현으로 받아들였는지도 모른다.

"나이다이진 님, 키타노만도코로 님의 의견은 이치에 맞는 것이어서 대꾸할 말이 없었습니다."

"나는 다른 유언이 없었느냐고 물었는데요……"

"지금 그 말씀을 드리려는 중입니다."

미츠나리는 분명한 어조로 말을 이어나갔다.

"유언은 상喪을 숨기고 조속히 전군을 철수시키라는 것이었습니다. 그러나 이를 위해서는 저희 부교나 군감軍監°들의 서명만으로는 안 된다는 것이 키타노만도코로 님의 의견입니다."

"그럼, 키타노만도코로 님이 이의를 제기하였다는 말이오?"

"아니, 이의라고까지는 할 수 없으나, 그 지시와 때를 같이하여 타이코 서거에 대한 일이 현지에 새나가면 불가피하게 소란이 일어날 것이

260

라는 의견이셨습니다."

"으음, 현지에서는 카토와 코니시 등의 반목도 있기 때문에……"

"그러므로 반드시 타이로 다섯 분의 서명이 필요하다, 이 일을 지체 없이 시행하기 위해서는 먼저 나이다이진 님에게 사정을 말씀 드리고 상의하여 지혜를 빌리는 것이 상책이라고 하셨습니다."

이에야스는 가볍게 고개를 끄덕이고 그 다음 말을 기다렸다.

미츠나리가 찾아온 목적이 조금씩 밝혀졌다. 자기 의사로 온 것은 아니지만 키타노만도코로의 말이 옳다고 여겨 지금까지의 감정을 버리고 찾아왔다…… 그러므로 이에야스도 다른 마음이 없다는 증거를 자기에게 보여달라는 것 같았다.

"나이다이진 님, 키타노만도코로 님이 하신 말씀의 의미가 이 미츠나리로서는 약간 석연치 않은 점이 있습니다마는."

미츠나리는 목소리를 낮추고 무릎걸음으로 다가앉았다.

"키타노만도코로 님은 나이다이진 님을 마음으로부터 신뢰하시므로 지혜를 빌리라고 하셨는지, 아니면 나이다이진 님에게 모든 것을 털어놓고 후회가 없도록 충분히 대비한 뒤에 철군하라는 것인지 수수께끼입니다. 저는 이 점이 판단하기 어렵습니다."

이에야스는 비로소 미츠나리를 똑바로 바라보았다.

'과연 보통 책략가가 아니로구나……'

이에야스의 가슴에 분노의 불길이 무섭게 타올랐다.

6

카토 키요마사의 편을 들어 조선 출병에 두 번이나 코니시 유키나가와 선봉을 다투게 한 키타노만도코로가 미츠나리에게는 결코 반가운

존재가 아닐 터였다.

한마디로, 키타노만도코로는 어릴 때부터 키운 카토, 후쿠시마, 쿠로다, 아사노, 호소카와 등의 무단파를 옹호하고 있어, 이시다나 코니시 파로서는 그녀가 자기 앞을 가로막는 방해꾼으로 보일 터. 그러한 키타노만도코로가 이에야스와 상의하라고 했다…… 그 말의 이면에 무슨 뜻이 있을까……? 미츠나리는 이를 짓궂게 묻고 있었다.

만약 이에야스가 이들 무단파와 접근하여 키타노만도코로와 손을 잡고 미츠나리 등과 대립하려 한다면 각오가 되어 있다…… 이렇게 말하고 싶은 태도를 은연중에 내보이는 미츠나리.

"……키타노만도코로 님은 나이다이진 님을 마음으로부터 신뢰하고 계실까……"

따위의 엉뚱한 말을 하고 있었다. 그런 미츠나리가 자기 가신이었다면 이에야스는 무섭게 꾸짖었을 터였다.

"그대의 생각은 대장부답지 못하다. 그런 어리석은 감정의 파도에 휩쓸려 큰일을 그르치면 어떻게 하겠느냐. 사소한 감정대립이 급기야는 큰 파벌의 원인이 되고, 그 파벌이 다시 증오를 쌓아 헤어날 수 없는 파멸의 원인을 만든다는 것을 모르느냐?"

그러나 미츠나리는 이에야스의 가신이 아니었다. 뿐만 아니라, 히데요시가 키운 수재 중의 수재로 도요토미 가문의 장래를 한 몸에 짊어진 줄 믿고 있는 사나이였다.

'히데요시가 살아 있는 동안에는 분명히 그런 대로 쓸모가 있는 사나이였으나……'

주관이 뚜렷하고 뱃심이 강한 미츠나리, 스스로 수재임을 자부하고 있는 만큼 무슨 일이든지 뜻대로 하지 않고는 참지 못하는 미츠나리.

'곤란한 사람이야……'

미츠나리도 아마 이에야스의 이와 같은 마음을 느끼는 듯. 어쩌면 이

자리에서 이에야스를 한번 화나게 했으면…… 이런 생각을 하고 있는 지도 몰랐다. 연령차가 있을 뿐 아니라, 타이코 생전에 '의리 강한 다이나곤' '의리 강한 나이다이진' 으로 통하고 나날이 인망을 모으고 있는 이에야스가 미츠나리로서는 참을 수 없을 정도로 불결하고 교활한 늙은 너구리로만 보였다.

'두고 봐라, 그 가면을 벗기고야 말겠다!'

지금도 이에야스의 안색이 변하는 것을 보고 미츠나리의 입가에는 도리어 싸늘한 미소가 감돌았다.

"어떻습니까, 키타노만도코로 님은 나이다이진 님을 신뢰하고 계실까요, 아니면 경계하고 계실까요?"

이에야스는 가만히 오른손 엄지손가락을 깨물었다. 먼저 입술을 깨물고 다음에 손톱을 깨무는 것이 요즘 이에야스에게는 분노를 나타내는 최대의 표현이었다.

"지부 님, 그 말에는 양쪽 의미가 모두 포함되어 있다고 생각해야 할 것이오."

미츠나리는 빙긋이 웃으려다 말고 다시 눈을 크게 떴다.

"그러면, 키타노만도코로 님은 나이다이진 님을 반은 믿고 반은 의심한다는 말씀입니까?"

"그렇소. 인간이란 말이오, 완전히 믿고 살기를 원하는 생물이오. 그러면서 또한 전적으로 의심하여 애증과 흑백을 확실하게 가리며 살고자 하는 생물이기도 하오. 그러나…… 인간 세상이란 그처럼 전적으로 믿을 수 있는 사람과 전적으로 증오하는 사람……으로 정확하게 갈리지는 않소."

"그러면 반신반의가 인간 세상의 모습…… 이 미츠나리를 대하는 나이다이진 님의 마음도 그렇다는 말씀입니까?"

"그것은 자기 자신의 마음에 물어보시오."

이에야스는 엄하게 말했다. 그리고 나서 금방 씁쓸한 마음으로 후회했다. 아직 그런 정도를 이해할 수 있는 상대는 아닐 듯……

7

'입에 독을 가진 사나이……'

이런 그가 재능을 믿고 불손하게도 마음을 떠보려 한다. 그러나 지금 화를 낸다면 어떻게 될 것인가. 그렇게 되면 자기 역시 미츠나리와 똑같이 미숙한 자……

이에야스는 겨우 분노를 참고 설득하기 시작했다.

"지부 님, 세상에는 말이오, 완전히 흰 사람도 완전히 검은 사람도 없어요. 그러나 아녀자들은 어느 하나로 무리하게 단정하려 하오. 만일 키타노만도코로 님이 확실하게 이에야스는 적이다, 또는 자기편이라고 말씀하시지 않았다면, 여성으로서는 유례가 없을 만큼 분별 있는 분…… 반신반의라도 좋소. 반신반의하게 되면 훗날에 대비하는 데 소홀함이 없을 것이고, 만약 실수하여 잘못되더라도 반으로 끝나는 것이오. 그렇지 않소?"

미츠나리는 다시 한 번 빙긋이 웃고 고개를 끄덕였다.

"연륜이 많으신 분의 말씀으로 알고 명심하겠습니다."

"그렇게 했으면 좋겠소. 이미 비밀리에 매장하기로 결정되었다면 남은 문제는 철군이겠군요."

"그렇습니다…… 이에 대한 나이다이진 님의 지혜를 빌리라는 것이 키타노만도코로 님의 말씀입니다."

"그러면 오늘 암매장이 끝나면 나는 곧 다이나곤(마에다 토시이에)과 상의하여 소환장에 타이로들의 연서連署를 받도록 하겠소. 귀하는 그

연서를 가지고 아사노 님, 모리 히데모토 님과 같이 곧 하카타博多로 출발하시오."

말하는 동안에 차차 이에야스의 화가 풀렸다. 화가 풀리면서 미리 생각해두었던 철군 절차가 자신이 생각하기에도 이상할 정도로 입에서 술술 나왔다.

그렇게 되어야 하는 일이었다.

"그대를 일본 국왕에 봉한다."

이런 명나라 책봉서 한 구절에 체면이 상해 재출병을 감행할 수밖에 없었다. 그리고 타이코는 이 일로 고민하다 생명을 잃었다고 해도 지나친 말이 아니었다. 이 일은 일본의 사활이 걸린 문제였다.

"하카타에 도착하거든 즉시 그곳에서 적당한 인물을 택해 현지에 보내 소환을 알리도록 해야 할 것이오. 만에 하나라도 명나라 군사에게 타이코의 죽음이 알려지면 철수에 큰 어려움이 따를 것이니 이 점 특히 주의해야 하오."

"그렇다면 역시 제가 가야겠습니까, 하카타에?"

"그럼, 누가 가야 한다는 말이오?"

어조가 강해졌다는 것을 깨닫고 이에야스는 흠칫했다. 혹시 미츠나리는 자기가 떠나 있는 동안 무슨 일이 일어나지나 않을까 하는 의심에 사로잡혀 있을지도 몰랐다.

"하카타에 머무르는 동안 철군 문제로 제후들과 여러 가지 절충할 필요가 있을 것이오. 말할 것도 없지만, 특히 확실하게 장악해야 할 사람은 모리와 시마즈요. 모리를 장악하면 츄고쿠中國 방면은 평온할 수 있을 것이오. 또 시마즈를 장악하면 큐슈도 안전할 것이오. 알겠소? 이것이 가장 중요한 급소요. 나도 물론 히데타다를 에도로 돌려보내 동부를 굳게 지키도록 하겠소. 이것으로 일단 국내는 안심…… 알겠소? 병상에 누웠을 때의 타이코는 약간 마음의 흐트러짐이 있었으나, 타이코의 생애를 통해 일관해온 의지는 분명하오. 통일된 일본을 이룩하여 태평한 세상을 만들겠다…… 이것만은 우리 모두가 반드시 지켜야 할 첫째 유업이오."

말하고 나서 이에야스는 안도했다. 자기 아들 히데타다에게도 이보다 더 차분하게는 설명하지 못했을 터. 사사로운 정이나 분노를 초월한 이 말은 타이코의 영혼에 바치는 '의리가 강한 나이다이진'의 진정이었다.

이번에는 미츠나리가 입술을 꼭 깨물고 들을 차례였다.

8

차차 주위가 훤해지기 시작했다. 이미 날은 완전히 밝아 아침 햇살이 눈부시게 창으로 비쳐들었다.

미츠나리는 잠시 동안 깊이 생각하다가 갑자기 다다미疊°에 두 손을 짚었다.

'납득이 된 모양이다.'

이에야스는 생각했다. 그리고 저도 모르게 미소를 떠올렸을 때 미츠나리가 다다미의 보풀을 쥐어뜯으며 가슴을 홱 젖혔다.

"알겠습니다."

대답하려다 무언가 마음에 크게 와닿는 것이 있었던 모양이다.

"그러면 나이다이진 님, 잉어가 도착할 때가 가까워진 것 같아서 저는 이만 실례하겠습니다."

이에야스는 그만 소리 내어 웃을 뻔했다. 어제까지만 해도 이에야스 따위는 아무것도 아니란 듯 제후들 앞에서 거드름을 피우던 미츠나리가 제풀에 기가 꺾인 모양——

"그렇소, 때가 너무 지난 것 같군요. 그럼, 장례에 대해서는 잘 부탁하겠소."

이에야스는 위로하듯 말하고 자기가 먼저 뚱뚱한 몸을 일으켰다.

"나이다이진 님!"

"아직도 할말이 남았소?"

"아닙니다. 실은 키타노만도코로 님의 분부와 나이다이진 님 말씀은 약속이라도 한 듯 똑같습니다."

"뭐, 내 의견과 키타노만도코로 님의 말이……?"

"예. 병석에 누웠을 때 타이코 전하는 약간 마음의 흐트러짐을 보였으나 전하 생애를 통해 일관된 뜻은 확실히 알 수 있다, 일본을 통일해 태평한 세상을 이루는 것…… 이것만은 절대로 잊지 말라……고 말씀하신 점이 똑같습니다."

이렇게 말하면서 일어나는 것과—

"그럼, 실례합니다."

이렇게 말하며 등을 돌려 걷기 시작한 것은 동시의 일이었다.

"아……"

이에야스가 더러운 물을 뒤집어쓴 듯한 불쾌감을 느낀 것은 이미 미츠나리가 복도로 나간 뒤였다.

처음 이에야스는 두 사람의 말이 같다는 말을 들었을 때, 미츠나리가 자신의 말을 순순히 받아들였다는 의미로 해석했다. 그러나 실제는 정반대였던 것으로, 그 사실은 아니꼬울 정도로 거드름을 떠는 그의 뒷모습으로 확인할 수 있었다.

비꼬아 하는 말이었다. 아니, 키타노만도코로와 이에야스 사이에 미리 연락이나 협의가 있지 않았느냐는 강력한 의문과 적의에 찬 미츠나리의 반발이었다……

'정말 무서운 사나이야……'

미츠나리는 이미 키타노만도코로와 이에야스는 완전히 내통한 도요토미 가문의 적……이라 단정하고 있을 것이다.

어떤 계기에선지 이에야스의 의견에 감동하려다 그래서는 안 된다고 자기 자신을 꾸짖은 것이 조금 전의 태도, 곧 두 손을 짚었다가 깜짝 놀라 다다미의 보풀을 쥐어뜯은 어색한 동작의 진상인 듯했다.

"주군, 지부에게 무슨 분부를 내리셨습니까? 지부 녀석, 뒤로 쓰러질 듯 몸을 뒤로 젖힌 채 인사하고 돌아갔습니다."

혼다 마사노부가 돌아와 재미있다는 듯 물었을 때, 이에야스는 아직 대답할 마음이 아니었다.

'자기 머리만 믿고 사는 이상한 사나이……'

아니, 젊음과 타이코를 동시에 상실한 낭패 때문이라 생각하면 동정이 가지 않는 것도 아니었다.

"사도, 할 이야기가 있으니 거실로 오게."

이에야스는 천천히 살찐 몸으로 방향을 돌렸다.

9

이에야스와 혼다 마사노부는 나란히 거실로 돌아왔다. 거실 정면은 성의 토담에 면해 있었다. 그러나 약간만 고개를 왼쪽으로 돌리면 이웃해 있는 미야베 스케마사의 저택이 내려다보였다.

이에야스는 일부러 그쪽을 보지 않으려 하면서 말했다.

"사도, 옆 저택에서는 또 정원수를 손질하기 시작한 모양이군."

마사노부는 혀를 차며 마루에 나가 그쪽을 잔뜩 노려보았다.

"보지 말게. 타이코가 세상을 떠났어. 우리 집을 감시하라는 지부의 지시를 받았을 테지."

마사노부는 그 말에는 대답하지 않았다.

"가지치기할 나뭇가지도 없는데 공연히 소나무만 쓰다듬고 있습니다. 그리고 아직 정원사들이 일할 시각도 아닙니다. 어처구니없이 소견이 좁은 자들입니다."

"그만 됐네. 못 본 체하게."

"예. 이미 보지 않고 있습니다. 천명天命이라고는 하지만, 그 성 깊숙한 곳에 바싹 마른 타이코의 유해가 안치되어 있다는 생각을 하니 만감이 교차하는군요."

마사노부는 새가 지저귀는 소리와 나무 사이를 뚫고 비쳐오는 시원스런 햇빛을 감상하는 체하면서 말했다.

"지금 저는 주군의 선견지명에 새삼스럽게 놀랐습니다."

"새삼스럽게……라니 그게 무슨 뜻인가?"

"칸토關東 여덟 주로 영지를 옮기신 일 말입니다."

마사노부는 마루에 나와 선 이에야스 옆에 한쪽 무릎을 꿇었다.

"그때는 과연 주군도 타이코의 힘에 굴복하셨구나 생각했습니다. 심혈을 기울여 경영하신 스루가駿河, 토토우미遠江, 미카와三河 세 영지를 반납하고 황무지나 다름없는 칸토로 옮기셨으니까요."

이에야스는 잠자코 새 우는 소리에 귀를 기울였다.

"그런데 오늘날에는 그 이봉移封이 큰 힘을 발휘하게 되었습니다. 조금만 냉정하게 생각하면 누구나 알 수 있는 일입니다. 주군의 실수익은 이미 이백오십만 석…… 이러한 주군을 억제하려고 배치한 우에스기는 일백삼십이만 석이라곤 하지만 실수익은 주군의 반에도 미치지 못합니다. 우에스기 다음인 모리는 고작 일백십만 석…… 그 밖에 마에다는 칠십칠만 석, 시마즈는 육십삼만 석, 다테는 육십일만 석…… 주군과 겨룰 만한 자는 한 사람도 없습니다. 정말 놀라운 일입니다."

"사도."

"예."

"자네는 지금 무슨 말을 하려고 하나?"

"누가 생각해도 실력으로는 주군을 당할 자가 없습니다. 그 이치를 이시다 지부노쇼가 모르는 모양이라고 생각하니 안타까운 마음이 든다는 말씀입니다."

"사도!"

"예."

"자네 감회는 과녁을 빗나갔어. 그건 그렇고, 아사노 나가마사가 잉어를 가져오거든 이 거실에서 만나겠네."

"이 거실에서…… 말씀입니까?"

"모처럼 이웃 저택 정원수 틈으로 이쪽을 감시하고 있으니, 여기 들어오게 하여 잉어를 가져온 데 대한 인사만 하고 아사노를 돌려보내겠어. 그러면 아사노가 내 편이 되지 않나 싶어 전전긍긍하는 지부의 망집이 약간은 엷어질 테니."

"주군! 그러시면 주군은 앞으로도 계속 지부의 눈치를……"

마사노부가 강한 어조로 말하면서 이에야스를 쳐다보았다.

이에야스는 묵묵히 실내로 돌아와 토리이 신타로가 반듯하게 놓은 방석 위에 앉았다.

10

"사도, 자네는 내가 지부의 비위를 맞추고 있다고 생각하나?"

이에야스는 앉자마자 신타로가 건네는 찻잔을 받아들고 소리를 내면서 마셨다.

마사노부는 약간 고개를 갸웃했다.

"비록 주군이 양보하신다 해도 미츠나리는 결코 그걸 깨달을 인물이 아니라고 말씀 드렸습니다."

"나는 그렇게 생각하지 않아, 사도."

"그러시면 미츠나리에게 대처할 방법이 있으시다는 말씀입니까?"

"그것이 없다면 내가 지는 게 아닌가. 지부는 바탕이 좋고 뛰어난 사나이야."

"죄송합니다마는, 그 방법에 대해서는 한마디도 말씀하지 않으시는 군요. 좌우간 저는 그 사나이를 믿지 않습니다. 그 사나이는 주군이 천하를 손에 넣으실 때 틀림없이 앞을 가로막고 망동을 부릴 천치라고 생각합니다."

마사노부가 딱 잘라 말하고 이에야스를 똑바로 쳐다보았다. 이에야스는 천천히 고개를 저었다.

"사도, 자네는 착각하는 것 같아."

"착각이라시면, 미츠나리는 절대로 그런 사람이 아니라는⋯⋯?"

"그게 아니야. 자네는 이 이에야스가 천하를 손에 넣을 때⋯⋯라고 말했지?"

"예, 말했습니다. 실력으로 보나 인망으로 보나 다음의 천하인天下人은 주군이시라고⋯⋯"

"그것이 착각이란 말일세."

"예? 그럼, 주군은 천하에 뜻이 없으시다는⋯⋯"

"난처한 사람이로군, 자네는."

이에야스는 슬픈 듯한 눈길로 찻잔을 놓았다.

"다음의 천하인이 아니라, 나는 이미 천하를 맡고 있는 천하인이야."

혼다 마사노부는 깜짝 놀라 눈이 휘둥그레졌다. 그의 예측을 크게 벗어난 말을 듣고 대답이 궁했기 때문일 것이다.

"사도, 관직만 보아도 나는 나이다이진일세. 실력이나 인망에 대해서는 자네가 말할 성질이 아니야. 돌아가신 타이코가 그렇다고 인정해 일부러 나를 머리맡으로 불러 천하 정치는 이에야스에게 맡긴다고 결정하셨어. 그것은 나에게 맡겨진 유탁遺託, 그때부터 타이코가 눈을 감으시면 이에야스가 천하를 맡기로 정해졌던 것일세."

마사노부는 온몸을 긴장시키고 고개를 끄덕였다.

"알겠지? 이 전제를 확실하게 염두에 두지 않으면 앞으로의 행동에 동요가 생겨. 자네 의구심도 여기서 나오는 것일세."

"황송합니다."

"알겠나, 타이코는 눈을 감으셨어. 유탁에 따라 그 순간부터 내가 천하를 맡게 됐어…… 이것은 이미 움직일 수 없는 사실일세. 그렇다면 오늘 이후의 일은 나의 치세, 나의 책임…… 비록 미츠나리가 아무리 천치라 해도 그를 잘 활용하고 잘 이끌지 못하면 그것은 나의 치욕, 나의 무성의…… 엄밀히 말하면 내 치세의 오점이 되는 거야. 이 점을 깊이 마음에 새기고 적을 만들지 않는 마음가짐이 중요해."

마사노부는 계속 고개를 끄덕였다.

'과연 주군이시다……'

그만한 각오가 되어 있다면 마사노부가 더 이상 무슨 말을 할 수 있을 것인가…… 그에 대한 기쁨이 언어를 초월하여 마사노부 전신에 깊이 스며들었다……

이때 토리이 신타로가 아사노 나가마사의 내방을 고하러 왔다.

11

아사노 나가마사는 미츠나리가 말한 대로 갈대잎을 깐 바구니에 큰 잉어를 담아 시동에게 들려가지고 왔다.

아사노 나가마사는 약간만 짓궂은 말을 던져도 당장 안색이 변할 것 같았다. 부교들이 합의한 대로 어떻게 하면 타이코의 훙거 사실을 숨길 수 있을까 고지식하게 고민하였다.

"저희들도 이제 성안에서, 이보다는 좀 작은 것이기는 하나 곧 도마에 올려놓을 것입니다…… 아니, 벌써 요리하고 있을지도 모릅니다."

이웃한 저택 정원수 밑 여기저기서는, 감시한다는 티를 내지 않는 감시의 눈이 빛났다.

이에야스는 때때로 자기 쪽으로 향하는 혼다 마사노부의 시선을 피하듯이 하면서 나가마사의 말에 답했다.

"정말 훌륭한 잉어로군. 그래, 성안에서도 모두 맛을 보기로 했다니 나도 곧 먹어야겠군. 오, 살아 있는걸. 지금 크게 눈알을 굴렸어."

아무것도 모르는 체 맞장구를 쳤다.

"신타로, 그럼 아사노 님이 돌아가신다고 현관에 알리도록 해라."

단 2분도 대화를 나누지 않고 상대가 돌아갈 기회를 만들어주었다.

아사노 나가마사는 분명히 안도하는 기색이었다.

"그러면, 저는 이만 돌아가겠습니다."

정중히 인사하고 일어섰다. 고지식한 나가마사는 틀림없이 겨드랑이에 식은땀을 흘리고 있었을 터였다.

"사도, 그 잉어를 가지고 정원으로 내려가세."

"정원으로……? 어떻게 하시렵니까?"

"모처럼 감시해주는 사람이 있어. 그들에게만이라도 이에야스의 본심을 보여줄 생각일세. 알겠나, 그 잉어를 연못에 놓아주려는 거야."

"살 수 있을까요?"

"자네가 잉어한테 물어보게나."

"이 잉어에게……?"

"물론일세. 여느 때 같으면 곧 요리하여 뱃속에 넣을 것이지만, 타이코가 병환이시므로 놓아주겠다, 마음이 있다면 너도 타이코의 쾌유를 빌도록 하라……고 하면서 연못에 놓아주라는 거야."

"예!"

마사노부는 필요 이상 큰 소리로 대답하면서 고개를 숙였다. 벌써 그는 이웃 저택에서 감시하는 눈을 충분히 의식에 넣고 있었다.

연못은 저택의 경계에서 물을 끌어들였는데, 호리병박 모양으로 이어져 그 끝은 거실 위쪽 마루 밑에서 끝난다. 이 연못 또한 암살자라도 침입해오는 경우, 물소리의 변화로 이를 탐지할 수 있도록 하기 위해 마련한 것이었다.

마사노부는 잉어를 들고 이에야스를 따라 정원으로 내려갔다.

이미 햇빛은 연못의 물 속까지 퍼져 무심하게도 가을이 다가오는 것을 알리고 있었다.

마사노부는 싸리가 우거진 왼쪽 징검돌 위에 올라서서 큰 소리로 잉어에게 말했다. 그동안 이에야스는 묵묵히 수면을 들여다보았다. 일단 풀려난 석 자 가까이 되는 큰 잉어는 아가미를 벌리고 몸을 벌떡 일으켜 천천히 헤엄치기 시작했다.

"허허허……"

이에야스는 웃었다.

"모든 것을 살린다…… 오늘부터 나에게 주어진 중요한 과업일세. 알겠나, 사도……"

미츠나리의 계략

1

후시미 성 안에는 히데요시의 유해가 아직 거실에 놓여 있었다. 물론 병석에 누워 있을 때와 마찬가지로 네 명의 시의 중에서 두 사람은 머리맡을 지키고, 두 사람은 옆방에서 대기하였다. 유해가 있는 거실 입구는 거의 미츠나리의 혈육들이 지키고 있었다.

미츠나리의 형 마사즈미正澄의 아들 몬도노쇼主水正와 우콘右近, 그리고 미츠나리의 장남 하야토노쇼 시게이에隼人正重家 세 사람은 유해를 등지고 출입구 세 곳을 감시하였다. 마시타 나가모리, 나츠카 마사이에, 마에다 겐이의 아들 셋도 엄명을 받고 사흘 전부터 숙직하고 있었다.

18일 정오가 가까워서도 아직 히데요시의 죽음을 아는 자는 측근 중에는 한 사람도 없었다. 시녀에서 차를 끓이는 시동까지 타이코는 여전히 중태인 채로 살아 있다고 믿었다.

사시巳時(오전 10시)가 지나 여느 때처럼 시의 마나세 겐사쿠가 용태를 발표했다.

"오늘 전하께서는 다소 회복되신 듯, 고통을 호소하시는 일도 없이 편히 주무시고 계십니다."

이때 유심히 겐사쿠의 모습을 바라보는 자가 있었다면 상당히 의심스럽게 여겼을 것이다. 타이코가 편히 자고 있다고 하기에는 겐사쿠의 눈이 너무 붉었고, 그 목소리도 지나치게 떨렸다.

바로 그 뒤 성안에 있는 사람에게 요도가와의 잉어를 잡아 국을 끓여 돌리겠다고 했을 때 그들의 관심은 모두 여기에 쏠렸다.

"전하의 병세가 호전되어 이를 축하하기 위해서라고 하는군."

"십오일부터 계속 위독하셨는데 이제 회복기에 접어드신 것 같아."

"지금쯤은 육식을 피해야 할 줄 알았는데 반가운 일이야."

후시미 성에 매일 출입하는 사람들은 시녀들을 포함해 2,000이 넘었다. 그러므로 말단의 사람들은 국물 냄새를 맡는 것이 고작이지만 그래도 히데요시의 죽음을 은폐하기에는 충분했다.

사람들은 다이고 산보인에 있던 모쿠지키 대사가 불려와 마에다 겐이의 방에 들어간 것도, 깨끗이 칠이 된 긴 궤가 대불전大佛殿에 기증할 보물을 담기 위해 반입된 것도 별로 의심하지 않았다.

"타이코께선 많이 회복되신 게 분명해. 대불전에 기증하는 것은 그 감사 표시일 거야."

도리어 그러한 일들을 잉어국의 배급과 관련시켜 이런 식으로 말하는 사람조차 있었다.

이시다 미츠나리는 부교 집무실에서 문제의 잉어국이 들어오자 사발을 두 손으로 받쳐들고 맛있게 마셨다.

다섯 부교 가운데 부재중인 사람은 오사카에 머무르는 나츠카 마사이에 한 사람뿐. 마시타 나가모리도 오사카에 있었으나 키타노만도코로에게 볼일이 있다고 하면서 자연스럽게 동석했다.

"자, 여러분도 함께 들도록 합시다. 맛이 제법 괜찮아요."

그러나 마에다, 아사노, 마시타 세 사람은 가만히 얼굴을 마주보았을 뿐 당장에는 수저를 들려 하지 않았다.

"마에다 님, 어서 수저를 드시지요."

"예……"

"마시타 님, 식기 전에 드십시오."

미츠나리가 담담한 표정으로 권했다.

"먹은 것과 다름없어요. 목으로 넘어가지가 않소."

마시타 나가모리는 말하고는 얼른 고개를 돌렸다. 그 눈 가장자리가 빨갛게 되어 눈물을 머금고 있었다.

2

미츠나리는 나직하게 웃고 마시타 나가모리보다도 아사노 나가마사 쪽으로 시선을 옮겼다.

"여러분은 이렇게까지 하지 않아도 될 텐데 하고 이 미츠나리의 조치를 의아하게 생각하는 것 같군요."

"지부 님, 이 집무실까지 이미 비린 음식이 들어와 있소. 먹을 것인가 아닌가는 각자의 뜻에 맡기는 게 좋을 듯합니다."

아사노 나가마사는 이렇게 말하고 동의를 구하듯 마시타 나가모리를 돌아보았다. 마시타 나가모리는 흘끗 미츠나리를 바라보았다.

"그랬으면 합니다. 전하의 서거를 생각하면 나는 목이 메어……"

미츠나리는 쓸쓸히 양미간을 모았다.

"내가 무엇 때문에 이런 일을 하는지…… 그 이유는 나중에 자세히 설명할 것이오만…… 우리 집무실에서만 수저도 대지 않고 상을 물렸다……고 하면 주방 사람들이 소문을 퍼뜨릴 것이오. 여러분은 생각이 깊은 것 같으나 종종 모자랄 때가 있소."

이 말에 마시타 나가마사는 번쩍 고개를 들고 무릎을 비틀었다. 확실히 흥분해 있었다. 어쩌면 오사카에 있던 탓으로 타이코의 임종을 보지 못한 것이 큰 타격이었는지도 모른다.

"지부 님, 생각이 모자란다고 하시니 나도 할말이 있소. 대관절 이 잉어를 전하에게도 드렸는지, 어디 그 말씀을 좀 듣고 싶소."

미츠나리는 잠시 시선을 피했다.

"과연 그렇군요. 진정으로 적을 속일 생각이라면 유해에게도 음식을 드려야 한다……는 말이군요?"

"그렇게 했더라면 우리도 눈물을 머금고 먹을 생각이었다……는 말씀입니다."

"마시타 님."

"왜 그러시오?"

"귀하는 참 끔찍한 말씀을 하시는군. 전하가 타계하셨고, 우리가 잠시도 마음을 놓을 수 없는 것은 어린 히데요리 님에 대한 일…… 그 도련님도 생모도 또 키타노만도코로 님도 타이코가 타계하셨다는 것을 알고 계십니다. 그런데도 유해 앞에 귀하는 과연 태연하게 상을 올릴 수 있겠소?"

"……"

"이 미츠나리도 그 일만은 할 수 없어요. 물론 생각하지 않았던 것은 아니오. 생각에 생각을 거듭하다가…… 오직 도련님을 비롯한 여러분의 심정을 생각하고 참았소."

좌중이 물을 뿌린 듯이 조용해졌다. 언변으로는 도저히 미츠나리의 적수가 되지 못한다고 생각했는지, 나가모리는 여전히 눈을 붉힌 채 정원을 노려보았다.

"아직 그리 쉽게는 납득이 가지 않을 것이오. 그럼, 이 자리에서 미츠나리의 심정을 상세하게 설명하리다. 내가 이 잉어를 나누어 먹는 것을 여러분은 잔꾀라 생각하겠습니다만."

"그렇지는 않소. 그렇지는 않지만 실제로 도쿠가와 님은 전해받은 잉어를, 목숨을 구해줄 테니 전하의 쾌유를 빌라고 하면서 연못에 놓아주지 않았소?"

아사노 나가마사의 말에 미츠나리는 세게 혀를 차면서 그 말을 가로막았다.

"난처하게 됐군요. 그러기에 이 미츠나리는 일부러 잉어를 여러분에게까지 권한 것이오. 이 잉어야말로 도요토미 가문의 흥망에 큰 의미를 띠는 잉어란 말입니다."

3

미츠나리의 말에는 다른 세 부교를 제압하는 위엄이 있었다.

"도요토미 가문의 흥망을 가름할 정도로 큰 의미……?"

아사노 나가마사는 고개를 갸웃하고 마시타 나가모리와 얼굴을 마주보았다.

"그렇다면 대단한 잉어로군요. 어디 들어봅시다."

"그럽시다."

미츠나리는 기백이 담긴 목소리로 말을 이어갔다.

"내가 새삼스럽게 말할 것도 없이 타이코 전하의 서거는, 받아들이기에 따라 두 가지 의미가 있소이다."

"받아들이기에 따라 의미가……?"

"그렇소. 그 하나는 천하인의 서거로 받아들이는 일, 또 하나는 도요토미 가문의 주인인 히데요시의 죽음으로 받아들이는 일이오."

미츠나리는 이렇게 말하고, 과연 이들 세 사람에게 그 말이 통할지 아닐지를 탐색하려는 듯 잠시 사이를 두었다.

"천하인의 죽음으로 받아들인다면 당연히 다음에는 누가 천하를 차지하는가 하는 문제가 생기고, 후자 경우에는 누가 도요토미 가문을 이을 것인가 하는 문제가 생기오."

"말씀 도중에 죄송합니다마는, 그런 구별은 좀……"

마에다 겐이가 입을 열었다.

미츠나리가 거세게 머리를 흔들며 제지했다.

"좀 기다리시오. 순서에 따라 말하고 있소. 여러분은 도요토미 가문의 주인이 당연히 천하인이고, 그 천하인이 돌아가셨기 때문에 도요토미 가문의 계승자가 당연히 천하인…… 둘이면서 하나인 이 문제에는 한 점의 의혹도 있을 수 없다…… 이렇게 생각하실 터이지만, 이것은 어디까지나 도요토미 쪽…… 즉 우리들의 생각이오."

"으음……"

나가마사가 중얼거리면서 고개를 끄덕였다.

"도요토미 가문의 은혜를 생각지 않는 자라면 둘로 나누어 생각할 수도 있겠지요."

미츠나리는 웃으면서 끄덕여 보였다.

"아시겠지만, 에도의 나이다이진 같은 사람은 코마키 전투 후 가까워진 사람으로, 결코 타이코 전하의 은혜를 입었다고는 생각지 않는 쪽이에요."

"그렇기는 하나……"

아사노 나가마사가 양미간을 모았다.

"그처럼 분명하게 이름까지 거론하는 것은……"

"아니, 오늘 같은 날이니 가식 없이 말하는 것이오."

"하지만…… 그렇더라도 도요토미 가문의 은혜를 생각지 않는 사람은 결코 도쿠가와만이 아닐 것이오. 오슈의 다테나 츄고쿠의 모리도 그렇고, 큐슈의 시마즈도 모두 천하인으로서의 전하를 따랐을 뿐 각별히 은혜를 입었다고는……"

"좀더 내 말을 들어보시오."

미츠나리는 다시 엄하게 가로막고 무릎에 흰 부채를 세웠다.

"내 말도 아사노 님의 말씀과 마찬가지요. 도요토미 가문의 은혜를 생각지 않는 자는 결코 나이다이진 혼자만은 아니오. 문제는 바로 여기에 있소. 만약 이 사람들이 천하를 장악하는 자와 도요토미 가문의 후계자와는 별개라고 한다면 어떻게 되겠소? 분명히 말해서, 히데요리 도련님은 도요토미 가문은 계승하겠으나 천하와는 무관한 사람이라는 대답이 나올 것이오. 그런 대답이 나왔을 때 당연하다고 물러선다면 우리는 과연 전하를 대할 면목이 있다고 생각하시오……?"

미츠나리는 말을 끊고 침통한 표정으로 세 사람을 바라보았다.

"세 분 다 아시겠지요. 지금은 천하와 도요토미 가문을 둘로 생각하는…… 그 사고방식의 뿌리를 뽑아야 할 중대한 시기라는 것을."

세 사람은 다시 얼굴을 마주보고 자세를 고쳤다.

4

확실히 미츠나리의 말이 옳았다. 천하의 정권과 도요토미 가문은 생각하기에 따라 하나, 달리 생각하면 둘이었다. 그리고 당연히 이를 별개로 보는 쪽과 하나로 생각하는 사람이 있을 터였다.

"납득이 되신 것 같기에 말을 계속하리다."

미츠나리는 긴장된 세 사람의 표정을 둘러보고 나서 말을 이었다.

"우리 다섯 부교가 타이코 전하의 위업으로 확립된 천하와 도요토미 가문을 하나로 존속시키기를 원한다는 것은 새삼스레 말할 필요도 없는 일이오."

"그렇소."

아사노 나가마사가 맨 먼저 맞장구를 쳤다.

"그렇게 되기를 원하고 또 그렇게 되도록 하는 것이 돌아가신 전하의 은혜에 보답하는 길이오."

"아니, 돌아가셨다……는 말은 삼가시오."

미츠나리는 신중하게 일침을 가했다.

"그런데도 불구하고 마음속으로는 우리와 똑같은 것을 바라면서도 적의 덫에 걸려 저도 모르게 우리 쪽을 불리하게 만드는 분이 전하의 측근에도 있소."

"아니, 도대체 그게 누구란 말이오?"

마에다 겐이는 납득이 안 된다는 듯이 고개를 갸웃하고 일동을 둘러보았다.

"분명히 말하는데, 그분은 키타노만도코로요."

"예? 키타노만도코로 님이……"

키타노만도코로와는 아내 쪽으로 인척이 되는 나가마사가 강하게 고개를 내둘렀다.

"그럴 리 없소. 키타노만도코로 님은 그런 생각을 할 만큼 무분별한 분이 아니오."

"잠깐 기다리시오, 나가마사 님. 이 미츠나리는 확증이 없는 말은 하지 않습니다. 실은 상喪을 숨기는 동안에 머리를 푸실까 염려되어 부탁을 드리기 위해 키타노만도코로 님을 찾아뵈었소. 그때 키타노만도코로 님은 이런저런 이야기 끝에 이런 말씀을 하십디다…… 타이코의 생애를 통해 일관된 뜻은 분명하다. 일본을 통일하여 태평한 세상을 이룩하는 일…… 이것만은 남은 사람인 우리가 반드시 지켜야 할 첫째가는 유업遺業이라고."

"옳은 말씀 아닙니까? 과연 그렇다고…… 우리는 생각하는데요."

"아사노 님, 그렇게 간단하게 생각하시면 안 됩니다. 그 말이 지닌 무서운 함정을 깨닫지 못하셨소? 태평한 세상을 이룩하는 일이 평생 의…… 그렇다면 태평을 이룩하기 위해서는 히데요리 도련님의 존재는 문제가 되지 않는다, 가장 실력이 있는 자가 모두를 누르고 천하를 장악하라, 그대들도 전하의 유지를 받들어 그 실력자를 돕도록 하라…… 이렇게 되는 것 아니겠소?"

"그것은 극단적인 해석이오…… 비록 히데요리 님이 친자식이 아니라 해도 어찌 키타노만도코로 님이 그런 마음을……"

나가마사가 다시 격한 어조로 말했다. 미츠나리는 웃으면서 잉어국 사발을 들었다.

"국이 식습니다. 우선 나와 뜻을 같이하는 분은 한 모금씩 마시세요. 키타노만도코로 님에 관한 일은 나중에도 충분히 상의할 수 있어요. 문제는 두 가지 생각 중에서 그 하나를 관철시키기 위해서는 이 비통한 상을 숨기려고 잉어를 먹는 것보다 더 어려운 일이 계속될 것이오. 그 어려움을 극복하기 위한 맹세의 표시라 생각하고 드십시오."

이 말에 사람들은 가만히 사발을 집어들었다. 그러나 세 사람 모두 납득한 얼굴은 아니었다. 단지 미츠나리의 기세에 눌려 그 말에 따르지 않을 수 없다……는 압도된 분위기였다.

5

미츠나리는 상중에 잉어국을 마시는 모습들을 엄한 표정으로 지켜보았다. 세 사람의 생각은 각양각색일 테지만, 미츠나리는 그것으로 좋다고 생각했다. 다섯 부교들 중에서 자신의 지위가 선두라는 것은 모두들 충분히 인정하고 있었다.

다만 이들은 미츠나리가 아침 일찍 이에야스를 혼자 만나고 왔다는 사실은 알지 못했다. 이 방문이 실은 미츠나리가 깊이 생각한 계획을 실행에 옮기는 첫걸음이었다. 지금까지 그가 제후들 앞에서 새삼스럽게 이에야스에 대한 반항의 자세를 나타낸 것도 물론 그 깊은 생각과 무관하지 않았다.

히데요시가 죽은 후의 세상은 두 가지로 생각할 수 있었다. 미츠나리는 그 두 가지 중에서 도요토미 가문과 정권을 하나로 묶어 존속시키기 위해서는 우선 이에야스의 실력을 제후들에게 과대평가하지 못하게 하는 것이라 계산하였다.

"그까짓 이에야스 따위는……"

이러한 기백을 보이며 미츠나리는 제후들 앞에서 이에야스에게 필요 이상 오만불손하게 행동했다.

그렇다고 미츠나리가 이에야스를 과소평가하는 것은 결코 아니었다. 그는 이에야스의 무서움을 가장 잘 아는 사람이 자기라고 자부하였다.

히데요시의 죽음을 계기로 미츠나리도 조금씩 이에야스에게 접근하기 시작했다…… 이에야스에게 이런 생각을 갖게 하기 위해 은밀히 찾아간 것이 오늘 아침의 방문이었다……

물론 종래의 태도를 완전히 버리고 공손한 말을 하며 비위를 맞추는 그런 비굴함을 보일 생각은 아예 없었다.

'나는 타이코조차도 마음대로 움직여온 사나이……'

어쨌든 그러한 미츠나리가 다른 부교들도 모르게 이에야스를 찾아갔다……고 하면, 이에야스로 하여금 미츠나리도 결국은 내 편이라는 한 가닥 희망을 갖게 할 수도 있었다. 그런 한 올의 실을 걸어놓는 것이 앞으로 미츠나리의 앞길에 광명의 길을 여는 계기가 될 터.

실제로 이에야스는 다섯 타이로가 연서한 소환장을 가지고 즉시 하카타에 가라고 미츠나리에게 지시했다. 이것은 적어도 찌를 던져 물고기의 입질을 시험하는 낚시꾼의 낚싯대에 기분 좋게 전해진 반응의 하나였다.

미츠나리가 두려워한 것은 이에야스 자신이 타이코를 대리하여 하카타에 가는 일이었다. 지금 조선에 건너가 있는 장수들 중에는 미츠나리에게 은혜나 호감을 느끼는 자보다도 심한 반감을 품고 돌아오는 자가 훨씬 더 많았다. 자신에게 반감을 품은 많은 장수들과 이에야스를 만나도록 하는 것은 노련한 맹수 조련사에게 맹수를 넘겨주는 것만큼이나 위험이 따르는 일이었다······

미츠나리는 일동이 심각한 표정으로 국사발을 내려놓을 때까지 다시 한 번 자기가 세운 면밀한 계획의 실을 끌어당겨보았다.

"이에야스 따위 무어 대수로울 것 있느냐."

이런 기개를 여러 제후들에게 나타내 보이면서 이윽고 미츠나리는 이에야스의 마음속에 파고든다. 그리고 히데요리가 성인이 될 때까지 표면적으로는 이에야스와 대항하는 형태로 정치를 행하고 마침내 권력을 탈환한다. 아마도 그 시기는 이에야스의 나이로 미루어 결코 10년 이상 걸리지 않으리라······

'정권이 히데요리의 손으로 넘어온다면······'

여기까지 생각했을 때 마시타 나가모리가 더 이상 머리에 떠오르는 것이 없다는 표정으로 수저를 놓았다.

"지부 님, 그 의견에 따르면 앞으로 도요토미 가문은 전부가 아니면 전무全無가 되겠군요."

"뭣이, 전부가 아니면 전무라고······?"

미츠나리도 당장에는 그 말의 의미를 알지 못했다.

6

"그렇소. 전부냐 전무냐요."

마시타 나가모리는 다시 한 번 똑같은 말을 되풀이하고 동의를 구하듯 아사노와 마에다를 바라보았다.

"결코 겁이 나서 이런 말을 하는 건 아니오. 그러나 천하와 도요토미 가문은 하나……라고 단정하는 생각에는 옛날 겐페이源平° 때와 똑같은 위험이 따른다고 생각되는데요."

"과연……"

마에다 겐이가 맨 먼저 나가모리가 하려는 말의 의미를 깨달은 듯 머리를 끄덕였다.

"분명히 그렇소. 천하를 잃자 헤이시平氏 가문도 동시에 사라졌다……는 말씀이로군요."

"그렇소."

마시타 나가모리는 무겁게 고개를 끄덕이고 이번에는 시선을 미츠나리에게 보냈다.

"천하와 도요토미 가문은 별개의 것……이라 생각하면 정권 변동이 있어도 도요토미 가문이 존속할 길은 있소. 그러나 천하와 도요토미 가문은 떨어질 수 없는 하나라고 할 경우에는 정권을 잃었을 때가 곧 도요토미 가문이 멸망하는 때가 되오. 이것이 바로 깊이 생각해야 할 핵심……이라는 생각이 드는데 어떻습니까?"

미츠나리는 꿀꺽 숨을 삼키고 신경질적으로 흰 부채를 다시 무릎에 세웠다.

"마시타 님, 자신의 그런 생각이 부끄럽지 않소?"

"그게 무슨 말씀이오…… 아직 도련님은 어리십니다. 만약의 경우를 여러모로 생각하여 어떤 경우에도 선처할 수 있도록 대비하는 것이 우리 부교들의 의무라 생각했기에 말한 것이오."

"아니, 바로 그것이 적이 노리는 바요!"

"당치도 않은 말이오. 말씀이 좀 과하다고 생각지 않소, 지부노쇼?"

"답답한 노릇이군!"

미츠나리는 다시 한 번 내뱉듯이 말했다.

"내 말을 잘 들으시오, 우에몬. 귀하의 말처럼 천하와 도요토미 가문은 별개의 것……이라 생각한다면 생각하는 그 순간부터 다음의 천하인이 결정된다……는 사실을 모른다는 말이오?"

"그러면, 일본 천하는 그대로 도쿠가와 님 손에 넘어간다……는 말이오?"

"말할 나위도 없소! 첫째가는 실력자라 자부하고 있을 뿐 아니라, 전하가 당분간은 정무를 이에야스에게 맡긴다……고 하신 것을 방패 삼아 그가 제후들의 결속에 성공한다면 어떻게 하겠소?"

"일리 있는 말이지만, 그렇다면 정권을 도쿠가와 님에게 건네지 않을 수 있는 방책이 따로 있다는 말이오?"

"말을 돌리지 마시오. 우선 정무는 나이다이진인 이에야스가 집행합니다. 그러나 이것은 어디까지나 도련님이 어리시기 때문에 불가피한 편법일 뿐, 도련님이 성장하셨을 때는 즉시 돌려드리도록 만들어 놓아야 되오."

미츠나리는 이미 동료를 대한다기보다도 어리석은 부하를 꾸짖는 듯한 어조가 되었다.

"가령 여러분이 처음부터 도요토미 가문과 천하는 별개의 것……이라는 생각으로 출발한다면 이에야스는 힘으로 천하를 장악한 줄로 착각하고, 착각한 순간부터 도요토미 가문을 말살시키려 할 것이오. 그렇게 되면 끝장이오."

"하지만 그것은……"

다시 입을 연 나가모리를 미츠나리는 무서운 기백으로 눌렀다.

"귀하의 생각은 깊은 뜻을 지닌 것 같으나 몽상에 지나지 않소. 어느 쪽으로 넘어가도 도요토미 가문은 존속한다…… 그런 기회주의가 허용될 시기가 아니오. 지금은 천하와 도요토미 가문은 하나! 정권은 도런님이 성인이 되셨을 때 삼가 도요토미 가문에 반환할 것…… 이런 결정을 굳히지 않는다면 어떻게 제후들을 누를 수 있다는 말이오. 적의 덫에 걸리면 안 됩니다."

7

마시타 나가모리는 시무룩한 표정으로 입을 다물었다.

나가모리와 미츠나리는 '이에야스 관觀'이 근본적으로 다른 모양이었다. 나가모리의 생각에 따르면, 이에야스는 적대하는 자에게는 강하고 섬뜩한 존재이지만 일단 납득했을 때는 온화한 순응성을 나타낸다.

코마키와 나가쿠테 전투 때의 이에야스…… 또 그 후 오사카 성에 올때까지의 이에야스…… 무척이나 타이코를 괴롭힌 완고 일변도의 이에야스였으나, 일단 감정을 푼 뒤의 이에야스는 양처럼 순종하고 성실했다.

이에야스가 처음 오사카에 온 것은 텐쇼天正 14년(1586), 그로부터 12년 동안 타이코에게는 그야말로 다사다난한 세월이었다. 아직까지 계속되는 조선과의 전쟁은 제외하고라도 리큐 사건, 칸파쿠 히데츠구 사건, 중도에 결렬된 화의교섭, 그 화의가 깨진 뒤의 미츠나리와 코니시 유키나가의 처리 등…… 그러나 어느 경우든 이에야스는 히데요시를 실수 없이 보좌했다.

사건 때마다 히데요시에게 위기에 처한 자의 구명을 청하여 목숨을 건진 측근의 수만 해도 열 손가락으로는 다 꼽지 못한다. 화의가 결렬되었을 때의 미츠나리 역시 이에야스의 은혜를 입었다. 그러한 이에야스인 만큼 어디까지나 적의를 버리고 친근감을 가지고 접근해야 한다고 나가모리는 생각하였다.

'전에는 사나운 맹호였는지 모르나……'

지금은 히데요시의 유언에 따라 정무를 집행하는 사람, 어린 히데요리에게 손녀 센히메를 출가시킬 약속까지 한 인척 어른이기도 했다.

이쪽에서 담을 헐어버리면, 히데요리는 그렇다 치더라도 히데요리와 센히메 사이에 태어난 아들의 시대가 되면 이에야스의 핏줄이 그대로 도요토미 가문의 주인이 될 것 아닌가……

'경계하기보다는 접근하여 하나가 되도록 해야 한다……'

이렇게 생각했는데, 미츠나리는 전혀 이러한 의견을 받아들이려는 기색이 없다.

"마시타 님은 이에야스를 상당히 높이 평가하시는군."

미츠나리는 마치 나가모리의 마음속을 꿰뚫어보고 있기라도 한 듯 날카롭게 실눈을 뜨고 히죽 웃었다.

"귀하도 이에야스를 성실한 나이다이진으로 보신 모양인데, 그는 결코 호락호락한 인물이 아니오."

"……"

"귀하에게만 하는 이야기가 아닙니다마는, 처음부터 전하의 연세, 건강, 많지 않은 혈육…… 등을 냉철하게 계산하고, 이것이 다음의 천하를 손에 넣을 길이라 판단한 끝에 가면을 쓰고 접근해온 것이오. 문제는 어떻게 하면 그 음흉한 자가 본성을 드러낼 기회를 주지 않고 차단하느냐에 있소. 잘 생각해보면 모를 리가 없을 것이오!"

미츠나리는 위압을 가하는 동안 가끔 냉소를 떠올렸다.

"상대는 오랜 세월을 거치는 동안 신통력을 몸에 지니게 된 큰 너구리라 할 수 있소. 여러분, 홀려서는 안 됩니다. 아니, 홀리지 않기 위한 유일한 부적이 도요토미 가문과 천하는 하나라는 주문이오. 이 부적을 놓치면 당장 제후들의 결속은 무너지고, 도요토미 가문을 멸망시키려 덤벼들 것이오. 도요토미 가문의 존속을 도모하는 길은 각자가 그 부적을 이마에 붙이고, 도련님의 대리라는 입장말고는 절대로 이에야스를 인정하지 않는 데에 있소."

나가모리도 더 이상 입을 열 수 없었다. 섣불리 말했다가는 이에야스와 내통하고 있다는 오해를 받게 될지도 몰랐다.

물론 이러한 점을 잘 알고 은근히 위압을 가해오는 미츠나리이기도 했으나……

8

나가모리가 입을 다물자 이번에는 아사노 나가마사가 미츠나리 쪽으로 향했다.

"나도 우에몬다이부右衛門大夫의 말씀에는 일리가 있다고 생각하오. 지금 굳이 나이다이신을 적내시하는 것은 긁어 부스럼을 만드는 일. 타이코 님이 생전에 하신 유언으로 이미 일은 결정되었소. 되도록 원만하게 넘어갔으면 합니다."

미츠나리는 비웃음으로 그 말을 받았다.

"그렇소. 타이코의 유언으로 이미 일은 결정되었다고 우리 쪽에서 말한다면, 천하와 도요토미 가문은 하나. 그렇지만 히데요리 님이 아직 어리니 성인이 되실 때까지 정권을 이에야스에게 맡겨야 해요…… 그러나 이 경우 이렇게 받아들이지 않는 자는 전혀 그런 생각을 하지 않고 있다는 말이오."

"그렇게 생각하지 않는다면 어떤 점에 의심이 간다는 말이오?"

"가령 타이코의 유언은 병석에 누워 이미 제정신이 아닌 노인의 헛소리였다……고 생각하는 자가 나타난다면 어떻게 하겠소? 아니, 실제로 그런 뜻을 풍기는 말이 키타노만도코로의 입에서 나오고 있소. 아사노 님은 키타노만도코로와는 인척이시니 특히 이 점에 조심하도록 진언해주시오."

결국 나가마사도 입을 다물었다. 더 이상 말하면, 키타노만도코로가 그런 생각을 하게 된 것은 나가마사 자신의 죄가 아니냐고 힐문할지도 몰랐다.

마에다 겐이는 어색해진 분위기를 부드럽게 하려는 듯 미츠나리에게 말하면서 수저를 들었다.

"상당히 시간이 지났고, 모쿠지키 대사가 별실에서 기다리고 있으니 이만하고 다음 일의 준비를……"

벌써 문제의 국은 완전히 식어 있었다. 네 사람은 각자 자기 나름의 감회에 젖은 채 식사를 시작했다.

"문제는 우리 측근들이 결속할 수 있느냐 없느냐에 달려 있소. 우리가 결속만 하면 이에야스 따위는 하나도 두려울 것 없어요."

미츠나리는 이렇게 말하고 그만 쓴웃음을 떠올렸다.

'이에야스를 두려워해야 한다고 계속 부추긴 것은 바로 내가 아니었던가……'

더구나 그런 말을 한 자기가 도리어 위로를 하게 된 분위기의 변화는 야유 이상으로 무서웠다.

'이에야스는 역시 모두의 마음에 크게 자리잡고 있었다……'

"우리의 마음가짐은 분명해졌소. 그러므로 오늘 중으로 암매장을 끝내고 내일은 조선으로부터의 철군을 상의하도록 합시다."

"그 일이 정말 중요하오."

"말할 나위도 없지만, 원로들에게 서거를 알리지 않고 몰래 매장하는 것은 모두 임종 때 전하가 하신 유언에 따른 바…… 이에 대해서는 절대로 말이 어긋나지 않도록 각별히 주의해주시오."

이제부터는 자신이 강력하게 밀어붙이지 않으면 안 된다고 미츠나리는 생각했다. 자기가 경계하는 이상으로 모두 이에야스를 두려워하고 있었다.

"그럼, 맹세하기 위한 국은 모두 마셨소. 이제부터는 돌아가신 주군에게 보답하는 우리의 충성심이 얼마나 순수하고 깨끗한 것인가를 천하에 과시하는 일이 남았소."

미츠나리는 소리 내어 잉어국을 마시고 나서 익살스러운 태도로 오른팔을 구부려 보였다.

"아마도 미츠나리의 이 여윈 팔에 도요토미 가문을 수호하려는 불퇴전不退轉의 힘이 깃들인 것 같소. 하하하하……"

세 사람은 잠자코 무릎 앞에서 상을 멀리 밀어놓았다.

조선 철병

1

이에야스는 히데요시의 죽음도 조선에서의 철수 방법도 이미 생각해놓았던 일이다.

'이제 타이코의 목숨은 얼마 남지 않았다……'

이렇게 보았을 때부터 당연히 생각해두어야 하는 일이었다. 만일 철수 방법이 잘못된다면 히데요시의 죽음과 동시에 내란이 일어나고, 그렇지 않아도 부족한 선박을 조달하지 못해 조선에 있는 수십 만 병사들을 죽이는 꼴이 되고 만다.

그렇게 될 경우, 히데요시의 이름은 불세출의 영웅이기는커녕 나라를 욕되게 만든 포악한 장수였다는 오명을 역사에 남기게 된다. 이 점은 히데요시 자신이 가장 잘 알고 있었다. 죽기 사흘 전인 8월 15일 이에야스를 머리맡에 불러 눈물을 흘리면서 뒷일을 부탁했다.

이 마지막 부탁만은 무슨 일이 있어도 들어주어야 했다. 그렇기는 하나 이 일은 이에야스로서도 결코 손쉬운 일이 아니었다. 일본 전체의 운명이 담긴 이 주머니는 그 어디에 조그마한 틈만 생겨도 걷잡을 수 없이 당장 터져나갈 것이었다.

아미다가미네의 비밀 매장이나 상중의 잉어에 대한 일 같은 것은 미츠나리의 뜻에 맡겨도 상관없었다. 그러나 병력의 철수 절차와 현지 전쟁터에서의 정전停戰, 철수의 합의 같은 문제는 어디까지나 실행 가능한 전술적인 뒷받침이 있어야 했다.

'미츠나리는 명령의 전달은 할 수 있지만, 전쟁터에 대해서는 전혀 모른다.'

그런 만큼 가능한 한 그들의 마음을 달래면서 철수 시기와 방법에 대해서는 절대로 말하지 말도록 엄금할 생각이었다. 그렇지 않으면 타이코의 죽음으로 사기를 잃은 아군이 철수 과정에서 섬멸당할 우려가 없지 않았다.

이런 생각을 하면서 저택에 틀어박혀 있는 이에야스에게 다섯 부교가 등성을 청한 것은 히데요시가 죽은 지 7일째인 25일 아침이었다.

그때까지 미츠나리는 자기 생각에 따라 계속 측근들의 결속을 다지는 일에 몰두하였다.

이에야스가 등성했을 때 마에다 토시이에는 먼저 와 있었다.

다섯 타이로 중에서 우에스기 카게카츠는 영지 아이즈會津에 있었고, 우키타 히데이에와 모리 테루모토 두 사람은 아직 보이지 않았다. 혹시 미츠나리는 히데이에나 테루모토 따위는 문제가 아니라고 생각하는지도 모른다.

먼저 와 있던 토시이에도 별로 건강이 좋지 않은 듯, 핏기 없는 얼굴에 눈 밑이 약간 부어 있었다.

"나이다이진, 결국 타이코가 먼저 떠났군요."

토시이에는 이렇게 말하고 손끝으로 눈두덩을 가만히 눌렀다.

"내가 대신 갈 수 있는 길이라면……"

떨리는 소리로 말하고 희미하게 웃었다.

"예, 천명이라고는 하나 참 비통한 일입니다."

"방금 부교들로부터 이야기를 들었는데, 조선에서의 전쟁 뒤처리가 가장 마음에 걸리셨던 모양인지, 자신의 죽음을 숨기고 속히 철수시키라는 유언이 계셨다고 하더군요."

이에야스는 크게 고개를 끄덕였다.

"유언이니 어겨서는 안 됩니다. 곧 계획을 세워야겠습니다."

동석한 미츠나리는 생전에 타이코가 에이토쿠永德에게 그리게 한 천장의 모란꽃을 무심히 올려다보고 있었다……

2

"지부노쇼의 의견으로는, 타이코의 명을 받아 우리 타이로들이 연서한 소환장을 가지고 현지에 사자를 파견하는 것이 어떻겠느냐고 합니다마는……"

만사에 신중한 토시이에는 용어 하나하나에 이르기까지 그 인품을 드러내었다.

"이 일은 유언도 계시고 하니 우선 나이다이진과 상의하는 것이 순서라고 생각합니다."

이에야스는 크게 고개를 끄덕이고 미츠나리에게 말했다.

"다섯 타이로 중에서 우에스기 님은 부재중, 그렇다면 네 사람의 연서가 될 터인데 그래도 괜찮을까요?"

"그렇습니다. 나이다이진 님과 다이나곤 님이 결정을 내리시면 우리가 모리 님, 우키타 님에게 그 뜻을 전하고 추후로 승인을 얻도록 하겠습니다."

"그게 좋겠소."

평소에는 자기 생각을 좀처럼 말하지 않는 이에야스가 오늘은 의외일 정도로 분명하게 의사 표시를 했다.

미츠나리는 이러한 태도 역시 방심할 수 없다고 생각했다. 지난번에 몰래 찾아갔을 때는 미츠나리와 거의 똑같은 말을 한 이에야스였는데, 과연 오늘 그 말을 번복하지 않을지……

이때 오늘 오사카에서 올라온 나츠카 마사이에가 들어서고, 뒤를 잇듯 마시타, 마에다, 아사노 등 세 사람이 나타났다.

다섯 부교에 두 타이로의 동석.

이 사람들로 철수 문제를 결정하려는 것이 미츠나리의 속셈인 듯. 물론 이에야스에게까지 비밀리에 연락한 미츠나리이므로 우키타, 모리에게도 연락했을 것이다. 어쩌면 아이즈의 우에스기에게도 사람을 보냈을지 모른다.

"다이나곤 님의 말씀도 계시고 하니 결정을 내리기 전에 지부노쇼에게 한마디 하고 싶은 말이 있는데……"

일동이 모두 자리에 앉은 뒤 이에야스가 말했다.

"지부노쇼는 타이코 님이 살아 계실 때부터 신임이 두터웠던 분. 이번 조선 철군 문제도 철저하게 요점을 파악하고 수고를 아끼지 말아야 할 것이오."

"그 점은 잘 알고 있습니다."

"……어려운 점은 조선에 건너간 장수들 사이의 반목에 있다고 생각됩니다만……"

이에야스는 이렇게 말하고 다섯 부교를 죽 둘러보았다.

"현지에 사자로 갈 사람이 중요하오. 내 생각으로는 쌍방 모두에게 인망이 있는 토쿠나가 나가마사와 미야모토 토요모리宮本豊盛를 파견했으면 하오. 다이나곤 님도 이의 없으시겠지요?"

토시이에는 말이 너무 앞질러 나가지 않는가 하는 생각이 들었다. 아직 타이로들이 연서한 소환장을 누가 보급 기지인 하카타에 가져가야 할지도 결정되지 않았다. 그래서 고개를 갸웃했다.

"이 두 사람은 현지에 건너가는 것이겠지요?"

"그렇습니다."

"그렇다면 하카타에 파견할 사람을 먼저……"

"그것은 말할 나위도 없습니다. 타이코의 대리인으로서 타이로들이 연서한 소환장이라면 당연히 지부노쇼가 가져가야지요."

"으음, 과연 그렇군요."

토시이에는 순순히 고개를 끄덕였다.

미츠나리는 깜짝 놀라는 것 같았다. 이에야스는 미츠나리가 예상했던 것보다 훨씬 더 그의 위신을 세워주었다. 경우에 따라서는 이에야스 쪽에서 비위를 맞추려 할지도 모른다…… 이렇게 생각하고 있는데 이에야스가 다시 말했다.

"지부노쇼가 가셔야 하는 것은 당연한 일이지만 혼자만으로는 무게가 실리지 않습니다. 따라서 아사노 나가마사, 모리 히데모토 두 분이 동행할 것. 그리고 가는 도중에 어떻게 하면 현지에서 분란이 일어나지 않을지 잘 상의해야 할 것이오."

이에야스의 말은 엄하게 명령하는 어조 바로 그것이었다.

3

미츠나리는 시큰둥한 표정으로 토시이에 쪽을 보았다. 이에야스가 말한 내용은 미츠나리에게 결코 불리하지는 않았다. 다만 그 태도가 마음에 들지 않았다. 토시이에와 미츠나리 앞에서 자신의 결정을 그대로 밀어붙이는 태도가 그의 감정에 채찍을 가해왔다.

'벌써부터 타이코가 된 듯 티를 내는구나, 이에야스는……'

이런 생각이 드는 순간 이에 대해 토시이에가 어떤 반응을 나타내느냐 하는 것이 미츠나리로서는 놓칠 수 없는 관심사였다.

토시이에는 여전히 온화한 눈으로 크게 고개를 끄덕이고 아사노 나가마사에게 시선을 옮겼다.

"아사노 님은 울산에서 농성할 때의 일도 있고 하니 키요마사 님과는 각별히 친밀한 사이, 필히 동행해 잘 처리해주시기 바라오."

이에야스의 말에 반감을 느끼기는커녕 지극히 당연한 일로 받아들이고 조언까지 했다. 이 역시 미츠나리에게 불리한 조언은 아니었다.

미츠나리에게 가장 마음에 걸리는 개선장군은 말할 나위도 없이 카토 키요마사였다. 키요마사의 미츠나리 혐오는 미츠나리의 이에야스 혐오에 필적할 정도로 철저했다. 하카타에서 미츠나리를 물고늘어질 자가 있다면 그것은 키요마사 외에는 없었다. 그런데 이 키요마사는 키타노만도코로의 동생을 아내로 삼은 아사노 나가마사와는 어렸을 때부터 혈육이나 다름없는 친교를 맺고 있었다.

나가마사는 두번째 조선 출병 때 아들 요시나가를 키요마사에게 부탁했고, 키요마사도 그 부탁에 부응했다. 곧 울산성에서 아사노 요시나가가 명나라 군사에게 포위되었을 때, 서생포西生浦에서 수군을 이끌고 결사적으로 그 구원에 나서, 요시나가와 함께 말로 다할 수 없는 굶주림을 견디면서 농성을 계속하여 마침내 그를 구출했다……

이런 사실을 알고 있는 만큼 미츠나리도 나가마사의 동행을 원했고, 토시이에가 이 일에 찬성을 표하는 것도 경륜 있는 원로로서는 당연한 일이었다.

그러나 감정과 이성은 그리 쉽게 악수하지 않는다. 미츠나리는 반쯤 이야기를 마감하듯이 ―

"알겠습니다. 대충 결정이 난 것 같군요."

이렇게 말하며 다른 부교 쪽을 바라보았다.

"철수하기 위해서는 우선 군선軍船 삼백 척의 준비가 필요합니다. 그러므로 저는 속히 하카타에 가서 준비에 착수하겠습니다."

"부디 현지 군사가 상하지 않도록 조치하시오."

"그 점은 모두 전쟁터에서 단련된 용사들, 염려하실 것 없습니다."

미츠나리는 가볍게 토시이에게 웃어 보이고 갑자기 어조를 바꾸어 말을 계속했다.

"결정이 내려졌으니 저는 당분간 이곳을 비우게 되었습니다. 그래서 말씀 드리는데 노하지 마시기를……"

"무언가 부재중일 때 마음에 걸리는 일이라도 있소?"

이에야스가 일동을 대신하여 물었다. 미츠나리는 갑자기 농담 비슷하게 목소리를 떨구었다.

"여러분은 도련님의 생모 요도 부인을 어떻게 생각하십니까?"

"요도 부인을……?"

"그렇습니다. 연세가 이제 겨우 서른둘, 여인의 아름다운 자태가 한창 피어나는 때…… 그냥 내버려두어도 좋다고 생각하십니까?"

갑작스런 화제의 전환에 한순간 모두 어안이 벙벙했다.

"어떨까요, 이 기회에 요도 부인을 다이나곤 님 소실로 삼으시면?"

미츠나리는 진지한 표정으로 가만히 이에야스의 안색을 살폈다.

4

모두 미츠나리가 무슨 말을 하려는지 납득하지 못하는 얼굴이었다.

다이나곤……이란 누구를 가리키는가. 아마도 공경 중에 그런 인물이…… 이런 의아심 속에서 헤매는 어리둥절한 표정들이었다.

"다이나곤이란 물론 여기 계시는 카가 다이나곤 님 말씀입니다."

"뭣이! 지금 뭐라고 했소?"

토시이에가 깜짝 놀라 반문하는 것을 미츠나리는 다시 정색을 하고 가로막았다.

"다이나곤 님은 도련님의 사부, 이 기회에 그 생모를 부인으로 맞이하셔서 세상에서 흔히 말하는 의붓아버지로서 양육하신다면…… 하고, 물론 이것은 도요토미 가문을 생각하는 충정에서 나온 이 미츠나리의 개인적인 생각입니다마는."

"지부 님."

토시이에는 불끈 성이 난 표정이었다.

"오늘은 전하가 돌아가신 지 초이레째 되는 날이오. 이 자리는 그런 말을 꺼낼 곳이 아니오."

이렇게 말하면서 더욱 씁쓸한 표정이 되었다. 지금 토시이에가 무슨 말을 하면 할수록 그런 이야기가 벌써 일부에서 있었다는 오해를 받을 것 같은 분위기였다.

'그러나저러나 미츠나리는 무엇 때문에 이런 엉뚱한 이야기를 꺼낸 것일까?'

토시이에에게는 토시나가利長, 토시츠네利常 두 아들을 낳은 아내가 엄연히 영지에 살아 있지 않은가.

"아니, 물론 동의를 얻으려고 말씀 드린 것은 아닙니다. 그러나 혼사는 대소를 불문하고 은밀히 진행한다면 법도에 어긋나는 일이므로 일단 여러분에게 알려드리는 것뿐입니다. 아무튼 생모님은 너무 젊습니다. 그런데도 무리하게 혼자 사시도록 강요하여 공연한 소문이라도 나돌면 가문을 위해 좋지 않다고 여겨……"

미츠나리는 농담인지 진담인지 모를 어조로 말하고 이번에는 이에야스를 향해 미소를 보냈다.

"……혹시 나이다이진 님은 내전 여자들의 소문을 들으신 일이 없습니까?"

"내전 여자들의 소문……?"

"물론 농담이겠지만, 나이다이진 님이 요도 부인을 마음에 두고 계시다는 소문입니다."

"뭣이, 내가……?"

"그렇습니다. 나이다이진 님은 생모와 천하를 함께 손에 넣으시려한다고……"

"그것은 거짓말이오!"

갑자기 나가마사가 끼여들었다.

"그럴 리가 없소. 내전 여자들은 아직 타이코 님의 서거를 알지 못해요. 그런데 어떻게 그런 소문이……"

"하하하…… 제 말씀을 좀더 들어보십시오. 물론 서거하신 것은 모릅니다. 아직 병석에 누워 계시는 줄로 모두 알고 있습니다. 그런데도 그동안에 이런 소문이 난다…… 생모님이 젊고 아름다우시기 때문입니다. 그래서 이런 말을 할 장소가 아닌데도 감히 제가 말씀 드렸던 것이지요. 나이다이진 님에게도 크게 폐가 되는 일…… 그러므로 일단 생각은 해두어야 할 일이라 생각하고 말입니다."

그러면서 미츠나리는 다시 웃는 낯으로 토시이에와 이에야스를 뚫어질 듯이 바라보았다.

미츠나리도 물론 오늘 이런 이야기를 할 생각은 아니었다. 그러나 온후한 토시이에가 무조건 이에야스를 믿으려는 듯한 태도를 보이는 바람에, 자기가 없는 동안 두 사람의 접근에 쐐기를 박아놓지 않을 수 없었다.

미츠나리로서는 토시이에가 이에야스의 앞을 가로막는 큰 적이어야했다……

5

미츠나리의 말은 이에야스보다도 주위 사람들의 이맛살을 더 찌푸리게 만들었다.

농담으로 듣기에 충분한 이야기이기는 했다. 그러나 요도 부인과 천하를 한꺼번에 손에 넣으려 한다고 말하다니 이 얼마나 노골적인 반감의 표시란 말인가.

이에야스는 안색을 바꾸지 않았다. 그 역시 다른 사람들처럼 쓴웃음을 지었을 뿐이었다.

"여담은 이만 하고, 현지 장수들에게 타이코의 서거를 알릴 시기 말인데……"

이렇게 말하며 화제를 돌렸다.

"이런 일은 누설되기 쉬운 것, 상대가 풍문으로 듣고 알고 있을 때는 사자에게 귀띔하여 굳이 숨기려 하지 않도록 해주시오. 물론 여러 사람이 동석했을 때 공식적으로 발표해서는 안 되지만, 사람들을 물리고 대장에게는 사실대로 털어놓으시오. 그렇지 않으면 철수 작전, 적과의 화의, 군사들의 단속 등에 여러 가지 영향을 줄 것이오. 만약 그 때문에 고전과 혼란이 초래된다면, 나중에 항의와 반감의 계기가 될지도 모르는 일이오."

그 어조가 조용한 가운데서도 일동을 다시 제압해나갔다. 어떻게 될 것인지 초조해하던 마에다 겐이도 마시타 나가모리도 모두 안도의 숨을 내쉬었다. 나츠카 마사이에는 아직도 미츠나리를 흘끔흘끔 노려보았다. 미츠나리가 또 무슨 말을 할지 몰라 걱정하는 기색이기도 했다.

"십일월 중에 철수를 끝냈으면 하오. 십이월이 되면 바다가 거칠어질 것이오. 가능하면 병사들에게 설을 자기 집에서 맞을 수 있도록 해주고 싶으니까 말이오. 그렇게 알고 지부노쇼는 선박 준비에 최선을 다하시오. 그래서 모두 고국의 땅을 밟고 한시름 놓았을 때 지부노쇼가 정식으로 타이코의 서거를 발표하는 거요."

이렇게 말하고 이에야스는 씁쓸한 얼굴로 눈을 감고 거북해하는 마에다 토시이에에게 말했다.

"어떻습니까, 다이나곤. 일단 장수들을 상경케 할 필요가 있다고 생각하는데 말입니다. 아니면, 영지로 돌아가게 했다가 장례 때 다시 상경하도록 하는 것이 좋을까요?"

토시이에는 그 말에 구원을 받은 듯 눈을 떴다.

"그 점은 각자의 사정을 충분히 고려해볼 필요가 있습니다. 들은 바로는, 시마즈 백성들은 곤궁이 극에 달하여 폭동을 일으킬지도 모르고, 또 경작지를 버리는 자가 속출한다고 합니다…… 그러므로 각 영지의 사정을 감안하여 결정을 내려야 할 것입니다."

"그렇군요, 그럼 그렇게 하도록 합시다. 지부노쇼도 그런 줄 알고 계시오…… 따라서 장례는 이월 이후……라야 가능하겠군요."

이에야스가 일동을 돌아보며 이렇게 말했다.

"이월도 되도록 하순이 좋겠습니다."

겐이가 말했다.

"오지 말라고 해도 영주들은 일단 상경할 것이고, 워낙 긴 전쟁이어서 영지에 돌아가면 해야 할 일이 산적하여 피로를 풀 틈도 없을 것이니 말입니다."

"당연하오. 그렇게 하도록 합시다."

이에야스는 이 일도 결정한 것으로 마무리지었다.

"다음은 키타노만도코로 님이 오사카로 돌아가실 시기인데, 오쿠라 大藏 님은 어떻게 생각하시오?"

이번에는 나츠카 마사이에에게 시선을 돌렸다.

"키타노만도코로 님은 남자 못지않게 성격이 강하시므로 그분의 뜻에 맡겨도 좋다고 생각하는데, 이 일에 대해서는 귀하가 의사를 타진해 보시오."

아사노가 흘끗 미츠나리를 보았다. 키타노만도코로 이야기가 나오면 언제나 흥분하는 미츠나리의 버릇을 잘 알기 때문이다.

6

"알겠습니다. 키타노만도코로 님이 오사카에 안 계시는 동안의 일도 보고 드릴 일이 있으니 제가 가서 뜻을 여쭈어보겠습니다."

나츠카 마사이에는 정중하게 대답하고 그 역시 흘끗 미츠나리 쪽을 돌아보았다.

그러나 미츠나리는 의외일 정도로 밝은 표정이어서 이 문제에 대해서는 전혀 이의가 없는 듯했다. 아니, 이의가 있기는커녕 그는 오늘은 완전히 자기가 이겼다고 생각하였다.

철수 절차에 대해서는 전적으로 자기 뜻대로 되었고, 농담 비슷하게 던진 요도 부인에 대한 이야기도 예상했던 이상의 반응이 있었다.

인간처럼 암시에 약한 생물도 없다.

그 말을 듣고부터 이에야스는 어조에 훨씬 더 무게를 실었다. 이에야스가 그 말에 마음이 흔들렸다는 증거라 할 수 있었다.

솔직히 말해서 미츠나리는 결코 요도 부인을 높이 평가하지 않았다. 현명한 듯하면서도 그렇지 못하고, 강한 기질인 것 같으면서도 별로 강하지도 못했다. 고작 명문 출신이라는 긍지를 지녔을 뿐, 겉만 알고 속을 몰라 손해를 볼 가능성이 있는 재녀에 지나지 않는다고 평가하였다.

그러나 만약 그녀가 이에야스에게 접근하기라도 한다면 큰일이었다. 이에야스는 고독하게 규방을 지키는 여자 한두 사람쯤은 다룰 정력이 아직 충분했다. 이러한 그가 도요토미 가문의 장래, 유아遺兒의 보증…… 이런 것을 미끼로 만에 하나라도 요도 부인을 품게 된다면 그때는 미츠나리로서는 손을 쓸 수 없는 파탄이었다.

세상에 책사는 많으나 아직 여기까지 생각을 돌리는 자는 없었다. 만일 이 사실을 깨닫고 책동하는 자가 있다면 요도 부인은 자식에 대한 사랑 때문에라도 쉽게 무너질 우려가 있었다……

오늘은 생각난 김에 말을 꺼냈다가 멋지게 큰 말뚝 하나를 박은 결과가 되어 미츠나리는 매우 만족스러웠다.

'이제는 안심하고 쿄토를 떠날 수 있다……'

히데요리와 요도 부인과 마에다 토시이에…… 이들을 확실하게 자기 진영에 묶어놓지 않으면, 도요토미 가문에 대한 미츠나리의 충성심은 그 목표 설정 자체가 어려워진다.

이 세 사람을 묶어놓기 위해서는 요도 부인이 질투하는 적인 키타노 만도코로가 어느 정도 이에야스에게 접근한다 해도 도리가 없는 일이었다. 아니, 도리어 이것을 구실로 요도 부인을 더욱 강하게 견제할 수 있기도 했다.

좌중의 이야기는 그로부터 철수에 필요한 말먹이에 대한 상의로 옮겨지고, 다시 식량 조달 문제로 이어졌다.

장례는 2월 말, 그때까지 미츠나리는 자신에게 불만을 품은 장수들의 회유에 전력을 기울이기만 하면 된다. 뭐니뭐니 해도 장수들은 히데요시가 키운 사람들. 외로운 유아 히데요리를 내세우고 이에야스의 야심을 폭로해나간다면 도요토미 가문에 등을 돌릴 자는 없었다.

"이것으로 모두 납득이 되었습니다."

회의가 끝날 무렵, 미츠나리는 사람이 달라진 듯이 모난 모습을 보이지 않게 되었다.

"오늘로써 초이레도 끝나므로 유해를 화장하고 도련님에게 인사를 드린 후 즉시 하카타로 출발하겠습니다."

'이것으로 이에야스는 보기 좋게 내 두뇌의 덫에 걸렸다. 하카타에 가서 내가 먼저 철수해오는 장수들을 만나게 되다니, 이 얼마나 다행스러운 일인가. 거기서 일단 장수들의 마음에 암시의 말뚝만 박아놓으면 그 말뚝은 두고두고 효력을 발휘할 터.'

미츠나리는 회의가 끝나자 생기 넘치는 표정으로 내전에 있는 요도 부인을 찾아갔다.

7

요도 부인은 귀신에 홀리기라도 한 듯 왠지 모르게 들떠 있었다. 스스로 생각해도 이상하다는 생각이 들었다.

'오늘은 타이코의 초이레가 아닌가……'

그러나 상중의 슬픔을 나타내서는 안 된다. 그래서 일부러 들떠 있는 것처럼 보이려 하는 것일까?

이런 자문자답을 하고 있으려니, 당황해하면서 고개를 돌리고 날름 혓바닥을 내미는 또 하나의 여자가 자기 안에 있었다. 그 여자는 오늘 아미다가미네에서 타이코의 유해가 한 줌의 재로 화한다는 것을 잘 알고 있었다.

'그 말라빠지고 이상한 냄새를 풍기던 초라한 노인은 이것으로 완전히 세상에서 사라진다.'

이런 생각만 해도 그 여자는 환성을 지르며 춤을 추는 것 같았다.

인생이란 얼마나 추악한 죄업의 누적이고, 그러면서도 허무하기만 한 희극이란 말인가.

오와리의 나카무라中村에서 태어난 농부의 아들이 누구보다도 용감하고 누구보다도 후안무치厚顏無恥하게 많은 허위와 살육을 쌓아올렸다는 것만으로 불세출의 영웅으로 추앙받고 고대광실에 살면서 온갖 영화를 누려왔다.

그러나 이것도 한 조각 꿈, 지금쯤 발가벗겨진 싸늘한 시체 위에 마른 장작이 쌓여 불태워질 때를 기다리고 있을 터……

이것은 누구의 형벌, 누구의 보복일까……?

요도 부인 챠챠의 할아버지도 아버지도 살아 있으면서 배에 칼을 댔다. 양아버지 시바타 카츠이에柴田勝家와 생모 오이치ぉ市 역시 정장을 한 채 불타는 성과 함께 죽었다.

그들의 죽음에 비해 타이코의 죽음은 도대체 얼마나 더 훌륭하다는 말인가……?

한쪽에는 최소한 적에게는 굴복하지 않겠다는 기백이 있었다. 타이코에게는 그런 것조차 없이 줄줄 눈물을 흘리면서 사방에 머리를 숙이다가 죽었다.

요도 부인은 그 추악한 최후를 생각만 해도 구역질이 났다.

'그런 추악한 죽음이 성공한 자의 죽음이라면, 나는 차라리 아버지나 양아버지 같은 최후를 맞고 싶다……'

새삼스럽게 과거를 돌아볼 필요도 없이, 요도 부인 또한 히데요시에게 순수한 마음으로 사랑을 바쳤던 시기가 있었다. 그러나 이것은 히데요시가 보통사람 이상의 기백으로 제후들을 꼼짝도 못하게 제압했을 때였다. 그때는 지금까지의 죄업마저도 황금빛을 발하고 두 손에 든 살육의 홍검兇劍조차 장엄한 아름다움으로 보였다.

지금은 자기가 어째서 그런 노인의 밧줄에 꽁꽁 묶여 있었는지 이상한 생각까지 들었다…… 아니, 그 밧줄도 이제는 풀렸다. 풀린 것이 아니라 밧줄 자체가 스스로 썩어 토막토막 끊어졌다……

'더 이상 너를 속박하는 것은 없다……'

마음속에 있는 또 하나의 여자가 이렇게 속삭이며 날뛰었다.

시녀가 등불을 가지고 들어왔다. 그 순간 히데요시가 즐기던 부채를 그린 장지문의 그림과 갖가지 꽃이 그려진 천장이 밤이 왔다는 것을 선명하게 고해왔다.

가능하다면 마음에 맞는 자들과 더불어 긴 밤을 연회로 보내도 나쁘지는 않다…… 이런 불순한 생각이 떠올라 그만 얼굴을 붉혔을 때 이시다 미츠나리가 찾아왔다.

8

"아, 지부 님이시군요. 그렇지 않아도 혹시……"

요도 부인은 얼른 매무새를 고치면서, 자기 동작이 자신도 모르게 교태를 부리는 데에 놀랐다. 이미 1년 가까이 과부와도 같은 생활을 해왔다. 한창 나이인 서른둘의 여체는 때때로 이성理性의 껍질 밖으로 자꾸 얼굴을 내밀고는 했다.

미츠나리는 눈부신 듯 시선을 돌렸다.

"전하의 병상을 찾아뵈었더니 여기 계시다고 해서."

옆에 있는 아에바 부인의 표정으로 미루어 이미 서거 사실이 누설되었다고 생각하면서도 애써 밝은 목소리로 말을 계속했다.

"실은 전하의 명으로 제가 급히 오사카로 떠나게 되었습니다."

"아, 그러면 드디어 조선에서 철수하라는 명령이 내렸나요?"

"예. 이 역할에는 아주 중요한 의미가 있습니다. 카토, 후쿠시마, 쿠로다, 아사노의 아들 등 생각이 부족한 무장들이 이 미츠나리에게 당치도 않은 원한을 품고 있기 때문에."

미츠나리는 쓴웃음을 섞어가며 말하다가, 요도 부인의 시선이 별로 진지해 보이지 않다는 것을 깨닫고 일부러 목소리를 떨구었다.

"실로 뜻하지 않은 일입니다마는, 그들의 반감이 도련님의 앞날을 가리는 구름이 될 것 같습니다……"

"뭐라구요, 지부 님에 대한 무장들의 반감이……?"

"예, 아무튼 무장들의 배후에는 키타노만도코로 님이 계십니다."

미츠나리는 중얼거리듯이 말하고 흘끗 아에바 부인을 돌아보았다.

"도련님은 유모가 모시고 있나요?"

그리고는 화제를 돌렸다. 이 한마디로 요도 부인은 완전히 미츠나리의 화술에 말려들었다.

"지부 님, 마음에 걸리는 말씀을 하시는군요. 지부 님에 대한 무장들의 반감이 곧바로 도련님에 대한 반발이 될 수도 있다는 말인가요?"

"아니, 그것은……"

미츠나리는 일부러 시선을 애매하게 돌렸다.

"그렇게 되면 큰일, 모두 도련님에 대한 충성을 잊지 않도록 이 미츠나리가 일일이 그들을 찾아가 머리 숙여 부탁할 생각입니다……"

"그래도 안심할 수 없다……는 말이군요."

"부인, 세상의 소문입니다만…… 만약 전하께서 서거하시면 부인은 어떻게 하시려는지 하고……"

"내가 어떻게 하다니요……? 그게 무슨 뜻인지 마음에 걸립니다."

"그대로 자당으로서 도련님을 돌보실 것인지 아니면 다른 가문에 재가하실 것인지, 모두 그 점을 궁금하게 여기는 듯합니다."

"그거 재미있군요!"

요도 부인은 '재가'라는 말을 들었을 때 가슴이 철렁 내려앉았다.

'그렇다, 동생은 네 번이나 재가하여 지금은 도쿠가와 쪽 사람이 되어 있다……'

"남의 입은 막지 못한다고 하지만, 도대체 내가 누구에게 재가한다고 하던가요?"

"예. 우선은 나이다이진 님입니다. 나이다이진에게는 현재 정실이 없습니다."

"뭐라구요, 내가 나이다이진 님에게!"

"예. 그렇게 되면 나이다이진은 도련님의 양아버지, 이것으로 천하와 일본 제일의 미녀를 한꺼번에 차지하게 된다. 생각 깊은 나이다이진이므로 틀림없이 그런 수단을 강구할 것이라고……"

"어머, 내가 나이다이진 님의……"

미츠나리는 못 들은 체하고 남의 말을 하듯 덧붙였다.

"그렇게 된다면 키타노만도코로 님이 기뻐하실지도 모릅니다."

9

요도 부인은 잠시 숨을 죽이고 허공을 바라보았다.

미츠나리의 마지막 조롱은 확실하게 마음에 들어오지 않고, 맨 먼저 눈에 떠오른 것은 히데타다에게 출가한 막내동생 오에요의 얼굴이었다. 오에요와 히데타나 사이에는 벌써 센히메라는 딸이 태어났다. 그리고 이 아이는 히데요시의 강력한 희망에 따라 자기 아들 히데요리의 약혼자가 되어 있다.

'내가 만일 그 아버지 이에야스의 정실로 들어간다면……?'

이 상상은 젊음이 남아도는 요도 부인에게 별로 화가 나는 일도 불쾌한 일도 아니었다.

그렇게 되면 아사이 가문의 혈육은 한집안이 된다…… 생각하기에 따라서는 앞서 히데요시에게 멸망당한 아사이의 고아 두 사람이 도요토미 가문과 도쿠가와 가문을 모두 삼켜버린다……

'오에요와 마음을 합치면 모든 일을 뜻대로……'

이러한 공상에 미츠나리가 곧 냉수를 끼얹었다.

"부인, 소문은 또 있습니다."

"아니, 내 일로 말인가요?"

"예. 또 다른 소문은, 아무리 부인이 순진하시다 해도 그런 음모에는 말려들 리 없다고."

"뭐라구요, 음모……?"

"예. 나이다이진이 도련님의 양아버지가 되어 가까이 두고 양육한다면 도련님을 독살하기란 손쉬운 일……"

미츠나리는 눈빛이 변하는 요도 부인을 흘끗 바라보았다.

"나이다이진이 원하는 것은 부인도 도련님도 아니고 오직 천하…… 그러므로 부인은 자기 자식과 도요토미 가문을 동시에 팔아넘기는 혼담을 승낙할 리 없다고……"

"어머나……"

"또 그들은 이렇게도 말하고 있습니다. 도요토미 가문을 위한다면 나이다이진이 이런저런 말을 꺼내기 전에 마에다 다이나곤과 재혼을 권하는 게 어떻겠느냐고……"

"뭐라구요, 다이나곤과……?"

"예. 다이나곤은 이에야스의 야망을 분쇄할 수 있는 유일한 분…… 그리고 전하의 유언으로 도련님의 사부로 계신 분이니 이 정도면 양아버지가 되어도 좋지 않겠느냐고……"

요도 부인은 양미간을 모으고 입을 다물어버렸다. 다시 눈앞에 어두운 안개가 끼기 시작했다.

과연 인물로는 토시이에 쪽이 더 성실할지도 모른다. 그러나 그뿐, 오에요의 환영이 뒷받침해주지 않는 이상 아사이의 고아들이 천하를 삼킨다는 꿈도 끊어지고 만다……

"저는 웃으면서 듣기만 했으나, 제가 없는 동안 혹시 누군가가 이야기를 꺼낼지도 모릅니다."

"……"

"그때는 배후에 있는 자의 움직임을 조심하셔야 합니다…… 그렇기는 하나 다른 사람은 움직이지 않을 터. 만일 움직인다고 하면 그것은 키타노만도코로 님…… 키타노만도코로 님은 도련님의 생모이신 부인이 무엇보다도 마음에 걸리실 것일 테니까요."

요도 부인은 이미 미츠나리의 말을 듣고 있지 않았다.

'아직 나는 히데요시와의 인연이 끊어지지 않았다…… 히데요리를 통해 더욱 비참하게 꽁꽁 묶이는 신세가 될지도 모른다……'

그런 감회가 가슴 가득히 잿빛 장막을 치기 시작했다.

10

"마님은 뛰어난 기량을 가지고 태어나신 분, 비록 전하가 타계하신다 해도 훌륭히 도련님을 모시고 제후들로부터 숭앙을 받으실 것입니다. 이 점에 전혀 불안이 없다…… 이 미츠나리는 다른 부교들에게 이렇게 단언하고 인사 드리러 왔습니다."

"……"

"비록 철수해온 장수들 중에서 두세 사람이 키타노만도코로 님에게 접근하여 어떤 책동을 시도한다 해도 도련님을 배신하는 데까지는 이르지 않을 것입니다. 이 미츠나리는 하카타에서 장수들을 맞아 간곡히 전하의 은덕을 설명할 것이오니……"

미츠나리는 이미 상대방의 반응 같은 것은 염두에 두지 않았다. 이 자리에서는 단지 방자한 몽상가의 망동을 억누를 수 있도록 가슴을 찌를 암시의 말뚝을 박아놓기만 하면 되었다. 그리고 이 말뚝은 이미 요도 부인의 가슴에 충분히 박혔다.

'경계해야 할 자는 이에야스와 키타노만도코로…… 여기에 대항할 수 있는 자는 마에다 토시이에……'

그동안 요도 부인은 타이코에 대한 여성다운 추모의 정은 없다 해도 히데요리에 대한 사랑은 깊이 뿌리내리게 될 것이다.

'이것으로 충분하다……'

너무 장황하게 설명하면 도리어 반감을 부추길 터. 요도 부인은 그런 기질의 여자였다.

"이제부터 추운 계절에 접어드니 아무쪼록 도련님의 건강에 유의해주십시오."

미츠나리는 정중하게 절하고 일어나면서 자못 충족된 기분이었다.

생전의 히데요시가 자신의 지혜에 필적할 사람은 오직 지부 한 사람 뿐…… 이렇게 말한 것을 기억하고 있었다. 그 지부가 지금이야말로 도요토미 가문의 초석으로서 움직여야 할 때였다.

'영령이시어, 부디 굽어보십시오. 미츠나리는 역시 전하의……'

요도 부인은 그런 미츠나리에게 인사를 되돌리려고도 하지 않았다.

아에바 부인이 긴 복도 끝까지 배웅하고 돌아왔는데도 요도 부인은 아직 허공을 응시한 채 몸이 굳어 있었다.

"마님……"

"……"

"무슨 생각을 하십니까?"

나무라듯 말하다가 그녀는 깜짝 놀라 자세를 바로했다.

"아, 벌써 여섯 점 반(오후 7시)…… 유해에 불을 당길 시각이군요. 죄송합니다."

얼른 일어나 선반 위에 있는 염주를 가져다 요도 부인의 손목에 걸어주고 자기도 합장을 하면서 눈을 감았다.

벌써 바깥은 완전히 어두워져 있었다. 주위는 소름이 돋을 정도로 조용하기만 하여 어디선가 유해 타는 소리라도 들려올 듯한 순간.

"마님…… 인간의 일생이란 허무한 것이군요."

"……"

"전하 같은 분도 돌아가시고 나면 한줄기 연기로 화하시다니."

"아에바!"

"예."

"도련님을 이리 불러주세요. 오쿠라 부인도 함께."

"예. 곧 불러오겠습니다."

고독을 못 이겨서일 것이라 생각하고 아에바 부인은 얼른 일어나 밖으로 나갔다.

"멍청이 같은 지부 녀석……"

요도 부인은 토하듯이 내뱉고 입술을 꼭 깨물었다.

11

잠시 후 오쿠라 부인이 히데요리의 손을 잡고 들어왔다.

아에바 부인도 고개를 돌린 채 그 뒤를 따라 들어왔다. 히데요리를 보는 순간 미친 듯이 끌어안고 통곡할 것이 틀림없다…… 이런 생각에 요도 부인을 정면으로 보기가 무서웠다.

그런데 요도 부인은 히데요리를 끌어안으려고도 하지 않았고, 울지도 않았다. 반쯤 만들다 만 장난감 배를 손에 들고 들어온 히데요리가 흘끗 신경질적인 미소를 보이고 앉는 모습을 냉엄한 표정으로 쏘는 듯이 바라볼 뿐……

아에바 부인은 마른침을 꿀꺽 삼켰다.

'역시 아사이 가문의 핏줄……'

아사이 나가마사도 그 아버지 히사마사久政도 슬플 때는 울고 기쁠 때는 웃는 그런 사람이 아니었다. 요도 부인에게도 그 피가 흐르고 있다…… 이런 생각을 했을 때 요도 부인의 입에서 심하게 혀차는 소리가 새나왔다.

"지부는 잘난 체하는 멍청이야!"

그 어조가 너무 격렬해 오쿠라 부인도 아에바 부인도 깜짝 놀라 반문했다.

"예? 무……무어라 하셨습니까?"

"아에바, 그대는 지부를 어떻게 생각하나?"

"예…… 예. 지부 님이야말로 전하의 은혜를 잊지 않는…… 도련님의 소중한 충신이라고……"

"오쿠라는?"

느닷없는 질문에 그녀는 신중히 고개를 갸웃거렸다.

"지부 님이 무슨 실례되는 일이라도?"

"아니, 그대도 지부가 도련님의 훌륭한 부하라고 생각하나?"

"그야 물론……"

오쿠라 부인은 아직도 사태를 확실히 파악하지 못한 표정이었다.

"칸파쿠 사건 이후 오로지 도련님을 위해 헌신하시는 분……"

"그만 됐어요! 그대들은 지부의 본심을 모르는군요. 지부는 잘난 체하는 멍청이……"

"죄송합니다마는 무슨 근거로 그런……"

"아에바는 들었을 거예요. 지부는 건방지게도 나와 도련님에게까지 지시를 했어요. 그것도 여자라고 깔보면서……"

여기까지 말하고야 비로소 요도 부인은 무심히 놀고 있는 히데요리의 머리에 손을 얹었다. 손을 얹는 순간 지금까지 냉엄했던 표정이 순식간에 무너지고 두 눈에서 뚝뚝 눈물이 떨어졌다.

"나를 여자라 깔보고 나이다이진과 키타노만도코로는 나의 적……이라 믿게 하려는 생각이에요."

두 사람은 가만히 얼굴을 마주보았으나 어느 쪽도 고개를 끄덕일 수 없었다. 그녀들 역시 이에야스와 키타노만도코로에게는 적지않은 반감을 품고 있었다. 그런 만큼 두 사람에게는 적……이라고 하는 편이 훨씬 더 마음에 통하는 말이었다.

"만약 지부가 정말 기량이 있는 사람이라면 절대로 나에게 그런 말을 하지 않았을 것. 나이다이진 님이나 키타노만도코로 님과 친해지지 않으면 도련님이 불행해져요."

요도 부인은 다시 한 번 안타깝다는 듯이 혀를 찼다.

"그대들은 코마키, 나가쿠테 전투 이후 전하가 얼마나 고민하셨는지 잊지 않았을 거예요. 전하가 어떻게 나이다이진과 화목하셨는지. 전하조차도 꺼리셨던 나이다이진을 지부가 적으로 돌리라는 거예요……도련님이 어떻게 되겠어요? 지부는 잘난 체하는 멍청이야."

두 여자는 잠자코 얼굴만 바라보았다. 이것이 미츠나리 계산의 최초의 차질이었다.

여자들의 상의

1

요도 부인은 두 여자에게 심한 불만을 토로하는 동안 점점 더 흥분했다. 억눌렸던 생리적 불만이 미츠나리의 언동에서 그 돌파구를 찾아 엉뚱한 방향으로 터져나갔는지도 모른다.

지금까지 그녀는 결코 미츠나리를 미워하지도 않았고 소홀히 대하지도 않았다. 히데요리를 중심으로 도요토미 가문을 생각해주는 소중한 히데요시의 심복이고 강력한 기둥이라 생각하고 있었다. 그것이 오늘은 모두 정반대의 말이 되어 쏟아져나오고 있었다.

"지부는 전하 앞에서는 충성스러운 체하고 발톱을 감추고 있던 고양이에요."

말이 지나쳤다고 생각하면서도 이 자리에서 미츠나리의 정체를 낱낱이 파헤쳐 확실하게 자기를 납득시켜두지 않으면 불안하여 견디지 못할 것 같은 기분이었다.

"그렇지 않다면 나에게 재혼 이야기는 꺼내지 않았을 것. 오늘이 어떤 날이라고 감히 그런 소리를…… 지부는 나를 마음대로 조종할 수 있는 꼭두각시로 아는 거예요. 나를 그런 식으로 취급하는 멍청이가 도련님이라고 해서 그렇게 취급하지 않을 리 없어요."

이야기를 듣는 동안 아에바 부인도 오쿠라 부인도 차차 요도 부인이 말하는 의미를 깨달았다.

"분명히 그것은 지나친 말이었습니다."

"설마 그런 말까지 꺼낼 줄은……"

"사실이 그렇지 않아요? 그대들이 나라고 해도 용서할 수 없는 일이라고 화를 낼 거예요."

"예. 화를 내지 않을 수 없는 일입니다."

"나는 꾹 참고 듣고만 있었어요. 남자보다도 강한 기질이라느니 누구보다도 뛰어난 기량을 가졌다느니 추켜세우고, 실은 나에게 지시를 내려요…… 나를 아무것도 모르는 장님으로 아는 모양이에요."

그런 뒤 이에야스와 키타노만도코로를 적으로 돌렸을 때의 위험성을 반복해 말했다. 이 말은 아에바 부인보다도 연상인 오쿠라 부인을 더 깊이 생각에 잠기도록 했다.

요도 부인의 말을 들을 것도 없이, 오쿠라 부인은 히데요시가 이에야스와 화목할 때 얼마나 자신을 억제하고 고민을 거듭했는지 잘 알고 있었다.

마흔이 넘은 아사히히메를 남편과 이혼시켜 이에야스에게 출가시켰고, 소중한 어머니를 오카자키岡崎에 인질로 보냈다…… 이 때문에 히데요시는 측근들로부터도 심한 반발을 샀다. 이런 일들은 이에야스의 인물과 실력에 대한 두려움 때문이 아니고 무엇이었겠는가.

그러한 이에야스만이 아니라, 키타노만도코로까지 적으로 돌린다…… 이런 위험을 감히 미츠나리가 저지르려 한다면 참으로 예사롭지 않은 일이었다.

"전하까지도 하시지 못한 일을 지부가 하려 들다니. 자기가 전하 이

318

상의 기량을 가진 인물……이라고 잘난 체하면서 자만하고 있다는 증거가 아니겠어요?"

요도 부인의 말에 오쿠라 부인은 무릎걸음으로 한 걸음 다가앉으면서 물었다.

"그러시면 마님은 지부가 야심을 가지고 있다는 말씀이신가요?"

"뭐, 지부에게 야심이……?"

"예. 도련님과 마님을 마음대로 조종하여 자신이 전하 자리에 오르려 한다거나……"

이 말을 듣고 아에바 부인은 대번에 낯빛이 창백해졌으나 요도 부인은 뜻밖에도 태연한 모습으로 고개를 갸웃했다.

"지부에게 전하의 자리를 노리는 야심이 있다고……?"

2

사람은 때때로 생각지도 않았던 말을 입 밖에 내는 경우가 있다. 요도 부인의 미츠나리 비난만 해도 이에 속하는 것으로, 그다지 깊은 생각에서 나온 말은 아니있다.

그러나 듣는 사람 쪽에서 보면 반드시 그렇지도 않았다. 오노 도켄大野道犬의 아내로, 요도 부인보다 훨씬 많이 세태와 인정의 표리를 보아온 오쿠라 부인으로서는 요도 부인의 분노가 미츠나리의 야심을 간파했기 때문에 폭발한 것이라고 받아들이지 않을 수 없었다.

"아직 도련님은 철이 없으십니다. 이 점을 이용하여 자기편을 설득하고 도쿠가와 님과 일전을 벌여 천하를 자기 손에 넣는다…… 이런 거창한 음모라도 꾸미고 있다는 말씀입니까?"

요도 부인은 숨을 죽이고 당황하며 아에바 부인을 바라보았다. 그녀는 온몸을 꼿꼿이 하고 두 사람의 대화를 듣고 있었다.

"만약에……"

요도 부인은 한마디 내뱉고 마른 입술에 침을 발랐다.

"만약에 그런 야심이 있다면…… 그대는 어떻게 하겠나?"

"지나친 생각이신 것 같습니다."

아에바 부인이 끼여들었다.

"세상에는 의심하기 시작하면 모든 게 의심스럽고 무서워진다는 말이 있습니다. 도련님을 중히 생각한 나머지 주제넘은 지시를 했다…… 그 무례함은 책망하시더라도 그런 의심은 무서운 것입니다."

요도 부인은 크게 머리를 끄덕였다.

"나도 그 점은 생각하고 있어요. 하지만 그대들도 깊이 명심하고 있어야 해요."

"그렇습니다……"

오쿠라 부인은 연장자답게 신중히 고개를 갸웃거렸다.

"어떨까요, 지부 님 말씀은 내버려두고, 마님께서 슬며시 나이다이진이나 키타노만도코로 님에게 다른 마음이 없다는 걸 보이시면."

"그럼, 나더러 어떻게 하라는 말인가요? 설마 나이다이진에게 출가하겠다는 말은 할 수 없는 노릇이고……"

오쿠라 부인은 깜짝 놀란 듯 요도 부인을 바라보았다. 요도 부인의 마지막 한마디가 너무나 가벼운 농담조로 바뀌어 있었기 때문이다.

'경우에 따라서는 혹시 요도 부인 자신도 그런……'

그러나 이를 확인한다는 것은 요도 부인에게 지나치게 외람된 일이었다. 어떻든지 오늘은 타이코 전하의 초이레이고 유해를 화장한 바로 그날이다……

"……제게 한 가지 생각이 있습니다."

오쿠라 부인은 요도 부인의 농담조인 말을 못 들은 체하고 짐짓 엄숙한 자세를 취했다.

"만약의 경우라도 생기면 그야말로 천하를 뒤흔들 큰 난리가 일어날지 모릅니다. 지금 마침 오사카에서 나츠카 오쿠라노쇼長東大藏少輔 님이 와 계시므로 그분을 부르셔서 나이다이진과 키타노만도코로 님의 생각을 넌지시 떠보도록 하면 어떨까요?"

"그거 좋은 생각이에요."

요도 부인은 몸을 앞으로 내밀었다.

"역시 이 일은 남에게 맡겨서 될 일이 아니에요. 도련님의 장래와 크게 관계되는 일이니까…… 그게 좋겠어요! 그대가 내일 아침에라도 그 뜻을 나츠카 님에게 전하고 오세요."

화제가 미츠나리에 대한 비난에서 벗어나게 되어 요도 부인도 안도하는 눈치였다.

3

그날 밤 요도 부인은 잠을 이루지 못했다. 베개의 향이 너무 짙기 때문이 아닌가 싶어 베개를 바꾸어보기도 하고, 등불의 심지를 낮추어보기도 했으나 허사였다.

미츠나리의 말에 격앙된 감정의 파도가 끝없는 망상의 소용돌이로 변하여 분노가 되기도 하고, 분한 생각으로 바뀌기도 했으며, 의지할 데 없는 외로움이 되기도 했다.

'만일 이에야스가 정말 나를 원한다면 무어라 대답할까……?'

미츠나리는 이를 몹시 경계하는 눈치였다. 이에야스가 원하는 것은 요도 부인이 아니라 천하, 따라서 히데요리를 독살하거나 암살이라도 하면……이라고도 했다.

이 얼마나 여성에 대한 큰 모독이란 말인가.

'여자라도 남자 못지않은 지혜와 재능이 있는데……'

처음에는 무슨 생각으로 접근해오건 나중에는 여자의 뜻대로 되는 것이 남자……

'이 챠챠가 어찌 이에야스 따위에게 호락호락 넘어갈 여자일 수 있겠는가.'

그 거드름을 떠는 뚱뚱한 몸을 발가벗겨 내 앞에 무릎 꿇게 하고 마음껏 희롱한다…… 이런 망상에 깜짝 놀라기도 하고, 그 망상의 씨를 뿌린 미츠나리에게 화를 내기도 하면서……

아니, 그보다도 더 생생하게 가슴에 남아 끝까지 그녀를 괴롭히는 것은 오쿠라 부인의 한마디였다.

"혹시 미츠나리에게 야심이 있는 것은……?"

요도 부인도 인간이란 누구나 은혜 앞에서는 자신을 버리고 섬기게 마련……이라 믿을 정도로 평온한 세상에서 자라지는 않았다. 그런 만큼 이 한마디는 인간 불신의 독을 품고 언제까지나 마음에 남을 바늘이 될 것……이라는 생각과 함께 이번에는 견딜 수 없이 온몸으로 불안이 퍼져나갔다.

'이미 어디선가 모자의 운명이 결정되어 있는 것은 아닐까……'

잠이 든 것은 새벽이 가까웠을 무렵, 꿈속에서 뚝뚝 떨어지는 불안한 빗소리를 듣고 있었다.

이튿날 아침 ─나츠카 마사이에가 오쿠보 부인의 안내를 받으며 들어온 것은 다섯 점(오전 8시)이 지나서였다.

마사이에는 정성껏 아침 화장을 끝낸 요도 부인의 웃는 얼굴에 의외라는 듯이 시선을 떨구며 인사했다.

"부르시지 않아도 찾아뵐 예정이었습니다."

히데요시의 죽음을 입에 올려야 할지 어떨지 망설이는 듯했다.

"잘 오셨어요. 좀더 가까이 오세요. 실은 상의할 일이 있어서……"

요도 부인은 이렇게 말하면서 오쿠라 부인에게 지시했다.

"그대만 남고 모두 자리를 피하도록."

나츠카 마사이에는 필요 이상으로 가슴을 펴는 미츠나리와는 자세부터가 대조적이었다. 장신의 상체를 앞으로 구부리고 언제나 황송해하는 자세였다.

"자, 모두 물러갔으니 좀더 가까이 오세요."

"예."

"다름이 아니라, 두 가지 부탁할 일이 있어요. 첫째는 키타노만도코로 님과의 중재, 둘째는 나이다이진 님에게 다녀와주었으면 해요."

어젯밤에 여자 셋이서 자세히 의논해두었던 말이었다.

4

나츠카 마사이에는 의아하다는 듯 요도 부인을 쳐다보았다. 그녀의 입에서 키타노만도코로에게 중재를 부탁하는 말이 나오다니 뜻밖이었다. 표면적으로는 정실……이있으나, 마음 속으로는 혈통을 자랑하며 항상 키타노만도코로를 내려다보는 것 같던 요도 부인이었다.

"키타노만도코로 님과의 중재……라고 하시면?"

"키타노만도코로 님은 머지않아 오사카로 돌아가실 거예요. 그 뒤에라도 좋으니 내가 키타노만도코로 님의 지시를 바라고 있더라고 전해주세요."

"지시를……?"

"아니, 그렇게 놀랄 것 없어요. 전하가 돌아가신 이상 더욱 사이좋게 모든 일을 상의하고 지시를 받아야 도리 아니겠어요?"

마사이에는 다시 한 번 고개를 기울이려다 당황하며 상체를 똑바로 세웠다.

"그것은…… 물론 그렇습니다…… 그런데 상의하실 일은?"

"다름이 아니라, 도련님에 대해서예요."

"예."

"전하가 돌아가셨으니 아직 어리기는 하지만 도련님이 도요토미 가문의 주인…… 그렇지 않은가요?"

"옳은 말씀이십니다."

"그런데, 마사이에 님도 아시다시피 이 후시미는 본성이 아닙니다. 머지않아 중신들이 본성인 오사카로 옮겨야 한다고 할 거예요."

"예. 그러나 당분간은…… 상조차 숨기고 있는 형편이니……"

"알고 있어요. 그러기에 말이 나오기 전에 중재를…… 키타노만도코로 님의 의견에 따라, 도련님은 아직 어리므로 당분간 후시미 성에 있도록 하라고 하시면 그것으로 좋아요. 그러나 오사카로 가야 한다면 나도 같이 옮기고 싶어요. 도련님이 아직은 너무 어리기 때문에."

마사이에는 비로소 크게 고개를 끄덕였다.

"바로 그 말씀이시군요. 그 일이라면 틀림없이 키타노만도코로 님도 허락해주실 것입니다. 걱정하지 마십시오."

마사이에는 자기도 모르게 가슴이 뜨거워졌다.

'강한 것 같지만 역시 여성……'

히데요시의 죽음으로 몹시 약해져 있다. 이 정도라면 키타노만도코로와의 관계도 예상외로 쉽게 풀릴 것이다……

"그런데 또 하나, 나이다이진 님에게 다녀오라고 하셨습니다마는?"

"예, 그래요. 마사이에 님은 나이다이진을 어떻게 생각하시나요?"

"어떻게 생각하다니요……?"

"세상에는 나이다이진을 방심할 수 없는 도련님의 적이라고 말하는 자가 있어요. 나는 그것이 마음에 걸려요."

마사이에는 고개를 숙인 채 눈이 휘둥그레졌다. 그가 아는 한 그런 생각을 하고, 그런 말을 퍼뜨리는 것은 요도 부인 자신이었다.

"새삼스럽게 말할 것도 없으나, 전하마저 높이 평가하시고 후일을 부탁하신 나이다이진. 나이다이진을 적으로 돌려서는 안 될 거예요."

"지당한 말씀……입니다."

원래부터 노골적으로 이에야스를 적대시하는 미츠나리에게 적지않게 불만을 품던 마사이에였다.

"마사이에 님도 나와 같은 생각인가요?"

"예. 지금은 무엇보다도 화합이 우선, 누구를 불문하고 적으로 돌리는 것은 어리석은 일입니다."

"그 말을 들으니 마음이 든든해지는군요. 실은 내가 나이다이진에게 무언가 선물을 보내고 싶어요. 나이다이진이 마음으로부터 기뻐할 것을…… 그것이 과연 무엇일까요?"

5

나츠카 마사이에는 새삼스럽게 요도 부인을 똑바로 쳐다보았다.

'뜻밖이다. 이 얼마나 생각이 깊은가……'

미츠나리의 입을 통해 들은 바로는, 요도 부인은 변덕스럽고 다루기 힘든 사나운 말이었다. 그런데 자기 쪽에서 먼저 키타노만도코로와 이에야스에게 예의를 다해 화합의 길을 찾으려 한다.

'이것도 전하와 사별한 고독에서 오는 반성일까……'

"나이다이진은 전하와는 달리 다구茶具에는 별로 흥미가 없다는 말을 들었어요. 그러니 무엇을 보내면 좋을까요? 모처럼 선물하는데 마음에 드는 것을 택하고 싶어요."

요도 부인이 이렇게 말하자 오쿠라 부인도 옆에서 거들었다.

"나츠카 님은 나이다이진과도 절친한 사이, 무엇을 좋아할지 짐작되
는 것이 있을 텐데요?"

마사이에는 점점 더 마음이 움직였다. 결코 변덕스러운 여자가 하는
지나가는 말은 아닌 듯싶다. 모두가 자기 자식의 장래를 걱정하는 마음
에서일 테지만, 그러한 사려도 초점을 벗어나 있지 않았다.

"이 마사이에는 정말 놀랐습니다."

"그게 무슨 말인가요, 놀랐다니……?"

"솔직하게 말씀 드리면 저도 나이다이진에게 적의를 품게 해서는 가
문을 위해 불행한 일이라고 남몰래 가슴을 앓고 있었습니다."

"그러기에 기뻐할 것을……"

"마님, 그렇다면 과감하게 큼직한 것을 보내시면……"

"큼직한 것을……?"

"예. 다구나 명검名劍 같은 것은 받는 쪽에서도 별로 고맙게 여기지
않을 것입니다. 그보다는 평생을 두고 은혜로 생각할…… 또한 보내는
쪽으로서도 결코 손해가 되지 않을……"

"그렇게 훌륭한 선물이 있을까요?"

"있습니다!"

이렇게 대답했을 때는 마사이에의 얼굴도 약간 상기되어 있었다.

"나이다이진이 가장 기뻐할 것…… 그것은 나이다이진이 안심하고
잘 수 있는 저택입니다."

"아니, 저택을 선물하라는 말인가요?"

"예. 아시는지 모르겠습니다마는, 현재 도쿠가와 저택은 동쪽의 저
지低地, 길 건너에는 이시다 저택, 북쪽과 남쪽은 각각 미야베 스케마
사와 후쿠하라 나가타카의 저택에 둘러싸여 그 어디에서도 내려다보입

니다. 도쿠가와 가문에서는 그렇게 할당한 지부노쇼를 몹시 원망하고 있다고 합니다. 이들 세 저택의 담장에서 총포라도 쏘면 몰살을 당하게 될 것이라면서……"

"원 저런, 그것이 사실인가요?"

"예. 그러므로 무코지마向島의 부지를 기증하겠다, 전하의 유언으로 정무를 보시는 소중한 나이다이진, 만일에 못된 자들의 음모로 생명이 위태로워지기라도 하면 큰일, 그곳에 저택을 세우는 것이 좋겠다…… 이렇게 말씀하시면 나이다이진이 얼마나 큰 은혜로 여길지……"

"저택의 부지를……"

요도 부인은 가만히 오쿠보 부인을 바라보고 한숨을 쉬었다. 이 제안이 그녀들의 회의 내용과는 크게 벗어나는 모양이었다.

"그렇게 하면 이 가문을 위해서도 손해가 없다고 하셨지만……"

오쿠라 부인이 난처한 표정으로 말했다.

"예. 그러면 나이다이진이 이 성으로 옮길 우려가 없어집니다. 그렇지 않으면 언젠가는 반드시 성안으로 옮기려 할 것입니다…… 성이냐 무코지마냐 택일을 하셔야 될 것입니다."

나츠카 마사이에는 강한 어조로 말하고 자세를 고쳤다.

6

요도 부인은 마사이에가 진언한 의미를 깨닫고 표정이 굳어졌다.

"그럼, 나이다이진은…… 안심할 수 있는 저택을 기증하지 않으면 언젠가는 이 성에서 기거하게 될 것이란 말인가요?"

"예. 전하를 대신해 정무를 총괄하는 나이다이진, 제후의 출입도 자연히 많아질 것이고 호소하러 찾아오는 사람도 많을 것입니다. 그러면

미야베 스케마사와 후쿠하라 나가타카에게 감시당할 수 있는 현재 저택에 그대로 있으라고 하는 것은 무리입니다. 그리고……"

갑자기 마사이에는 목소리를 떨구었다.

"도련님은 사부인 다이나곤 님과 같이 오사카 본성으로 옮기시지 않으면 안 됩니다. 그러면 이 후시미 성은 비게 됩니다…… 그때 정무를 보는 나이다이진이 옮기겠다고 하면 누가 거부할 수 있겠습니까……"

요도 부인은 더욱 크게 고개를 끄덕였다.

"마사이에 님, 지부에게도 이런 말씀을 하셨나요?"

"아닙니다."

"어째서 아직까지 그런 중요한 일을 말씀하지 않았죠?"

마사이에는 쓴웃음을 떠올렸다.

"마님 앞에서 죄송한 말씀을 드립니다마는, 지부의 나이다이진 증오는 약간 도가 지나칩니다. 그러므로 제가 이런 말을 하면 나이다이진을 두둔한다는 공연한 오해를 받게 됩니다. 그래서 기회를 보아 다이나곤이나 아니면……"

키타노만도코로 님이라 말하려다 그만 말을 삼켰다.

"알겠어요. 그러니까 기회를 보아 다이나곤에게 내 의견이라면서 말할 생각이었군요…… 참, 좋은 수가 있어요."

"좋은 수라고 하시면……?"

오쿠라 부인이 불안한 듯 끼여들었으나 요도 부인은 이미 그녀를 보고 있지 않았다.

"마사이에 님, 즉시 나이다이진을 방문해주세요. 사실은 나도 이 일에 대해 은근히 전하께 말씀 드린 바가 있었어요. 참, 전하가 남기신 유언의 하나예요. 나이다이진에게 무코지마의 부지를 주겠다…… 그것을 내가 그만 깜빡 잊어버리고……"

"그러시면 이 자리에서 제 의견을 들어주시는 것입니까?"

"물론이에요. 이 성에는 따로 지킬 사람을 두는 것이 후일을 위한 일, 이것은 정말 중요한 일의 급소였어요."

그런 뒤 비로소 오쿠라 부인에게 시선을 돌렸다.

"이로써 훌륭한 선물…… 그렇지요, 오쿠라?"

"예…… 예."

"그렇게 불안한 표정은 짓지 마세요. 전하로부터 나만이 들은 유언, 만에 하나라도 전하를 대신하는 나이다이진에게 잘못이 생겨서는 안 되니까요."

"그렇기는 합니다마는……"

"호호호…… 이것으로 나이다이진도 내 마음을 납득할 거예요."

요도 부인은 들뜬 표정으로 황홀한 듯 시선을 허공에 보내고 꿈을 그리고 있었다.

"참, 지역이나 구조는 마음대로 하라고 하세요. 고작 무코지마 안에 국한된 일이니까. 그런데, 마사이에 님."

"예."

"공사는 지부가 하카타로 출발한 뒤에 시작하는 편이 좋겠어요. 처음부터 일에 차질이 생기면 안 되니까."

"알겠습니다."

나츠카 마사이에도 안도하는 표정이었다.

7

마사이에가 나간 뒤에도 요도 부인의 흥분은 아직 가라앉지 않았다.

"과연 묘안이란 있는 법이군요. 마사이에의 지혜도 제법 쓸모가 있다니까. 이것으로 후시미 성도 빼앗기지 않고 나와 나이다이진의 거리도 좁혀지게 됐어요. 그렇지만, 오쿠라."

"예."

"한 가지 조심해야 할 일이 있어요."

"어떤 일일까요?"

"지부에 대한 마사이에의 조심성이에요. 이것을 그대로 내버려두면 좋지 않아요."

"그러시면……?"

"이렇게 중요한 일을 오해가 두려워 말할 수 없었다니…… 같은 부교끼리도 서로 눈치를 본다면 앞날이 걱정스러워요. 이 모두 지부의 지나친 독주獨走에 원인이 있다고 생각지 않나요?"

오쿠라 부인도 당장에는 대답할 수 없었다. 그녀 역시 지부가 지나치다는 것은 알고 있었으나, 섣불리 결점이라고 단정할 수도 없었다. 그래서 미츠나리에게 야심이 있는 게 아니냐고 묻지 않았어야 할 말을 물어 요도 부인을 당황하게 만드는 결과가 되었는데……

"오쿠라, 왜 그래요? 무언가 석연치 않은 듯한 표정이군요."

"마님, 혹시 이 일로 나중에 큰 무리가 오지 않을까요?"

"무리라니, 무코지마의 일 말인가요?"

"예."

"아니, 나중에…… 큰 무리라니 왜 그런지 확실히 말해보세요."

"도련님이 옮기신 뒤 나이다이진이 이 성에 들어올 생각이면."

"그런 생각이라면……?"

"무코지마를 하사하더라도 그것은 그것, 이것은 이것이라고……"

"역시 들어올 것이라는 말인가요?"

"만약 그렇게 된다면, 지부 님이 없는 동안에 무코지마를 하사했다가 내부에 어색한 공기만 흐르게 될 뿐……"

오쿠라 부인이 생각을 거듭하다가 여기까지 말했을 때였다.

"입 다무세요!"

요도 부인의 눈썹이 치켜올라갔다.

"오쿠라, 그대는 역시 여자군요."

"예…… 예."

"그렇게 이런저런 생각을 하면 어떻게 결정을 내릴 수 있겠어요? 그러면 아무 일도 하지 못해요."

"과연 그럴까요?"

"당연한 일이에요. 지부는 전하를 대신하려는 야심이 있다 하고, 나이다이진은 처음부터 후시미 성에 들어올 생각이라고 말하다니…… 그렇다면 일본 사람들은 모두 도련님과 나의 적이라는 말인가요?"

이렇게 힐문하자 오쿠라 부인은 대답할 말이 없었다.

'모두가 적이라 생각하고 조심하십시오.'

이렇게 말하고 싶은 불안감이 가슴속에서 꿈틀거렸으나 함부로 입밖에 내어 말할 수는 없었다.

"참, 아에바를 불러오세요. 그녀도 같은 의견이라면……"

요도 부인은 다시 한 번 소리 내어 웃었다.

"호호호…… 비록 아에바가 그대와 같은 의견이라도 취소할 수 없어요. 도련님의 생모가 분명히 전하의 유언이라 말한 이상에는."

8

오쿠라 부인의 얼굴이 갑자기 창백해졌다.

확실히 요도 부인이 말한 대로였다. 충고할 생각이었다면 마사이에가 나가기 전이 아니면 무의미한 일……

그 억척스런 기질의 요도 부인이 마사이에의 진언을 상책이라 확신하고 '타이코의 유언'으로 만들어버리고 말았다. 나중에 되풀이하는 말은 걱정 많은 여자의 푸념에 지나지 않고, 생각하기에 따라서는 모처럼의 결심에 시비를 거는 일밖에 되지 않을 수도 있었다.

"마님, 저의 지나친 생각, 용서해주십시오."

"알아요."

이미 요도 부인은 한 가지 일에 생각을 고정시키고 있는 얼굴이 아니었다. 맑은 눈을 허공을 향해 가늘게 뜨고, 거기서 어떤 꿈을 그려내고 있는 모습이었다.

"오쿠라, 역시 아에바를 불러오세요. 오늘은 마음이 가벼워지는군요. 전하는 이미 재로 돌아갔어요."

"정말이지, 이 세상의 일이 모두 거짓말 같습니다."

"앞으로는 말이에요, 해야 할 일은 확실하게 하고 나머지는 모두 내버리겠어요."

"그것을 하실 수 있는 마님…… 저는 많은 것을 배워야겠어요."

오쿠라 부인은 이렇게 말하면서 일어났다.

"그럼, 아에바 부인을 불러오겠습니다."

"잠깐만, 오쿠라."

"예…… 그 밖에 또 무슨?"

"그래요. 오늘은 오랫동안 우울했던 기분을 풀고 나도 그대들도 새로 출발하기로 해요. 아에바에게 은밀히 술을 가져오라고 하세요."

"술을?"

"그래요, 새로 인생을 시작하는 기념이 될 술…… 지부에 대한 일도, 나이다이진에 대한 일도, 또 키타노만도코로의 일도 결정지었으니."

오쿠라 부인은 다시 무슨 말을 하려다 말고 그냥 나갔다.

요도 부인은 이미 이 성의 주인이나 마찬가지였다. 비록 그것이 근신과는 거리가 먼 행위라 해도 이제는 아무도 말리지 못한다…… 아니,

지금까지 오랜 간호와 답답하던 나날의 울적함을 풀어주는 술이라면 굳이 만류하여 기분을 상하게 할 것까지는 없기도 했다.

오쿠라 부인이 나가자 요도 부인은 다시 눈을 가늘게 뜨고 허공을 바라보았다.

침울한 마음으로 둘러보면 모든 것이 불안의 싹, 누구든 결국은 한 줄기 연기로 사라진다……고 생각하니 왠지 모르게 우스운 마음이었다. 소심하게 이런저런 일로 마음을 태우며 살아도 한평생, 무엇 하나 꺼리지 않고 멋대로 행동하며 뜬 마음으로 살아도 한평생……

'내가 어찌 재능이나 뱃심으로 키타노만도코로나 나이다이진 따위에게……'

오직 한 사람, 그녀의 고삐를 당기고 있던 히데요시는 이미 세상에 없다. 그 히데요시의 후계자를 낳은 생모가 무엇 때문에 끙끙 앓아야 한다는 말인가. 만일 이에야스가 이 성을 원한다면 깨끗이 줘버려도 그만 아닌가……

공상은 어제보다도 더 밝게 날개를 펴고…… 또다시 요도 부인은 발그스름하게 얼굴을 물들이고 주위를 돌아보았다. 히데요시가 자랑하던 금강석을 바른 욕실에서, 뚱뚱하게 살찐 나이다이진을 발가벗겨놓고 에도의 냄새를 열심히 씻어주는 환상에 깜짝 놀랐다.

'나는 나이다이진을 무엇으로 생각하는 것일까……?'

— 20권에서 계속

《 주요 등장 인물 》

나야 스케자에몬納屋助左衛門

루손(필리핀)과 해외 무역을 하는 사카이의 상인으로, 루손 스케자에몬, 루손야 스케자에몬으로도 불린다. 해외 무역을 통해 막대한 부를 축적하고 이를 이용해 사카이에 후시미 성과 쥬라쿠 저택을 본떠 호화로운 저택을 짓는다. 코노미에게서 그의 사치스런 생활을 히데요시가 탐탁지 않게 여긴다는 정보를 듣고, 저택을 사카이의 타이안 사에 기증하고 코노미를 데리고 샴(타이)으로 도망쳐 그곳에 일본인 도시를 만든다.

도요토미 히데요시豊臣秀吉

후계 문제를 놓고 친자 히데요리와 양자 히데츠구 사이에서 갈등하다, 결국 히데츠구를 자살로 몰아간 히데요시는 히데츠구의 처첩을 비롯한 30여 명의 식솔들도 처형하여 한 곳에 매장하는 광기 어린 모습을 보인다. 이어 명나라와의 화의가 결렬되자 조선 재출병을 명하고, 자신의 마지막을 깨달았는지 도쿠가와 가문과 도요토미 가문을 하나로 묶기 위해 요도 부인의 동생 오에요를 도쿠가와 이에야스의 아들 히데타다에게 시집 보낸다. 그러나 병이 점점 악화되어 케이쵸 3년(1598) 예순세 살의 나이로 그 파란만장한 삶을 마감한다.

도요토미 히데츠구豊臣秀次

히데요시의 자리를 이어받아 칸파쿠 직을 맡지만, 히데요리가 태어나자 후계 문제에 불안을 느낀다. 이런 불안이 결국 돌출된 행동으로 나타나고, 이러한 행동 때문에 히데요시와의 사이가 멀어지게 된다. 히데요시와의 사이가 마침내 파국에 이르게 되자 히데츠구는 가신들 앞에서 할복의 길을 선택한다.

도쿠가와 이에야스德川家康

나이다이진의 자리에 올라 히데요시로부터 도요토미 가문을 부탁받은 이에야스는 히데요시가 죽자 일본의 혼란을 막기 위해 이를 비밀에 부치고, 조선으로부터의 철병과 히데요시 사후 처리를 조용히 매듭지어간다. 이시다 미츠나리와의 불화가 표면화되며 다시 암투의 한가운데에 서지만 자신은 이미 천하인의 자리에 올랐으니 미츠나리 정도는 자신이 잘 조정해야 한다며 천하 쟁취에 강한 자신감을 드러낸다.

도쿠가와 히데타다德川秀忠

관직명은 츄죠. 도쿠가와 이에야스의 셋째아들이다. 도쿠가와 가문의 상속자로, 어려서부터 지도자로 키워진다. 도쿠가와 가문과 도요토미 가문을 하나로 묶으려는 히데요시의 책략에 의해, 자신보다 연상이며 여러 번 결혼 경험이 있고, 또 요도 부인의 동생이기도 한 오에요와 결혼한다. 둘 사이에 센히메가 태어난다.

마에다 토시이에前田利家

통칭 마타자에몬 등으로 불리며, 자신의 딸을 히데요시의 양녀와 첩으로 들여보내는 등 히데요시와 밀접한 관계를 맺는다. 시바타 카츠이에를 공격하여 멸망시키기도 하며, 히데요시 만년에는 다섯 타이로大老의 한 사람으로 중용되며, 곤노다이나곤이 된다.

요도淀 부인

아명은 챠챠茶茶. 스물세 살에 히데요시의 측실이 되어, 아들인 츠루마츠를 낳는다. 이후 요도 성을 받는 등 히데요시의 총애를 한 몸에 받으며 히데요시의 정실인 네네와의 대립이 깊어진다. 츠루마츠가 어린 나이로 죽고 한때 히데요시의 총애에서 멀어지지만 그 2년 후에 아들 오히로이お拾(훗날의 히데요리)를 출산하여 다시 히데요시의 총애를 받게 된다. 히데요시 사망 후에는 자신과 히데요리의 거취를 놓고 많은 고민을 하며 이시다 미츠나리의 계략에 의해 이에야스와의 혼담의 주인공이 되기도 한다.

이시다 미츠나리石田三成

관직명은 지부노쇼. 미츠나리는 원래 학문 수행을 위해 절의 소승이 되었던 사람이어서 무력보다는 지략이 뛰어난 인물이다. 히데요시는 이를 간파하고, 사카이 부교 등 부교직에 임명하여, 미츠나리는 도요토미 정권에서 다섯 부교의 한 사람으로 강력한 실권을 행사한다. 히데요시 사망 후에도 도요토미 정권을 유지하기 위해 많은 계략을 꾸미며, 다음 천하인으로 추앙받고 있는 이에야스와 대립한다.

코노미木の實

사카이의 상인 나야 쇼안의 딸이다. 이에야스의 성품에 반해 도쿠가와 가문에 들어가서 이에야스를 보좌한다. 그러나 경고를 주기 위해 찾아간 나야 스케자에몬의 설득에 넘어가 스케자에몬과 함께 샴(타이)으로 도망간다.

≪ 아즈치 · 모모야마 용어 사전 ≫

겐페이源平 | 전국이 겐지源氏와 헤이시平氏로 양분되어 싸우던 것을 가리킨다.

고마도護摩堂 | 불교에서 밀교의 비법인 고마護摩를 수법修法하는 곳.

고유문告諭文 | 알려 깨우치거나 타이르는 글.

곤노다이나곤權大納言 | 다이나곤은 다이죠칸太政官의 차관. 곤權은 관직 앞에 붙어, 정원定員 이외의 신분임을 나타내는 말.

군감軍監 | 군대를 감독하는 직책.

금인金印 | 중국의 제후와 왕들이 사용하던 금도장.

나시지梨子地 | 칠기에 금은 가루를 뿌린 위에 투명한 칠을 하여, 무늬가 배의 껍질처럼 비쳐 보이도록 한 것.

나이다이진內大臣 | 다이죠칸의 장관. 사다이진左大臣, 우다이진右大臣 다음의 직위.

노能 | 연극 형식으로 일본 고전 예능의 한 가지. =노가쿠.

노가쿠能樂 | 일본의 대표적인 가면 음악극.

다다미疊 | 일본식 주택의 방바닥에 까는 것으로 짚으로 만든 판에 왕골이나 부들로 만든 돗자리를 붙인 것. 일반적으로 180×90cm의 크기로 일본에서는 현재도 방의 크기를 다다미의 장수로 나타내는 경우가 많다.

다이나곤大納言 | 우다이진 다음의 정부 고관으로, 다이죠칸의 차관.

다이묘大名 | 넓은 영지와 많은 부하를 둔 무사의 우두머리.

로죠老女 | 쇼군이나 영주의 부인을 섬기는 시녀의 우두머리.

만세일계萬世一系 | 일본의 황통皇統은 영원히 같은 혈통이 계승한다는 것을 일컫는 말.

밀교密教 | 7세기 후반 인도에서 성립한 대승 불교의 한 파. 대일경과 금강정경에 의하여 일어났다. 비교秘教.

백문白文 | 구두점이나 토를 달지 않은 한문.

부교奉行 | 행정, 재판, 사무 등을 담당하는 무사의 직명.

사루가쿠猿樂 | 일본의 중세 시대에 행해진 민중 예능. 익살스러운 동작이나 곡예를 주로 하였다. 차츰 연극화되어 노와 쿄겐으로 갈라졌다.

쇼쇼少將 | 코노에후近衛府의 차관次官.

슈겐도受驗道 | 엔노 교쟈 오즈누를 시조로 숭앙하는 일본 불교의 한 일파. 일본 고대 산악 신앙에 기초를 둔 것으로, 본래는 산중의 수행에 의한 주술력의 획득을 목적으로 하였지만, 후세의 교의로는 자연과의 일체화에 의한 즉신성불卽身成佛을 중시한다.

슈고守護 | 지방의 치안을 담당하는 직책.

슈인센朱印船 | 쇼군의 주인朱印이 찍힌 해외 도항 허가장을 받아 동남아시아 각지와 통상하는 무역선.

시라뵤시白拍子 | 헤이안平安 시대 말기부터 카마쿠라鎌倉 시대까지 유행했던 가무. 또는 이것을 노래하고 춤췄던 유녀遊女를 가리킨다.

아사지자케麻地酒 | 멥쌀과 찹쌀을 반반 섞어서 추울 때 담가 흙 속에 묻어두는 술. 여름날 토왕土旺(토용土用) 때 꺼내 먹는다. 색깔은 희고 짙다.

아시카가 요시미츠足利義滿 | 무로마치室町 바쿠후 제3대 쇼군將軍. 재위 기간 1368~1394. 난보쿠쵸南北朝의 내란을 통일하고 바쿠후의 전성기를 이루었다. 명나라에 입공入貢하였으며, 칸고勘合 무역을 열었다.

엔노 교쟈 오즈누役の行者小角 | 나라奈良 시대의 산악 수도사. 슈겐도受驗道의 시조.

오노노 오츠小野のお通 | 아즈치·모모야마 시대에서 에도 전기의 사람. 여류 작가.

오카구라御神樂 | 신에게 제사지낼 때 행하는 무악舞樂.

와카和歌 | 일본의 고유 형식인 5음, 7음을 바탕으로 하여 만들어진 정형시. 5·7·5·7·7의 5구 31음으로 된 시.

와키자시脇差 | 일본도의 일종으로 큰 칼에 곁들여 허리에 차는 작은 칼.

우란분재盂蘭盆齋 | 음력 7월 보름에 조상에게 제사지내는 불교 행사.

우마지루시馬印·馬標 | 전쟁터에서 대장의 말 옆에 세워 그 위치를 알리는 표지.

우치카케打掛け | 띠를 두른 여자 옷 위에 걸쳐 입는 긴 옷.

입정안국立正安國 | 정의를 바로 세워 나라의 평안을 도모해야 한다는 니치렌 선사의 사상.

지세이辭世 | 임종 때 지어 남기는 시가詩歌.

진언종眞言宗 | 대승 불교의 한 종파. 밀교密教라고도 한다.

츄로中老 | 무가武家의 중신重臣으로, 카로家老의 다음 자리에 있는 사람.

츄죠中將 | 코노에후近衛府의 차관次官.

카나假名 | 한자의 음과 훈訓을 따서 만든 일본 특유의 음절 문자.

카이샤쿠介錯 | 할복하는 사람의 뒤에 있다가 목을 치는 것. 또는 그 사람.

카츠라메桂女 | 쿄토 카츠라에 사는, 독특한 풍속을 전하는 일종의 무녀巫女. 정월, 혼례, 출가, 출진 등 집안의 경사에 불려가 축언祝言을 하며 빌었다.

카치徒步·徒士 | 도보로 주군을 따르거나 선도하는 하급 무사. 카치자무라이와 같다.

칸파쿠關白 | 천황을 보좌하여 정무를 담당하는 최고위의 대신.

코보리 엔슈小堀遠州 | 1579~1647. 다인茶人. 조원가造園家. 이름은 마사카즈政一.

코쇼小姓 | 주군을 측근에서 모시며 잡무를 맡아보는 무사.

코죠로小上臈 | 고관의 딸로 여관女官이 된 자.

타이로大老 | 무가 정치에서 도요토미 히데요시 및 도쿠가와 가문을 보좌하던 최상위 직급.

타이코太閤 | 본래 섭정攝政 또는 다죠다이진太政大臣의 경칭敬稱. 나중에는 칸파쿠의 직위를 그 자식에게 물려준 사람에 대한 높임말. 여기서는 히데요시를 가리킨다.

텐슈카쿠天守閣 | 성의 중심부 아성牙城에 3층 또는 5층으로 높게 쌓은 망루.

하카마袴 | 일본옷의 겉에 입는 아래옷. 허리에서 발목까지 덮으며 넉넉하게 주름이 잡혀 있고, 가랑이진 것이 보통이나 스커트 모양의 것도 있다.

하타모토旗本 | (진중에서) 대장이 있는 본영. 또는 그곳을 지키는 무사.

호인法印 | 호인다이카쇼이法印大和尙位의 준말. 승려의 최고직.

흥거薨去 | 임금이나 귀인貴人의 죽음을 높여 이르는 말. =흥서薨逝 · 흥어薨御.

히닌非人 | 사형장에서 시체 처리 등 잡일을 보는 사람.

히에이잔比叡山 | 에이잔叡山이라고도 한다. 천태종의 총본산인 엔랴쿠 사延曆寺가 있는 산.

《 임진왜란의 결과 》

● 임진왜란은 16세기 말 동아시아 3국이 모두 참전한 국제전으로, 가장 큰 손실을 입은 것은 조선이었다. 조선은 전국 8도가 전장으로 변해 전국토가 황폐화되고 수많은 인명이 살상되었다. 무엇보다도 전란으로 초토화된 국력을 재건하고 인심을 추스르기 위한 개혁이 급선무였다.

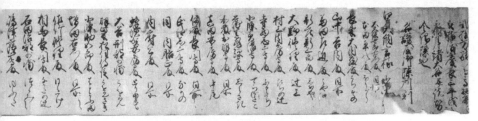

◈ **나고야 어진소할사**名護屋御陣所割寫**(나고야 시 히데요시 · 키요마사 기념관장)**

임진왜란 전진 기지 나고야에서 도쿠가와 이에야스 이하 67명의 소재지를 기록한 것.

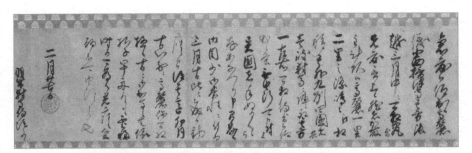

◈ **도요토미 히데요시 슈인죠**朱印狀**(사카이 시 박물관장)**

카토 키요마사의 군대를 조선 연안에 배치할 것과 눈병으로 쿄토 출발 시기가 늦어진다는 사실 등이 씌어 있다. 임진왜란 직전의 상황을 기록한 흥미로운 사료다.

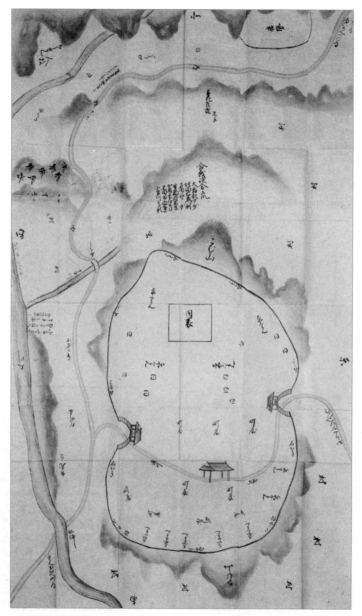

◈ **조선국내리 및 진장지도**朝鮮國內裏幷陣場之圖(**나고야 시 히데요시 · 키요마사 기념관장**)

일본군이 한양을 점령하고 한양과 그 주변을 그린 지도. 지도 중앙의 내리內裏는 왕궁을 가리킨다.

◆ **도요토미 히데요시 슈인죠(나고야 성 박물관장)**

임진왜란의 서전을 승리로 장식한 여러 장수들에게 보낸 격문.

◆ **호랑이 수렵도(카고시마켄 역사자료센타 소장)**

임진왜란 당시 시마즈 요시히로가 창원昌原에서 행한 호랑이 수렵을 묘사한 그림. 당시 일본 군에 의해 조선의 수많은 호랑이들이 사냥되었다.

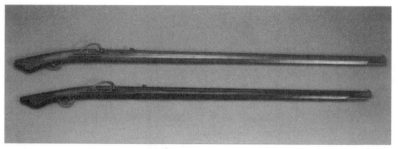

◈ 화승총火繩銃

임진왜란 당시 타치바나 무네시게의 가신 네타미 시게히사가 조선에 가져갔던 사냥총.

◈ 호랑이의 어금니 6.2cm(上)/7.2cm

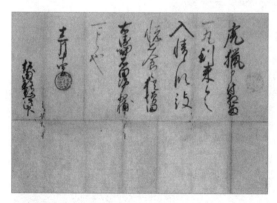

◈ 도요토미 히데요시 슈인죠

조선에 머물렀던 일본군 사이에는 호랑이 수렵이 성행했는데, 이는 히데요시가 호랑이 고기를 약으로 쓰고자 했기 때문이었다. 이 문서는 마츠우라 시게노부가 수렵한 호랑이를 진상하자 여기에 대해 히데요시가 내린 슈인죠이다.

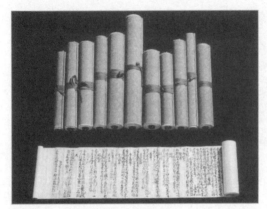

◆ 『묘린 조선역 종군일기明琳朝鮮役從軍日記』(타이쵸인泰長院 소장)

승려 묘린의 임진왜란 종군 일기.

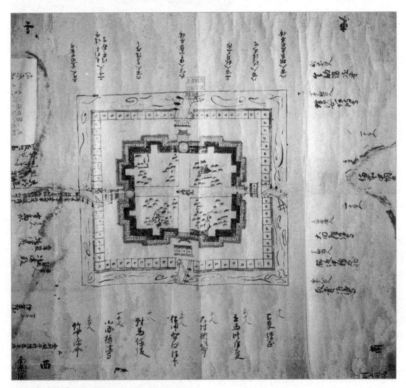

◆ 조선 남원성 고도古圖(카고시마 현립도서관장)

정유재란 당시 남원성 주변에 배치된 일본군 장수의 이름을 기록한 그림.

344

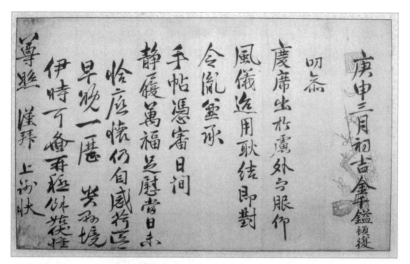

◈ 김천일 유묵金千鎰遺墨(동아대학교 박물관장)

의병장 김천일이 남긴 필적.

● 조선은 임진왜란으로 국가 전체가 흔들리는 위기를 맞게 되었다.

문화적으로는 왕궁·관청 건물들과 홍문관·춘추관 등에 보관되었던 서적, 실록들이 소실되었고 많은 귀중한 문화재들을 약탈당했으며, 사상적으로는 봉건 집권 세력이 백성들로부터 신뢰를 상실하고 내부 분열이 심해져, 해이해진 기존 질서를 강화시킬 필요성을 절실히 느꼈다. 이에 따라 주자학 이념의 교조화가 더욱 심해지고, 게다가 명나라 군의 원조에 대해 존화尊華 의식이 강화되어, 이후 존화양이尊華攘夷의 북벌론北伐論을 형성하게 되었다.

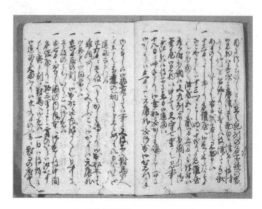

◈ 조선진류서朝鮮陣留書(야마구치켄 문서관장)

요시미 모토요리吉見元賴의 임진왜란 종군 일기.

● 명나라는 전쟁으로 국력이 많이 소모되어 재정 압박이 가속되었고, 각종 징세에 반대하는 농민들의 봉기와 지방 봉건 군벌들의 반란이 잇따라 일어났다. 만주에서는 명의 세력이 약해진 것을 틈타 누르하치가 여러 여진족을 통일한 뒤 1616년 칸汗에 즉위하여 후금後金을 세우고 명ㆍ청 교체의 기틀을 마련했다.

◆『음덕기陰德記』(야마구치켄 문서관장)

킷카와吉川 가문의 카로家老 카가와 마사노리香川正矩가 쓴 조선 출병기.

◈ **도요토미 히데요시 슈인죠**(마츠우라 사료박물관장)

임진왜란 때 포로로 잡은 조선인 중에서 기술자들을 진상하라는 명령을 적은 기록.

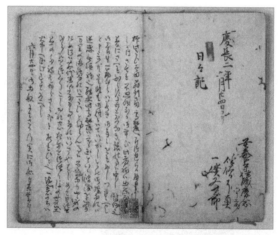

◆『**조선일일기**朝鮮日日記』(나고야 성 박물관장)

승려 쿄넨慶念이 기록한 임진왜란 종군 일기.

● 일본은 전쟁을 통해 도요토미 정권이 붕괴되고 도쿠가와 바쿠후德川幕府가 등장했다. 도쿠가와 바쿠후는 국내적으로 신분 위계제에 근거한 봉건 지배 체제를 세우고, 쇄국 정책鎖國政策으로 대외 교역의 단일적 통일 체제를 갖추었다.

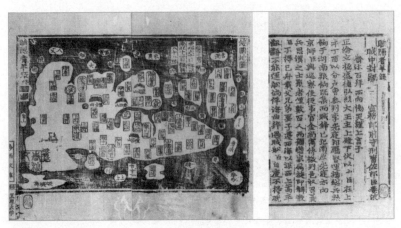

◆『간양록看羊錄』

강항姜沆이 3년 간 일본에서 포로 생활을 하며 적은 기록.
강항은 일본 유학儒學의 개조開祖 후지와라 세이카에게 많은 학문적 영향을 끼쳤다.

◆ 후지와라 세이카藤原惺窩(1561~1619)

◈『월봉해상록月峯海上錄』

정희득鄭希得이 일본에서 포로 생활을 하며 쓴 일본에 대한 기록.

◈ 일본의 유학자 후지와라 세이카와 강항의 필담(텐리 대학 도서관장)

● 도쿠가와 바쿠후는 조선과의 통교 회복을 서둘러 일본에 잡혀간 조선인들의 귀환 문제 등에
적극적인 유화책을 썼다. 그리하여 1604년 승려 유정惟政이 일본으로 건너가 3천여 명을 귀환시
켰다. 1607년에는 도쿠가와 정권의 화의를 받아들여 여우길呂祐吉 등의 사절을 파견했으며,
1609년 기유약조己酉約條를 체결하여 무역을 재개했다.

◈ 유정(경남 밀양군 표충사 소장)

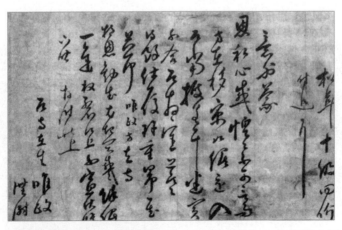

◈ 유정의 글씨(동아대학교 박물관 소장)

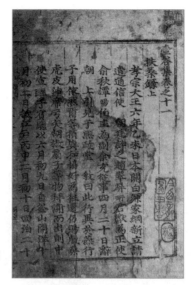

◈ 『부상록扶桑綠』

1655년(효종 6) 일본에 사신으로 간 남용익南龍翼의
일본에 대한 기록.

◈ 『해유록海游錄』

1719년(숙종 45) 일본에 사신으로 간 신유한申維翰의 일본에 대한 기록.

◈「**조선 통신사 행렬도**」| 에도 시대 중기 이후 조선 통신사의 행렬 모습.

小童

● 임진왜란의 결과, 지금까지 동아시아 유교 문화권에서 후진국으로 인식되었던 일본과 여진족이 새로운 강자로 부상하고, 중화 문화의 정통을 자부해온 명과 조선이 상대적으로 쇠약해져 17세기 이후 동아시아의 국제 질서는 새롭게 변화되었다.

◈「조선인래조도朝鮮人來朝圖」

1748년 9대 쇼군 도쿠가와 이에시게의 직위 승계 축하 사절로 일본에 간 조선 통신사의 모습을 묘사한 그림.

《 임진왜란 때 사용된 무기 》

◈ 지자총통地字銃筒(동아대학교 박물관장)

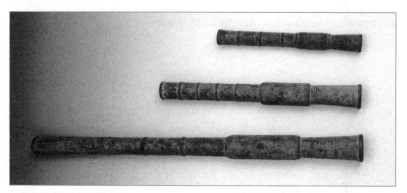

◈ 총통銃筒(부산시립박물관장)

◈ 대완구大碗口(육군사관학교 박물관장)

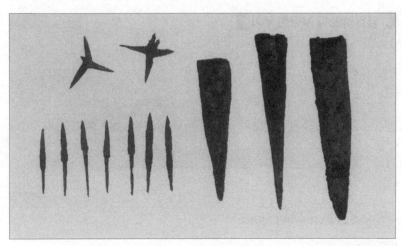

◈ 여철藜鐵(左上) · 철족鐵鏃(左下) · 석돌石突(국립경주박물관장)

◈ 비격진천뢰飛擊震天雷(육군사관학교 박물관장)

◈ **십연자총十連子銃(국립중앙박물관장)**

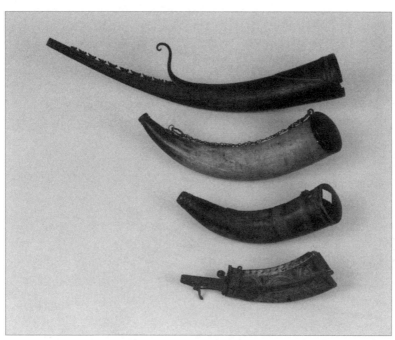

◈ **화약기火藥器(마츠우라 사료박물관장)** | 명나라 군대가 사용한 화약통.

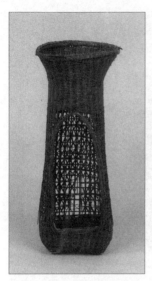

◈ 전동(마츠우라 사료박물관장)

◈ 명나라 장수의 투구(마츠우라 사료박물관장)

◈ 적도반궁赤塗半弓(마츠우라 사료박물관장)

◈ 등권궁滕卷弓(마츠우라 사료박물관장)

358

◈ 나팔(마츠우라 사료박물관장) | 대 · 중 · 소의 3종이 있다.

◈ 당태고唐太鼓(마츠우라 사료박물관장)

◈ 당태고唐太鼓(마츠우라 사료박물관장)

◈ 고려태고高麗太鼓(마츠우라 사료박물관장)

359

《 일본으로 건너간 도자기 문화 》

히데요시의 무모한 조선 침략은 군사면에서는 패배로 끝났지만, 문화면에서는 많은 것을 얻었다. 전쟁 중 조선으로부터 수십만으로 추정되는 강제 연행자와 약탈해간 활자·그림·서적 등을 비롯한 물적 자원은 이후 근세 일본 문화의 발전에 커다란 역할을 하였다. 더욱이 조선에서 데려간 도공陶工에 의해 일본의 도자기 문화가 크게 발달하는 계기를 마련했으며, 조선 유학자의 영향에 의해 도쿠가와 바쿠후의 관학이 성립되고, 각 한藩의 한학문이 발달하게 된다.

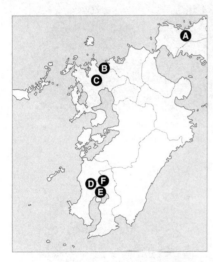

◈ **조선 도공에 의해 개설된 도자기 가마**

A. 하기萩 · 모리 테루모토
　　─ 이경李敬 · 이작광李灼光

B. 카라츠唐津 · 나베시마 나오시게
　　─ 임진왜란 이전부터 존재

C. 아리타有田 · 나베시마 나오시게
　　─ 이참평李參平

D. 나와시로가와苗代川 · 시마즈 타다츠네
　　─ 심당길沈當吉 · 박평의朴平意

E. 카타노堅野 · 시마즈 이에히사

F. 쵸사帖佐 · 시마즈 요시히로

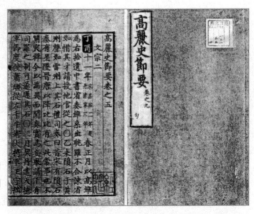

◈ **일본에 현존하는 『고려사절요』**

갑인자甲寅字로 인쇄된 고려조의 편년체 역사책으로, 현재 일본에 전하며 유일한 완성본이다.

◈ 나와시로가와 원옥부元屋敷 도자기. 17세기 전반.

◈ 나와시로가와 신당평新堂坪 도자기. 17세기 후반.

◈ 나와시로가와 오본송五本松 도자기. 17세기.

◈ 원립원元立院 도자기 . 17세기 후반.

◈ 사츠마 기어정磯御庭 도자기 . 17세기.

◈ 사츠마 카타노 도자기 . 17세기.

《 도쿠가와 이에야스 관련 연보(1594~1598) 》

◈—서력의 나이는 도쿠가와 이에야스의 나이

일본 연호	서력	주요 사건
분로쿠 文祿 3	1594 53세	정월 20일, 코니시 유키나가와 심유경이 히데요시의 표문表文을 위작한다. 이날, 심유경은 이것을 가지고 북경으로 향한다. 2월 12일, 이에야스는 쿄토로 들어간다. 연말까지 후시미에 체재한다. 2월 27일, 히데요시는 히데츠구와 함께 야마토 요시노로 유람한다. 이에야스도 이 유람에 동행한다. 3월 3일, 히데요시는 히데츠구를 동반하고 코야산 세이간 사로 들어간다. 4월 27일, 히데츠구는 오사카 성에서 히데요시를 알현한다. 4월 28일, 히데츠구는 오사카 성에서 히로이를 대면한다. 4월 29일, 히데요시는 아리마에 온천을 하러 간다. 7월 20일, 사카이의 상인 나야 스케자에몬이 루손에서 돌아와 히데요시에게 사향 등을 바친다. 8월, 야마시로 후시미 성이 준공된다. 12월 20일, 명나라 국왕이 나이토 죠안을 인견하고, 히데요시의 출병을 힐문하며, 이어서 히데요시를 일본 국왕에 책봉하고, 이종성을 책봉사로 보낸다. 12월, 히데요시는 히로이를 대동하고 오사카 성에서 후시미로 이전한다. 이해, 히데요시는 여러 영지를 토지조사하고 타이코 토지조사의 기준을 완성한다. 이해, 이에야스의 일곱째아들 마츠치요가 하마마츠에서 태어난다. 어머니는 야마다 씨.

일본 연호		서력	주요 사건
분로쿠 文祿	4	1595 54세	3월 2일, 히데요시는 히로이의 이름을 히데요리라고 짓는다. 4월 중반에 히데요시가 병이 든다. 7월 3일, 히데츠구는 조정에 백은白銀 3천 장을 헌상한다. 7월 5일, 히데츠구는 히데요시에게 서약서를 올린다. 7월 8일, 히데요시는 히데츠구의 품행이 바르지 못함을 꾸짖으며 칸파쿠 사다이진의 관직을 빼앗고 코야산으로 추방한다. 7월 15일, 히데요시는 후쿠시마 마사노리를 보내 히데츠구의 할복을 명한다. 7월 24일, 이에야스가 상경한다. 이달, 이에야스와 모리 테루모토가 히데요시, 히데요리 부자에게 충성할 것을 맹세한다. 8월 2일, 히데츠구의 처첩과 자식 38명이 산죠 카와하라에서 참형을 당한다. 8월 3일, 히데요시는 법도 6개 조항을 정한다. 다음날 9개 조항을 추가한다 이에야스는 여기에 연서連署한다. 9월 17일, 히데요시는 아사이 나가마사의 딸 타츠히메를 도쿠가와 히데타다에게 시집보낸다. 11월 8일, 히데요시가 병이 든다. 이해, 이에야스의 여덟번째아들 센치요가 후시미에서 태어난다. 어머니는 시미즈 씨.
	5	1596 55세	정월 23일, 히데요시의 부교 나츠카 마사이에, 이시다 미츠나리, 마시타 나가모리, 마에다 겐이 등이 히데요리에게 충성을 맹세한다.

일본 연호	서력	주요 사건
분로쿠 文祿		5월 4일, 명나라의 책봉사 이종성이 부산에서 도망친다. 명나라 왕은 양방형을 책봉사로, 심유경을 부사로 삼는다. 5월 8일, 이에야스는 나이다이진 정2품, 마에다 토시이에는 곤노다이나곤이 된다. 5월 13일, 히데요리가 처음으로 황궁에 들어간다. 5월 14일, 카토 키요마사는 히데요시의 명을 받고 조선에서 귀환한다. 6월 9일, 후시미에 도착하여 참언을 당하고 근신한다. 7월 16일, 이에야스의 노신 혼다 사쿠자에몬 시게츠구가 사망한다. 향년 68세(단 소설에는 분로쿠 3년 7월에 죽은 것으로 되어 있다). 아들 나리시게가 후사를 잇는다. 윤7월 4일, 조선정사 황신, 부사 박홍장이 일본으로 향한다. 윤7월 13일, 키나이에 대규모 지진이 발생하여, 후시미 성이 무너지고, 야마시로 호코 사의 대불의 머리가 지진에 의해 떨어진다. 카토 키요마사는 지진이 일어나자 히데요시에게 달려간다. 이 때문에 히데요시는 키요마사의 근신을 풀어준다. 같은 날, 이에야스는 명나라와의 교섭에 대한 히데요시의 반성을 요구한다. 8월 18일, 명나라의 정사와 부사 및 조선의 정사, 부사가 사카이에 도착한다. 8월 29일, 조선의 사신이 후시미 성에 인사차 가지만 히데요시는 회견을 거부한다. 9월 1일, 히데요시는 명나라 사신 양방형, 심유경을 오사카 성으로 부른다. 9월 3일, 히데요시는 명나라의 국서를 쇼타이에게 읽

일본 연호		서력	주요 사건
분로쿠 文祿			게 한다. 명나라의 위약에 노하여, 조선 재출병을 결 정한다. 10월 28일, 이에야스의 노신 사카이 타다츠구가 사망 한다. 향년 70세. 12월 17일, 히데요리가 성년식을 한다.
케이쵸 慶長	2	1597 56세	정월 1일, 히데요시가 장수들에게 조선 재정벌을 명한 다.(정유재란) 정월 14일, 카토 키요마사가 다대포에 도착한다. 2월 20일, 히데요시는 조선으로 출정하는 장수들의 부 서를 정하고, 출정의 규칙을 하달한다. 3월 7일, 히데요시는 4인조組 · 10인조 제도를 정한다. 3월 8일, 히데요시는 야마시로 다이고 산보인으로 꽃 구경을 간다. 이에야스도 동행한다. 5월 10일, 도쿠가와 히데타다의 장녀 센히메가 후시미 성에서 태어난다. 어머니는 아사이 씨(타츠히메). 7월 15일, 코니시 유키나가가 조선의 수군을 거제도에 서 격파한다. 8월 28일, 무로마치 바쿠후의 15대 쇼군 아시카가 요 시아키가 오사카에서 훙거薨去한다. 향년 61세. 10월, 카토 키요마사가 경상도 울산에 성을 쌓는다.
	3	1598 57세	정월 1일, 카토 키요마사가 울산에서 고전한다. 정월 10일, 히데요시는 무츠 아이즈의 가모 히데타카 를 시모츠케 우도미야로 옮기고, 에치고 카스가야마 의 우에스기 카게카츠를 아이즈로 옮긴다. 2월 8일, 히데요시는 야마시로 다이고 사에서 벚꽃을 옮겨 심게 한다. 동시에 다이고 사의 대대적인 보수를

일본 연호	서력	주요 사건
케이쵸 慶長		선언한다. 3월 15일, 히데요시는 히데요리와 함께 다이고 사 산 보인에서 꽃구경을 한다. 5월 5일, 히데요시가 병상에 눕는다. 6월 27일, 히데요시의 쾌차를 기원하는 임시 오카구라 를 나이시쇼에 올린다. 7월 15일, 히데요시는 여러 다이묘에게 히데요리에게 충성할 것을 맹세하도록 한다. 8월 5일, 히데요시는 히데요리를 도쿠가와 이에야스, 마에다 토시이에 등 다섯 타이로에게 부탁한다. 이에 야스, 토시이에는 이시다 미츠나리 등 다섯 부교와 서 약서를 교환한다. 8월 18일, 종1품 다죠다이진 도요토미 히데요시가 사 망한다. 향년 63세. 아들 히데요리가 후사를 잇는다.

옮긴이 이길진李吉鎭

1934년 황해도 출생. 1958년 서울대학교 사회학과를 졸업하였다.
일본 문학 작품 및 일본 문화에 관련된 많은 책들을 유려한 우리말로 옮겼다.
주요 역서로는 가와바타 야스나리의 『설국』, 이마이 마사아키의 『카이젠』,
오에 겐자부로의 『사육』, 기쿠치 히데유키의 『요마록』,
야마오카 소하치의 『오다 노부나가』, 『사카모토 료마』 등이 있다.

| 부록의 자료 제공 및 감수는 고려대학교 일어일문학과 최관 교수님께서 해주셨습니다.

도쿠가와 이에야스 제19권

1판 1쇄 발행 2001년 4월 20일
2판 3쇄 발행 2023년 5월 1일

지은이 야마오카 소하치
옮긴이 이길진
펴낸이 임양묵
펴낸곳 솔출판사

주소 서울시 마포구 와우산로29가길 80(서교동)
전화 02-332-1526
팩스 02-332-1529
이메일 solbook@solbook.co.kr
홈페이지 www.solbook.co.kr
출판 등록 1990년 9월 15일 제10-420호

ISBN   979-11-86634-44-8   04830
ISBN   979-11-86634-22-6   (세트)

• 잘못된 책은 구입한 곳에서 바꿔드립니다.
• 책값은 뒤표지에 표시되어 있습니다.